开展东西部协作和定点帮扶,是党中央着眼推动区域协调发展、促进共同富裕作出的重大决策。

谨以此书,献给为浙江广元东西部协作做出贡献的人们

远方的山水

中国式现代化的浙江广元东西协作实践

陈崎嵘 著

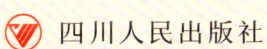

图书在版编目（CIP）数据

远方的山水：中国式现代化的浙江广元东西协作实践 / 陈崎嵘著. — 成都：四川人民出版社，2024.5
ISBN 978-7-220-13691-7

Ⅰ.①远… Ⅱ.①陈… Ⅲ.①报告文学－中国－当代 Ⅳ.①I25

中国国家版本馆CIP数据核字（2024）第109730号

YUANFANG DE SHANSHUI
远方的山水
中国式现代化的浙江广元东西协作实践

陈崎嵘　著

出　版　人	黄立新
统筹策划	王其进
责任编辑	姚慧鸿　彭　炜
封面题字	廖　奔
内文供图	广元市广播电视台
装帧设计	李其飞
责任校对	林　泉
责任印制	祝　健
出版发行	四川人民出版社（成都三色路238号）
网　　址	http://www.scpph.com
E-mail	scrmcbs@sina.com
新浪微博	@四川人民出版社
微信公众号	四川人民出版社
发行部业务电话	（028）86361653　86361656
防盗版举报电话	（028）86361653
排　　版	四川最近文化传播有限公司
印　　刷	成都东江印务有限公司
成品尺寸	170mm×240mm　1/16
印　　张	26
字　　数	326千
版　　次	2024年5月第1版
印　　次	2024年5月第1次印刷
书　　号	ISBN 978-7-220-13691-7
定　　价	58.00元

■版权所有·侵权必究
本书若出现质量问题，请与我社发行部联系更换
电话：（028）86361656

浙江广元东西部结对帮扶早期修建的苍溪县永宁镇平兰村水渠

二十世纪八九十年代广元市当地贫困农户住房

青川县"感恩奋进墙"全景

浙江援建的青川县东河口地震遗址

青川县城新貌

旺苍黄茶采摘场景

在中国"问天实验舱"展示的旺苍绿茶园

青川县"白叶一号"茶园

昭化区"中国西部(广元)绿色家居产业城"标准厂房群

广元市经济开发区内的"娃哈哈产业园"

朝天区曾家山农文旅活动夜景

四川省剑门关高级中学

2004年浙江省援建的四川省剑门关高级中学"之江教学楼"

广元市组织外出劳务人员"点对点"返岗场景

浙江帮扶工作队创设的"帮帮驿站"和"帮帮摊"

朝天区大滩镇自然村帮扶车间

苍溪县数字化试点村——陵江镇笋子沟村

中国农业科学院茶叶研究所茶叶专家白堃云(右前一)在现场指导广元市旺苍县农民种植新茶

目 录

第一章　三十载，苍溪之水终于澎湃成大江大河...............1

第二章　在青川，有这样一道感恩奋进墙.....................63

第三章　三片叶子，创造东西部协作的当代传奇...........117

第四章　东南的凤凰向川北飞来...............................187

第五章　天渠上，人力资源汩汩流淌..........................225

第六章　让东西部教育医疗比翼齐飞..........................263

第七章　大山区可以链接星辰大海.............................299

第八章　在改革开放前沿淬炼一支铁军......................331

第九章　为了心中那份真挚的大爱.............................367

思考及感谢
　　——权作后记...409

第一章
三十载,苍溪之水终于澎湃成大江大河

路曼曼其修远兮,吾将上下而求索。

——屈原《离骚》

以中国式现代化全面推进中华民族伟大复兴，这是党的二十大做出的重大决定，也是中国共产党人根据中国国情、汲取世界上一些国家建设现代化的经验教训而得出的基本结论。

建设并实现中国式现代化，需要探索和解决许多课题。中国基本国情是人口众多、东西部发展不平衡。如何实现东西部资源互用、产业互补、地区均衡、共同富裕，就是突出问题之一。中国共产党人遵循社会发展规律、顺应人民心愿、尊重群众创造，自二十世纪九十年代始，擘画并领导开展了东西部对口协作、均衡发展、共同富裕的伟大战略。历时三十载，遍及全中国，取得举世公认的伟大业绩，拓展了全党全社会对中国式现代化道路的认知与实践。

浙江省与四川省广元市有幸成为这项宏大工程的发源地和先行者，成为中国东西部对口协作、共同发展、推进中国式现代化的一个样板。

笔者描写的，不仅是故事，更是史实。

——采访札记

癸卯三月，在明媚的春光和绵软的春风中，我第一次踏上广元的土地。

机场出口与高速公路无缝对接，通向四面八方。一座被山拥抱、为水环绕、具备深厚历史底蕴和现代生机活力的秀美城市，宛若一卷独特的画轴徐徐展开。

山是城市的背景，绿是城市的底色。高楼鳞次栉比，人车川流不息，城市的喧闹以较为舒缓的节奏呈现。红红火火的经济技术开发区，星罗棋布的商厦宾馆，漂亮宽敞的校园，中西医合璧的医院，随处可见的公共设施，还有喷吐着水花和诗意的城市公园，长达千米的栖凤湖绿道，以及绿树掩映下悠闲漫步的人们，处处都在向世人展示这座城市的现代生活理念和状态。外地人可从当地人的脸上读出满满的舒适感和幸福感。

然后，我将视线投向乡村、农户。最让我惊叹的是虽蜿蜒曲折但四通八达的乡村公路，它延伸至家家户户门口，把偏远的千万农户编织进一张现代交通网中。那种便捷与惬意，已近似于沿海发达地区。放眼望去，青的是山，绿的是水，新的是农房，旧的是古迹，特的是电商村，奇的是数智覆盖，热热闹闹的是产业园、旅游景区和农家乐，还有蒸腾于山水间乡村干部和老百姓感恩奋进、后发赶超的气势。入夜，景区和农家乐的霓虹光影辉映着嘉陵江和南江两岸，闪烁着梦幻般的涟漪。一阵阵裹挟着川北风味的饭菜香从一幢幢川北民居里透出，在青山绿水间弥漫开来，似在向外地人展示川北乡村的色香味。

眼前的情景与氛围,不禁让我恍惚甚或是疑惑:这里,真的曾经是深度贫困地区吗?为什么某些地方、某些景象竟与我的故乡浙江有些类似呢?

广元人用十分肯定的语气回答我:"是的,广元曾经极度贫困过。蝶变成今天模样,与浙江深度相关。"

于是,我凭借着采访这一特殊的"月光宝盒",试着穿越到最早的时空语境中:二十世纪九十年代初的四川广元地区。

故事的源头竟如此悠远绵长、摇曳多姿。

说起广元的历史,人们都会肃然起敬。这个1985年才设立的地级市,处于四川北部边缘,山地向盆地过渡地带,历来被世人称为"川北门户、蜀道咽喉"。它7000年前创造了中子铺细石器文化,有着2300多年建城史,是先秦古栈道文化、蜀道文化、三国文化的集中展示地。站在当代,似乎还能听见唐代诗仙李白那句带着无限感慨的惊叹句:"噫吁嚱,危乎高哉!蜀道之难,难于上青天!"耳旁似乎还会回响诗圣杜甫在《五盘》诗中描写的广元景象:"五盘虽云险,山色佳有余。仰凌栈道细,俯映江木疏。"眼前似乎还会浮现起三国时的金戈铁马,还有那些熟悉的姓名与身影。广元是红四方面军创建的川陕苏区的核心地域,苏维埃政权曾在这片土地上较长时间存留,并为红军输送了4.7万名英雄儿女。特别让人敬佩的是,当时仅12万人口的旺苍县(按照现在的县域范围),扩红时,竟有12000人参加红军,占全县总人口的10%。在参观时,我不由得瞪大眼睛,一再辨认这个人口数据与比例,直至确认,心里立刻涌起一阵激动与感慨:当年红军的宣传鼓动工作,该是多么有效有力呀!

查阅广元史,你就会感受到,一代又一代广元人,他们像大山一般,倔强屹立、坚定挺拔、不屈不挠;他们像嘉陵江一样,坦坦荡荡、

清澈透亮、质朴无华。他们与敌人战斗，与自然抗争，与贫穷较量，与生活周旋。

然而，由于历史、地理位置等各种原因，在2013年底，这个古色+绿色+红色的广元市，却处于秦巴山区集中连片贫困地区。全市16319平方公里，常住人口228万人。所属4县3区，有3个被认定为国家级贫困县区，有4个被认定为省级贫困县区，全市有贫困村739个，贫困人口34.82万人，贫困发生率高达14.6%。

这些，当然是抽象的、冷冰冰的数据。彼时贫困的实际情况如何？我着手做了一些调查采访。

剑阁县乡村振兴局副局长邓思举。这位自1997年大学毕业后，一直奋战在扶贫开发工作一线，被人们称为"老扶贫"和"活地图"的人，给我提供了一份当年关于剑阁库区群众贫困状况的调查报告，我从中摘录了一些数据和事例，以一斑窥全豹。

> 剑阁县辖57个乡镇，总人口67万人，其中农业人口60万人。全县有绝对贫困人口10.56万人，低收入人口15.37万人，是个典型的山区贫困县。
>
> 升钟水库淹没区涉及剑阁县7个乡镇、27个村、132个组、2970户。淹没区经济社会发展严重滞后，贫困面广、程度深。受淹区人口中人均年收入668元以下的绝对贫困人口3407人，668元至924元之间低收入贫困人口6439人。主要问题表现为"六难"（行路难、用水难、上学难、就医难、用电难、通信难）、"三缺"（缺地、缺粮、缺项目）。其中行路难、用水难、上学难、就医难、缺地、缺粮问题尤为突出，已到了非解决不可的地步。
>
> 往来车辆仅靠年久失修的铁船运载，1.2万余名当地农民过河全

靠人力撑渡。不仅生产生活极不方便，而且存在重大安全隐患，当地因过河溺亡57人。

人畜饮水无安全保障。受"库区小气候"影响，27个淹没村1.56万人、3.4万头牲畜，以及7个淹没乡镇7980人生产生活用水极度困难，普遍缺水半年以上，个别地方长达8个月。

7个乡镇有33个教学点、3000余名学生，上下学须绕道或搭乘简易渡船，安全隐患严重。部分家长不得不让子女寄住在学校，有的甚至从幼儿园起便实行"全托"，每人每年须多支出500元以上。学生辍学、师资外流，教育硬件设施不全且严重老化，中小学D级危房7430平方米，6个教学点无厕所，适龄儿童入学率只有95.4%。

卫生基础设施薄弱，患者就医成本、乡村医疗卫生机构运转成本大幅度上扬，危重病人救治、流行病传染病防治等无保障，甚至已有的妇幼防疫保健体系也无法正常运转，因病死亡人数、因病致贫返贫人数每年都有较大幅度回升。27个村中有16个村未设村级医疗服务点，其中9个村没有医务人员。多数家庭是小病忍、大病挨，重病才往医院抬。

淹没区耕地面积严重不足，人均耕地0.67亩。由于耕地减少、土地贫瘠、耕作条件差、旱情严重，粮食产量较低。最低人均占有粮食仅80公斤。其中长岭乡1591户中有390户缺粮，占总户数的1/4。

广元朝天区的贫困状况同样堪忧：由于地处海拔800米至2000米的高山，森林覆盖率高，耕地面积少，林间坡地土层浅薄，只适合种植玉米、土豆、荞麦及杂粮，贫困发生率高达91%。"玉米土豆半年粮，荞麦蔬菜度饥荒"，就是其时农民生活的真实写照。到二十世纪八十年代末，农民人均可支配年收入仅239元。深山里仍有姊妹共用一条裤子，

谁出门谁穿的现象。境内没有一寸硬化路，过境国道108线，仍是泥结碎石路面。境内的嘉陵江上，洪水一来，江上小拱桥不能通行，人们只能望江兴叹。当地民谣这样传唱道："山高摔死鸡，水急不养鱼。有马不能骑，有病莫得医。"

我在翻阅早年广元贫困情况材料时，经常看到贫困农民住茅草房和石屋之类的文字。对于茅草房，我是熟悉的，因小时候常去杭州湾畔外婆家，外婆家住的就是搭建在滩涂上的茅草房。但我不了解石屋，觉得颇好奇，很想探个究竟。故每到一地，必叮嘱司机，帮我留心一下哪里有石屋。

开始寻觅时，让人有点失望。经过十来年脱贫攻坚，广元乡村面貌已焕然一新，不少地方，农舍新房已与经济发达地区几乎无异。一些刚脱贫地区的农房虽还未涂抹外墙，但整体框架已牢固矗立，住房基本功能没有任何问题。

功夫不负有心人。在旺苍县城去五权镇茶场途中，司机终于寻觅到了遗留下来的几间石屋。一眼看去，恍若几位被遗弃的患病老者，让人油然而生同情怜悯之心。

这些石屋大多搭建在山坡上，宽约3米、长约4米，披檐处高出人头尺许。最吸引人的，是盖在屋顶上当作瓦片的石片。那些石瓦顺着细长的椽子覆盖，大小不一、厚薄不均、形状各异、重重叠叠、毫无规则。这样简陋的石屋低矮逼仄、夏热冬冷。下雨天，必定是外面下大雨、屋内下小雨，我甚至可以想象出，居住在这种石屋的人家的窘迫境况。

据说，这一带老百姓，居住石屋的不在少数。

很显然，就地取材，因陋就简，是当地农民的自然选择。有这样的石瓦，必定有这样的石矿。于是，我在附近开始寻觅这样的石材。果不其然，就在这些遗留下来的石屋不远处，我找到了与此相印证的石矿。

说来也真稀奇。这些石矿的构成非常特殊。经年开采后,裸露出层层叠叠的片石。那片石,或薄或厚,或方或长,犹如云片糕一般。当地内行人向我解释道,这种石片不易开采,必须找准矿石的纹理,像揭豆腐皮一般,一张张凿下来,费工费时是不必说的。由此可见,农民宁愿花费大量时间和体力,将这些石片当作瓦片,唯一原因就是太穷了,买不起瓦片。

看着眼前这些孤零零的石屋和被遗弃的石矿,想象着当年农民居住的简陋,再对比一下沿途的新农舍,我真的感慨万千、不胜唏嘘。人在极端贫困状态下表现出来的忍耐力和吃苦精神,让人无法不惊叹!

为更具体了解当年的贫困状况,寻觅东西部对口扶贫的起源,我千方百计找到了二十世纪九十年代初苍溪县委书记李文元和县长莫异矩。

高个、穿着一件鲜亮玫瑰色T恤的李文元,方脸盘上的发际线稍稍后退。虽年近耄耋,但精神矍铄、红光满面,说起话来中气十足,声音震得头顶的天花板发出共鸣,让人可以想象出他年轻时的俊朗与魄力。他笑着说,说着笑,说着说着,说到激动处,他会流泪,为那些贫困的乡亲,为已逝的峥嵘岁月。

1986年,39岁的李文元担任苍溪县县长,4年后当上苍溪县委书记。他对当时纯农业县苍溪的贫困状况自然清清楚楚、明明白白。就在他当县长那年,苍溪被列为第一批国家级贫困县。那个贫困,真是名副其实呀!彼时,国家级贫困线是每年人均收入低于150元。苍溪县居然连150元也达不到,只有110元。记得1986年,苍溪县人口78万,而全县财政收入只有750万元,人均9.66元。1994年,全县财政收入4000余万元,其中畜牧业税收2200余万元,占到一半以上。1993年,苍溪县城镇居民人均可支配收入613元,1995年,才到836元。这些数字,就像铭刻在李文元心里一样,难以磨灭,以至时间过去了几十年,李文元对此

仍记忆犹新、脱口而出。当时那个穷呀，真是让人羞于出口。整个苍溪县，居然连造房用的石灰都烧不出来，需要到邻近的旺苍县去买。苍溪干部自嘲说，苍溪轻工业是理发，苍溪重工业是犁铧。

这样穷下去肯定不行。真是对不起人民对不起党啊！但出路究竟在哪里？李文元和县长莫异矩与县委常委们一次次开会讨论。有人就提出，我们苍溪是革命老区，应该把这个红色资源挖掘出来，利用好啊！

对啊！大家一致赞同，要把苍溪红色资源利用好，把红军在苍溪的英勇业绩宣传出去，让更多人了解苍溪、帮助苍溪。于是，自1990年起，苍溪连续三年开展纪念红军历史的活动。1993年，这个活动还走进了北京人民大会堂。一大批从苍溪走出去或早年在苍溪战斗过的老革命、老将军，踊跃出席活动，并发表了满含深情、慷慨激昂的讲话。有的当场献计献策，纷纷表示要为苍溪脱贫牵线搭桥、引进项目和人才。

这些活动，还有老同志那些话，豁然打开了李文元、莫异矩等人的思路。对呀，应该把全体苍溪人发动起来，共同为苍溪脱贫致富出谋划策。有钱出钱，有人出人，把脱贫攻坚，变成一场人人参与的人民战争。

于是，李文元、莫异矩等人的目光开始寻找在外的苍溪籍党政领导、企业家和科技人员。

苍溪是个人才荟萃之地，当代出过不少党政领导和名人专家。有谁呀？有谁呀？李文元和莫异矩一个个摸排，一个个分析。谁与苍溪渊源深远，又能对苍溪发展帮上忙？很快，两人几乎同时想到了一个苍溪籍领导：李泽民。对呀，对呀！李泽民是苍溪人，其父早年还是中共地下党员，为革命做过贡献。苍溪解放后，其父出任苍溪县副县长，在老百姓中口碑极佳。李泽民现任浙江省委书记，也就是人们常说的省"一把手"。浙江可是改革开放排头兵，经济发展走在全国前列。特别是在1992年邓小平视察南方并发表重要讲话后，浙江等东部地区大干快上、热气腾腾，真是快马加鞭、一日千里啊！如果能与浙江挂钩，让浙江来帮扶一下苍溪，那该多好呀！

顺着这个思路，李文元、莫异矩就给在苍溪县政协的李泽国做工作。李泽国是李泽民的二弟，听李文元、莫异矩这么一说一劝，也就答应下来，联系上了李泽民。

那是二十世纪九十年代初期，准确地说是1993年初夏时节，李文元带了十几位苍溪县机关部门同志，赶到杭州。李泽民对来自故乡的同志，很是热情，不但会见了众人，还为他们浙江之行做了精心安排。李文元代表苍溪父老乡亲向李泽民汇报苍溪的情况及困难，言语之中，表达出想与浙江"攀高亲""结对子"的意愿。

李泽民自然感受到了故乡人的情意和愿望。他给予热情回应，让秘书给娃哈哈集团公司董事长宗庆后、杭州中药二厂总经理冯根生等人打电话，转达苍溪人的希望和邀请。他听说苍溪县医院没有CT机，老百姓做CT要上成都，看病非常困难，就给一些浙江企业做工作，希望他们能回馈社会，帮忙解决一下苍溪县人民"看病难"的问题。有家浙江企业允诺资助大头，苍溪县自己也筹集了一些钱，总算给苍溪医院配备上一台CT机，解决了全县老百姓做CT难的问题。

李文元等人希望在浙江找一个县，与苍溪结成帮扶对子。找什么县为好？李泽民清楚苍溪是个典型的农业县，具有种桑养蚕的传统。当年全县养蚕13万余张、产茧6万余担。而浙江桐乡市，也是蚕桑之乡。李泽民于是推荐了桐乡市。李文元等人也认为"门当户对"，很是合适。

桐乡市领导对此事十分重视，很快便邀请苍溪县县长莫异矩带着一批干部来桐乡市考察交流。之后，桐乡市委书记马云生还带着桐乡市有关部门领导和一些有实力的企业到苍溪考察。桐乡考察团与苍溪县委书记李文元、县长莫异矩等做了深入交流。双方领导签订了建立友好市县

关系协议书，商定了双方交流合作的主要内容。随行的一位企业家还与苍溪县苎麻纺织厂草签了《联合开发精干麻合作协议》，意向投入流动资金60万元。

这位企业家名叫杨良如。他是浙江枫树集团老板，也是莫异矩特意邀请的考察对象。彼时，浙江枫树集团以丝绸产品为主，在行业内颇有名声。

2023年我采访杨良如时，杨老板告诉我，当时桐乡市委领导带他们到苍溪县考察，思想很明确，就是扶贫，他们要做的是帮助苍溪摆脱贫困，而不是赚钱。

几天考察下来，杨良如感觉苍溪这个地方经济落后、交通不便，真的不适合发展工业。杨良如与大家一起住在县招待所里。县里电力供应不足，招待所室内电灯不够明亮，钨丝常常红红的，若明若暗。虽然装有空调，但根本启动不了。晚上只好用芭蕉扇扇蚊子，他让那些长腿蚊子喝饱了血。但杨良如毕竟是个具有经营头脑的企业家，他在苍溪转了几个企业后，发现了一个可以帮扶且对自身企业也有利的单位，这就是苍溪县苎麻纺织厂。原来，苍溪县办有一家规模不大不小的苎麻纺织厂，主要生产麻袋、麻布。开头几年还马马虎虎。但后来，当地农民因苎麻价值不高，逐渐减少种植，企业原料来源成了问题，只好跑到外地收购，成本增加。再加上企业经营不善，产品卖不出去，工厂停产，全厂300多名工人下岗待业。杨良如看中的自然不是苎麻产品，而是苎麻厂停产后闲置的大片厂房。枫树集团做的是绢纺产品，而苍溪正好出产蚕丝，杨良如就考虑把原先县苎麻厂的厂房租赁过来，将苍溪作为枫树集团丝绸产品原料基地。

杨良如是个说干就干的实干家。主意打定后，他就与苍溪县有关部门商量沟通。这方案自然好呀！县里很赞同，主管部门领导天天陪着杨良如四处考察调研，时时处处提供方便，把杨良如感动得直到今天还记得。杨良如组建了浙江枫树集团苍溪绢纺分厂，从集团总部调集四五百万元资金过来，将苍溪县苎麻厂整体租赁下来，并对厂房设施进行适应性改造，转产以缫丝下脚料长吐、滞头为原料的丝绸初级产品，再将这些初级产品运回桐乡本部，生产优质绢纺成品。与此同时，杨良如将原苎麻厂职工一分为二，200多人输送到桐乡本部打工，还有100多人仍留在苍溪工作，一举解决了下岗职工再就业问题。那几年，丝绸行业很兴旺，效益不错。转产后的苎麻厂，年产值达到1500万元，每年能向县里缴纳五六十万元税收。杨良如在采访中回忆说，当时，枫树集团经营的苍溪绢纺分厂缴税排在全县第二名，第一名是苍溪电力公司。

枫树集团租赁苍溪苎麻厂获得成功，一时成为苍溪人谈论的热门话题，自然也成为市县领导口中的典型案例。

转眼到了1995年8月18日，这是莫异矩牢牢记住的日子。因为，在这个日子里，他见到了一位"特殊"官员，正是因为这位"特殊"官员的重视，孕育并引发了一个涉及全国、惠及后世的重大决策。

那天，苍溪气温很高，但气氛很好。杨钟，时任国务院扶贫开发领导小组副组长兼办公室主任，来到国家级贫困县苍溪考察。莫异矩并不认识杨钟，但他对杨钟的经历略有所闻。莫异矩认为杨钟是个传奇性人物。他做过县委书记，并由县委书记直接升任副省长，后来担任国家林业部部长，之后又被调到国务院扶贫办主持工作。岗位变来变去，职务起起落落，他唯一不变的，是对贫困地区乡亲的牵挂，还有那份对党的事业的执着与激情。

机会难得、人物罕见。在苍溪简易的招待所里，喝着苍溪浑浊的土茶，莫异矩非常认真地向杨钟汇报了苍溪的贫困情况，介绍了全县人民的脱贫努力。自然，他没有忘记浙江李泽民书记对家乡的关注，非常

仔细地介绍了苍溪与桐乡结为帮扶市县关系、浙江枫树集团租赁苍溪苎麻厂的前因后果及显著成效。说到兴奋处，莫异矩不由得提高了声音分贝，差点手舞足蹈。

令人感动的是杨钟主任，这位当年已63岁的老干部，带着满腔感情听完莫异矩的介绍。也许，他本来就在寻觅这样的方案？或者，他正需要这样的灵感激发？这位曾在贫困地区做过多年领导工作的老同志，这位对新事物新动向极为敏感的老干部，听着莫异矩的介绍，当下如获至宝，那双略显老态的眼睛透射出年轻人才会有的犀利的光。杨钟在倾听，更在思考。这件小事说明了一个大问题，就是东部发达地区支援西部贫困地区大有可为！

听着听着，杨钟霍地站起来，用手在桌沿上重重一拍："回北京后，我要向中央写报告。要下大力气推广这一经验！"

这，正是莫异矩所希望的结果。或者说，杨钟的肯定和表态已超出了莫异矩的预期。作为一县之长，他汇报此事，只是希望得到国务院扶贫办的认可。他根本没有想到，杨钟会把这个案例，放到全国全局去考虑；更没有想到，这个小小事例，会引发党中央一个重大决策出台，扩展为一项延续几十年的国策！

对于中央层面的酝酿和决策，作为县级领导的莫异矩自然无从知道。但中央一系列文件和会议，却让莫异矩真切感受到中国扶贫事业正在发生具有历史意义的转变。

1996年7月6日，国务院办公厅转发了国务院扶贫开发领导小组《关于组织经济较发达地区与经济欠发达地区开展扶贫协作的报告》，其中确定了由浙江省与四川省开展扶贫协作。同年9月23日至25日，中央召开扶贫工作会议，对全国扶贫工作进行部署，会上再次强调了东西部地区对口帮扶脱贫的决策。

中央做出对口帮扶脱贫的重大决策，在地方和基层引起热烈反响，犹如一块巨石投入湖水，激起一波波涟漪，激发出贫困地区党政干部加快脱贫步伐的雄心壮志。广元市领导闻令而动，捷足先登。

中央扶贫工作会议后不久，时任广元市委书记的彭渝带着所辖各县区领导到杭州看望李泽民，请求将广元全域纳入浙江对口帮扶范围。作为苍溪县长的莫异矩，自然是考察团不可或缺的成员。

莫异矩至今清晰记得，广元市一行10余人抵达杭州后，被安排住在西子宾馆。这是浙江省政府宾馆，是杭州最负盛名的宾馆，杭州人亦称其为汪庄。

金秋时节，正是西湖景色最美之时，游人如织、丹桂飘香，湖光潋滟、画舫穿梭。西子宾馆巨大的草坪与西湖清波恍若一体，湖畔烟柳与远山红枫遥相呼应。长年累月在大山里奔忙的莫异矩一行人，难得轻松一刻，赞叹着"天堂"的美丽景致。

莫异矩在回忆中说，正当莫异矩他们沉浸在湖光山色之中，李泽民来到宾馆。彭渝见状，赶紧带着莫异矩等人迎上前去，并向李泽民一一做了介绍。李泽民热情而随和地与大家握手，随后在工作人员引导下，走进宾馆会议室。

俗话说："老乡见老乡，两眼泪汪汪。"李泽民对家乡人的欢迎，对故乡的关切，溢于言表。会议气氛亲切而轻松。

说着说着，会议就走向主题，谈起中央召开的扶贫工作会议，谈到了浙江省结对帮扶四川省脱贫的事。李泽民语气和缓地说："中央决策前，浙江就根据中央的思路，与四川省做过沟通。中央定下来之后，浙江迅速行动，又与四川协商。四川给浙江提供了一份56个县的建议名单。说句实在话，浙江不可能支援那么多的县。你们都知道，我们浙江是个小省。虽说这几年经济发展不错，但在我们省内，也有一个东西部

发展不均衡问题。另外，浙江经济实力最强的宁波市，又单列出去对口支援贵州了。所以，我想，我们浙江最多支援10个县区。"

李泽民说完这些，用眼神巡睃了一遍会场，看着众人的反应。

莫异矩和广元来的同志屏息凝神地听着李泽民的分析和介绍。是啊，李书记说得有道理，家家都有本难念的经。

那，该怎么处理这个难题？该确定哪些帮扶地区呢？作为广元地区领导，自然希望能将广元列入。但李泽民刚才一番话，说得合情合理，大家一时竟不知如何开口。

这时，李泽民的秘书见大家没有发言，会场显得有点沉闷，便试探着问："我能不能谈点想法？"李泽民朝他点点头，示意他继续说下去。

见领导同意，秘书大胆说出了自己的建议。秘书老家在南充，南充与广元交界，他对川北地区的贫困状况显然了然于胸。他说："依我看，最好就选择从广元到南充这条线上的10个贫困县区，相对集中连片，也便于联络指导。"

李泽民边听边点着头，看得出，他赞同这个方案。转而面向大家问："广元的同志，有啥意见？"

能将广元全域纳入浙江结对帮扶范围，这正是广元各县区的期望，也是此次浙江之行的主要目标。现在，浙江同志已明确表示，李泽民书记似也同意。那还有什么好说的呢？同意，同意，一百个同意。

果真，彭渝以掩饰不住的兴奋劲表态说："这个方案很好！"

李泽民的目光掠过众人，见与会者喜形于色、频频点头。

"那就初步这样吧！"李泽民口头表了态，"待我与其他省委领导同志商量一下，最终确定，然后复函四川省委！"

此后不久，莫异矩从媒体报道中获悉，四川省委主要领导率党政考察团访问浙江，浙江省委书记李泽民与四川省党政考察团座谈交流，最终敲定了浙江省与四川省及广元市结对帮扶工作方案，制定了《浙江省对口帮扶四川贫困地区脱贫工作意见》，浙江下辖40个县市及省级有关部门也相应制订了具体帮扶计划和措施。广元市委、市政府为此专门制定了《关于配合浙江省帮扶工作若干政策的规定》。至此，浙江与广元结对帮扶事业正式拉开大幕。

莫异矩以自己的亲身经历和掌握的史料证明，广元市苍溪县是中国东西部对口帮扶事业的发源地和先行区，并为这一国策提供了自己的经验和做法。

现年已86岁的莫异矩老人因腰椎病造成的神经压迫而行动不便，近期在广元市中医院理疗中。

这是一位历史的见证人，是一位必须采访的对象。

那天，广元市广播电视台资深记者王勇陪同我到中医院看望并采访莫异矩老县长。

走进规模颇大的中医院，扑鼻而来的是一阵阵中药味。我一直笃信中医，故于一般人而言难闻的汤药味，我却甘之如饴。在医生指引下，我们走进3楼45床，见到了久闻大名的莫异矩老人，并送上鲜花和水果，以示问候。

莫异矩身上穿着一件黑色夹克衫，坐在轮椅上，看上去状态尚好。一张方脸，脸色红润，留着平顶头，发色银白，思维正常，表达顺畅。他自述出生于1937年，正是全面抗战爆发那一年。国仇家恨，在他幼小心灵里埋下种子，激励着他做一个对国家有益、对老百姓有用的人。14岁参军，上军校，毕业后参加土改，长期在苍溪县财政系统工作，后来当领导，从县里干到市里。现在回忆起来，自觉对党对国对百姓问心无愧。当提起当年向杨钟主任汇报的往事，许多细节历历在目、犹如昨日。他的双眼熠熠发光,流露出某种神往,也包含着某种欣慰。

我请教他:从他的回忆和介绍来看,能不能说苍溪或者说广元是东西部结对帮扶的发源地和先行区?

莫异矩老人坚定地点点头道:"是的,可以这么说!"

在各种力量综合作用下,浙江省与广元市正式牵手,结对帮扶。

金风玉露一相逢,便胜却人间无数。

1996年11月18日,浙江省副省长张启楣带着浙江省对口帮扶考察团一行30人,于凌晨抵达广元。凌晨到来,自然是火车班次的缘故。彼时,杭州到广元还没有开通直达航班,考察团只好辗转成都乘坐火车。考察团成员中有浙江11个市地和十几个省级部门领导。这是浙江省第一次派出如此阵容来广元。这30人,似乎是携带着滚滚钱塘江之潮而来,涛声回荡在天外,一下子在广元引发热议。

浙江人顾不得休息,广元人自然更为急迫。当日上午9时,在政府大楼3楼召开浙江广元对口帮扶工作座谈会。双方都像见到阔别已久的亲人一般。广元市委书记彭渝在表达了主人的热情和谢意后,向浙江同志详细介绍了近年来广元扶贫开发工作的情况。4县3区,连片贫困,扶贫任务十分艰巨。广元市深感自身能力、实力不够。现在好了,浙江省前来帮扶广元,老区人民看到了希望!广元将充分依托浙江雄厚的经济实力和技术水平,开发开放广元资源,改造改组广元企业。广元将本着东西互助、优势互补、互惠互利、共同发展的原则,推进扶贫攻坚进程。

广元市领导的真诚和热情显然感动了浙江省的同志。双方交流互动热络而坦率。张启楣首先充分肯定了广元建市十余年来各方面的长足发展。然后,就浙江广元结对帮扶谈了具体意见。他讲道:"根据两省领导商定的方案,将由嘉兴市结对苍溪县、元坝区(现改名昭化区),绍兴市结对剑阁县、青川县，台州市结对旺苍县、朝天区。参加帮扶的还有浙江省15个部门和单位。按照党中央部署，浙江确定的帮扶方针是：领导重视、政府组织、企业参与、市场导向、互惠互利、优势互补、共同发展，称之为'28字方针'，这与广元思路基本一致。我们只是更多注重企业参与，体现市场作用。这样帮扶，也许更有效、更可持续。浙江将与广元人民一起共同推进扶贫攻坚，共同完成党中央交给我们的这一光荣而艰巨的任务。"

哗哗哗，会场上响起一片掌声。特别是那些被点到结对帮扶的县区领导，鼓掌尤其热烈。张启楣微笑着表示感谢。稍稍停顿一下之后，他面向广元市同志说："具体帮扶项目，将在考察之后确定。希望大家提供意见、做好向导、当好参谋。"

座谈会结束之后，绍兴市领导袁长寿带队考察剑阁县。

初冬季节的剑阁，山区寒气袭人。袁长寿一行深入乡镇农户调研，了解情况。他告诉陪同考察的剑阁县领导，绍兴市已确定让名列全国百强县前十、浙江省经济实力第一的绍兴县结对帮扶剑阁县，希望为帮扶工作带个好头、开条新路。袁长寿认为，绍兴市帮扶剑阁县，着力点要放在"流""扶""联"三个字上。所谓"流"，就是互派干部交流，互相学习、取长补短，从而为剑阁县培养一支不走的扶贫攻坚干部队伍。所谓"扶"，就是确定工作目标，明确责任区域，面对剑阁实际，从解决好农民温饱问题入手。绍兴同志了解到，剑阁县是个干旱少雨地区，人畜用水困难。如何建好干旱村农民的蓄水池、防旱池，将其变成安身池、致富池，解决这一难题就可一举数得。绍兴可以援助一点，请当地政府支持一点，农民再自筹一点，用"三个一点"方式解决这一难题。所谓"联"，就是互利互惠、联合开发。剑阁县资源丰富，开发前景广阔。譬如猕猴桃、板栗等，绍兴可提供优质苗木和栽培技术。此外，还可以选择一些发展前景好的工业项目与绍兴进行联合开发。袁长寿一席话，说得剑阁县同志跃跃欲试。

这一年冬天，绍兴市向剑阁、青川两县捐赠衣被9.7万件，树苗4000株。还向4所希望小学捐资80万元，补助两县修建水池90万元。

紧随其后的是嘉兴市。蒙蒙春雨中，嘉兴市代表团一行20余人抵达广元，并立即前往对口帮扶的苍溪县、元坝区考察调研。代表团听取两地扶贫工作情况介绍，考察了六槐乡玉女村、苍溪苎麻厂等扶贫典型工程。嘉兴市向两地捐赠100多万元资金，并就多项合作事宜达成协议或意向。

没过多久，嘉兴市代表团一行37人再次来到广元，与广元市领导及有关部门商量帮扶项目。广元市市长朱天开向嘉兴代表团同志介绍了广元市扶贫工作情况，并应嘉兴市领导所请，提出希望嘉兴进行帮扶的四个重点内容。一是希望支持改善广元农业基础条件，帮助增强农业抗旱能力，先帮助解决人畜饮水困难，再逐步帮助改土、建园、修路、造林、办电等。二是希望加强企业间合作，利用嘉兴先进企业的物质技术条件、先进管理经验和市场环境，与广元企业进行嫁接、合作。包括租赁、兼并、收购等一切可行办法，支持广元企业走出困境。三是希望加强对广元贫困地区教育事业的扶持和帮助。四是希望加强对广元贫困地区农民实用技术培训和劳务输出的扶持。

朱天开态度诚恳、要求合理、重点明确，嘉兴代表团同志闻之动容动情。

嘉兴市市长夏益昌当即表态，捐赠67万元资金，帮助两县区干旱地区农民修建微型水池400口，每年接收 批来自广元市的劳务输出人员，开展"1+1"助学活动，帮助改善乡镇实用技术培训中心和卫生所条件。嘉兴同志还在会上补充说，回去后，将发动全市人民捐衣捐物，确保不少于20万件，今年秋冬季节送达。

台州市自然不甘落后，在嘉兴市两次考察的间隙，安排了一个24人的代表团考察对口帮扶的旺苍县和朝天区。

24人来不及洗去一路尘土，就走入旺苍的春色之中。上午10时许，代表团一行来到旺苍县麻英乡旗峰工程现场，考察正在进行的改土工程。明媚的阳光洒在一垄垄青青的麦苗上，一株株苍翠的古柏犹如一面面绿色的旗帜迎风而立。台州市领导李成昌望着满眼绿色，很是感慨旺苍的优美环境。他走向正在地里栽种粪团玉米幼苗的村民高桂英，关切地询问粮食产量情况。高桂英见有外地人询问，便直起腰，拍打着手上的泥屑答道："现在够吃了嘛！因为改土啦！"在旁的旺苍县委领导介绍说："旗峰工程改土后，土质变肥、土壤变厚，每亩粮食产量增加300公斤左右。这样老百姓就基本够吃啦。"

这位县委领导说完旗峰村改土工程后，又说开了贫困情况。旺苍县尚有贫困户15373户、贫困人口6.6万人。全县经济基础薄弱，地方财力严重不足。多数贫困村无集体收入，基础设施差。全县还有92个村不通公路，76个村人畜饮水困难。说完这些情况，这位领导禁不住叹了一口气。

听了介绍，台州代表团的同志们都感觉心里沉甸甸的，就像自己的家人或亲戚还处在贫困线一样。

就在那次考察之后，台州市所属6个县市区与旺苍县和朝天区签订帮扶协议，决定向旺苍县、朝天区捐赠帮扶资金235万元，用于教育卫生事业和修建微水池、改土造田。同时，向12个乡镇捐赠图书5万册，启动劳务合作，第一批组织了150人到台州打工。

在浙江各地先后来广元考察的同时，更多的广元人远赴浙江，进行更为深入的考察、解剖。他们要探究：这个仅有10万平方公里土地的资源小省，凭什么成为全国改革开放的优等生和经济发展的排头兵？靠什

么秘诀成功发展县域经济和块状经济？怎么让以农为主的区域转变经济结构和发展形态？浙江这块土地，真的插一根筷子就可以成活？

一个个考察团、采访组踏上浙江土地。

1997年12月，剑阁、青川两县组成联合考察小组到绍兴考察。《广元时报》为此刊出了"绍兴行"系列报道，向广元干部群众翔实而系统地介绍绍兴。

在联合考察小组成员的眼里和笔下，绍兴是一幅多么令人心动和眼热的图景呀！工业是强县之本。绍兴经济发达的最重要原因，就是工业抓得早、抓得好。到1996年，绍兴已完成工业发展原始阶段，开始向大规模、高科技、外向型、优质量发展。全市已形成化工、纺织、印染、服装、机电、仪表、建筑建材等门类齐全的工业新格局。在绍兴市的工业中，乡镇企业和民营企业占主导地位，以轻纺工业为龙头。全市有纺织企业1540家，从业人员20多万人，年产化纤布料达14亿多米。尤其是绍兴县，乡镇企业总产值260余亿元，利润11亿元，上缴税金8亿元。县内有个3万多人口的福全镇，财政收入超过剑阁县财政收入1000多万元。这是考察小组难以想象的。

考察组得出的结论是：工业是强县之本，乡镇企业是税收之源。

考察组还发现，浙江经济发展的中心环节是培育市场。市场是一切商品获取利润、效益的"立交桥"。浙江省的县域经济大多是"块状经济"，在理论家口中叫"小企业集群"。彼时，鹿城服装、鳌江鞋业、乐清电器、台州模具、绍兴轻纺、海宁皮革、义乌小商品、诸暨袜业、嵊州领带等，一县一品、一地一品，风起云涌，相互媲美。在此基础上，形成相应的专业市场。专业市场带动了专业生产，专业生产又支撑了专业市场，形成良性循环。至1996年底，浙江省已建成各类商品交易市场4388个，年成交额2545亿元。其中，年成交额超过亿元的286个，超过

10亿元的57个。

  位于绍兴县柯桥镇的中国轻纺城，更是给考察组同志留下极其深刻的印象。这个亚洲最大的布匹交易市场，始建于1988年10月。至考察组人员到访时，已发展成为四大板块7个交易区，每天上市新品种9000多个，每天客流量6万多人，日均成交额4000余万元，年成交额达140亿元。考察组同志穿行在偌大的市场内，宛若漂浮在布匹的海洋里。市场内人头攒动，叫卖声此起彼伏。摊位前，挤满了打扮各异、南腔北调的客商；马路上，高叠如小山的拉货车南来北往。那种繁忙、繁荣的景象，不是身临其境者，难以体察。考察组同志面对这样的场景，不由得惊叹市场的伟力，从而引发了对市场的思考与热情、想象与憧憬。是啊，广元不是地处川陕甘三省交界处吗？地理位置得天独厚，为什么不能让这个地理优势转化为商品流通优势，进而成为经济优势呢？大概从此时开始，广元人产生了办大市场的情愫，成为后来建设中国义乌小商品城广元分市场的动因吧？

  以上接触考察的，都是绍兴工业、市场等优势领域。那么，绍兴农村呢？那里情况是否与广元差不多？对广元而言，更需要考察绍兴农村，看看有什么经验和思路可供广元人学习借鉴。考察组走进绍兴县平水镇长塘头村。来到村头，考察组同志仿佛走在了剑阁、青川的某个小山村，因为，这个小山村情况与广元地区许多山村何其相似。很确定的是，这里没有平原地区优势，也没有大工业支撑。该村有201户人家、695人，老百姓生活普遍较为富庶。一问，其经济来源主要靠竹和茶，尤其是竹。当然，长塘头村村民种的不是普通毛竹，而是一种供食用的"雷竹"。雷竹竹笋是眼下城里人筵席上的佳肴美味，广受欢迎，供不应求。长塘头村30多家农户，看准这个市场机遇，在县林业部门帮助指导下，大胆推广种植雷竹。他们采用砻糠双层覆盖新技术，提高雷竹竹笋产量，亩产从原先的500公斤，提高至1300公斤。相应地，亩均收入由原先的4000多元飙升至2万余元。仅此一项，每年就给村民带来20多万元收入。其余村民，则靠种植茶叶致富。

这个例子，给考察组同志以极大震动。绍兴农村特别是山区农民，从山区实际出发，一村一品、一家一业，开发市场需要的是价值高的产品，这种思路和做法，真值得广元山区农民学习。当然，广元山区是否适合种雷竹，还有待科学研究。但剑阁、青川、旺苍等地适合种茶，却是一个不争的事实。农业的根本出路在于产业化、市场化。

考察组还十分注意观察绍兴干部的日常生活细节。他们发现，绍兴人对远道而来的广元人会用绍兴老酒或普通白酒招待，名贵白酒一律不上桌。他们也陪酒、敬酒，但从不闹酒、酗酒。大多数情况下，吃自助餐，一只盘子，几样小菜，自由选择，边吃边聊，吃完就算，聊完就干。在日常工作中，他们非常讲究时间和效率，极少有拖拖拉拉的现象。有绍兴干部告诉考察组同志，绍兴市委书记对县级领导提了三点要求：学外语、讲普通话、开会不抽烟。

之后，还有一次规模较大、时间较长的考察学习，催生出广元企业产权制度改革的一次高潮。

根据广元市主要领导意见，市有关部门组织了一个企业改制考察组，专门赴台州市考察企业产权制度改革情况，以资借鉴。一段时间后，考察组取回了"五字真经"。一曰"早"。台州市早在1982年就开始探索股份合作经济路子，是全国股份合作制经济发源地之一。二曰"广"。当地由二十世纪八十年代初的工业领域，迅速扩展至交通、能源、农林、水产、旅游、金融、信息、文教、卫生、体育等各项社会事业。台州有股份合作制企业23000家，生产总值占全市的70%，税收占全市的60%。三曰"深"。以产权改革为核心，拍卖企业近300家，新组建股份合作制企业6000多家，企业改制面达90%。四曰"活"。抓住产权改革这个牛鼻子，改制具体形式多种多样，调动民间积极性，盘活全社会资产存量。五曰"实"。台州得益于改革开放政策和产权制度改革创造的灵活机制，经济迅猛发展。1996年，台州工农业总产值1254亿元，财政收入24亿元，农民人均纯收入3558元，分别比1978年增长93倍、20倍、30倍。

他山之石可以攻玉。广元市委、市政府连续几天开会，研究台州市企业改制的经验和做法，分析广元企业的现状和改制思路。1997年11月5日，广元市委、市政府发布《中共广元市委、广元市人民政府关于实现企业产权制度突破性改革的有关政策规定》。《规定》提出了5个方面、22条政策措施，对企业破产、出售、土地改造使用、职工认购认缴股份等做出明晰的政策界定，不少规定前所未有，故谓之"突破性"。

一石激起千层浪。广元市委、市政府这些突破性决策和政策，极大地解放了各县区干部的思想，大大拓宽了企业改制的视野与思路，获得积极反响。

旺苍县是广元地区的工业县，也是企业改制的重点县份。县里成立了旺苍企业产权制度改革工作团，县委书记、县长担纲双团长，下设4个分团，由155名县、部门和企业负责人参加。接着，旺苍县召开上千人动员大会。除规定出席对象外，主动前来旁听的厂矿企业、财务人员、中介评估机构、机关干部有300多人。县广电部门还做了建县以来最大规模的现场实况转播。据说，在县城和沿街沿线转播区收看收听的群众多达3万余人。可谓万人空巷、盛况空前。一时街谈巷议、群情振奋。至1997年底，旺苍县实现改制或深化改制企业363户，占应改制企业的97.8%。涉及产权制度改革的企业达到88%，涉及资本近2.5亿元。

剑阁县企业改制也取得明显成效。全县采取11种模式，共改制企业

747家，占应改制企业的98%，以多种形式增资9000余万元。

经此一役，广元市企业改制基本完成，企业发展开始步入正轨。

"八月钱江潮，壮观天下无。"这样的考察及考察后的反思、举一反三，由此及彼、由表及里，再加上与浙江各个层级干部的交流接触，犹如钱江潮来，汹涌澎湃，给广元领导层和基层干部以巨大的震撼与冲击。

广元人醒来啦！广元人真正意识到，广元与浙江的差距，不在于地理，不在于资源，而在于人，在于人的思想理念、思维方式、精神状态和办事作风。从某种程度上说，是落后的思想观念阻碍了广元前进的步伐！正如浙江人所说，用老观念老思维看，看山是穷山，看水是恶水；用市场经济观念看，看山山值钱，看水水值钱。广元市主要领导在多个会议上明确提出：学浙江，首先要学浙江理念、浙江思维、浙江精神、浙江作风。

从彼时开始，浙江人的理念、思维、作风、做法，如春雨润物般，慢慢浸润进广元人的心里，转化为广元人的日常行动和习惯。这是看不见摸不着的元素，但却是实实在在体现在实际生活中的原动力。如果说，浙江广元合作是一部开放开发史的话，初始阶段的大动作就是打开剑阁关，打开广元门，迎接四面来风、八方来人，理念和思维的交流、碰撞、调适、融合，为后来几十年的协作、合作、发展，打下共同思想和情感基础。

正因有此基础，才会有后来的千军万马、波澜壮阔，才会有后来的千姿百态、累累硕果。

客观地说，在浙江广元对口帮扶的初始阶段，大多数帮扶都还停留在最普通最便捷的资金物质援助上，也就是传统意义上的帮扶。

我对初始阶段的情况，做了大量采访。用意很明确：记录历史，还原历史。如果用文绉绉的话来说，那就是"追踪先行者的足迹""抚摸远去的声音"。

采访中，广元市乡村振兴局局长李诚给我提供了一组组浙江广元协作30年详细而系统的数据，初始阶段的几个数据尤为难得：改土7846亩，援建道路1100公里，修建微水池3200个、饮水工程712处，受益群众28万余人。援建学校67所，医院52家。

剑阁县曾于2006年对浙江广元扶贫协作10年做过一个全面而详尽的梳理，留下一串串精确数据：10年间，浙江捐资1521.26万元，赠物折款272万元；帮助引进经济技术合作项目14个，共投资2728万元；培训农村实用技术人员59800人次，干部交流60人次；帮助援建"希望小学"4所，救助失学儿童和特困学生2800余人，结对帮扶贫困学生300余人；援建广播电视节目制作传输中心和宣传文化中心各一个；共建越温示范村23个，总投资2051.52万元；新建微型水池160口，人工打井250口，建设沼气池450口；建设经济园2600亩；修建村级公路69公里，修建便民路11280米，维修村小学校舍114间……

我相信，这每一组数字背后都有一个动人的或是艰辛的故事。如果把这些故事都挖掘出来、整理成文，那将是厚厚的一部史书。

而我能做的，则是选择其中较典型的人和事。

历经3年脱贫攻坚的硬仗，广元市所属4县3区乡村道路早已四通八达、硬化美观，有的路面质量与发达地区无异。要寻找当年浙江广元协作时修桥铺路的旧迹，还真不是件容易的事。

当然，功夫不负有心人。我还是在众人帮助下，在苍溪县三川镇玉河村，找到了一座当年浙江援建的谢家店大桥。

这是一座石拱桥，桥长约30米，桥面宽约8米，处在漆树至梓潼线上。桥墩已明显呈现出年代感，被无数藤蔓等绿植攀缘着。但桥的承重力仍很强，一辆辆载重卡车驶过时，整座桥稳如泰山。

告诉我们这座桥来历的，是现任玉河村副主任、原先谢家桥公路养护班工人白天富。他领着我走过桥面，指着桥后的一条深沟说："原先这里并没有桥，公路是沿山沟修筑的，山边则是一条深沟，当地人称为谢家沟。"谢家沟呈"U"形，全长430米，深达二十几米，常年被杂树和荒草覆盖着。当年公路铺的是砂石，路面很窄，只容许单车通过。这一段遂成为途经司机害怕的"肠梗阻"。而这个谢家沟又是个交通要道，附近5个乡镇老百姓运送化肥、农药、生猪、建筑材料等，都得从这里过。白天富当年在这里做养护工，经常看到司机们战战兢兢地开车路过这里。沟底急转弯处才30度，一些技术不够熟练的司机拐不了弯，车辆就被卡在途中。于是后面排起长队，一堵就是几天几夜。还有一些车辆运送生猪，闷热天气把生猪都闷死啦，弄得臭气熏天，老百姓怨声载道。还有一些外地老板，本来想到这一带投资，一看这种路况，二话不说，扭头就走。

"那为什么不修桥，绕过这个沟呀？"同行中有人嘀咕了一声。

"谁不想修呀？没有钱啰！"已人到壮年的白天富摇了摇头。

是啊！那时苍溪县穷得叮当响，哪里去凑这几十万元？更何况，比这更糟糕更焦急的事还多着呢！

白天富继续介绍："一直等到2002年某天，县交通局和路桥公司领导带着几位浙江人来到这里，一起踏勘谢家沟公路。说是浙江对口帮扶，要拿出几十万元，修建谢家桥。"

白天富说自己当时还有点将信将疑、似信非信。但没过多久，谢家桥真的开建啦！大桥由县路桥公司承建，当地乡镇参与。桥身是拱形，采用石头垒砌。这就需要大量坚固的石块。刚好，白天富会开拖拉机，又有点经营头脑，就承包了石头运输这一块。白天富坦言自己就是想把这座桥建好，图个名声，并没有在意赚不赚钱。

"谢家桥质量不错。"一直在养护公路的白天富告诉我说，"桥建好后，至今没有大维修，现在上面承载百吨重的车辆仍没有问题。这桥一建，方便了老百姓，大家对政府更加信任了。"白天富真是个讲政治的农民，在介绍完毕时，还不忘补上这么一句有高度的话。

从这个事例中，我们不难看出，当年在浙江广元结对帮扶中，双方是如何将极其有限的资金投入最紧迫最需要的地方，真正做到好钢用在刀刃上。

如果说，谢家桥是当年结对帮扶中的独特案例，那么，旺苍县原对口帮扶办公室主任朱红为我描述的，则是当年广元人为争取帮扶所付出的努力和艰辛。

朱红恐怕是广元地区最早一批专职从事浙江广元帮扶工作的干部之一吧？

阳春时节，旺苍县城绿得令人心醉，空气像是被滤过一般，使人心旷神怡。我们选了个傍湖的露天茶室，进行了一席长谈。

朱红打扮入时，外套一件宽松的蓝花纹毛衫，胸前挂着一颗黑宝石坠子。言谈举止间，能让人明显读出她走南闯北、见多识广的阅历。只见她用手一掠秀发，然后优雅地用小汤匙轻轻地搅动玻璃杯内的茶叶，让旺苍黄茶那特有的氤氲气息缓缓地溢出杯口，慢慢地弥漫开来。似乎在为她那段紧张忙碌和略显艰辛的年华，充溢进一些甘味。

说来话长啦！那还是1997年3月7日，朱红对这个日子有着刻骨铭心的记忆。那天是三八节前夕，也是她平生第一次出远门。朱红当时还年轻着呢，在旺苍县东西部合作办公室当一名干部。旺苍县确定与浙江台州市结对帮扶，第一个动作是劳务输出。旺苍县挑选了第一拨47个农民工，前往台州地区打工。后来想想，旺苍县东西部合作办公室领导胆子真大，她朱红自己胆子也忒大，一个敢派，一个敢接。竟然二话没说，朱红就带着这支劳务大军奔往台州。

彼时，全国交通状况还不太好，旺苍更是如此。铁道上跑的全是绿皮火车，那个速度慢呀，哐当哐当，现在的年轻人恐怕很难想象。台州也是这样，还没有通火车呢！朱红清晰记得，她和劳务大军辗转千里，备受困苦。先乘车到成都，然后，换乘成都到上海的慢车，坐了两天两夜，才抵达上海。再在上海换上长途大巴，一路摇摇晃晃、跌跌撞撞，过了12个小时，才到达台州。把初次出门的朱红和农民工转得晕头转向、七荤八素。

到了台州，吃，首先是个问题。朱红是典型的四川女人，爱吃辣、爱吃肉。但台州当地人爱吃海鲜，而且大多清蒸，开始时根本吃不下。到后来，她才慢慢喜欢上台州菜，还把儿子带去感受浙江的历史文化和风土人情。

一住下，朱红就找结对帮扶的路桥、黄岩、椒江区有关部门。

"我叫朱红。"朱红一点不怵，总是这样自报家门。这得益于她的家庭环境熏陶。朱红父亲是解放军团职干部，参加过解放战争；朱红母亲家境较好，受过良好教育，毕业于师范学校，教过书，做过生意，见识过各色人等，还曾被评为广元市十大杰出青年。

"朱红？朱红是谁呀？"人家就问。

就是，远隔千山万水的台州人，怎么会认识朱红呢？朱红只好详细介绍自己："广元市旺苍县对口合作办公室的干部。哦，我不是主任，也不是副主任，只是一个普通干部。第一次出远门，请多关照。"

朱红人长得漂亮，说话声音甜美，态度上又不卑不亢，很快赢得对方好感。

"哦哦，旺苍？旺苍领导也真是的，派这么个小姑娘来办这样的大事。"

朱红心想，我才不是小姑娘呢。自己已结婚，且刚刚有了小孩。只是她的脸生得白皙嫩相，人家一时看不出罢了。

也许是朱红具有交流沟通的天赋，这些问题对她来说都不是问题。

她带着旺苍农民工跑到有意向用工的十来家企业，什么节能灯具厂、模具厂、服装加工厂等，逐一安排下去，总体还算顺利。每家四五人，就把47人都落实了。当然，个别也有不满意的。譬如此行前去的一个木匠师傅，以为是政府安排到台州工作，工资待遇肯定比较高。到台州后被安排在一家木材加工厂，收入一般。他竟认为是朱红有意压低了他的工资，写信给广元市领导反映。市领导找朱红了解情况，朱红如实向市领导做了汇报，市领导一听就明白，鼓励朱红坚持做好。说来也真有意思，后来，这位木匠师傅在木材加工厂学到了技术，在台州开了一个小作坊，又由小作坊变成小工厂，成为千万资产的小老板。朱红开玩笑地说，这人还真得谢谢她呢！

其间，发生了一个有趣的小插曲。台州一家灯具厂老板见朱红反应敏捷、能说会道、善于与人打交道，觉得自己企业正缺少一位这样的公关经理，就劝说朱红留下来，答应年薪6万元，年底还有分红。这条件多有诱惑力呀！想想当年朱红月薪才100多元，全年工资加补贴还不到2000元。但朱红想到自己是受旺苍县委派来工作的，不能一走了之。虽然对方态度恳切，朱红最终还是没有答应那位老板。

"如果当时答应了呢？"我插问一句。

"那，现在的朱红就是千万富婆啦！"朱红边回答边嘻嘻哈哈笑出声来，显示出四川女性豪爽的一面。然后，她端起茶杯，轻轻地啜了口黄茶，继续她的话题。

朱红向我介绍说，那时，自己思想很单纯，就想着怎么把工作做好。每找一个新的部门或单位，先介绍情况，沟通感情，打老区牌、打亲情牌，赢得对方的理解和尊重。唯有一次，朱红为一笔20万元修渠款与浙江某部门领导拍过桌子，说对方这么大领导，怎么说话不算数。那位领导承认自己忘了此事，一边说着对不起，一边就让单位财务人员当着朱红的面开出了捐款。

"朱红厉害呀！"我不由得赞叹。

"不是我厉害。我又不是为个人，是为了咱旺苍的老百姓，我有什么可怕的呢？"朱红解释道。其实，浙江省的领导很好沟通，越是大领导，越是平易近人。她经常接触从局处级到副省级领导，人家并不因为她是一般干部就居高临下、爱搭不理。因此，她跟浙江不少结对帮扶部门和单位领导都相处得不错。有些领导还反过来请她吃饭，并开玩笑说要把朱红调到浙江工作。汶川特大地震发生后的一个月中，她接到无数个浙江领导的电话，关心她和家人的安全，每每把朱红感动得热泪盈眶。

朱红在东西部合作办公室工作了近20年，由一般干部，后提任副主任、主任，成年累月奔跑于浙江、广元两地。到底去过浙江几百次？朱红自己也无法算清。当然，她有时也会去北京、上海、广州等地。一年之中，她在旺苍待的时间也就两三个月，家庭和生活自然受到影响。20年时间，就做一件事：为浙江与旺苍合作沟通需求牵线搭桥。她认为自己做得还算成功，可以告慰旺苍的父老乡亲。

说到具体帮扶项目，朱红扑闪着一双大眼睛，举起修剪得极其精致的双手，扳着手指，给我一一列举。不到5年时间，经介绍落地民营个体企业28家，有卢家坝水泥厂、金溪水泥厂、电缆厂、小额贷款公司、盐河水电站等。引进捐资助学资金几百万元，受益学校有正源小学、高阳小学、国华小学、福庄小学、麻英小学、燕子小学、佰章小学等。牵线搭桥台州3个区帮助修建旺苍县麻英乡、燕子乡、福庆乡、国华乡、双汇镇等6个卫生院。经朱红联系，一年之中单向派遣旺苍干部到浙江挂职锻炼的有40多人。朱红还物色浙江企业，对旺苍县贫困大学生开展结对帮扶助学活动，2000多名旺苍贫困大学生受到资助。

说着这些，朱红似乎在盘点自己昔日的工作成果，也似乎在盘点自己已逝的青春年华。她有些感慨，也有些许惆怅，但更多的是一种自豪，一种无愧于心的坦然。我听着听着，心里一阵触动。是啊，在漫漫几十年东西部协作事业中，不仅有许多浙江干部的投入与帮助，也有一大批像朱红这样的广元干部默默无闻的奉献与牺牲。如果没有他们，浙江、广元两地的协作和合作不可能取得这么大成就。在撰写浙江广元协作历史时，应该记录下他们，让人们记住他们！

那天，根据朱红提供的线索，我按图索骥，找到了佰章小学旧址。

佰章小学现已改名为明德小学。但那幢浙江省援建的楼宇顶上仍写有"佰章小学"四字，似在铭记那段令人难忘的历史。

恰巧是周日放假，校园显得十分安谧。只见艳阳照耀下，在一片翠绿丛中，巍然矗立着一幢外墙为玫瑰色的教学楼，楼高5层，每层5间教室。走近看，建筑略显陈旧，有的墙体已见斑驳。经明德小学老师指点，发现在大楼左侧约一人高的墙体处，镶嵌着一块黑色大理石匾额：

工程主体为框架结构，建筑面积2935平方米。工程总造价226万元。其中，浙江省人民政府对口帮扶100万元人民币，台湾台塑集团王永庆先生捐资40万元人民币，旺苍县人民政府投入86万元人民币。

该工程由旺苍县建筑勘测设计所设计，旺苍县金燊实业公司承建。2005年7月1日开工，2006年5月竣工。

寥寥数语，说清了该楼的来历及工程概况。

我在广元采访考察3个月有余，现场踏看和观察过无数个浙江援建或浙江广元合作项目，这是唯一一个冠以浙江省人民政府名义的项目。由此可以想见，当时浙江领导对这个项目的重视程度。

原佰章小学老校长李中馗兴致勃勃地向我叙述起有关这幢教学楼的前世今生。早期的镇小只有8亩地，七八个班级，300多名学生。随着旺苍县城逐步扩大，进城人员子女骤然增加，原先的镇小不敷使用。县里决定撤并附近村小，在县城中心位置筹建新的镇小。李中馗被任命为镇小校长。他向县卜力陈，县委书记、县长多次主持召开协调会，为学校争取到80亩土地。土地有了，但没有钱建教学楼。后来，好不容易找到台塑集团慈善基金会，人家答应捐40万元。40万元显然不够呀。李中馗就找老同学那位书记软磨硬泡。老同学手中也没有钱，但他知道有一笔浙江帮扶广元市教育资金，然后，书记带着李中馗和县教育局长跑广元市，又通过县对口合作办公室主任高长云和朱红做浙江方面工作。朱红也的确不错，一遍遍带着浙江同志到实地考察踏勘，最终，浙江方面答应给100万元。还缺钱，怎么办？最后，县委书记和县长咬着牙齿，从县财政中拨了86万元给镇小，总算凑齐了全部项目款。

在各方努力下，一幢新教学楼终于在新校园中心矗立起来。大楼共五层，双楼道，两侧都有卫生间，25间教室，也就可容纳25个班级。无论是规模还是设施，在当年旺苍都算是一流。李中馗和老师们可高兴啦。大家觉得在新教室上课特别带劲。"5·12"汶川特大地震中，这幢教学楼完好无损，全校师生安然无恙。至2010年，佰章小学已扩展到48个班级，2600余名学生，成为旺苍县最大的小学。

说完这些往事，老校长李中馗显得感慨万千。浙江省人民政府这笔钱，真是雪中送炭！如果没有这100万元，明德小学教学楼至少要推迟3

年才能建设。那样的话，又会延误多少学生的教育和成才啊！

正是因为雪中送炭，这钱才显得分外珍贵吧？我想。

客观地看，在早年浙江援建的所有项目中，越温村建设，尤其是针对高山干旱地区建设的小型水利设施工程，是广元群众受益面最广、效果最为显著的项目。

广元地处秦巴山区，当地人非常喜欢说，广元是北方中的南方，南方里的北方。但令人想象不到的是，昔日广元是个严重少雨缺水、十年九旱地区。我在翻阅早期的《广元时报》及后来的《广元日报》时，看到每年夏秋季节，报纸总是用大量篇幅报道各地抗旱保苗、用水救人护畜的消息，今天看到那些事例，仍让人揪心。在跑了广元许多乡镇后，我看清了这样一个事实，广元农民大多居住在半山腰甚至是山顶上，在没有水利设施的年代里，完全靠天吃饭、靠雨喝水。正常年景尚能勉强应付，一遇干旱少雨年份，缺水甚或断水乃是必然。

面对困境，广元人没有坐以待毙，而是奋起抗旱保水。

苍溪县率先在广元市开展建设微型水利设施工程。县长莫异矩选择该县永宁镇龙小塘湾农户仲水依家作为试点。从1997年9月底动工兴建，选用水泥砂浆垫底、青石条箍型，投劳470个，建成了一个蓄水500方的小型水池，可以保证周边一大片地的浇灌。农民最讲实惠，相信眼见为实。"样板池"建成并见效后，周围农户群起仿效，外地农户也纷纷前来考察取经，一个修建微型水池的热潮在全县兴起。一时，沿途看去，一口又一口破土动工兴建的微型水池，宛若长藤结瓜，遍布山乡。

广元市因势利导，广泛发动全市群众，因地因户制宜，宜大则大，宜小则小。按照浇灌面积一地一池、一亩一池的模式，掀起修建微型水利工程高潮。市委、市政府还向全市人民立下"军令状"，在1997年冬至1998年春，采用打井、建蓄水池、集中供水站等形式，限时解决全市27.2万人的饮水问题。

决心下了，但资金缺口较大。广元市有关部门测算，如要实现市里提出的目标，至少需要2000万元。

钱在哪里？哪里有钱？成为广元市各级领导的眉上锁、腹中忧。

浙江在此时伸出援手，先后拿出对口帮扶资金1800万元，用于资助广元市微型水池建设，可谓及时雨。

我在一些县区档案馆里查阅到当年资料，看到广元市5个县区52个村被列入"建设扶贫越温示范村"名单。所谓"越温村"，是大家约定俗成的一种叫法，解释一下，就是"越过温饱线"的村。其中一项重要内容，就是修建小型水池。我看到苍溪县一份汇报材料记载，定点帮扶苍溪县的浙江省嘉兴市、浙江省财务公司、浙江省轻纺集团等捐款75万元，用于改善苍溪旱山村人畜饮水条件。苍溪县利用这笔捐款，规划在85个旱山村、551个旱山组修建微型水池2200口，总容量5万立方米。农民每修一口微型水池，政府补偿资金300元。至材料形成日，已完工1882口。当地群众在池边立碑铭记，以表达老区人民对浙江对口帮扶的感激之情。

癸卯谷雨时分，川北春光正媚，山里的空气清新纯净得似乎除了氧气再无他物。仔细品咂，味蕾似乎能感受到一丝丝甜意。

我们向朝天区大滩镇文安村出发。车子穿行在坚固而平坦的乡村公路上，车旁快速闪过一幢幢散落在山坡绿色之中的崭新农舍，使我产生一种依稀走在故乡山阴道上的错觉。朝天人爱说，他们的乡村比县城漂亮，信矣！

文安村是新村名，原先叫茨竹湾村，是当年确定帮扶的"越温村"之一。村里老书记张财生接受我的采访。这位1950年出生、当了20多年村干部的老农，清癯、白发，但筋骨依然健朗，走起山路来，疾步如飞。

在簇新的村委会办公室，老书记回忆起往事，一双细小的眼睛发出少见的光彩，由此可见往事在他心中的深刻与分量。茨竹湾村坐落在山腰上，偏僻、分散，作物单一，几乎年年干旱，村民穷得叮当响。那年被列为"越温村"后，区上拨下一笔帮扶资金。他领着村民干了两件事：

第一，修路。从沙溪到武家沟，全长20公里。给的帮扶钱，主要用于买炸药雷管，老百姓以工代赈，没要一分钱酬劳。村干部自然带头干，全村干部手上都是一堆堆血泡。那样，老百姓就无话可说。再说，这路毕竟是大家走的，老百姓都获益。说到这里，张财生把一双满是茧花的手伸给我看，手掌上茧叠着茧，犹如皮肤的丘陵。

第二，解决人畜饮水问题。茨竹湾村人原先习惯用山沟沟里的水，本来就靠天吃水，时有时无。后来，连这山沟沟里的水也被污染了，人畜就没有办法再用。全村220户人家、880人，再加上猪牛羊，需要不少水。山沟沟里的水不能吃了，村里人就去山下挑水。那时，挑水成了最主要的活儿，一担水来回两个钟头，老百姓苦不堪言。那年，听说浙江送来一笔帮扶资金，老百姓都高兴坏啦。区上统一指导农户修建小型水井或水窖。一般农户每家一口，人畜多的农户，每家两口。每口水井或水窖蓄水量在15方到20方，这样就可满足一户人畜饮用的需要。打水井或水窖所用的水泥、白灰、桐油等材料，用帮扶资金解决。另外，每口水井或水窖再补贴100元。

"修建情况怎么样？"我想了解结果。

"好着嘞！"张财生老书记说。从1997年8月开始，全村家家户户动手修建水窖或水井。比较富裕的农户还趁此机会修建了一些蓄水池。到年底，除了两三家特困户外，全部用上了水井或水窖，彻底解决了人畜饮水和作物浇灌困难。一直用到2003年全区城乡铺设自来水管。作为特定阶段的小型水利设施，完成了它的历史使命，逐渐淡出人们的生产生活。

面对眼前这位饱经沧桑的老哥，我想到，经济发展和社会进步，总是会带动角角落落，即使是偏远山区。茨竹湾村和朝天区及广元市其他山区乡村后来用上自来水乃至滴灌系统，自然是一种巨大进步，但我们不能因此而否定前期那些小型水利设施出现的价值和起过的作用。

"现在，村里还能找到老水井或老水窖吗？"我迫不及待地问老书记。

"有呀！"老书记用肯定的语气回答我的提问。

"真的吗？那太好啦！我们能去看看吗？"我急忙问道。

"可以的！"他点头答应。

说毕，张财生就带着我出发。这里，出门就得爬山，张财生略略弯着腰走在头里，我猫着腰跟在后面。一段时间采访下来，我已知用这种姿势走山路最为省力。

已近午间，天气有点热。走了几百米山路，背上微汗。

来到一处平坦地，这里住着3户人家。其中一家正在老屋边上搭建新房。已架起的屋梁上，站着一位中年人，正忙碌着钉椽子。屋梁边上，一位中年妇女在给他传递木料。

"解占奇！有位浙江来的作家想看看你家的水井呢！"张财生隔着老远就对那位中年人喊道。

那位被叫作解占奇的农民，听说有浙江人来找他，身手敏捷地跳下屋梁，朝我迎来。热情中夹杂着疑惑，拘谨中又透露出欣喜。

这时，给解占奇递送木料的妻子刘志兰自然也停下手中的活，邻居老太太赵国秀和另外的村民，一听说有浙江人来看他们的旧水井，也都围拢过来，你一言我一语，七嘴八舌，兴致勃勃地给我介绍当年挖掘水井水窖的情景。事情已过去20多年，但在村民口中，此事仿佛发生在昨日。可见，印象之深刻，记忆之难灭。

正是樱桃成熟时。解占奇和其他几位村民的屋前屋后，种满了樱桃树。此时，在艳阳映照下，那满树成熟的樱桃宛若彩色玛瑙，空气中弥漫着樱桃的甜味与清香。

解占奇夫妻和周边邻居一定要让浙江来的作家尝尝他们自家的樱桃。看来，当地人对浙江人的好感让我这位在外地工作的浙江人也因此沾光。女主人刘志兰把我领到眼前最成熟的樱桃树前，用竹竿将樱桃树顶端的枝条压低下来，以便她采摘到最好的樱桃，然后，一捧捧递给我。

这里的樱桃真甜！我接二连三地品尝着樱桃，也品尝着山民们的热情好客。一个陌生的外地人，凭着"浙江人"这三个字，就能享受到贵客般的待遇。这，不能不让人感动与感慨！

我向解占奇提出："能不能带我看看你家当年修建的水井？"解占奇憨厚地点点头："当然可以。只是，那口水井已多年没用过，还不知能不能打开。"随后，他反身进屋，找到一根长长的钢錾带上。

看老井，瞬间成了一件大事。除主人一家，老太太刘国秀等村民，还有几个小孩都跟在我们身后。一路上喊喊喳喳、大呼小叫，仿若寻找文物一般。当年的水井现况如何？我内心有点小兴奋。

沿着并不像路的小径走上100多米，众人来到一个背阴山坡上。解占奇用钢錾指着一处杂草丛生的地方说："就在这里。"说完，解占奇用手拨拉开杂草腐叶，再用钢錾划拉开一层薄薄的泥土，一个直径约1.5米的水泥井盖豁然出现在众人眼前。

这水井被草和泥盖住了哩！解占奇弯下腰，试着用手揭井盖。但显然，因多年未启用，盖与井的密封程度很高，一个人的手劲显然不够。只见他熟练地将钢錾伸进井盖缝隙中，用力往下一摁，井盖就发生了偏移。这时，陪同在旁的驻村干部蹲下身，用双手抓住井盖上两个铁拉手，用力往上一提，再顺势往身边一拉，井盖果真被移开一角。然后，

再用钢錾一撬，小半口井就露了出来。

我顺着井口往下一瞧，井沿用水泥砌就，几十米深的井内，水满满的，且清澈透亮。解占奇站在井旁看了又看，似乎见到了多年未见的老友。是啊，虽然时过境迁、今非昔比，但不能认为今是昔非、物是人非。当年就靠这口水井救了全家。

当解占奇再次盖上井盖，让水井恢复原状时，说出了一句由衷的话："感谢政府，感谢浙江人！"我看到，解占奇说这话时，他的神情真诚，古铜色的脸上绽开着粲然的笑。

我的心被深深触动，中国老百姓真好，广元老百姓尤其朴实善良，懂得感恩。但凡为他们做过一点好事，帮过一点小忙的人，他们都会铭记在心，永生不忘！而且会爱屋及乌，推及众人。

我几乎用流水账般的形式记录下早期浙江广元对口帮扶的故事。读者不难看出，这些故事或案例，侧重于思想理念上的转变和传统意义上的物质帮扶。这样的叙述，从作者而言，主要是为了行文的方便与顺畅。实际上，浙江省与广元市的对口帮扶事业，一上来就确定了"输血"与"造血"并重、政府与民间同步、协作与合作共举、市场与道德并用的原则。在做好最早一波物质和资金援助的同时，就开始探索产业帮扶，走上了运用市场机制、赢得互惠互利、彼此可持续发展的道路。

1997年5月11日，浙江省企业家考察团一行24人抵达广元，至此，浙江广元协作揭开新的一页。这新的一页，以浙江义乌小商品城广元分市场开张和娃哈哈广元公司的落成为主要标志。还有一些人和事，为后来东西部产业协作、人才交流等埋下伏笔。作为一项事业，叫瓜熟蒂落、水到渠成；写成文章，叫草蛇灰线、伏脉千里。

这个企业家考察团阵容宏大，几乎囊括了浙江当时最有影响力的企业,娃哈哈集团、青春宝集团、万事利集团、横店集团,浙江义乌小商品城。企业家队伍中,还有一位特殊的茶叶专家——时任中国农科院茶叶研究所副所长白堃元。这位身材不高、体形瘦削的茶叶专家,当时跻身在一大堆企业家中,并不引人注目。但后来,他为广元地区茶叶产业发展做出卓越贡献,成为广元人心目中的一个传奇。

彼时,最受人注目的,自然是娃哈哈、青春宝这样的明星企业。《广元时报》刊发了介绍这些企业的报道,还对前来考察的企业家做了专题采访,并把娃哈哈集团有意愿与苍溪罐头厂、苍溪猕猴桃厂、广元飞仙食品厂、冰鸟矿泉水厂等合作,看作是一个天外飞来的机遇。

娃哈哈集团在广元落地生根,犹如十月怀胎、一朝分娩,先天优良、后劲十足,本身就是东西部协作的一个生动故事,容我在后面章节展开来描述。

其实,当时动作最快的,却是浙江义乌小商品城。

胡衍虎,时任浙江义乌小商品城发展部经理,30多岁,在浙江企业家考察团中显得年轻干练。第一次到广元,他就跑到嘉陵路市场、蜀门市场、则天批发市场、中国城商场等地考察,详细询问在广元经营的义乌个体户情况,进行在广元建立大市场的可行性研究。在胡衍虎看来,广元处于川陕甘结合部,辐射四省十六方,地理区位优势独特,搞得好,有望成为中国西北部物流中心和商品零售批发中心。其次是广元现有商业设施完备,可用商场面积将近20万平方米,不必大量投资即可形成规模。还有,广元市政府决心学习"买天下货、卖天下货"的思路,筑巢引凤,尤其是针对浙江客商到广元经营,推出了一系列超常规优惠政策。胡衍虎返回义乌后,向义乌小商品城领导做了汇报反馈。

6月初,胡衍虎再次来到广元,进行全面考察,并与广元有关方面签订意向,提出组建浙江义乌小商品城广元分市场的意向。

6月17日，义乌小商品城副总裁林子宙一行到达广元，正式签订组建浙江义乌小商品城广元分市场协议，并决定浙江义乌小商品城与广元百货站共同投资组建市场服务配送中心。至6月底，分市场和配送中心筹建完毕。

7月12日下午，广元人期待已久的小商品大市场揭开红彤彤的面纱，宣布向中西部客商开放。

从5月11日考察团踏上广元土地，到潜在的川陕甘商品大市场变成现实，仅仅用了两个月时间。广元人与浙江人一起，创造了一个堪比"深圳速度"的"广元速度"。广元人显然没有见过这样的速度，连见多识广的义乌人也没有经历过。参加开业典礼的浙江义乌小商品城总裁陈勇在接受媒体采访时实事求是地说，在义乌小商品城所办的分市场中，如此高效率的合作伙伴还是第一个，深深打动了他的心。

开业典礼盛大而欢快。当时，《广元时报》记者用生动的笔触描绘了开业场景：此时，南河开发区粮贸大厦前人山人海、热闹非凡。"浙江义乌小商品城广元市分市场"和"浙江义乌小商品城广元配送中心"28个金色大字，在阳光下熠熠生辉。广元市领导宣布开业典礼开始，上千只鸽子飞上蓝天，把全场气氛推向高潮。

浙江、广元两地领导热烈握手，剪彩，鼓掌，送匾，接匾。

在欢呼声中，成百上千群众拥入新开张的市场。市场拥有营业面积2.3万平方米、营业摊位1000多个、经营品种逾千种。许多人睁大惊奇的眼睛，观赏着、抚摸着琳琅满目的小商品，真是目不暇接、爱不释手。

当地新闻媒体做了持续报道。开业以后，义乌小商品以其价廉物美、品种齐全、款式新颖而受到广元及其周边地区国合商业、个体批发户和广大消费者欢迎。一个月下来，销售额即达到60万元。

在相当长时期内，这个分市场和配送中心，在川北乃至陕甘毗邻地区都具有举足轻重的位置。

在接近15年的对口帮扶阶段,也就是现在人们所说的浙江广元协作第一阶段,浙江省对广元市的帮扶事例不胜枚举,广元人对浙江的帮扶也记忆犹新。自然,人们总是从当时当地现实情况和实际需要出发,也从当时认知水平和承受能力出发,尽量将帮扶事业做得更漂亮、更完善、更有效。后来,因为经济发展、社会变化、科技进步、生活提高,有的项目完成了历史使命,有的项目被淘汰抛弃,有的项目转型升级,有的项目现在还需要接续……用历史唯物主义观点分析,这些都属于自然而正常的现象。写到这里,我忽然想起革命导师马克思说过的一段话:"人们自己创造自己的历史。但他们并不是随心所欲地创造,并不是在他们自己选定的条件下创造,而是在直接碰到的、既定的、从过去承继下来的条件下创造。"

革命导师的话,真是人类历史规律和人们生活经验的哲学总结。

改变的只是具体的物质形态。不变的是思想、精神与情感,还有心灵深处那些美好的记忆。

如果不是2008年5月12日这个日子,如果不是因为成千上万人的罹难、几百万人的无家可归,浙江广元对口帮扶合作仍会按部就班、有条不紊地延续下去。然而,一场猝不及防的特大地震,彻底改变了汶川、北川、青川的地形图,极大地打乱了人们正常的工作、生活秩序,也很自然地改变了原先的帮扶布局与节奏。在党中央的领导下,全国人民众志成城、万众一心,与"地魔"鏖战、与时间竞跑、与困难智斗,一场严峻、急迫、艰巨的抗震救灾战斗,在中国大地上展开。浙江举全省之力援建广元青川,助力青川人民恢复家园,恢复生活。青川山河重整、面貌为之一变,人民安居乐业。3年中,呈现过多少撕心裂肺的场景,涌现出多少感天动地的壮举，创造了多少可歌可泣的业绩，谱写了多少荡气回肠的故事……从而成为浙江广元协作中最为特殊例外、最为惊心动魄的一段史实。这是一段在人类历史上也算得上的特殊援建，是眼泪和着汗水流淌的时光，是悲痛和自豪交织的情感，是天能毁人、人亦能胜天的博弈，是中国制度、民族精神的礼赞，也是浙江人与广元人生死相依、命运与共的写照！请允许我在其他章节，来回首它、描述它……

当林强带着台州地区十来名干部奔赴广元市，开展脱贫攻坚战时，日历已翻到2018年4月。

这个行程，林强是没有思想准备的。在采访中，林强坦率承认。彼时，林强担任着台州市交通投资公司董事长。他用两年时间，将台州交通投资公司搞得风生水起，同时，他还是省管后备干部。

记得那天，组织上找林强谈话，告诉林强，决定派他到四川省广元市，挂职三年，带领台州市帮扶工作组，参与广元脱贫攻坚。为什么选林强？组织上自然有组织上的道理与考虑。组织上要物色一位优秀干部，带着7位副处级干部去广元，必须考虑派遣干部的年龄、职级、能力等，林强在基层多岗位锻炼过，到交通投资公司后干得不错，现在是正处级干部，是挂职领队的合适人选。脱贫攻坚必须是处级干部吗？林强彼时心想。当然，他没有问出这句话。林强自然清楚，中国发展已进入新时代，习近平总书记亲自擘画、亲自部署全国精准脱贫大业，一场与千年贫困的告别战、肉搏战在全国打响。自己能直接参与这场彪炳中华民族史册的伟大事业，这是一种荣幸和幸运。中央对浙江帮扶四川脱贫攻坚提出了新要求，浙江省委决定抽调精兵强将，打一场翻身仗。林强一想到此，一种共产党员的情怀油然而生。我不去，谁去？我不干，谁干？再说，林强一直听从组织安排，党叫干啥就干啥，党叫去哪儿就去哪儿，从不讨价还价。

林强态度明朗地一口答应下来。

但是，周围却是一片反对和疑虑声。

林强是台州市天台县人，中等个儿，皮肤黧黑，一双浓眉大眼极易给人留下深刻印象，厚厚的嘴唇又显示出他坚毅的性格。他爱人金照玲一直在天台工作，他们就把家安在天台，以便于照顾双方父母，林强夫妻长期过着牛郎织女般的生活。时间很急，要求两三天后启程。临走前，有多少工作需要交接，有多少准备工作需要做呀！林强都来不及回天台与爱人好好商量商量，只打了个电话给爱人，把去广元的事七七八八地说了一下。他爱人自然感觉意外，脱口而出："你去那么远，家里万一发生点事，怎么办？不会有什么大事吧？"林强当时没想太多，但后来事实却被他爱人言中。林强去广元半年后的某天，他接到爱人金照玲的急电，岳父突然中风不醒。那几天，正是青川栽种"白叶一号"的关键期，他离不开。他抱歉地跟爱人说明，待他忙过这一阵，马上赶回去。但还未等到他返回，爱人在电话里悲痛地告诉林强，岳父走了。他突然感觉到对岳父和爱人充满了愧疚，连夜赶回老家，送老人最后一程。如果他当时在岳父身边，及时让其进行救治，老人不至于走得这么快。这使得林强至今还充满了遗憾和懊悔。

同事和朋友质疑、反对的声浪也很高。"放弃近百万年薪和奖金，不当董事长，去当扶贫干部，不划算呀！""你去四川三年，回来后，这个董事长岗位就轮不到你林强啰，再也找不到这么好的工作啦！"对于这些，说林强没有想过，那不是事实。但你说林强想得很多，患得患失，那也不是事实。作为一名党员干部，林强并不太看重钱。至于回来后干什么，自然由组织安排，组织安排什么，我林强就干什么。绝不讨价还价，绝不挑肥拣瘦。这就是林强的风格。

离杭入川的日子定在2018年4月26日。江南暖风拂拂、垂柳依依。萧山机场里外出踏青游春的团队熙熙攘攘、摩肩接踵。送行的领导已经离开，机场休息室只留下林强和同行的13位援川干部。只见林强郑重其事地从口袋里拿出十几枚党员徽章，他先给自己佩戴上一枚，然后逐一给13位援川干部佩戴好，让大家站成一排，他要说几句话。

这是林强在准备行程时精心设置的一个环节。他要用这样一种特殊方式，对队友进行一次"战前动员"，让大家在入川之前留下深刻印象。面对表情严肃而又充满好奇的队友，林强顿时有了一种神圣感。"精准扶贫，结束中国几千年遗留下来的贫困现象，这是习近平总书记亲自决策、亲自指挥的一场大仗、硬仗。我们佩戴上这枚党员徽章，就是希望大家时刻提醒自己，我们这些共产党员，是党派到四川去帮助脱贫攻坚的，任务艰巨、使命光荣！到四川后，大家相处东南西北，独立作战，感觉好像没有了监督。但大家要牢记胸前的这枚党员徽章，用党员徽章来自律，树立浙江干部的铁军形象……"

"我要求，三年后回来时，大家要把党员徽章带回浙江，可不要把党员徽章弄丢啦！"

最后这句语重心长、含义深刻的话，是林强在私下里对大家说的。大家自然明白林强的用意，不要弄丢了党员徽章，就是不要有损于共产党员形象和浙江干部形象！立下愚公移山志，打赢脱贫攻坚战，不破楼兰终不还！

后来大家在广元工作的实践中证明，这个机场佩戴党员徽章的行动，起到了很好的激励和约束作用。不少人在工作或生活中遇到困难时，会用党员徽章约束自己，会重复林强的话勉励自己。

从四季气候温润、餐餐吃着小海鲜的台州，来到大山里的山区、顿顿飘满辣香的广元，跨度不可谓不大，工作上、生活上、心理上的暂时不适是必然的。林强不会吃辣，看到满碗满盘的辣椒，心理上会产生排斥反应。他开始学着自己买菜做饭。实事求是地说，广元的鱼肉蔬菜价格便宜，多年的老母鸡，尺把长的条鱼，都是林强的最爱。有时还有意外之喜。一次，林强居然在市场上买到一只肥大的野生甲鱼，于是便好好犒赏了一下自己。住地距办公室较远，林强每天7点10分步行上班。广元的天亮时刻与台州不同，清晨七点来钟，天才蒙蒙亮呢！那没有关系，林强把上班步行当作每天的晨练，心理上就变得十分自然与舒坦。当然，还有一个经济收入上的改变。到广元工作后，林强开始拿党政干部工资。两相对照，工资差了一大截。有一天，一位广元当地干部无意间看到林强在董事长岗位上获得的奖金和年薪，再看一眼当下每月工资，惊诧得闭不上嘴。

对以上这些，林强并不后悔，也没有过多考虑。他一到广元，就全身心投入脱贫攻坚工作中。广元市领导告诉林强，据调查摸底，广元全市现有贫困村739个、贫困人口34.82万人，贫困发生率14.6%。林强想知道的是，广元贫困户到底贫困到什么程度。他要看真贫，从而才能做到真扶贫。

调查研究，是基本功，也是林强几十年养成的工作习惯。他把援广挂职干部和专业技术人员分了组，深入全市各县区，一个猛子扎下去，深深的，深到每个贫困村、每家贫困户。林强自己身体力行。他深知，动嘴不如动腿，动手不如动脑。

一个周末，林强独自一人爬青川的摩天岭，想去看望一些贫困户。天下着雨，路上很滑。走着走着，手机没有了信号。他心里一急，脚底下打滑，结结实实地摔了一跤。想想自己已经受伤，怕万一上去真下不来，便放弃了原计划，一瘸一拐地返回住处。

第一次走访没有成功，但林强不想放弃。等到身体稍好，他再次出发。这次做了充分准备,还专门到防汛指挥部借了一部卫星电话,确保必要时能打得出电话。

又是一个星期天,林强不想影响别人休息,便一个人独行走访。走到一个野山岙,居然遇上了一群野猴。猴王和母猴正领着一群小猴子,在山里玩耍。林强自然没有想到会在半途遇上猴子,那些猴子可能也没有想到会在这里遇到人类。双方都有点猝不及防。这时,只见猴王在距林强不远处威风凛凛地站定,十分警惕地盯着林强。在这种情况下,任何疏忽都会造成猴王的错觉,会以为人类要去伤害它的子孙,那它非跟你拼命不可。林强知道这一点,也认为必须善待动物。他就在原地站定,一动不动。双方继续对峙了几分钟。那是让人忐忑不安的几分钟!直到那只母猴领着猴子们转移到安全地带,猴王才盯着林强,一步一回头地离去了。

深入下去,就看到了老百姓真实的困难情况。在旺苍县,林强跑到最偏远的村庄,去看最贫困的农户。他看到村里有一户农民,全家住着两间破瓦房,十分贫穷。屋子正中,悬挂着一口被烟雾熏得漆黑的铁锅,地下生着一堆柴火。他推门进去时,女主人正往锅里放杂七杂八的粮食蔬菜,为全家烧着主食。村里几个贫困户,听说来了位大领导,闻讯赶来。林强与他们聊家常、问收入后才知道,这些农户贫困程度大同小异。林强就千方百计地鼓励他们脱贫,建议他们种茶叶,并答应给他们送茶苗,寻找销售渠道。

几番深入调研,林强和各县帮扶工作组同志比较全面具体地掌握了广元的贫困情况,也有了一些脱贫攻坚的思路和对策。林强知道,要彻底解决广元地区的贫困问题,主要靠当地党委、政府带着全市人民埋头苦干,靠党和国家的扶贫政策。浙江的责任在于用心帮扶、用情帮扶,既示范引领,又拾遗补阙,不让一个村、一个人掉队。

针对广元市贫困现状和脱贫攻坚路径选择，林强在调研后提出"发展产业脱贫一批、转移就业解决一批、共建园区吸纳一批、结对帮扶助推一批"的工作思路。并配合当地出台了《浙广东西部扶贫协作三年行动实施方案》等文件，明确量化标准：筹资10亿元，建设40万亩农业基地，产业脱贫10万人，落实转移就业1万人，市县区建设1+6工业园区13000亩，长期提供就业岗位1万个，建立脱贫长效"资金池"等，简称为"十万百千工程"。

按照林强的思路，第一年，他们花在农村和农业上的精力较多，并较快见到成效。从第二年开始，林强开始更多考虑东西协作，建设工业园区。

提起这个题目，林强似有一种沉重感。在2008年抗震援建时，浙江与广元商定，在广元市经济开发区，两地共同建设浙川产业合作园，先后引进29家企业。到林强赴广元后去调研时，发现有的企业早已撤走，一些留在开发区的企业生产也不景气。有的厂区长满了荒草，那草居然高过人头。浙江省一位领导看后，语重心长地对林强说："要振兴浙川产业园啊！"

浙江领导走后，广元市开了个会，专题研究如何振兴浙川产业园一事。为鼓舞士气，也为了自我加压，林强在会上表态："一定要想办法振兴浙川产业园！先把产业园装满，要力争引进一家年税收超2亿元的企业！"林强说得慷慨激昂。

一家年税收超2亿元的企业。在哪里？可能吗？要知道，当时广元市税收最多的企业也才1.5亿元，你林强夸口了吧？说高了吧？见众人这般反应，与会的广元市委副书记冯磊出面说话。冯磊的话说得很得体，兼顾了两边情绪。他说："林强同志说的是奋斗目标，希望大家共同努力。也许，我说的是也许，一家企业缴纳2个亿，也许有困难。但几家企业合起来,就有可能啰!大家说,对不对呀?"

林强知道,冯磊在为自己打圆场。但他内心还是不认输。干工作,不能没有目标,不能没有勇气。越是困难的地方,越是困难的时候,越需要愚公精神。事在人为,有三年时间,他林强就是要把不可能变成可能!

浙川产业园的现状,浙江领导临走时的那句嘱托,还有会议上众人疑惑的眼光,使得林强心里感觉沉甸甸的。到底是什么原因,造成浙川产业园这种现状?广元不少干部希望林强和帮扶工作组同志能多引进些浙江企业,这个想法很正常、很自然,这也是浙江工作队的职责与优势所在。但林强想的是,为什么引进到产业园的一些浙江企业没有生存下去、发展起来呢?经济发展有自身规律,企业成长需要一定条件。那么,问题究竟出在哪里?

自此开始,林强忙完白天的事,晚上把自己关在房间内,潜心研究。他把有关浙川产业园的所有资料搬回宿舍,一遍遍翻看与思考,对前期落户的29家浙江企业,一家家进行梳理和分析。他试图找出这些企业生存、发展或搬迁的共性。

窗外,广元的夜晚开始变得五彩缤纷、热闹异常,但林强听而未闻、视而未见,宛若一个坐禅入定的信徒。他任自己的思绪在产业园的世界里飞翔。蓦然,林强眼前一亮,豁然开朗。对呀!这些企业没有发展起来,并不是说这些企业本身不好,也不是说浙川产业园不好,而是因为没有形成上下游产业链,影响了企业效益。林强突然想到了农民种田。为什么有的农作物收成不高,不是说这田不行,也不是说这作物不行,而是把适合种高山蔬菜的地,种了水稻;把原本应该种猕猴桃的山坡,种了苹果。这就叫不匹配、不吻合。道理很浅显,什么地种什么苗,什么苗选什么地,才能茁壮生长、枝繁叶茂。但以前在发展浙川产业园时注意不够、研究不够!只注重引进浙江企业,没有去研究浙江企业与产业园的适配度。其实，只要是适配的，哪个地方的企业都可以！

弄明白根源后，林强并没有满足，更没有罢休。他要找到出路。林强记得一位伟人曾经说过："我们不但要认识世界，更要改造世界。"那么，浙川产业园的优势是什么？出路在哪里？林强把目光转向国家政策，他有了一个新发现。早在几年前，四川省就提出支持广元发展铝产业，并配套出台了一系列优惠政策，尤其是用电指标和电力价格。一年几十亿用电额度，每度电3毛1分。这是一个含金量极高的政策呀！要知道，铝产业是用电大户，电价多1分钱，企业就会多支付几十万元成本。这说明，对于铝业而言，广元就是一块肥沃的土地。广元应该充分发挥这一优势，把铝业做大做强。

思路厘清、目标明晰后，林强觉得自己这个副秘书长应该担负起军队"参谋长"的职责。林强几次找广元市主要领导，反复向他们阐述自己的看法和计划。市领导何尝不想发展铝业，只是没有找到合适的企业。林强就与市招商局和开发区同志满世界找，终于找到河南两家铝业企业。一家叫中孚高精铝材集团，一家叫林丰铝业，都有意向搬迁过来。

市领导听说了，却一时犹豫未决。"听说这两家铝业公司是亏损的呢，你怎么看？"林强就给市领导分析，这两家企业在河南亏损，是因为河南电价高。如果用广元电价，这两家铝业公司肯定赚钱，这也就是他们愿意搬迁过来的主因。

哦，原来如此。林强这一分析判断，市领导听进去了，并下决心拿出几千万元，为引进这两家铝业企业配套。

没过多久，这两家铝业企业如期如愿搬迁至广元开发区，一下子成为开发区的顶梁柱。

引进这两家铝业公司，林强说自己扮演的是"参谋长"角色。而引进美裕铝型材企业，林强则成为整个过程的主角和操刀手。

美裕铝型材是一家台州民营企业。虽说林强多年在台州工作,但隔行如隔山,对这家企业并不熟悉。后来,在一次闲谈中,听援川干部林涛说起:美裕铝型材产品做得不错,可否想办法把他们引进到广元来?林强一听是台州企业,又是他力主发展的铝业,便想去试一试。

谁知,第一次去成都沟通,就碰了一鼻子灰。虽然说着同样的台州话,交流没有一点障碍,回答也很认真;但对方认为广元开发区不具备条件,最后客客气气地婉拒。

条件?什么条件?等林强回到广元,静下心来仔细一想,他终于明白了,人家讲的条件,就是上下游产业链。作为一家铝型材企业,每天需要大量的铝水、铝锭,你广元有吗?没有,那就对不起,人家不来,哪怕是三请诸葛亮。

好,那就等等,先解决上游再说。

等到中孚、林丰两家铝业公司落地广元开发区,并开始建厂房、搬设备时,林强再次找上门去,与美裕铝型材公司董事长王凛平做一席谈。

林强这次事先做足了功课,也摸准了企业命脉。他有理有据、侃侃而谈,介绍了中孚铝业、林丰铝业搬迁建设进程,可为下游企业提供多少铝水、铝锭。林强说着说着,见王凛平的双眼越来越亮,提问越来越多。林强深知,企业家犹如嗅觉敏锐的猎犬,一嗅到猎物,会毫不犹豫地扑上来。哦,那么低廉的电价、那么近距离的上游原材料供应,还有开发区优惠政策与配套措施,综合起来,就像一根利益链条,对企业产生巨大引力。

"中孚、林丰真的到了你们开发区?"王凛平紧盯着林强发问。

"你看!耳听为虚,眼见为实。"林强从包里拿出一沓彩色照片,"王董可以看看这些照片。这是中孚公司的厂房,这是林丰公司的厂房,这是已运抵开发区的设备。这只锅炉,80吨的,王董比我更内行吧?"

"有地吗？"王凛平继续试探着问。

"当然！在这两家铝厂周边，我们给你们美裕公司预留了一块地，现在就看王董意下如何。"

"预留？为我们？"王凛平显得有点兴奋。

5分钟，仅仅是5分钟。王凛平再看了一眼照片。当他以一个企业家的精明确认这一切都是事实时，他立马决定，带人考察广元开发区。

很快，美裕铝型材公司决策入驻广元开发区，谈判，洽商，一切非常顺利。只是在谈判协议时，林强提出，美裕铝型材公司属下的废铝收购公司要设在广元，把税缴给广元，市里在考虑企业实际利益时，合理进行分享。林强要兑现自己向广元人民的承诺，培育出一个年税收超2亿元的企业。他将这一希望寄托在美裕铝型材公司身上。

"林强书记的忽悠功夫不错嘞！"我跟现在已担任台州市椒江区委书记的林强开着玩笑。

"不，忽悠干不好事情！"林强一本正经地回复我，"说实在的，第二次去美裕铝型材公司前，我就有把握认定他们一定会来。企业考虑的是赚钱，这么好的上下游配套，这么低的成本，他不来才怪呢！这就叫好的树苗找到适合种植的土地。就像安吉'白叶一号'，在广元地区也就只有青川才适合种植一样。"

林强回到初始话题上。

当林强回忆介绍到这里时，突然想起，前几天，青川县青坪村村民还路远迢迢地给他快递来今年采摘的"白叶一号"新茶，他让身边工作人员拿来。一边展示，一边说他收到这几小包"白叶一号"后，想起当年自己在青坪村亲手栽种"白叶一号"的情景，非常感动，放在办公室里舍不得喝。"今天你这位大作家来了，就请你品尝品尝啦！"

立刻，一杯透着清香的白茶放在我面前。茶叶在透明的玻璃杯内显得娉娉婷婷，一股带着广元气息的茶香在室内弥漫开来，我的思绪随之飘回到青川县青坪村，也似乎把林强带入三年前的场景中：他与青坪村民一起，冒着淅淅沥沥的秋雨，把一株株远道而来的茶苗种下去，同时把村民脱贫致富的希望种下去。

三年时间转瞬即逝。人们在盘点时发现，三年中，"浙广手拉手，共同奔小康"成为浙江、广元两地干部群众的共识和行动。市级领导交流互访19次，县级主要领导对接66次，召开联席会议60次。正是这样密集的交流沟通，才形成前方后方同频共振、帮扶资助各显神通的局面。林强带着台州、丽水、湖州3市帮扶工作队拟定的"十万百千工程"基本实现，有的还超过预期。三年中，落实到位资金10.02亿元，建成黄茶、猕猴桃、道地中药材、核桃、高山蔬菜等万亩基地12个，藤椒、黑木耳、火龙果、草莓、杨梅、白沙枇杷等千亩农业园区103个，总面积44.28万亩，带动建档立卡贫困户10.09万人增收。1+6工业园区雏形已具。消费扶贫突破30亿元。

如果把浙江帮扶脱贫的这些成绩融合进广元市脱贫攻坚成就中，就构成了一幅波澜壮阔的脱贫攻坚图，构成了一幅沧海桑田的贫富转换图。在以习近平同志为核心的党中央坚强领导和精心指挥下，广元人自强不息、感恩奋进、接续奋斗。三年时间，广元市6个贫困县全部如期脱贫，739个贫困村全部退出贫困序列，34万余人稳定脱贫。全市GDP超千亿元，税收超百亿元。广元人民终于迈过了千年贫穷这道门槛，历史性地实现了全面小康。没有一个村落下，没有一个人掉队！

这，难道不是一个翻天覆地的历史性巨变吗？这，难道还不足以说明林强和队友们工作的意义和价值吗？这，难道不是值得一个作家大书特书的历史事实吗？

用历史眼光观照，中国东西部对口协作事业，恰如一次万水千山的长征，或如奔腾东流的长江。而对于具体开展帮扶工作的浙江各地而言，却仿若体育运动中的接力赛，需要一棒接一棒交接，实现无缝对接、持续发力，将赛事进行到底。

当新一轮浙江广元东西部对口协作的接力棒，交到杭州市帮扶工作队队长周展手上时，已是2021年6月1日。

妻子和儿子前往送行。这让周展想起十多年前自己远赴美国培训时与家人分别的情景。只是，那一次分别只有一年，而这次却是整整3年。那一次，他错过了儿子读幼儿园的时光；这一次，他要错过儿子读初中的时光。

想法可以无限浪漫，但工作却是实际无比。四十出头的周展，中等身材，敦实微胖，戴着一副度数不高的近视眼镜。透过镜片看到的那双眼睛，才是真实的周展。他曾担任浙江省学联执行主席，在省、市、区、镇等各级部门都干过，经历比较丰富，攻坚克难能力十分突出。到西部工作，德才、年龄、职级、履历等，自然是主要条件，但还有一个身体条件，要适应西部地区的海拔、气候，等等。说来也真是奇怪，周展以前从不锻炼，而在半年前，竟心血来潮、鬼使神差般开展了健身。一健身，一些小病小痛不治而愈，身体显得超级棒。体检中，这指标、那参数，居然全部合格。采访中，周展笑着对我说："不知道的人，还以为我提早半年锻炼，就是为了去广元呢！"

这，在生活中也许可以叫歪打正着。周展虽曾在各个层级都工作过，但从未离开过浙江。现在好了，有这么一个服务西部、锻炼自身的机会。当组织部门征求意见时，他想也没想就同意了。组织部门办事效率超高，从决定到出发也就两三天，弄得周展连跟朋友们告别一下的时间都不够。

得，以后有的是机会。再说，广元毕竟不是天涯海角，随时可以回来的嘛！但后来事实证明，周展当时的想法颇为乐观。等真正投入工作后，就是连轴转，周展回杭州的天数屈指可数。

浙江省和杭州市领导极其重视，专门在省人民大会堂举行大会，欢送浙江帮扶西部的干部。会场内敲锣打鼓，领导给西行干部佩戴上大红花。大红花把大家的脸庞映照得红彤彤的。周展和同行干部感觉自己就像参军参战。这大概是和平建设时期能享受的最大荣光吧！

到四川广元地区的这拨帮扶干部，包括周展共12人。其中6人到广元所属4县2区担任县区委常委兼副县区长，周展任剑阁县委常委兼副县长。其余6人，当助手，担任县区办公室副主任。周展同时是杭州市帮扶工作队队长，担任广元市政府副秘书长。这就意味着，周展不仅要抓好剑阁县对口协作工作，还要指导协调广元市各县区协作工作，带好这支12人干部队伍和上百人专业技术队伍。周展深感责任重大。

杭州市、区领导送周展他们抵达萧山机场，告别在即。这支队伍即将由美丽的西子湖畔飞往莽莽苍苍的川北山区。大家都有点难分难舍，也有点激昂慷慨。周展代表大家向领导表态："作为东西部协作的深度参与者、一线奋斗者，我们要时刻牢记习近平总书记的殷切嘱托，珍惜组织给予的难得机会，始终保持时不我待、只争朝夕的紧迫感、使命感，始终坚持奋勇争先、不甘人后的高标准、严要求，为两地高质量发展和共同富裕贡献力量，圆满完成组织赋予的光荣使命。"

四川省和广元市也开了欢迎会。两地领导的鼓励勉励让周展和队友们深受鼓舞。

摆在周展他们面前最紧急的事，就是填报2021年浙江广元东西协作项目。因各种缘故，周展他们晚到了一段时间，与上一拨工作队的交接就显得十分急迫，甚至有点匆忙和简单。

他们6月1日到达广元，2日交接。按照惯例，每年6月初就要上报本年度项目，以便浙江与四川洽商确定。浙江省对口工作办公室一个接一个电话打过来，催促广元市抓紧填报。周展一时感觉有点为难。说简单极其简单，周展他们签个名就可报出。说复杂，也的确复杂。就说项目吧，上一拨工作队确实有一个项目建议名单，但那是根据当时情况考虑安排的。现在国内外情况、市场和土地政策发生了巨大变化，过去认为好的项目，用现在的眼光和政策看，未必是好、未必可行。再说，他们这些新来的人，对这些项目一点都不了解，没有调研就没有发言权，这可是至理名言呀！随便签个名字报出，实在是对浙江广元双方都不负责的态度，也是他周展内心迈不过的坎。

主意拿定，周展一边给浙江有关方面反映和解释，请求延缓上报时间，一边自己带着新来的同志搞调研。在一周时间内，周展和同事们马不停蹄，旋风式跑遍所有准备上报的项目。了解当地需求、土地、市场等各种要素，与业主单位商量。突出乡村振兴主题，注重二、三产业发展。然后，该保留的保留，该完善的完善，该淘汰的淘汰，该新增的新增，最终全市拟定58个项目，每个县区为8至10个项目。因基础工作扎实，可行性较强，项目上报浙江省和四川省主管部门后，获得批准，并在年底前全部开工建设。

周展他们经受住了到广元后的第一波考验，也显示出与众不同的工作思路与风格。

接踵而来的第二波考验，则是经受全国东西部协作工作的考核。这种考核由国家乡村振兴局牵头组织，在全国结对协作县市中随意抽取，人们称之为"国考"。

四川省与浙江省结对县有68个，这次抽查4个县作为两省代表。说来也巧，周展挂职所在的剑阁县被第一个抽中出列，代表浙江结对地区接受考核。考核通知下达时，只剩下一天时间。一天时间怎么准备也来不及呀。现在领导部门清醒得很，也精明得很，就是不想让你准备，不想让你搞表面文章。

剑阁县全县发动，机关干部下乡，拾遗补漏，做好考核配合工作。庆幸的是，剑阁县的工作是石板上面摔乌龟——硬碰硬，极少花架子。在这次极其严格的考核中，剑阁县获得四川省考核优秀县，浙川两省获得"国考"第二名。这是浙江在"国考"历史上取得的最好成绩。在以往，浙江总是第三名，这次实现了超越。四川省、浙江省领导为此专门批示，进行表扬。

还有一次，是一场特殊的考验。所谓特殊，是指这项工作的特殊特别。用眼下年轻人流行的说法，简直啦！按照一般理解，还可以说不在周展工作范围之内。但是，广元市委主要领导把周展找到跟前，交代了这件事。人家信任你，认为你能把这件难事办成，你就必须挺身而出，当仁不让。

"到底啥事？"

"航线！"

"什么航线？"

"还有什么航线？就是从杭州飞广元的航线呗。"

"杭州飞广元现在不是有航线吗？每天早上7点半的航班，笃笃定定地飞广元。"

"是啊！但眼下杭州飞广元的人越来越多，航班不适应，需要开设新的航线，争取每天新增一个航班，时间最好定在上午9点半。这条航线，对广元来说，很重要！这事就交给你周展啦！而且实话告诉你，新开这条航线，市里没有钱补贴，反正就由你周展想办法，搞定！"

这，哪跟哪呀？周展根本不懂航空航线之类的套路。虽说他坐过无数趟飞机，但哪里会去考虑这航班跟航线有什么关系。他更没有想到，这航线在某一天突然会与自己发生联系，而且，发生在异地他乡的帮扶工作中。

若要富，先通路。这路，自然包括空中之路。两地人员和物资交流、旅游业都离不开空中之路，从发达地区杭州出来的周展，对广元市领导的思路深以为然。

周展只有临时抱佛脚。要去疏通航管部门，首先得把有关航管航线的事弄个七七八八吧！周展找来一大堆书刊资料，进行恶补。这倒并不是难事，周展曾经是学霸，记忆力极好。难的是找到对的人。周展先找了一些浙江援川的老前辈，按照书面的说法，叫"请益"。在炎炎夏日，他自己开车，带着广元市文化广电旅游局副局长，去跑浙江省发展和改革委员会。因为疫情，省政府大门不让进。周展运用自己三寸不烂之舌，硬是把浙江省对口办公室常务副主任陈伟请出大门见了面。然后，再跑长龙航空公司。人家说新开航线要补贴。"多少钱？""三四千万吧？"这个数字就从人家那张漂亮的嘴巴里轻飘飘地飘了出来。三四千万？对于广元来说，不啻是个天文数字。周展想到杭州市争取争取，杭州市有关领导答复周展："周展呀！三四千万元不是小数目，再说，这样的事，没有先例呀！"

转了一大圈，又回到原点。知悉状况的人，都觉得此事没有什么希望了，劝说道："周展，你已经尽心了，放弃吧？"

绝不！周展是个不服输的人。既然应允了广元市委领导，他一定要把这事办成。

也许，精诚所至金石为开？也许，天无绝人之路？老天爷在关上一扇门的同时，会为你打开一扇窗？

某天，国家乡村振兴局一位司长到广元调研。周展也是死马当作活马医，抓住空隙，向这位领导汇报了广元跑航线的情况。初衷、难度、曲折、窘境……把那位领导给感动了、感染了。她对周展说："既然是脱贫地区的事，就难事特办。可通过国家乡村振兴局找国家民航局。你整理一份材料给我，我回京后转给他们。然后你们自己再去跑。"

抓住这个机缘，周展单枪匹马跑到北京，拜访了国家民航局有关领导，对方好歹开了个口子，办起来就顺畅得多、快捷得多。到2021年底，尘埃落定，航线落地。由浙江长龙航空公司增开杭州至广元航线，每天一班，时间定在上午9点半，而且没有收取开设新航线的补贴。这完全达到了广元人对航线的期望。

更令人没有想到的是，首航日，飞行员出身的长龙航空公司总裁刘艺，竟然亲自驾驶飞机，飞到广元，给广元人一个大大的惊喜，也给周展一个大大的面子。广元人从开设这条航线中，看到了浙江干部咬定青山不放松的韧劲，更加信服和信任杭州工作队。

时间如剑阁清江水一般，在人们不经意间快速流淌。3年的挂职时间，就像一本日历、一只钟表，随时提醒或警示着周展。一向爱琢磨、爱思考的周展，在忙完一天工作，回到他的单身宿舍后，总是在反复思考一个问题：就全国而言，已经实现了整体性、历史性脱贫，广元是这样，剑阁也是这样。城乡面貌摆在那里，群众生活可感可知。那么，新一轮东西部协作主要目标是什么？要解决什么矛盾？它"新"在何处？能为当地老百姓带来哪些实实在在的利益？辗转反侧、思来想去，周展瞬间豁然开朗。新一轮东西部协作的目标就是实现经济高质量发展，巩固脱贫攻坚成果，构筑起一道规模性返贫的防线。在此底线下，往前推进，实现乡村振兴和共同富裕。

周展进而认为，新一轮东西协作要进行经济结构、产业结构调整升级，由过去重视一产，转到做强二产、做大三产上来。相应地，浙江帮扶资金使用也要相应改变，使有限资金产生更佳效益。譬如剑阁，每年5000万元帮扶资金中，至少有3000万元须投向二、三产业。即使是投农村，也须改变单一投种植业，改为扶持农家乐、农文旅、茶文旅等。今天播种下什么种子，明天就会收获什么果实。这样做，虽然不能期望全面改观广元的经济格局和产业结构，但至少可为广元产业发展树立起示范路标。

在二、三产业投资上，周展主张改变政府直接投资、大包大揽的做法，注重投资产、投基础设施。一个后来在广元市各地普遍推广的做法是，在各县区经济开发区建设标准厂房，吸引企业入驻；在乡村建立大棚基地，吸引种植养殖企业租赁，将租赁收入作为集体经营性收入，从而形成固定收入来源，支撑乡村集体正常运行。特别是以周展为主策划、运作和管理的"帮帮摊"模式，引发中国残联、国家乡村振兴局的高度关注。癸卯暮春，两家国字头部门在剑阁青川召开东西部残疾人帮扶工作现场会，与会者给予极高评价。时任中国残联常务副理事长程凯评价这个项目实现了一个重大转变，那就是从以往东部为西部单纯"输血"，转变为东部帮西部建立"造血"机制。

周展习惯思考，也善于汇报。一次，挂职四川省政府副秘书长兼浙江驻川工作组组长王峻将全省对口帮扶干部集中到四川省凉山州培训。其间，王峻逐一找各地帮扶工作队队长征求工作思路。周展向王峻敞开心扉，建议浙江驻各地工作队，实行工作创新"领衔制"，从各地实际出发，形成工作品牌。王峻，这位曾以保护古村落而闻名遐迩的原松阳县委书记，是一名非常善于倾听下属意见的领导。听着听着，他一时两眼放光，敏锐地从宏观上意识到了周展这一建议的可行之处。在培训总结讲话中，王峻从善如流，充分肯定周展提出的这一建议，并将此提升为全省帮扶工作总体思路之一。王峻要求全省一盘棋，注重从各地实际

出发，进行创新，集中力量办大事，实现帮扶工作差异化发展，形成四川省帮扶工作百花齐放、各具特色的新局面。

新一轮东西部协作尚在进行之中，浙江广元合作的不少文章刚刚开篇或破题，周展和同事们今后的路还很长。但他们的思路是务实的、思维是创新的。周展与广元各县区挂职干部一起商量，整体上完成浙江广元东西部协作任务，同时从广元各县区实际出发，发扬杭州城区的优势，积极探索并逐步形成各具特色的结对协作模式。昭化区与拱墅区，一个是劳务输出之地，一个是数字文创先行之区，他们合作创设国内首个东西部劳务协作数字化服务平台，让数字彩云、协作暖云、共富祥云飘起来。剑阁县脱贫家庭多、需要就业的残疾人多，上城区政府行政能力强，他们重点探索政府搭平台、市场化运作、社会化参与的"帮帮驿站""帮帮摊"。青川县土地适合种植"白叶一号"，西湖区是著名的西湖龙井地理标志产品地。两家携手，让一片叶子再富一方百姓的故事得以继续。苍溪县一直以来是种植业、养殖业大县，余杭区是全国数字经济先行区，让两地倾力打造数字化转型金名片，让大山追赶上数字经济的浪潮。近几年，旺苍县茶叶声誉鹊起，萧山区经济实力雄厚，就来了个一加一大于二，协作开发茶业，促其转型升级提质。朝天区高山蔬菜闻名川陕甘，滨江区数字产业在国内领先。两家联手，采用数字化机械化，助力高山露地蔬菜走下高山，进入远方城市。如果，把以上这些场景拼接起来，把那些发展结果叠加起来，不就是一个立体的、绚烂的、时尚的、散发着果蔬香味的浙江广元协作新成就博览会嘛！

那些具体生动的事例，我将在后面篇章中向大家一一报告。

东西部协作事业，也可以说是一项具体而琐碎的工作。大多数情况下，是默默无闻的奉献与付出。当然，也偶尔会有高光时刻。那就是两地领导的对接互动。

癸卯初夏时分，杭州市主要领导亲赴广元市，与广元市领导对接东西部协作工作，召开联席会议，签订杭广协作意向书，举行项目资金捐赠仪式，还考察了青川地坪村、广元美裕铝材产业园、西部绿色家居产业城、昭化区天雄村、杭州广元茶叶综合示范产业项目等。广元市利州区态度诚恳地申请加入东西部协作阵营，也与杭州市临平区建立新颖协作关系。至此，广元市与杭州市实现了全面对接、整体融入。气氛热烈而欢快，领导满意而欣然。两地领导共同表示，要努力把浙江广元协作打造成东西部协作的典范。

这些，都是领导们从宏观上进行的指导，也就是周展他们今后努力的方向和工作的重点。让历史给周展他们更多一点时间吧！我深信，他们一定会不负重托、不辱使命的！因为，前两年，不，前30年的实践已为我们提供了有说服力的佐证！

时光如白驹过隙。蓦然回首，浙江广元东西协作已走过30年历程、四个阶段。其始也，犹如青海三江源之于长江、黄河、澜沧江。雨滴露珠，涓涓细流；继而潺潺溪水，不捐细流，最终百川融入，奔腾入海。作者有感于此，特填《满江红》一阕，以纪其事其历。

　　昔日秦巴，叹蜀道、林深岩叠。金鸡啼、人间置换，穷根难掘。欣见中枢推国策，恰逢川浙连云月。山水架虹桥，同心结。

　　茶园绿，公路阔；农文旅，青春悦。大开剑门关，一域全活。西部忽如东海近，神州已与贫穷别。多少事，留待著书人，琅琅说！

第二章 在青川，有这样一道感恩奋进墙

海内存知己，天涯若比邻。

——王勃

汶川特大地震的惨烈，让人悲痛欲绝。而震后的救援与重建，无疑彪炳史册。它充分彰显了中国共产党的坚强领导、中国特色社会主义的独特优势和中国人民万众一心的民族凝聚力。浙江举全省之力援助青川重建，是其中突出范例。浙江援建、浙江力量、浙江作风、浙江效率，给青川人乃至世人留下难以磨灭的记忆。其间，涌现出无数可歌可泣的英雄壮举、无数感人肺腑的生动故事、无数刻骨铭心的精彩瞬间、无数广为传颂的经典佳话，成为浙广合作中最为悲壮激烈、最为惊心动魄、最为刻骨铭心的篇章。在时隔15年后的采访中，当我与青川人和浙江援建干部谈论起当年情景，大家还是感动不已、泪水涟涟。

——采访札记

青川，这块经大地震而浴火重生的土地。

在县城乔庄镇新旧城接合处，矗立着一道"感恩奋进墙"。

癸卯暮春的某个清晨，我站在这道墙的面前。身后，是一座充满生机和活力的城池。上班的、上学的、上街的人群，如过江之鲫，拥过感恩奋进墙，走向各自既定的目标。边上的乔庄河，流淌着清清的溪水，用它的清新自然洗涤着这座川北小城。喷薄而出的朝阳，正在山那边冉冉上升。彩色的霞光漫过高粱顶，一片锦缎般的光勾勒出金光闪闪的山脊，映照到墙上，给整个墙面涂抹上一层梦幻般的色彩，引人产生回忆与联想。

青川这道感恩奋进墙，是迄今为止我国以地震文化为主题的体量最大的花岗岩浮雕墙。长230米，高12米，以浮雕艺术手法、用分段叙事方式，展示青川风土人情、历史文化、地震灾后重建的壮丽画卷，诠释厚德载物、自强不息、感恩奋进的青川精神。墙的主体部分是浙江全力援建青川，雕刻了援建干部群像及援建的感人场景。以浙江援建指挥部领导为原型的人物雕像，让观者想象着那是谁。332名援建干部的名字和36个援建县市名称，被镌刻在青川版图上，犹如一本定格的花名册，表达出青川人民对浙江援建永志不忘之心。浮雕还有青川人抗震救灾的画面、标语，送别浙江援建队伍的情景……

站在感恩奋进墙前，回忆灾难瞬间，凭吊罹难同胞，感受祖国和人民的真情，感悟人生真谛。15年前那惨烈悲壮、热血燃烧的一幕，犹如穿越般回到眼前。

2008年5月12日下午2时28分。这是一个必须永远被诅咒的时刻。一场猝不及防的特大地震爆发。

以汶川县映秀镇为中心点的8.0级超强地震，形成极其强大的地震波，犹如伸出无数只恶魔的爪牙，仿若剧烈燃烧的炸药引线，也像一道道玄幻般的闪电弧线，由西南向东北扩散，向着映秀—北川龙门山主断裂带而来，一路左冲右突，并在北川县城、青川东河口这些地壳薄弱处，喷涌而出，释放出巨大的破坏能量。

汶川、北川、青川，"三川"因此成为"5·12"大地震中的重灾区。

青川县受灾严重，尤其是青川东河口和木鱼镇。

在青川地震遗址国家地质公园博物馆里，讲解员小倪告诉我，那天下午，东河口与平时并无异样，人们都在正常劳作和生活。临近地震时，东河口所在王家山顶上忽然出现几片乌云，人们也并没有留意。谁知，三声轰天巨响，王家山半边山坡，犹如被一把巨剑当中劈开，半边山石夹带着泥土轰隆隆扑向山坳。可怜此时生活在王家山下的数十个社组、780多名村民，根本来不及反应，就被呼啸而下的1200万方山石掩埋。整个山坳平地起高100多米，覆盖住山坳里所有粮田，形成一个库容600万方的堰塞湖。

瞬间，整个山谷被笼罩在暮色之中，没有任何人活动的迹象。只有一头幸存的黄牛在半山坡上发出几声悲鸣，凄凉的声音在山谷里久久回荡。

幸免于难的人，或是因外出打工不在家，或是因无法说清的缘故而存活下来。譬如，53岁的青龙村一社农民王会英。地震发生时，她正在自家承包地里扯油菜秆。脚下的土地突然筛糠般抖动起来。她一屁股跌坐在地上。惊慌之中，她试图站起来，可怎么也站不稳。侧身一看，背后不远处出现了一条簸箕宽的裂缝。她吓坏了，赶紧坐在地上，一动也不敢动。随后，她坐着的地皮开始飞速地"跑"了起来，耳畔是呼呼呼的风声。在地皮"飞"过山下公路时，王会英看见公路上停着几辆大巴车，只听见有人在喊："地震啦！地震啦！快往外开！"声音未落，只见飞奔而至的山石很快掩埋了这些车辆。王会英吓得翻了个跟斗，然后连爬带滚地逃离这块"飞地"，总算看见了一处房子和几个人。王会英双腿一软，瘫坐在地上，再也站不起来。只有短短几十秒时间，王会英却随着她屁股底下的滑坡体"飞越"了200多米空间。亲眼看见王会英惊险遭遇的青龙村二社农民王力平告诉记者，这个女人真是命大福大。在她"飞"过的公路上，埋了大大小小13辆汽车，还有不知多少路人。

如果说，王会英的故事是彼时记者的采访，那么，现在让亲历东河口地震过程的伍贵斌来告诉我们那天的惨状。

伍贵斌自述是东河口村三社农民，当年38岁。他们村是县、市打造的文明新村示范点，全村1263人，住的都是新房。房子建在半山腰，上下进出都比较方便。

那天，没有任何征兆。伍贵斌和村里7个农民帮着同村的王龙大爷种玉米。他的任务是给他们买啤酒。农村嘛，讲究个人情面礼。当天午餐时间比较迟，众人喝完一瓶啤酒，刚打开第二瓶，突然有巨大响声传来，伍贵斌没有反应过来，还骂了句："这个压路机是怎么开的？那么大的声音！"话音刚落，脚底下的地就动了起来，伍贵斌迅速反应过来，喊"地震啦"，一边喊一边往外跑。刚跑出门，抱住一棵大树，身后房子倒塌，大树也随之倒地。接着，他听到三声巨响，天地顿时黑成一片。漫天碎石粉尘，巨石在空中飞舞。刚才喝酒的同伴霎时不见，至今也还没有找着。伍贵斌一看自己的脚，已被裂开的缝隙夹住，便趁着地面晃动的机会，拼命把腿脚拔出来。那一刻，他真以为是世界末日到了，一下子跪在地上，向天作揖。还未等他拜完，便被气浪推出300多米远,掉在一棵树杈上,满嘴都是黑灰。至于为什么被气浪推得那么远而没有事,伍贵斌至今也弄不明白。他还看见村里的一头牛,被气浪吹得很远,到千米以外,只剩下一张牛皮。然后,又被气浪吹弹回来,挂在一棵树上,变成了真正的"吹牛皮"。这又是为什么?不知道。

伍贵斌现在遗址公园工作。那天,我特意采访了他。他爱人在村小教书,逃过一劫。家里不少亲友都在地震中走了,说起来令人伤心。但如果前来参观凭吊的游客有需要,伍贵斌还会站出来,给大家讲述那段恍若梦境的悲惨经历。

同样惨烈的,还有木鱼中学。

木鱼中学校址所在地叫易家坪,属于二十世纪六十年代"大三线"建设时期国营新光电子厂职工子弟学校,二十世纪八十年代末移交给地方,后三校合并,成立木鱼中学。2008年4月,木鱼中学在校生达到870多人,教师60多人。大地震袭来时,学生们正在午睡,那幢由新光电子厂留存下来、用砖木结构拼接而成的三层学生宿舍,瞬时轰然坍塌,200多名学生死于非命。

已届退休年龄的木鱼中学张雪梅老师,在事情已过去15年后的今天,在向我叙述这段惨剧时,仍泣不成声。她是幸存者中最后一个被救出来的,她亲眼看见学生宿舍倒塌的情景。地震那一刻,张雪梅正在自己家里批改学生作业,她的家就在那幢学生楼边上。随着轰隆隆一声,只见整幢楼下陷,地平线上只剩下最高一层。她的家顷刻破碎,五孔板倾斜下来,她被压在五孔板下,动弹不得。直到人们七手八脚把她抢救出来,张雪梅才一瘸一拐地走到学校操场上。那一刻,她立马呆住了!她看到操场上整整齐齐地停放着200多具学生的遗体。那段时间,学校正在开展篮球比赛,男女学生都穿着清一色的篮球服,尤其显得整齐、刺眼。刚刚还生龙活虎、活蹦乱跳的娃儿,说没就没啦,张雪梅怎么也接受不了这样残酷的打击，当场晕倒在地……

青川在这场空前浩劫中，遇难4821人、失踪124人、受伤15390人，居民房屋垮塌125万间1354万平方米，行政单位垮塌40万间500余万平方米，水电气路和通信设施全面瘫痪，16个乡镇遭受重创，全县直接经济损失超过500亿元。

"5·12"汶川特大地震共计造成69227人遇难、17923人失踪、374643人不同程度受伤、1993.03万人失去住所，受灾总人口达4625.6万人。截至2008年9月，造成直接经济损失8451.4亿元。

数字是冷酷的。但数字所蕴藏的，是一个个鲜活的生命，是一处处遮风避雨的生活空间。

那段时间里，电视里24小时滚动播放着那些撕心裂肺的画面，电视机前是整天泪水涟涟的观众。

党中央发出抗震救灾号令，国家领导第一时间亲赴地震现场。全国人民万众一心、众志成城、支援灾区、捐款捐物。解放军官兵、武警消防战士、民间志愿者、国外救援队陆续奔赴灾区。

在向灾区挺进的浩荡大军中，浙江人无疑走在前列。

请看下面这张时间表：

大地震发生后第一时间，浙江省委常委会召开专题会议，研究如何支援广元抗震救灾。会议决定成立抗震救灾领导小组，由省委、省政府主要领导负责，下设5个工作组。

5月13日凌晨2点，杭州市公安局特警支队106名队员，用最短时间完成各项准备工作，于当天中午飞抵成都，然后赶赴广元，协助当地维护灾区社会治安。这是灾后第一拨浙江人进入广元。

5月14日，浙江省协作办主任郑宪宏飞赴成都，发动在蜀浙商开展募捐，第二天即募集到800万元捐助款和16车救援物资。由浙江省四川商会唐会长带队，直抵青川。这是冒着风险、带着物资到达广元灾区的第一批援助者。

5月15日，中国电信总经理、浙江人王晓初不顾沿途随时滚落的山石和余震，赶赴青川灾区。针对青川通信设施严重损毁的情况，现场调集省内外5支应急抢险小分队奔赴青川，调配各种应急通信设施和生活物资支援青川。这是深入青川灾区的第一位央企主要负责人。

5月20日，浙江省委派出工作联络组一行13人，专程赴广元市了解情况。工作组由省委组织部副部长姚志文、平湖市委书记孙贤龙带队，省委组织部二处负责人施建军等参加。工作组向广元市委了解情况，听取他们要求。还到青川实地踏看东河口地震重灾区。这是到达广元市的第一批省级工作组。施建军在接受采访中说，当时余震不断，街上到处都是帐篷，吃饭时房子都在颤抖。他们走在东河口的地皮上，双脚稍稍用力一踩，泥层都会浮动。

5月23日，广元市浙江对口支援抗震救灾协调领导小组成立。

5月24日上午，满载着浙江人民深情厚谊的10辆卡车驶抵广元。浙江省总工会党组书记、常务副主席金长征代表浙江1078万工会会员，捐赠价值200余万元的物资及现金。

5月27日，援建广元活动板房开工仪式举行，第一批3000套活动板房开始安装。浙江响应国家号召，允诺向广元市援建6万套活动板房，属于援建数量最多的省份之一。来自浙江的18家大型建筑企业精英，汇聚广元"前线"，全面拉开建设活动板房的战斗，仅用一个月时间，完成第一期2.7万套板房安装任务。在"后方"浙江，许多相关企业，加班加点赶制活动板房装配材料。我在采写其他题材时，听过不止一位企业老总告诉我，一些员工流着泪收看关于汶川地震灾情的电视画面，转身擦去眼泪，投身到板材加工之中。而浙江省委、省政府领导的身影，经常

出现在那些主要生产活动板房材料的企业内,慰问致敬、督促督办,完全是一种"战时状态"。

6月5日,浙江省委、省政府主要领导率党政考察团到青川察看灾情、慰问灾民、调研对口援建工作。这是全国省区市中第一个进入重灾区的省级党政考察团。

在第一时间驰援广元的队伍中,还有这样一批特殊的人,他们便是来自浙江的媒体记者。人民日报驻浙江记者站、新华社浙江分社、浙江日报、钱江晚报、浙江卫视等纷纷派出记者赶赴灾区,进行全面报道,及时传回震后现状和救灾的各种感人瞬间,并在各个大学举办新闻图片展,使得浙江人民的心无时无刻不被灾情所牵动,纷纷发起捐款。一些富有社会责任感的企业家也捐钱捐物,谱写了一曲曲人间大爱。

现任广元市广播电视台党委书记、台长王壮回忆说,当时四川受灾地方很多,青川受灾也很严重。正是因为浙江同行们专业、细致的报道,才使得后来浙江定点援建青川县变得顺理成章。谈及浙江媒体同行采访的专业性,王壮清晰记得其中一篇报道《孩子在,希望就在——"六一"儿童节采访青川"希望新村"》。文中,记者采访了"希望新村"众多"临时家长":烧饭的战士、心理援助专家、中国科学院科学家、教育专家。记者在采访过程中小心翼翼,没有与任何一个孩子对话。他们只是在一个无人的教室里,拍下几篇孤儿的作文。他们对孩子的尊重,让王壮感佩至今。

浙江人在广元抗震救灾中留下许多个这样的"第一"。

那段时间,中央已经明确一省援建一个重灾县的原则,但还没有确定浙江到底援建哪个县。后来担任浙江省援建指挥部指挥长的谈月明听说,是浙江省领导主动请缨援建青川县。说浙江与广元、与青川有着十多年结对帮扶史,彼此结下深厚友情。浙江对青川经济状况和干部情况比较熟悉，有利于重建中的配合。浙江省这一态度，自然符合青川人民的预期，青川人也希望浙江省来援助重建。于是，双方意见反映上去，中央遂于6月11日发文确定，浙江省对口支援青川。这就成了铁板上钉钢钉的事，铁定啦！

在中央确定浙江援建青川的第五天，浙江省委制订了《浙江省支援青川灾后恢复重建方案》。并决定在青川一线，设立浙江省支援青川县灾后恢复重建指挥部，统一领导指挥援建事宜。

于是，便有了浙江党政考察团对青川县的第二次慰问活动。

谈月明，就在这个考察团之中。他中等个儿、方盘脸型、浓眉大眼、50多岁年纪。彼时，他正被派在广元负责板房建设和移交工作。宁波市在剑阁县建了一批活动板房，因为彼此衔接不够好，在交接中出现了一点小疙瘩。谈月明想办法协调，圆满解决了问题。广元市委书记罗强等领导还出席了交接仪式，彼此非常满意。

本来，谈月明在广元的援建工作也到此为止了。

他正在广元张罗着活动板房建设上的事。省委办公厅来电话，说中央已明确浙江援建青川，浙江省主要领导要再次去青川慰问灾区群众，进一步察看灾情。省委主要领导指名让他参加浙江省党政考察团。后来，谈月明才明白过来，这是有意为之啰！是对他的考察与考验。

那是6月18日吧？慰问团一大早出发去青川县，一路慰问灾民、踏看灾情。回到广元市区时，已是深夜11点多。放在平常，这是休息安寝的时间。但现在是灾区、是战时，一切都要超常规。在所住的招待所里，浙江和四川领导联合开了个会，研究怎么援建青川问题。因为与会领导较多，谈月明识趣地选择坐在会议桌后排。就在那个会上，浙江省委主要领导说了一句后来被广为流传的话："要把青川当作浙江省的一个县来建设！"这句话引发了全场热烈掌声，此后成为激励浙江和青川人共建重建的精神动力。参会的两地领导陆续发言，各种思路和方案都有。没有想到，浙江省委主要领导朝坐在后排的谈月明看了一眼，点了将："月明同志一直在管建设，你来说说！"

谈月明没有想到省委主要领导会点名让他发言，但谈月明经历过多少会议呀！他是个善于思考的人，也是一个爽快直率的人。一边在听，一边自然也在思考。既然领导让他说，他也就迅速理了一下思路，简明扼要地说出了自己的看法。他的看法是"五快一慢"：搭建援建班子要快，对灾区援助启动要快，人员到位要快，宣传发动要快，后方组织要快；资金拨付可慢，由规划定项目、由项目定资金。

谈月明顺着自己的思路讲下去，他同时看到，两地领导在频频点头。后来，他才联想到，大概是他这个晚上的发言，使浙江省委主要领导下定了用他的决心。

之后不久，他这个浙江省住建厅副厅长、党组副书记成为浙江援建青川的主角，并被青川人作为人物原型，镌刻到"感恩奋进墙"上。谈月明自嘲犹如哪位电影导演，一时找不到面目俊朗的小生，就把他作为一个主角，还给了他一个长长的特写镜头。

现在回忆起这些，谈月明还有一种说不清道不明的感觉。问他，浙江省委为什么会选择他当浙江援建指挥部指挥长？"不知道。因为，直到现在，也没有哪位领导明确指出过，领导只说过，月明，你去，行！为什么行呢？不知道！"谈月明实事求是地说。省委主要领导并不熟悉自己，这也正常呀！一个省委书记，管那么大一摊子事，也就熟悉市地县主要领导和主要厅局负责人吧？听说是省政府领导推荐了自己。谈月明是从基层一步步干过来的，26岁当上人民公社书记，后改任乡镇书记、区委书记、县协作办主任、县长、县委书记……担任常务副市长时，分管过城建、环保等。就这样走着走着，走进省住建厅，分管常务工作，主业自然是基础设施和城建。作为指挥长，要懂行，有实践经验，还要与当地合得来，能把队伍带着走。这么想来，谈月明觉得省委派自己到青川搞重建，也合适。

7月4日，谈月明受浙江省委委托，带着7名干部到青川。唯一任务就是挂牌。省里领导要求很明确，浙江要赶在全国18支援建队伍之前，第一个把援建指挥部牌子打出去，向党中央表明浙江省委的态度，让青川人民看到希望。可谈月明万万没有想到，偌大的青川县城，几成废墟，居然没有一个地方可供这块小小牌子落脚。后来，实在没有办法，谈月明选了青川县委办公的一间板房，勉强把指挥部牌子挂了上去。

之后，浙江各市地县区援建青川重建的指挥部陆续挂牌。按照分工包干36个乡镇的原则，浙江11个市地一共成立了39个指挥部。现在，这39块牌子齐刷刷地珍藏在青川地震博物馆内，像列队齐整的士兵，接受着参观者的检阅。

其间，还有一个后来被人们传为美谈的插曲。

浙江省最早版本的援建方案中，并没有衢州、舟山和丽水。这是因为浙江省领导考虑到这三市相对欠发达，自身脱贫任务较重。但谁知方案传出后，接二连三的电话打进省委主要领导的办公室。最早的电话来自衢州。时任衢州市委书记孙建国说，他有个请求，请省委、省政府能够让衢州也适当承担一些援建工作，尽衢州人民一份绵薄之力。省委主要领导做了些解释，但孙建国还是坚持，动情地说："衢州是欠发达地区，但衢州人民也有爱心呀！我们有信心也有这个能力承担一部分援建任务。如果任务完成得不好，请省委拿我是问！"

随后，丽水市、舟山市向省委、省政府提出同样请求，省委、省政府领导被感动了。经研究，决定全省11个市一起上阵。只是，分配任务时适当照顾。

2008年7月28日,西子湖畔的汪庄,走进29名中青年干部。一色短袖迷彩服,显得精神抖擞、气宇轩昂。这是即将出发的浙江援建青川指挥部的一批干部,从20多个省级机关厅局抽调组成。今天,省委、省政府主要领导要在汪庄为他们壮行。

穿上迷彩服,是谈月明的主意。他想到,一下子抽调300多名干部到青川,分属39个指挥部,彼此之间并不熟悉。而任务那么重、时间那么紧,没有统一管理、没有铁的纪律肯定不行。因此,他要借鉴军队经验,实行准军事化管理,统一穿着迷彩服。开会不能迟到,不能带手机。谈月明虽没有当过兵,但他当过基干民兵。还有,他的助手、党委副书记、纪委书记赵克是军人出身,对带兵训练很有经验,今后就由他侧重抓作风、抓纪律。后来在青川援建的实践中证明,谈月明这个主意高明。迷彩服成为浙江援建队伍的显著标识,成为增强援建人员意识的重要辅助物。有位省委领导还为此写诗点赞:"身着迷彩好威风,援建青川要立功。横刀立马当今谁,看我月明众英雄。"

7月下旬,杭州天气正值一年中最热的时节。省领导的热情和期望,似乎比天气还热。领导们介绍了许多情况,对大家说了许多鼓劲的话。谈月明代表即将出征的援建干部发言,表示坚决完成省委、省政府交给他们的光荣任务。他还向省委领导汇报,他们这支队伍有"三个特别"。

坐在谈月明身边的省委主要领导,似乎对这"三个特别"很感兴趣,就问:"月明呀!你们有哪'三个特别'呀?"谈月明朗声答道:"特别能吃苦、特别能战斗、特别能奉献。"

"这'三个特别'很好嘛!"省委主要领导用手扶了一下眼镜,语重心长地说,"重灾区条件特别艰苦,援建任务特别重要,的确需要吃苦、战斗和奉献。但我觉得还要加上一个'特别能团结'。就是首先要搞好内部团结,前方后方齐心协力,把浙江力量拧成一股绳。还要搞好与当地老百姓的团结，与广元市、青川县领导班子的团结啊！"

"对！我们要成为'四个特别'的队伍！"谈月明响亮地答复，29名援建干部也异口同声地应道。

谈月明对省委组建的援建班子和干部队伍非常满意。自己已被组织上任命为浙江省政府副秘书长兼浙江援建青川指挥部指挥长、广元市委副书记。他的主要助手赵克，担任指挥部党委副书记兼纪委书记。赵克长得高大帅气，长期在省委组织部工作，熟悉干部，能说会道、能写能干，今后内部管理和党的建设就由他主管。班子成员中，周华富，温良敦厚、学有专长，系省发展改革委规划专家、处长；潘晓波，鼻梁上架着一副近视眼镜的书生，省经贸副巡视员，专家型人才；蔡刚，干练老成，华发早生，是谈月明所在住建厅办公室主任，管钱管物是一把好手；还有兼任广元市政府副市长的孙贤龙，沉稳儒雅，是个特别善于沟通的人物，曾任平湖市委书记。其他人员，对规划设计、工程建设、项目管理、产业发展、水利交通等，都各有所长、术有专攻。关键看他谈月明怎么使用这些人，如何把每个人的显能和潜能发挥到极致。

握手、合影。热烈的掌声在西子湖畔一次次响起。送别的场景庄重、温馨，还略带着些许悲壮。

谈月明此时才真切感受到，一副千斤重担压到了自己和援建干部身上。抗灾赴前线，命令大如山。目标不实现，恕我不回还。这是谈月明当时随口吟出的告别语。

一路向西，向西。载着浙江援建队伍的柯斯达中巴在剑青公路上缓慢地行驶。

剑青公路是一条盘山公路，弯道多得不计其数。一边是连绵高山，一边是悬崖峭壁。沿途，尚有余震袭来，一块块滚石落下，或在车前或在车后，溅起漫天粉尘。

同行人员中，只有谈月明来过青川，大多数人都是第一次，也是第一次遭遇这样的险情。人们平时总以为山是最稳当最可靠的实体，故有"靠山"一说。一旦山峰藏着坍塌风险、滚石成为危险源头之时，人们还能依靠什么呢？我回忆起自己曾在余震不断之际，在青川对面的文县，带着中国作家抗震救灾采风团进行采风，亲身经历过这样的境遇，觉得自己完全能理解这时坐在车内的浙江干部的心境。

　　地震后的青川，只能用"断壁残垣、疮痍满目"来形容。到处都是帐篷、板房，上面晾晒着五颜六色的衣裤。人们在江河边支撑起锅灶，烧煮食物。被地震震得东倒西歪的房子，还来不及拆除，一根根破裂的木头斜伸刺向天空，似在倾诉。

　　柯斯达开着开着，来到一个叫麻柳沟的地方，哧溜一声停了下来。大家不明所以。坐在副驾驶室里的带路干部对大家说："各位领导，我们车子现在停的位置叫麻柳沟，前面叫酒家垭隧道，是剑青公路，也就是剑阁到青川公路的要冲。如果不修酒家垭隧道，只能翻酒家垭大山，需要盘旋40多分钟。这还是正常情况，如果遇到刮风下雪，或者地震这样的灾情，那就说不好时间。大家都知道大诗人李白说过蜀道难。酒家垭就是其中一难。所以，5年前，县里下决心开凿酒家垭隧道。但因为没有钱，工程断断续续。本来预计今年底能开通。地震一来，把原本已凿好的部分也震坍了。现在，真不知猴年马月能开通呢！没办法，我们车子只好沿着老路绕圈子，翻过这座山。"

　　因为谈月明曾几次赴青川，所以，他听说过酒家垭的来历，知道这座隧道的情况。来历自然是民间传说，嘲讽人心贪婪。但翻过酒家垭的危险却是真实的，谈月明就亲眼见过发生在此处的车祸，见过那几具鲜血淋漓的尸体。

　　翻过这座山，说说容易但开车难。司机小心翼翼地开着车，大家也屏息凝气，不敢说话，唯恐影响了司机，出现差错。

慢慢吞吞开了一个多小时，柯斯达中巴终于翻过高山，来到酒家垭隧道的另一头。车上一位搞规划设计的干部说，他目测酒家垭隧道两端，直线距离不超过2000米，而他们却花去一个多小时。

谈月明和大家记住了这个酒家垭隧道。后来，这酒家垭隧道成为青川恢复重建攻克的第一道难关。

下午4时许，柯斯达中巴驶近青川县城乔庄边沿。司机缓慢地刹住车，车子停了下来。车上那位带路干部一迭声地说着抱歉的话。"各位领导，因为地震，进城公路堵塞严重，车子无法直达，只好麻烦诸位领导步行前往。"

"这不算什么。本来就做好了吃苦、打硬仗的思想准备。"谈月明说完就和大家下车，拿上各自行李，便朝目的地进发。赵克在边上照看着大家。

乔庄镇，仍是一派重灾后的凄惨景象，使人恍若一下子走进原始社会。被地震震坍倾斜的房子，相互倚撑指向天空。那些没有人住的窗口，像是瞪着一双双充满恐怖和疑惑的眼睛。人行道上，树枝横七竖八，垃圾堆积如山，散发出臭烘烘的气味。绵延十来里的帐篷、板房黑压压地连成一片，煤炉、晒衣竿、破旧桌椅，随意地放在地上，三三两两衣衫破旧的女人及赤膊的男人穿梭其间，忙碌着、忙乱着。场景中唯一令人眼睛一亮的是，一面大大的五星红旗，被一根竹竿撑起，在夏空之下，缓慢地飘舞着。

看到这些，谈月明和指挥部的同事们心情沉重，深感责任重大，更增添了一种紧迫感。

浙江援建指挥部，被安排在县人武部大院内。这是不得已的选择，也是彼时最好的选择。

地震发生后，乔庄镇居民都被转移到板房和帐篷内生活，还有周边地区临时搬迁的农民，也住进了乔庄镇。乔庄镇本身就很小，一条街道被两边山峰挤得狭小而弯曲，街道就是县城的全部空间，一时人满为患。说得极端点，可谓无立锥之地，是青川县委领导出面与人武部反复沟通协商，人武部领导才同意。

特殊时期、特殊地点，能够找到一个容身之处，已属不易。更何况在人武部大院内，至少安全无虞，谈月明和浙江干部对此颇为满意。

从人武部大院内走出一位年轻军人，热情引导浙江援建指挥部同志走进"新家"。这位年轻军人告诉谈月明，青川县四套班子同志已在人武部迎候。

青川人武部旧址坐落在一个山坡上。我在采访中特地去寻找过那个旧址，还在新址见到了当年接待谈月明他们的那位年轻军人。旧址大门面对乔庄老街，然后依山势往上布局，门卫室、干部宿舍、操场、招待所、训练场。在地震中，整体相对完好。

援建指挥部板房正在搭建之中。大家把铺盖行李往操场上一甩，先与青川县领导见面、握手、寒暄。谈月明感觉得出，青川县领导对他们的到来是翘首以盼、充满厚望呀！

此时，谈月明见赵克向自己靠近，趁着众人不注意之际，悄悄地对他说："刚才吴顺江同志与广元市及青川县领导商量，要搞个简短的欢迎仪式哩。"

吴顺江是浙江省委组织部常务副部长，这次专程送援建指挥部同志到青川。谈月明一听，回应道："好呗，那就搞吧！"

只听赵克拉开嗓门喊了一声："同志们集合啦！我们现在举行个欢迎仪式！"

大家应声从操场四面八方走过来，与广元市、青川县领导聚集在一起。

没有会标，没有扩音设备，没有座椅，就这么站着。赵克说是纯粹的"清唱"。这个家伙，什么时候都那么乐观，爱说几句玩笑话。

先由吴顺江介绍情况，并代表省委组织部向浙江援建干部提出要求。接着，广元市和青川县领导分别讲话，表达热烈欢迎之意。最后，谈月明表态发言。谈月明此时有点激动，觉得有许多话要讲。但他知道这个场合不适应长篇大论。"今天，浙江省援建指挥部全体干部，正式向青川人民报到啦！"他的第一句话是对着青川老百姓讲的，发自肺腑。他觉得从今天开始，他谈月明已成为一名青川人，甚至比青川人还青川人。然后，他用铿锵有力的声音表态："党中央、国务院交给我们浙江省这项重大而神圣的政治任务，青川人民的期望，浙江5000万人民的嘱托，使我和我的战友们备感责任重大、使命光荣。无论多大压力，我们都会克服！我们一定会向青川人民交出一份出色的答卷！"

哗哗哗……一阵掌声在人武部的板房之间响起。

简短的欢迎会结束，艰难的援建生活才正式拉开序幕。

难题和高潮都在后头。

援建指挥部办公室主任朱永斌刚分配完板房，大家在操场上找到自己的行李，陆续走进房间。还未等大伙儿放妥杂物，脚下忽然轰的一声，余震啦，3.0级，震源就在人武部所在位置，原来，这个地方恰巧有条地震带经过。

浙江来的干部中，大多没有经历过大余震。一些人惊恐万状，从板房中跳出来，边跑边喊。谈月明和赵克上前安抚大家："专家们分析过，青川短期内不会再有大地震，大家可以放心。余震是灾区常有现象，以后还会有，经历得多了，就不怕了。就像浙江人看待台风和大潮一样。大家抓紧吃晚饭吧，过一会儿，我们指挥部党委还要开会呢！"

饭菜摆在那里，但大家似乎都没有胃口。

晚上8时，浙江援建指挥部第一次党委会在青川人武部板房内召开。孙贤龙也特意从市区赶来。参会人员脸色显示出疲惫，但神情却分外严肃。讨论的议题是：内部实行分工，对外落实对接。

板房内，大家你看看我，我看看你。板房顶上的电灯呼的一声灭了，板房内顿时漆黑一片。有人开始窸窸窣窣地找寻蜡烛和电筒。不一会儿，一位工作人员打着打火机，另一位握着一对红蜡烛，对准打火机点燃。握着红蜡烛的工作人员显然内行，他先将蜡烛掉过头，让蜡烛"流泪"，滴落在桌板上。然后，将蜡烛尾部戳在累积起的蜡油上，使之固定。于是，板房内亮起摇曳的烛光。

党委会在烛光中开始。

对于班子分工，谈月明早与赵克商量过几次，也向省里有关领导汇报过，因材施用、明确职责，大家并无异议。谈月明重点谈的是对接。中央交给浙江援建青川的任务，概括起来是"三个重建""六大工程"。"三个重建"：一是家园重建，主要指城乡住房和相关配套设施建设；二是设施重建，主要指交通、水利设施和教育、医疗卫生、文化、广电、社会福利公共设施建设；三是产业重建，主要指工业园建设，帮助发展农林业、旅游业等。六大工程是指：城乡住房安置工程、交通水利建设工程、公共服务设施建设工程、城镇设施配套建设工程、产业恢复提升工程、智力援助工程。

谈月明说："这些是中央明确的'规定动作'，我们浙江还会从青川老百姓实际需要出发，设计一些'自选动作'。要做好这些'规定动作''自选动作'，前提是紧紧依靠青川县委、县政府，依靠青川人民群众。也就是省委主要领导要求我们的'特别能团结'。因此，要做到'八个对接'：及时对接、重点对接、有效对接、和谐对接、创新对接、充分对接、主动对接、全面对接。我们指挥部要做的第一件事,就是调查研究,规划先行。规划要作为援建工作的龙头,而测绘又是规划的基础。要结合青川实际和重建重点,充分考虑环境资源条件承载能力和重建资金承受能力,体现'五个优先':功能恢复,民生优先;设施重建,基础优先;布局调整,安全优先;人口转移,集聚优先;产业发展,生态优先。经我们手建设的工程项目,必须是老百姓真正需要的,经得起历史检验!"

会议对谈月明提出的这些理念和思路,展开讨论。大家都深表赞同。有同志提出,省援建指挥部不仅要完成好本级援建任务,还得指导好市县指挥部工作。赵克对此极为赞同,他说:"省指挥部要起到统领全局的作用,在各市县指挥部到来之前,先搞规划启动、项目对接、项目管理等。那样,等各市县指挥部到位后,就可全面启动。"

本来,谈月明还有很多话要说,但他抬眼一看手机,时间已很晚,有的与会者已哈欠连连。是的,大家都辛苦啦,该抓紧休息啦。孙贤龙还要半夜赶回市区去呢。"不开了,不开了。"谈月明挥挥手,让大家散会。

按照浙江省援建指挥部的决定,对青川全县36个乡镇的测绘工作全面铺开。

青川县城乡房屋大部分被地震所毁,此前也缺乏相关测绘资料数据,而恢复重建亟需测绘数据。这是谈月明所坚持的。在市里和省里分管了那么多年基建、住房建设,谈月明深知测绘对于规划和建设的重要性。它是依据、基础,也是保障。恢复重建时间紧、任务重,对青川全县地形地貌测绘,成了当务之急。

谈月明向省里紧急求援。

浙江省测绘局迅速反应,技术人员踊跃报名,队伍组建颇为顺利。大家认为这是一项政治任务,也是为青川人民做的具有长远意义的一件事。早一天完成，援建工作就能早一天展开。省测绘局除机关本身，还从各市县抽调精兵强将，共383人，分6批奔赴青川，局长景军郎自任领队。

虽然做了充分的思想准备，但重灾区青川测绘工作之难、之急、之险，还是超出了大部分人的预料。

青川当地有民谚说："摩天岭上飘雪花，白龙江畔开桃花。"形容青川气候差异极大。地形测绘是野外工作，强度高、难度大。加班加点、日晒雨淋是家常便饭。大家凌晨顶着星星出发，傍晚披着暮色回归，晚上又在帐篷中整理数据、绘制图形。正是最热的酷暑季节，也是雨水最多的时候。跋山涉水，山野无所遮挡，测绘队员任凭暴晒和雨淋。这还不算什么，在平常测绘中，他们也是这样。问题是在地震重灾区青川，他们还要面对危险。余震频繁得像一首乱谱的歌曲，乱石滚落时又像发生了一场危险事故，测绘队员每每与惊险擦肩而过。

一次，一组测绘人员刚从骑马乡验收返程，车子经过一座山头才十几秒，后面就轰然坍塌下大片山体。坐在车上的测绘人员回头一看，只见车后一大片天空被碎石尘土弥漫，刚开过的公路已被截断。瞬间，大家脑袋也像天空般一片空白。对口负责姚渡镇测绘的玉环县测绘人员，8月5日上午，刚刚完成测绘任务返县城。当日下午，这个川陕甘结合部的乡镇，就发生了6.1级余震，当场死伤十余人。

在这样艰难的情况下，青川全县地形地貌测绘工作比原定计划提前10天完成，并一次性通过验收。景军郎将测绘成果交给了省援建指挥部规划项目组。项目组长又很快将它转交给了谈月明。

有了它，谈月明心中似乎有了底。

本来，有了测绘数据，就可以顺理成章地进行规划，之后开展建设。但恰恰在规划和建设上，产生了两大难题。且这两大难题，显然超出了谈月明及浙江省援建指挥部的职权范围，需要更高层次，乃至中央来做决策。

"援建犹如高山呀!"在时隔15年后的采访中,谈月明忽然对我感慨道。就像南宋杨万里《过松源晨炊漆公店》中写的那样:"莫言下岭便无难,赚得行人错喜欢。政入万山围子里,一山放出一山拦。"

第一个难题:援建是"交支票",还是"交钥匙"?所谓"交支票",就是浙江方面将援建资金如数交给青川,由当地负责建设,浙江方面只负责监督检查。在全国援建中,这样做法的省市不乏先例。不少青川干部倾向于"交支票"。有的干部还跟浙江省援建指挥部同志开玩笑说:"这钱是你们的,也是我们的,但归根结底是属于我们的。"言下之意是,既然是给青川的,交给青川人就行。但浙江方面有自己的考虑与顾虑。这次援建,涉及一大笔钱。中央明确规定,每个省拿出不低于地方财政总收入的1%,作为援建资金。这就意味着浙江将拿出几十亿元的真金白银,用于青川重建。事实上,浙江最后从全省财政收入中拿出了86.2亿元资金,加上全省各种捐款,还有省委决定拨付的3亿元特殊党费,共约110亿元资金,投入青川。这么大一笔钱,如何用?怎样管?的确要慎之又慎。客观地说,从1949年到2008年近60年,青川固定资产投资全部加起来,都不到50个亿。青川干部从来没有搞过那么大场面的基本建设,缺乏招投标和项目管理经验,而震后重建又有其特殊性,轻视不得。所以,浙江省领导倾向于"交钥匙"工程,即规划和项目由浙江省援建指挥部与青川县共同商定,从工程设计招投标开始,至建设施工招投标、监理招投标、竣工验收及资金管理,全过程由浙江省援建指挥部负责,挑选浙江省内最强的建设和监理公司负责承包。项目完工验收合格后,整体移交给青川当地。

"交钥匙"工程的做法,最终得到了四川省领导的赞同和支持,也得到了青川人的理解与接纳,成为浙江援助青川重建的主要形式。

在随后的700多个日日夜夜里，浙江几百支建设和管理队伍，12000多人开赴青川，承建了547个项目中绝大部分任务。工程质量多为优秀、优良，有的获得四川"天府杯"奖。更重要的是，经过长达15年余震、洪水、山体滑坡的考验和生活居住使用，没有一幢建筑出现明显问题。事实是最好的证明。后来，许多青川人也承认，浙江"交钥匙"的做法，建设质量好，施工进度快，工作效率高，廉政风险小。

"谢谢理解！理解万岁！"这是谈月明的心里话。

第二个难题似乎更大。涉及青川县城的县址选择。青川县城乔庄镇本来就狭窄而拥挤，经过地震后，更显破败不堪。许多干部提出，不如趁着灾后恢复重建，将青川县城整体搬迁至竹园镇。竹园镇较为平坦，可供建设的地方多，发展潜力大。站在一定角度看，异地重建有一定道理。故有不少县、市领导也赞同。但乔庄镇大多数老百姓反对县城搬迁，认为丢弃现有县城去竹园镇，没有考虑县城老百姓的实际困难，他们今后办事、生活、子女上学就业等将受到严重影响，所以誓死不搬。不少人在"万言书"上签名。专家们意见也分为两派，有主张搬的，说上一大堆搬迁的好处；也有不赞成搬迁的，举出一大堆弊端，有人还上县电视台辩论。总之，谁也说服不了谁。

就在这难解难分之际，一位特别的浙江人再次来到青川。他叫仇保兴，熟悉他的人都知道，这是一个只讲是非对错、不讲人情面子的专家型领导，曾任浙江金华市委书记、杭州市市长。小个、精瘦、敏捷、睿智，一双不大的眼睛显得十分灵光，头脑里始终刮着智慧风暴，跳跃性思维每每让人跟踪不上。此时，他的职务是住房和城乡建设部副部长，换个民间说法，仇保兴是浙江省住建厅常务副厅长谈月明的"顶头上司"。同时，仇保兴此时还有另一身份，他是国务院汶川地震恢复重建协调小组副组长，国务院授权该协调小组全权处置恢复重建中的重大事宜。这个身份与授权，就跟青川县城的选址直接有了关联。

汶川地震发生不久，仇保兴曾多次赶赴汶川、北川、青川等地。这是他第三次来青川，主要任务是调研确定青川县城地址难题。到底是留还是搬？仇保兴在未来之前，已派了20多位专家，在青川进行了考察调研。他到青川后，又花不少时间听取前期专家组考察情况，继续征询各方意见。为考证青川县城附近山谷裂缝，他带着几位专家爬上山顶，进行实地踏勘。

完成这些准备工作后，仇保兴向青川县领导和浙江援建指挥部同志开诚布公地畅谈了他的倾向性意见。在仇保兴看来，灾后重建，一定要尊重当地文化和老百姓意愿。最好的重建就是既尊重自然，也尊重老百姓利益。从整体性说，乔庄镇是青川县地理中心，可均衡辐射全县。青川县城原址重建非常正确，比异地重建要好得多。假设把全镇老百姓迁移到竹园镇，需要花费巨额资金。最重要的一点是，让老百姓离开世代生息的自然和文化，老百姓接受不了。原地重建，有利于老百姓对原有场景的认同、文化风俗的沿袭、社区和血缘关系的赓续等。一些干部担心重建后再次发生地震怎么办，仇保兴胸有成竹地阐述着："科学研究表明，任何地震活动带，都有时间规律。少则300年，多则2000年。经过地震，释放能量，这个地方反而更安全。日本在这方面积累了丰富经验，我们可以借鉴。所以，我们同样不赞成汶川异地重建。只同意北川换址。那是因为北川具备了地震遗址的所有形态，将其建成地震博物馆具有更大价值。"大家担心，乔庄镇边上的山坡有裂缝，会不会造成地震滑坡。他带着专家们去现场探勘，发现这是老裂缝，已经千百年啦，与本次地震无关。

面对一些干部的疑惑、不解，甚至质疑、反对，仇保兴始终据理力争、坚持不退。他充满自信地说："历史将会证明青川县城原址重建是正确的!"

因为国家层面与地方上看法不一,青川县城选址工作久拖不决,相应的规划设计也就无法确认。

实事求是地说,时至今日,对青川县城选址的利弊优劣,众人还是见仁见智、莫衷一是,我在采访中听到各种说法。看来还需要更长时间的实践检验。眼下,青川县城发展有序,特别是已经到来的高速、高铁时代,青川县城与外地的空间距离、时间差距正在逐步缩小,原有的文化优势逐渐显现。而竹园镇,经过15年发展,已成为青川县工业经济重镇和交通物流中心,也成为全县教育文化副中心。看上去,两地似在协调发展、比翼齐飞。

问题是在彼时。整整5个月时间举棋未定啊!

浙江省援建指挥部夹在中间,有点左右为难。让谈月明更为着急的是,全国性援建已开始,18个省市援建队伍陆续进场。不言而喻,省与省之间必然相互竞争、你追我赶。浙江起了个老早,却赶了个晚集。犹如跑步比赛一样,人家已经在跑道上飞奔,而你却还站在起跑线上等候发令枪响。这不明显会输嘛!但浙江不能输,他谈月明和39个指挥部的人不能输!

这样等下去显然不行!谈月明找赵克等人商量,召开党委会,进行集体决策。

形势和任务,那么明显地摆在众人面前。一向稳重的谈月明、赵克等都有点急不可耐。谈月明给大家分析道:"县址选择,是个重大决策。决定权在国务院,现在双方意见如此对立,各有充分理由,相信国务院定会慎重决策。估计一时批不下来。但我们不能等,一天也不能等,一刻也不能等!要化被动为主动!我想了想,县址选在哪儿,实际上只涉及乔庄镇和竹园镇。而且,即使在乔庄镇和竹园镇,也不是全部项目。

所以，我们要合理安排科学干。先从乡镇干起！从抢险工程干起，从民生工程干起！"

"对！我们可以先从乡镇干起，农村包围城市嘛！"赵克幽默地补了一句。

党委会其他同志也表示赞同谈月明的思路。

那么，先干什么呢？

蔡刚抢着发言："先说说酒家垭隧道。"他知道，酒家垭隧道是大家的心头之患。"酒家垭隧道必须马上复工。我和华富等人的意见一致，这个工程仍由中铁来做。中铁之所以拖了5年没有完工，主要原因是业主方拖欠工程款。只要我们及时注入资金，相信能如期完成。"

谈月明对此点点头。

"还有……"蔡刚见谈月明同意这一方案，便转向了井田坝大桥项目。谈月明知道，这座大桥地处国道212线和省道105线交会处，是青川县东部出口的生命线。

蔡刚继续说道："问题在于那周围有不少农户需要搬迁，涉及安置问题，难度比较大。"

谈月明接口说："井田坝大桥关系到青川与外部的连接，肯定得上。地方上没有列入计划，可以由我们全额投资。问题是，必须让资质较高的单位来承建。这座桥是块难啃的硬骨头，但我们一定要把它啃下来！"

见谈月明态度如此坚决，蔡刚不由得点了一下头，说："是。"

赵克提出了关于工程资金管理问题，说他起草了几个管理文件，需要党委会上议一议，然后发下去！

谈月明说："这些管理制度很有必要。我们党委会成员要带头执行。避免工程上去、干部倒下的悲剧！"

说这些话时，谈月明那双大眼睛显得炯炯有神。

根据援建指挥部做出的决策，一批工程次第展开。

8月12日，酒家垭隧道工程现场。在酒家垭山坡一侧，临时布置出一个复工仪式场面。彩色气球飘荡着高高的标语"浙江人民祝青川人民明天更美好！"表达出浙江5000万人民对青川人民美好的祝愿。隧道口，搭起一道金黄色的拱形门，把气氛渲染得十分浓烈。会标上写着"中铁二十局集团二公司承建酒家垭隧道工程"。雄赳赳、气昂昂的建设者，整齐列队，摩拳擦掌，准备大干一场。

浙江省援建指挥部的人都已领教过酒家垭隧道的厉害。那次被堵在半山腰上，差点下不来。酒家垭隧道主体部分2282米，引道长733米。地震前已凿通1900米左右。结果地震一来，已开凿部分也被震坍，必须再次打通。整个工程计划投资1.2亿元，力争在明年年初开通。

站在建设队伍前面，谈月明这位建设老兵有点激动。他用浑厚的男中音高声说道："震后重建任务繁重，千头万绪。但道路是首要关键。人要出得去，物要进得来。这就是我们指挥部进驻十多天后，就立刻上马复工酒家垭隧道的原因。这是我们浙江援建的第一个项目，据说也是四川省灾后重建的第一个项目。这个项目复工，标志着我们浙江援助青川恢复重建工作正式启动。"

至2009年3月31日上午9时，酒家垭隧道工程如期开通。第一根硬骨头被浙江人啃下。

2008年8月20日，由杭州市为主援建的竹园镇智慧岛举行奠基仪式。谈月明怎么也没有预料到，虽然浙江省委主要领导身体不适，但还是背着氧气袋赶到现场祝贺，并讲了一番感动人的话。省委主要领导在现场气喘吁吁讲话的模样，谈月明一辈子都不会忘记。

8月22日，青川灾后重建首个城镇住房项目启动。大地震给青川县城乔庄镇居民带来巨大灾难，近70万平方米住房全部受损，受灾户达7373户。谈月明带着援建指挥部同志深入板房、帐篷调查征询意见。居民们迫切希望回归正常生活状态，住进永久性房屋。浙江省援建指挥部按照省委、省政府确定的"民生优先"原则，将乔庄东山安居小区工程列为优先事项，按照安全、经济、适用、省地的原则进行规划设计。该项目用地约57亩、建筑面积5.5万平方米、34幢、794套住房，可永久安置受灾群众约3000人，工程估算1.1亿元。小区被命名为"东山小区"，寄寓着青川人民东山再起之意。

奠基仪式庄重而简朴。镇上居民闻讯赶来旁听。浙江、四川两省领导出席。身着迷彩服的谈月明在仪式上郑重表态，将坚决贯彻中央和省委、省政府部署要求，用实际行动为浙江争光，为灾区人民造福。

与此同时，青川人民响应党中央号召，在青川县委领导组织下，奋起生产自救、重建家园。

石光武与"两幅标语"的故事就出现在此时，并与浙江援建工作产生了密切关联。

我曾专程驱车去乔庄镇枣树村走访石光武。这位现已年近花甲、面相俊朗的残疾人，坐在自家小卖部外，与来店里购物或从店门口路过的村里人笑着打招呼，身体和精神状态都极好。

石光武用一只完整的手、一只缺手掌的臂，熟练地给我端过一把椅子，客气地让我坐下，显示出四川人的热情好客。然后，开始叙述他与地震的故事。

石光武小时候身体极棒，是15岁那年才因意外残疾的。那年打麦子时，他因不小心右手被打麦机卷了进去，结果，被迫截去右手腕，留下终身残疾。从此，再也干不了手工细活。出外打工，也只能肩扛背拖，不太受人待见。干了几年后，回家，开了个小卖部，卖点乡亲们需要的油盐酱醋。不久，找了位聋哑人结婚生子，日子过得安稳而清贫。

地震那天，石光武正和儿子在田里割油菜。脚下的地开始摇晃，他意识到地震了，喊上儿子一起往家跑。跑到自家小卖部前，他惊呆了，小卖部和住房上层都已倒塌，只剩下几堵受损的墙壁。好在女人和孩子都安全，石光武觉得还算幸运。当晚，他在小卖部前面的空地上，撑起几根木头，扯上几块塑料布，全家人将就着过了一夜。

然后，解放军就来了，送来了帐篷、方便面、饮用水。石光武很感激他们，给他们递烟，不抽；给他们做饭，不吃。他们说解放军不能吃老百姓东西。石光武看着那些跟自己娃儿一般大小的年轻军人，心里很感动。

又过了一段艰难的日子。石光武越想越觉得这样坐着等着，不是办法呀，就琢磨着自己造房子。有人劝他说："你是残疾人，政府肯定会帮你建房子的。"他信。但他想到，这么多人受灾，这么多人受伤，那么多人无家可归，政府一时怎么忙得过来呢？到7月初，石光武就与村里一些年轻人商量，大家搭帮着建房。"你帮我，我帮你吧！有手有脚有条命，怕啥子嘛！"

石光武这话，被从镇里下派村里担任党支部书记的罗义碧听到了。"老石，这句话好，但要稍微改一改。怕啥子嘛！就是什么都不怕！天不怕，地不怕。对不对？那就把它改成'有手有脚有条命，天大困难能战胜'，你看咋样？""要得，要得嘛！"石光武真心觉得罗书记就是有水平，这么一改，顺口多啦！然后，村里就叫了一些人，帮着石光武家建房。一边建，一边聊。石光武说一句，有人接一句。"我们还是要出自己的力、吃自己的饭，流自己的血，自己的事情自己干嘛！"罗义碧听后开口说："大家刚才说的意思很好，但流自己的血这个说法不太好，我看能不能改一改？"石光武紧跟着说："罗书记水平高，你就改改嘛！"罗义碧停下手中的活，稍作思考。"我看简短一点、顺口一点吧！'出自己的力，流自己的汗，自己的事情自己干！'大家说，怎么样？"

"好，好！罗书记改得好啰！"众口一词！

罗义碧紧接着说："如果大家觉得好，我就找人把这两句话写出来，作为村里的标语，用来鼓舞鼓舞大家！"

于是，"有手有脚有条命，天大困难能战胜！""出自己的力，流自己的汗，自己的事情自己干！"这两条属于集体创作的手写体标语，便被贴在村口两户农民家墙壁上。

在标语被贴上墙壁的同时，枣树村农民自建自修住房掀起高潮，一幢幢永久性住房在灾后土地上站起来，迎接新的生活。

不久，国务院领导考察灾区，来到枣树村，表扬了石光武，赞扬了这两幅标语所体现的不等不靠、自强不息的精神，说这是抗震救灾精神，也是中华民族精神。

石光武与枣树村的事，一夜之间传遍青川、传遍广元，直至全川。

谈月明在闻讯后赶赴石光武家。毋庸置疑，在青川县这场恢复重建的攻坚战中，农村是主体，农民是主角，政策是保障，党和政府是靠山，浙江是后盾。在枣树村修建房子现场，谈月明见到了穿着背心的石光武。石光武早已建起了自己的住房，现在正帮助左邻右舍盖房呢！他拉住石光武的左手，使劲握了握，动情地说："石光武，你身残志坚，了不起，为人们灾后重建做了个好榜样！"说完，谈月明转身招呼随行人员，给石光武送上一些小件的家庭生活用品。

回到指挥部，谈月明立即开会研究，浙江援建指挥部如何帮助当地老百姓自建永久性住房。会议议定，在中央和四川省拨给每个农户2万元补助金基础上，浙江省再给青川全县约6万家自建房农户各补助1万元，同时，协调派出116名建房技术人员，协助指导青川县农民建设永久性住房，推广"小青瓦、白粉墙、人字顶、木花窗"的川北民居，加上建院坝、筑花坛，简称"661工程"，并将此工程列为援建三大任务之首。

那天我去采访时，石光武正乐呵呵地坐在他的小卖部里做着生意。他一如既往地开朗乐观，回忆起往事，眉飞色舞、思路清晰。现在，女儿已出嫁，儿子在美团送货，大孙子15岁，正读初二，小孙子今年刚上小学。老婆今天在自家茶园里采茶。这不，茶叶开摘了嘛，这可是一笔不小的收入哩。

对于这段历史，对于石光武这个人，谈月明至今记忆犹新。

2008年10月24日，青川县人大会议室板房内，浙江省援建指挥部开会全面部署开展"双百"攻坚战。省市县三级援建指挥部成员、青川县四套班子和36个乡镇领导齐齐出席，会场气氛热烈而紧张。

谈月明开始动员。这次，他手上握有"尚方宝剑"，所以显得底气更足，声音更为铿锵有力。"浙江省委、省政府主要领导提出在今年底前，浙江援建青川要力争开工建设100个项目。浙江省援建指挥部根据浙江省委、省政府要求，决定从今天起掀起援建项目建设新高潮，发起'双百'攻坚战：全力奋战100天，项目开工100个。根据这一目标，年底前，浙江援建青川县的115个项目全面开工，总投资达16.8亿元，涉及教育、卫生、交通、城建、社会福利等。这既是春节前援建工作的重头戏，也是今年援建工作的收官之作！要做到'四不怕'：不怕苦，不怕累，不怕难，不怕险；还要'五个干'：晴天抢着干，雨天巧着干，晚上挑灯干，节假日加班干，科学安排合理干啊！"

"看这个架势，青川县城地址定了？"有人在底下小声嘀咕着。

谈月明似听见了这些议论，干脆在会上回应道："县城地址问题现在还没有确定，这需要国务院最后拍板。但我们不能等，也等不起。再说，大家看看手中的表格，我们安排的这些项目都是必须做的。不管县城在哪里，都应该做的。"谈月明说到这里，先举起自己手中的项目表，特意重复了一遍。

有道理！这些都是交通、教育、卫生、居住等民生实事，跟县城定在哪里没有关系呀，尤其是各乡镇！

对，对！先干起来再说！

教育重建，是浙江援建指挥部最为关心的事项。

汶川特大地震给青川县中小学带来毁灭性打击。全县58所学校有53所遭受重创，损毁校舍30余万平方米，损毁教学仪器23万台，80%以上的课桌椅被毁坏，直接经济损失达77亿元。

谈月明和他的指挥部成员，把教育重建作为头等大事，放在优先位置，采用超常规措施，尽快让灾区学生走出帐篷、告别板房，在新校舍上课，从而驱散密布在全县师生心头上的阴霾，还灾区孩子们一片明朗的蓝天。让白云继续在天空飘，让鸟儿继续在树林中啼鸣。这一美好愿望，遂成为浙江省39个指挥部每个成员的共同追求。省市县各指挥部立下"军令状"：100个项目不开工，不回家过年！

八月十五中秋节，人逢佳节倍思亲嘛。谈月明特意约了赵克、蔡刚等人，专程赶到马鹿小学，与孩子们一起吃月饼、话中秋，与孩子们一起憧憬未来的新校舍、新教室、新场景。孩子们兴高采烈、手舞足蹈，童真的眼睛闪着亮光，大家度过一个难忘的中秋。

返回指挥部后，谈月明意外地碰到了老朋友骆方豪。两人在异乡见面，分外高兴。谈月明笑着问道："你这家伙正在援疆，怎么突然跑到我们青川来啦？"骆方豪笑嘻嘻地回答：中宣部不是在边疆少数民族地区实施电视进万家工程吗？他到绵阳来采购长虹电视机。绵阳与青川相隔不远，顺道来看望看望大家呀！

"看望看望，有点什么实质性的表示？"谈月明继续跟老朋友开着玩笑。

"有呀，有呀！我给你们带来两只新疆烤全羊，犒赏犒赏在灾区工作的你们。够意思吧？"骆方豪笑着答复。

"真够意思。"谈月明立马对着赵克喊道，"赵克！赵克，你把大家招呼过来，品尝品尝方豪老弟带来的新疆烤全羊！"

众人闻讯蜂拥而至。一时杯盏交集、肉香四溢，最后大家尽兴而散。

那天采访现已担任浙江省发展改革委副主任兼对口工作领导小组办公室常务副主任的骆方豪，说起这段趣事，他禁不住哈哈大笑。特定环境下结成的特殊友情，总是让人特别难忘与留恋。

客人安歇了，同事们也先后进入梦乡。谈月明、赵克、蔡刚等人却没有睡意。他们觉得肩上担子更重、压力更大。既然向孩子们做出承诺，就一定不能让孩子们失望。

此后，他们与大家一起投入学校的建设之中，整天"泡"在工地上，催促进度、关心质量、协调关系、解决难题。那段时间，三级指挥部的人都很少回浙江老家。有的爱人不远千里而来，他们也抽不出多少时间陪伴，更没有空闲带着家属儿女观光一下风景区。杭州市指挥部负责承建竹园镇"智慧岛"。这是一个以教育为主要功能的教育文化园区，也是体现杭州人智慧和创意的工程。指挥长李包相除夕和正月初一都坚守在工地上。副指挥长竺豪立妻子患癌症动手术，他都未能陪伴身边照顾。宁波市援建指挥部负责乔庄镇及周边3个乡8所学校建设，指挥长史济权整天忙碌在第一线，岳母在弥留之际，很想见他一面，但史济权未能如她所愿，留下永远的遗憾。

我在采访中，曾就这些人和事请教过谈月明。他稍作思考后说："如果离开特定的时间节点和场合，也许不应该被大力提倡。但在救灾重建的特殊场景里，他们的言行和选择，就显示出公而忘私、国而忘家的优秀品质，就会感动人、感染人，就会起到榜样的作用。"

诚哉，此言；诚者，斯人！

木鱼中学之所以成为国人关注的重建焦点之一，那原因不言自明。对于木鱼中学的重建工程，谈月明予以格外重视，多次与承建木鱼中学的台州市温岭市援建指挥部讨论，如何把木鱼中学重建好。他要让那些无辜罹难的师生在九泉之下得以安息，让幸存的师生放心上课。

真没有想到，木鱼中学的重建，竟遇到了与青川县城相同的问题：是原址重建，还是异地新建？学校、家长、学生、援建指挥部、县里，大家的视角不同，想法也就不同。尤其是学生家长，心理阴影严重，担心建在原址，也就是建在地震断裂带上。万一，当然是万一，再来一次地震，后果不堪设想。前一时期，青川县里正是鉴于学生家长这种心理和呼声，一度答应过不在原址复建。但真正开始规划时，才发现，木鱼镇土地那么稀少，要找一大块土地建学校，非常困难。再说，原址靠山临湖，环境幽静，是个读书的好地方。因此，不少人主张原址重建。

公说公有理，婆说婆有理，一时难以定论。

最为焦急的自然是温岭市援建指挥部指挥长颜士平。学校选址权在地方，他一次次向青川县委、县政府汇报、催促。因为确有难度，迟迟得不到明确答复。恰在此时，台州市主要领导来木鱼镇看望援建人员，趁此机会，颜士平将情况报告给台州市委主要领导。市委领导到底见多识广、经验老到。他给颜士平出了一个妙招：以书面形式同时给青川县委、县政府和浙江省援建指挥部写报告，请求批复。

谈月明很快接到了这份报告，自然理解颜士平这么做的良苦用心。他出面联络青川县主要领导，请上一帮专家，干脆到木鱼中学开个现场会，听听各方意见，然后决策拍板。

2008年11月底,谈月明和青川县委主要领导,带着青川县副县长、教育局领导,还有地震、规划方面专家等几十个人,来到木鱼镇。

"今天,我们把大家请来,主要解决一个问题。一个久拖不决的问题。论证木鱼中学是原址重建,还是异地新建。请各位畅所欲言、发表意见。"谈月明开门见山,做了开场白。

"主要是断裂带是否适合重建。"青川县委主要领导随即补充道。

"既然这里是地震断裂带,我看就不适宜再在这里重建。"有干部提出。

"是呀,是呀!这也是有些学生家长反对原址重建的主要理由。如果我们非得在这里重建,恐怕会有人出来闹事。"有位县领导表达出他的顾虑。

"群众需要引导嘛,工作可以慢慢做。我们今天是从科学角度分析,原址能不能重建。"谈月明不想在那些非实质性问题上浪费时间,他转向与会专家,"请规划和地震方面专家谈谈看法吧!"

"我们认为可以在原址重建,搬迁没有必要。"规划局专家态度明朗地说。他搬出了仇保兴阐述过的地震释放能量理论。"现址在地震后是安全的。如果说不安全,整个木鱼镇都在地震断裂带上,那,整个木鱼镇都得搬迁。这,显然不现实呀!"

谈月明和青川县委主要领导认为他说得有道理。

"如果在原址重建,能不能增加一些措施,提高安全系数,让学生家长们更放心一些呢?"谈月明希望专家们介绍介绍这方面的办法。

"办法是有的。"与会的地震专家接道,"譬如,把抗震设防烈度从原先的7级提高至8级。那样,即使再次发生地震,问题也不大。"

谈月明与青川县委主要领导迅速交换了一下眼神,两人几乎同时点了点头。

论证会开了半天，参会者都发表了意见，包括颜士平。他说得很简短，也很含糊。他知道他的意见不重要。自己不是专家，没有权威。他只需要结论，需要定论。怎么定，是领导的事；定了，怎么干，才是他的事。

论证会结束时，青川县委主要领导从善如流，最终拍板木鱼中学原址重建。他只是希望，温岭援建指挥部同志抓紧再抓紧，早日拿出规划，争取早日开工！

颜士平这才发现，即使是原址重建，也不是一件轻松的事。按照商定的规划，不仅要在原址恢复木鱼中学，还要在边上新建一所小学，把木鱼镇中小学连成一体。

连成一体自然是个好主意，却给颜士平出了个大难题。这个多出来的小学校址需要新开挖。周边没有可用平地。有个办法是开山辟地。但经过地震后的山坡本来就已疏松，万一炸出个窟窿，或者发生山体滑坡，将前功尽弃。

不能向山体要地，只能另想办法。颜士平带着规划设计人员在附近转悠，看到原址边上横亘着两道深深的沟壑。规划设计人员忽然灵感来袭。踏破铁鞋无觅处，得来全不费工夫啊！向山不行，填沟可以！把两条深沟填埋好，连接起来，足够一个小学所需的场地啦！

看似最艰难的问题，却在灵感照拂下，轻而易举地获得解决。

说轻而易举，也有点不太符合事实。真把深壑填起来，光地基就得打下16米深，相当于四层楼那么高。工程难度之大、成本之高，也可想而知。但既然已决定这么干，那就开弓没有回头箭。不但要把这块硬骨头啃下来，而且要啃得快、啃得干净利落。援建指挥部同志和援建队伍夜以继日、加班加点、科学安排。一所投资6300万元、占地45亩、连廊式结构、建筑面积13583平方米、可容纳24个教学班的木鱼中学，一所投

资近4000万元、2幢教学楼、设施配套完善的木鱼小学，终于赶在规定日期前圆满建成，并获得四川灾后援建项目最高奖——"天府杯"金奖。

温岭市援建指挥部考虑相当周全。木鱼中学震前是一所体育特色学校，为让木鱼中学延续这一特色，让学生们有更多活动场所，重建后的木鱼中学专门开辟了一个300米跑道的体育场，设置了好几个篮球场。在中学校园中央，矗立起一座巨大雕塑。一双粗壮坚实的手，托起光芒万丈的太阳。花岗岩基座上，镌刻着两个金黄色大字"希望"。在木鱼小学的门口，同样矗立着一尊雕塑，黄颜色的"心"之造型，基座镌刻上"爱心"二字，寄寓了浙江人民对木鱼中小学师生的一种深沉的爱。

当我15年后跨入木鱼中学、木鱼小学时，看到的仍是坚固漂亮的校舍，还有那夺人眼目的雕塑。现任木鱼中学校长梁举文和彼时协助校园重建、现任木鱼小学校长的杨先龙，对当年温岭援建的干部职工赞不绝口，对两所学校的坚固和漂亮，充满了自豪感。

如此坚固漂亮、功能齐全的中小学校，不要说在青川，即使放在浙江温岭，也算数一数二。怪不得颜士平说："温岭最好的学校在木鱼！"

2008年底，青川全县51所学校重建项目陆续开工。

2009年8月30日，在大地震一年多之后，浙江援建指挥部举行"浙江省援建青川中小学校舍整体移交仪式"。谈月明代表浙江省援建指挥部，将第一批重建而成的39所学校的钥匙，整体移交给青川县政府。这标志着青川2.3万名义务教育阶段学生，得以在新学期开学之际，进入永久性校园上课。我相信，这将是一个被青川人永远铭记的日子。

到2009年底，浙江援建指挥部完成青川县44所学校重建任务，占总数的80%。重建后的学校功能齐全、设施齐全、个性突出，充分体现不同学校的教学特点、文化特色。青川县教育局领导由衷地赞叹："浙江援建使青川教育发展整体跨越了30年!"

青川县三锅中学学生付洪云用一段富有诗意的感言,表达他的赞美:

花从春走过,留下缕缕芳香;
叶从夏走过,留下片片阴凉;
风从秋走过,留下阵阵金浪;
雪从冬走过,留下种种希望。
您从我们身边走过,
消除了我们的痛苦和绝望!
浙江援建青川教育,
用"心"托起明天的太阳!

众人翘首以盼的青川县城选址一事,至2009年3月上旬,终于渐渐有了眉目。有消息传来,四川省政府根据国务院汶川震后恢复重建工作协调小组的建议意见,决定青川县城原址重建。

谈月明听到这个消息后的第一反应是,要把宁波援建指挥部指挥长史济权找来聊聊。谈月明深知,县址悬而未决时,最受煎熬的莫过于这个史济权;现在确定了,最紧张最焦虑的也莫过于这个史济权啊!

谁知,谈月明还未来得及找史济权,心急火燎的史济权倒先找上门来。

一进门,史济权就追着谈月明喊:"这可怎么办?这可怎么办?"

什么怎么办?凉拌!虽然,谈月明心里同样也焦急,但他毕竟经历过许多大场面,觉得光焦急没有用。越是情况紧急,越要保持冷静和清醒。他的直觉告诉他,面对突发情况,让史济权安下心来,比什么都重要!

谈月明故意开着玩笑:"好,好,朋友来了有好酒!史济权指挥长深夜来访,是想喝我的'1573'啦?"

史济权一门心思都在那个消息上，一时反应不过来："啊？什么'1573'？"

疑问之间，谈月明已从板房里间拿出一瓶"国窖1573"酒。打开酒瓶，一股酒香直扑向史济权。史济权忍不住深深地吸了一口气。

史济权知道，谈月明善饮，平时会自费买点酒备着。偶尔喝两口，解解乏。

也好，趁着喝酒，向这位老哥说说事情、请教请教。史济权一屁股坐在谈月明对面的板凳上，你一杯我一盏地干起酒来。

似乎是酒入愁肠，让史济权更为焦虑："侬知道，这个具址问题一直拖着，阿拉宁波就一直在打外围战。现在定啦。但时间来勿及了呀！中央又要求灾区重建'三年任务两年完成'。说是两年，但对阿拉宁波来讲，满打满算只有一年半辰光。侬想想：一年半辰光，要完成介多事体，来山呃？好比一场考试，人家已经答了半天题目，阿拉格考试卷子才发落来。"因为着急，史济权居然跟谈月明说起了宁波闲话。好在谈月明能听得懂。

谈月明慢悠悠地品着酒，笑眯眯地看着身材高大、浓眉大眼的史济权，半是宽慰半是鼓励地回道："是有点紧张，不过，我看能完成！有浙江省和宁波市大力支持，手头又有一支过硬的队伍。只要你史济权这个指挥长头脑清醒、方寸不乱，就可战而胜之。"说完这些，谈月明又缓和了一下语气，说，"这件事既然中央和四川省已经定了，就没有讨价还价的余地。我和你唯一的选择，就是把青川县城原址重建的事干好。你说对不对，老兄？至于省指挥部，你尽管放心！我们全力支持你、配合你。你老兄要我做什么，我谈月明就做什么！你现在首要的，是跟宁波市里沟通好噢！"

哈哈哈！真是一位好老哥！史济权心领神会，感觉心头一阵暖意掠过，顿时轻松许多。他抓起酒杯，一口干了。他坐不住了，要赶回去抓紧安排。一分一秒，也不能耽搁！

史济权回到宁波指挥部后的第一件事，就是用电话向宁波市长毛光烈汇报了上级关于青川县城原址重建的消息。

一向高效的毛光烈，很快带着宁波市党政考察团来到青川。史济权明白，毛光烈市长来给宁波指挥部同志加油鼓劲，也为青川县城重建输送武器弹药。原址重建，需要更多的人、财、物。

谈月明和广元市、青川县领导被请到一起。毛光烈言简意赅、态度明朗："青川县址的确定，是党中央、国务院从全局出发做出的决策，我们无条件服从。不管任务怎么变化，我们宁波市圆满完成青川重建的态度不会变，我们指挥部同志的决心不能变。请各方领导放心，宁波绝不拖浙江后腿，保证保质保量按时完成援建任务！"

没过多久，宁波市政府一系列追加措施相继出台，从人、财、物诸方面确保援建工程需要。

宁波市的态度和做法，让原先不无担心的谈月明稍稍松了一口气。史济权和宁波指挥部同志也是信心满满、干劲足足。

青川县城新规划在人们的焦急等待中定稿。规划确定，以乔庄河为主线，从南边上坪到东山小区，有五大社会板块、20余个项目。

规划落地的困难客观存在。作为县城，一段狭而短的山坳显然不够，需要向两边延伸，这且不说。现有场地上，被无数间板房挤得密密麻麻，简直水泄不通。要复建或新建，首先要实现板房大腾挪。

"那就搬呗！"有人说。

"搬？往哪里搬？老百姓搬不搬？这些都是问题！"

"阿拉宁波指挥部先搬！向我开炮！向我看齐！"副指挥长楼剑刚建议。

这倒是个好办法！率先垂范。其身正，不令自行！

于是，指挥部同志都成了侦察员，四处找地。乔庄本身就不大，一刻钟可以打个来回。找来找去，弄得灰头土脸，哪有什么空地呀？有人就有点泄气。已到了晚上9点半，才有人找到了一块烂泥地。一问，说是某个部门的备用地。第二天一大早，史济权把人家局长堵在办公室门口，并"逼"着人家看现场，说尽千言万语，做了百般保证，才让人家勉强答应下来。

接着，县四套领导班子和机关各部门仿效宁波指挥部做法，积极行动，陆续搬离。腾出的空地逐渐增加，局面明显改观。

天有不测风云，人有旦夕祸福。谁也没有料到，正当青川县城重建工作顺利展开之时，青川遭遇了百年一遇的特大洪灾。

雨，从7月14日半夜悄悄下起。青川是山区天气，夏天下雨极其正常，谁也没有把它当回事。第二天雨仍在下着。下就下吧。直到第三天，那雨就不对啦！史济权觉得沿海城市宁波都没有下过那么大的雨。简直太大啦！仿佛龙王爷把海水吸到天空中，然后，猛地倾倒下来。雨水到了地上，四处串流，流向溪沟、小河、大河，形成势不可挡的洪水，洪水高潮迭起，形成洪峰。

谈月明召开了浙江省援建指挥部会议，并迅速做出决定，采取有效措施，转移设备和人员，确保186个援建项目安全。省指挥部人员被派往各援建点，同时，派出200余台机械设备，全力支持配合青川地方抗洪救灾。

滔天洪峰向着乔庄河下游而来。护堤的消防战士拼死抢险，但因不懂防洪知识，有力使不上，看看堤坝即将坍塌。就在千钧一发之际，只见宁波建工集团项目经理吴建良带领"敢死队"赶到。听得暴风雨中一声大吼："共产党员、共青团员，跟我上！"一个个腰间系着麻绳、抬着钢筋笼的小伙子呼啦啦跳进洪水中。岸上无数老百姓牢牢扯着这根麻绳,防止跳入河中的人被洪水冲走。这些人在汹涌洪水中,快速地搭建起钢架子,敲下钢桩,再把它们缠绕起来,形成一张钢管网。然后,岸上的人七手八脚把一袋袋装有鹅卵石的钢筋笼子往洪水中抛。力大无比的洪水冲走一个又一个钢筋笼子,但人们以更快速度抛掷,慢慢超过了洪水冲走的频率,等抛到约2000立方米时,河面上终于形成了一道钢与石组合而成的拦墙。

经过整整36小时奋战,宁波指挥部同志在青川当地老百姓配合下,终于战胜洪峰,护住了乔庄河两岸平安。

特大洪水过后,宁波指挥部从从容容指挥重建,依靠宁波市建设的头部企业——宁波建工集团和宁波市政集团,攻克一个个难关,推进一个个项目。

攻克难关是需要代价的。其中之一,史济权因劳累得了急性肝炎,在绵阳医院病床上躺了18天。谈月明赶过去看望他。两位老哥们儿说完工程上的事,竟又聊起了那天晚上喝"国窖1573"的趣事。史济权说:"等我身体好了,再与老哥喝一杯'1573'。"谈月明则说:"哎,不是'1573',而是'1575'了,我们不是又过了两年了嘛!"

"呵呵呵……"病房里,充满了乐观而开心的笑声。

史济权的病是讲政治的。他还是如愿赶上了最后一个工程。

2010年8月,宁波市援建的最后一个项目收官,比原计划提前一个月。一座崭新的城池呈现在人们面前,矗立于川北大地上。

青川县城原址重建,意味着放弃竹园镇作为新县城的方案。这对原先一门心思要打造一座新县城的杭州市援建指挥部而言,心理冲击自然巨大。

谈月明至今还清晰记得，当消息传到杭州市援建指挥部指挥长李包相耳朵时，李包相第一时间把谈月明拉到竹园镇梁沙坝上，介绍他当初的"宏伟设想"。

李包相年近半百，个子不高，精瘦精干，干事创业充满着年轻人般的激情。他大学专业就是建筑，之后硕士、博士留学一路走过来，成为杭州市建设系统专家型领导。他指点着眼前的梁沙坝和身边的青竹江，滔滔不绝地叙说着自己原先的构想，如何把青川新县城建成类似于德国海德堡。对，就是德国内卡河畔的那座文化古城。曲折而幽静的小巷沟通着古堡和小河。那些建筑依山而建、错落有致，充满诗情画意。他原先想，他们可以把竹园镇建设得很美很美。这下可好，却成了一个乌托邦。李包相说到这里，刚才眼睛里那些闪亮的光芒瞬间黯淡下来，一丝沮丧情绪从眼神里流露出来。

谈月明自然能理解这位留洋博士的方案，他赞赏李包相的眼界和胸襟。可是，青川县城选址问题已定，没有丝毫变化的可能。他要让这位执掌杭州市重建青川将印的人从沮丧情绪中走出来，集结队伍重新出发。

想到这里，谈月明语重心长地对着李包相劝说道："包相呀！你的心思我都知道。但现在大局已定，我们就坚决服从。你的一举一动、一言一行，关系到整支队伍的战斗力，关系到我们浙江能否如期完成援建任务。你过去做的工作并没有白做，你们可以把好的构想和项目保留下来，让智慧岛变得更智慧，把防洪堤造得更坚固更有文化。如果杭州能把竹园镇打造成一个不是县城的县城，如果我们浙江能为青川贡献两个县城，不是更好嘛！"

这番话，李包相听进去了，觉得有道理。他一扫心中的失落感，振作起精神，召集指挥部全体同志开会，讨论调整规划。哪些项目保留，哪些项目舍弃，哪些项目缩减规模？

去与留、舍与得，这的确是个问题。这是在剐大家身上的肉呀！曾几何时，大家为这些项目废寝忘食、呕心沥血，现在又要亲手拿起那把砍刀，把它们或一刀砍光，或掐头去尾。心在滴血，眼在流泪。

但再痛苦再艰难也得下手！李包相带着大家白天黑夜分析论证，又与青川县、竹园镇同志探讨选择，最终确定了"新区打基础、老镇重完善"的方针。所谓"新区打基础"，就是重点建设竹园新区，承担起老县城功能疏散安置任务，使之成为青川经济、文化、教育重镇。所谓"老镇重完善"，就是借鉴杭州市背街小巷改造的经验，杭州市民称它为"仇保兴"（旧包新），打造具有川北风情的小城镇。

新思路新方案出来后，得到浙江省援建指挥部和青川县高度肯定。谈月明评价说："杭州市指挥部反应迅速、思路清晰，完全符合上级意见和省指挥部要求。"于是，一锤定音！

在几十个新建项目中，防洪堤和浙川大道是重中之重。

竹园镇沿着青竹江"S"形曲线而建，是个典型的山水小镇。青竹江平时像一条碧绿的缎带，温柔地从远处山地走来。但遇大雨，青竹江立马变成一头咆哮的雄狮，向着竹园镇横冲直撞。因此，在竹园镇老百姓心中，竹园坝、史家坝、陈家坝是竹园镇的保护神，具有重要意义。也正是有鉴于此，杭州援建指挥部一开始就把这3条大坝纳入援建重点名单之中。

在青川部分干部心里，防洪堤是最省事、最方便的工程。只需在规划图上画上一根线，在设计图纸上写上一堆数据，然后，在施工时，将无数的砂石水泥堆砌起来即可。深谙水利设施的杭州人没有这么想，更没有这么干。李包相组织杭州市水利水电勘测设计院人员，非常仔细认真地做了测绘设计，认真分析历史上竹园镇3条防洪堤屡建屡毁的经验教训。大家认为，竹园镇防洪堤最要紧的是，能够抵御瞬时洪峰的冲击，

同时抵消沿岸挖沙对堤防的影响。最终，采取不同防区河段不同结构形式，主体部分选择沉井基础。

沉井基础是水利建设术语，通俗地说，就是先在地面上用钢筋混凝土制作好井体结构，然后，取出井内土体，将其下沉至地下某一深度，再将这些井体结构用钢索连接起来，形成一道能随洪水移动同时又可阻挡洪水冲击的防线。显然，这样做，既费时，更费钱。但杭州人追求的是牢固安全，是百年大计。

3条防洪大堤终于建成，巍然矗立在青竹江畔。大堤工程兼顾了防洪、景观、交通、水环境等功能，获得四川省援建工程设计金奖和"天府杯"优质工程银奖。重要的是，大堤建成14年来，竹园镇又经历了无数次洪灾，3条大堤稳如泰山、安然无恙。更可喜的是，竹园镇老百姓还把大堤视作休闲锻炼场所。清晨或傍晚，总有一拨拨人在大堤上锻炼、漫步、闲谈，享受着生活的惬意与馈赠。

这些，自然也是谈月明几次表扬李包相的原因所在。

还有浙川大道。这是青川有史以来第一条双向四车道高等级公路，也是杭州乃至浙江援建中投资最大的一个重点项目。大道由碑梁路、梁沙路、梁竹大桥、滨江路及南延段组成，全长7.8公里，总投资近4亿元。李包相不止一次地在指挥部全体人员大会上，满怀激情地说过，杭州人要为青川建设一条几十年不落后的品质大道。

因为特殊，所以重要。杭州援建指挥部把浙川大道工程分包给了最具实力的建设单位，一批国字号、省字号建设公司应召而来，在这段不长不短的赛道上，八仙过海、各显神通。

全线工程于2009年初冬展开。天气阴冷、寒风扑面，并不适合施工。

碑梁路线之间插着几座大山，打通路基，需要架设8座桥梁。谁都知道，在山上建桥，必须在山体上打桩。打桩需要打桩机，这是常识。

但是，这些工地都还没有通路，打桩机进不去。如果先修路，再建桥，不说猴年马月，就是费用也承受不起。怎么办？在某些特殊困境中，最原始的办法也许是最好的办法。承建施工的中铁八局的建设者们，硬是靠着一双双长满老茧的手，用人工在石灰岩山体上开凿挖洞，把一根根桩柱竖了起来。

梁沙坝主干道与宝成线交叉施工遇到了更大难题。工期很短，短到只有4个多月。工地又处于宝成复线路段，复线每天要对开107对列车，平均半分钟一列。施工不能影响宝成线列车正常运行，这是一个硬制约。

巅峰对决，发生在工程下穿宝成复线框架桥时。要求在两条宽约4米的铁轨之间，开挖一个主孔浇注D型梁支撑墩柱，深为16.7米，危险得简直像虎口拔牙。每当火车即将驶过施工地段时，工人们就得跑到铁路边上躲避一下。差不多半分钟一趟的频率，使得施工人员像小兔子一样，蹦蹦跳跳、来来回回。后来，主孔挖到能藏身时，工人们干脆像青蛙般趴在洞内，等待列车通过。就这样，历经40个日日夜夜，工人们硬是把这个支墩柱擎了起来。

就在李包相这边争分夺秒抢建工程时，谈月明接到四川省委办公厅电话，说是四川省四套领导班子及有关部门人员，将于明年5月初到青川检查验收援建工程，浙川大道是必检工程之一。

谈月明转身就把这件事告知了李包相。

李包相接完谈月明的电话，感觉自己的心一下子被提到了嗓子眼儿。他粗略一算，除去春节，留给杭州援建指挥部的时间不多了。李包相忽然有点莫名其妙地抱怨起春节来，为什么春节要安排在这个时间段里？春节休假为什么那么长？青川农村一般要到元宵节后才恢复常态。而摆在他眼前的浙川大道工程量还很大。430块桥梁板未预制，1100米桥梁尚须架设，还有2400米路基管道没有铺设，梁竹大桥桥面还剩下

150米没有浇筑……

李包相算账后得出的结论是，这个春节不能回家过年了，要把每一天，不，把每一分、每一秒都利用起来。他立刻把浙川大道施工单位和管理人员召在一起，开了个"奋战60天，打通青川路"动员大会，再次明确工程质量和进度要求。并宣布，我李包相今年春节在工地过年。

榜样的力量是无形的，也是无限的。春节一天天临近，李包相在杭州办完事，于除夕前夕赶回竹园镇。来自杭州的援建队员们，都主动选择留在浙川大道工地上。

除夕，有个杭州干部柴名雄，给远在杭州的父老乡亲们写了一封长信，汇报援建情况，叙说自己心情。

亲爱的父老乡亲：

川北烟花隆隆传工棚，杭城张灯结彩贺新春。

除夕此时，虎年姗姗走来，我坐在窗前思绪起伏，难以平静。

在这样特殊的时刻，他们，一群来自杭州的援川人员，却选择留在了灾区，远离家乡和亲人，坚守援建岗位。因为新的一年，有10公里长的浙川大道等60多个项目需要完工，援建任务繁重，他们"春节不放假、加班连着干"，一天也不耽搁，争取早一天建好援建项目，早一天造福灾区百姓。

今天一大早，中铁八局建设的碑梁路、中交二航局建设的滨江路、万里公司建设的浙川大道凉沙段等项目工程春节加班人员，冒着细雨照常开工，直到天黑才回到板房吃年夜饭。斟上一杯酒，煲好羊肉汤，加上豆腐和青菜，十几个人围成一圈开桌吃。

梁竹大桥3跨共450米长桥梁，梁史大桥桥墩、梁沙坝安居房等重点工程全在节前完成了计划的建设任务。指挥部领导今天上午来到工地看望慰问一线施工人员，嘱咐大家注意施工安全、确保施工质量。同时，别忘记给家里挂个电话，报声平安。晚上，竹园镇领导来到碑梁路建设项目部，与援川人员共吃年夜饭，气氛热烈而温暖。

今天上午，广元市委书记罗强带领市县两级党政领导，来到杭州援川指挥部，看望春节加班援川干部，并到主体已经完工的陈家坝防洪堤实地察看援建工程。

此时此刻，隆隆的爆竹烟花声萦回在板房上空。身在灾区的这群好男儿怎会忘了家？想起家中高堂父母、娇妻儿女，这次第，怎一个"情"字了得？！中交二航局项目经理马小艳曾动情地说："我们也有情，我们也想家。但为支援灾区建设，舍弃小家也值得，家人也会理解的。"

我们感动2009。

这一年，杭州援建完成7.6亿元实物投资量，14个援建项目如期竣工，城乡居民喜迁新居。援建的学校和卫生院交付使用，城乡环境整治取得初步成效，一个个援建硕果的取得，都与援川、援建联系在一起的人和事密不可分。

这一年，对口援建难题一个个攻克，"双百攻坚战""奋战七八九、打好项目开工战"，指挥部营地遭遇"7·16"特大洪灾，县城不搬迁，援建项目调整多次。

这一年，来自后方支持力度更大、帮助也更多。杭州市委、市政府主要领导多次对援建工作听汇报做指示，亲临前线指挥。各援建成员单位积极帮助支持对口援建，至2009年底，市本级副局级以上领导干部就有145人次来过青川。

今年是杭州援建青川的收官之年、交卷之年。预计今年6月底前，总投资达16亿元的援建任务将全面完成，带着杭州人民的情义，

一座崭新的青川新城将破茧而出。对此，我深信不疑。我相信，这群杭州男儿将向家乡人民交上一份满意答卷。

遥祝家乡：

虎年各项事业蒸蒸日上，家家户户美满幸福！

这封感人至深的信，后来被发表在《杭州日报》上。谈月明说他读到这封信时，他感同身受、热泪盈眶。

在重点项目快速推进的同时，杭州援建指挥部推动的老镇整治改造，也有条不紊地展开。青川是个青秀之川，山清水秀、空气清新。唯有竹园老镇是个例外。此前，全县大部分工业企业集中于此，大大小小的采石场近20家，造成严重污染。天空尘雾弥漫，江水浑浊不堪，且整个竹园镇居然没有一条下水道。

再难的骨头也要啃，再难的事也要做。更何况，这是杭州市干部的拿手好戏。杭州市就是用这种"旧包新"的办法，使得旧城面貌焕然一新。今天，他们杀鸡用牛刀，把杭州市行之有效的一套做法移植到一个乡镇来。与特大洪水周旋，与时间赛跑，用最快速度重新铺设老镇路面和管道，埋设污水管、雨水管、自来水管，入家入户截污纳管。人行道上全部种上绿植，并对沿街房屋进行外立面改造，框架格调、视觉色泽，凸显川北民居风格。

竹园老镇改造获得巨大成功，居民奔走相告，欣喜之色溢于言表。时任竹园镇党委书记母克强走在整治完成的居民区，抑制不住喜悦之情，感慨地说："老镇改造，真是令人意想不到，居然还能给破旧场镇'穿衣戴帽'。嘿，您别说，这么一搞，竹园镇至少前进了几十年！"

2010年9月17日，浙江省援建项目整体移交仪式在广元市隆重举行。浙江省省长将一本鲜红的《浙江省援建青川县灾后恢复重建项目整体移交清册》递交给四川省省长。清册中载明,浙江共投入援建资金86.24亿元,合计完成工程项目547个。其中,获得四川省"天府杯"建筑工程质量金奖20个、银奖18个,获得四川省优秀设计奖3个。

四川省委主要领导专门批示:浙江的援建,从规划到建设、管理,都体现了高水平。浙江的援建,组织得有力有序有效。我代表四川人民感谢你们!

浙江省省长的批示,欣喜之情充溢于字里行间:十分高兴,十分满意!

这一切,标志着浙江援助青川重建任务的圆满完成,象征着一个新青川凤凰涅槃、浴火重生。

癸卯春夏之交,在美丽的西子湖畔,我邀约谈月明、赵克等人,做了几次长时间漫谈式采访,了解当年重建青川的全过程和小细节。谈月明早已退休,精神状态相当不错。他现在做着浙江省慈善总会副会长,愿将晚年之力奉献给社会。同时,他继续钻研着自己一直喜好的书法,书写"情系青川"之类的条幅赠送友人。赵克也已退休多日,他的爱好是打篮球,现在担任浙江省篮球协会主席。谈月明说,他俩在援建青川中结下深厚友谊,现在仍如兄弟般交往着。偶尔,还邀约一些当年援建青川的老友,到青川走走看看,回忆回忆激情燃烧的岁月。

采访中,谈月明拿出一本名为《激情岁月——浙江援建青川纪实》的书。这本书,多达636页,系当时《浙江日报》派往青川的一位记者费心编辑的报道实录。浙江援建青川的每个时间节点、每个工程项目几乎都可以在书内找到。而谈月明根本不用翻书,如数家珍般,随口报出浙江援建青川创造的多项"全国之最"。项目最多:547个。学校最多:48所。卫生院最多:36个乡镇全部建立卫生院。通村公路里程最长:

1110公里。安全用水设施点最多：1.1万个。援建桥梁最多：158座。援建指挥部最多：39个。援建干部最多：332名。援建工人最多：1.2万名。省级领导考察看望最多：浙江所有副省级以上领导都到过青川，共计74人次。其中，省委、省政府主要领导都去了3次。还有一个特殊数字：浙江332名援建干部，没有1人因经济问题而倒下。而且，浙江省援建指挥部在临走前，还给青川留下1亿元，作为常年救助贫困家庭的基金，直至脱贫。

如果把这些数字打开来，我深信，有成千上万动人的故事。如果，把39个指挥部的援建历程演绎出来，一定是一本厚厚的书。

15年后的暮春之初，我有缘来到青川。漫步于乔庄镇大街小巷，徜徉在竹园镇花园楼宇，驱车于乡村小径，采访于妇孺童叟，全方位领略这个清秀之川。

暮春时节的清晨，也许是青川县城乔庄最美的时刻。旭日在东边冉冉升起，暂时被高高的高粱山遮住其光辉形象，造物主只用绚丽的晨曦勾勒出山的脊梁，山脊显示出一线耀眼的金光，宛如美女的玉肩。慢慢地，晨光扩展为漫天彩霞，七色之光投射在乔庄身上。一道道朦胧的雾岚则向半山腰披挂下来，泗润着春树、翠竹和新居，使整个画面呈现出一种中国山水画般的美感与神秘。

乔庄从夜的沉睡中苏醒过来，开启新的一天。乔庄河一道道漫堤把上游清澈的水流接力般传递给下游，一群群中老年人在绿意盎然的乔庄河井坝段生态景观带开始每天的晨练，相互打着招呼，叫着熟悉的名字。三三两两系着红领巾的孩子们，或成群结队，或在人人陪护下，走向学校。更多的中青年开着各式各样的小车、电瓶车，前去单位上班。

我看到一幢幢当年浙江援建的建筑物，矗立在蓝天白云之下。乔庄中学，咖啡色的马赛克墙面上，爬满翠绿的藤蔓。青川县供销社农特产品展销中心的木结构建筑，古今融合，吸人眼球。甬川桥项目重建碑文依稀可辨。青川乔庄幼儿园依然那样活泼可爱。青川县乔庄雅戈尔博爱小学门口，孩子们相互牵着小手，蹦跳着走进校园。青川县人民医院双塔形倒影在乔庄河之中，变成晃动的画面。

接着，我沿着乔庄河、跨过感恩廊桥，然后走进东河小区，随意看看小区的晨景和居民的生活。由几十幢青灰屋顶、白色粉壁构成的建筑群，坐落在高粱山麓下，被环形的山光翠色所包裹。小区内，艳丽的桃花正璨璨地怒放着，红底白字的"东山小区"匾额，由时任浙江省省政府主要领导撰写，字迹苍劲雄浑，现在成为小区门牌。而由谈月明题写的"安居"二字，则被镌刻在一块古钟形巨石上，自带一种温馨。据小区居民说，东山小区是青川第一个成建制建成的居民小区。15年生活下来，大家已与小区融为一体。当然，大家也会时时想起浙江恩人，想起那些浙江援建者在这里度过的日日夜夜。

生活的场景是如此热气腾腾而井然有序，人们的脸色是那么喜悦而平静自信。岁月风干了泪水，阳光消融了悲伤。乔庄人乃至全体青川人，早已走出15年前那场特大浩劫造成的心理阴影，似乎忘记了曾经有过的特大地震。

某个清晨，我在乔庄河边散步。忽然，从廊桥方向传来一曲清亮的笛声。那声音舒缓、欢快、轻松、愉悦，但力度很大。那律动的节奏滑过乔庄河粼粼水波，传出很远。传至千米之外，仍余韵缭绕，似乎传递出青川人乃至广元人当下的心境。

徜徉良久，我又回到那道感恩奋进墙前。对面，青山如屏，新村似画。中间，清涧畅流、漫坝若瀑。边上，人来车往、川流不息。

青川人说:"浙江人带着党中央的关怀来到青川这块大地上,满腔热情地帮助我们重建家园,让我们忘却悲痛的记忆。家园得以重建,生命得以重生,我们要将这份感谢铭刻在石头上,永世不忘。"

这大概是青川人建立这道感恩奋进墙的初衷?

感恩奋进墙上刻有一首赋。情感饱满、文采斐然。兹转录于斯:

巍巍乎秦岭耸峙,汤汤乎白龙御奔。鸡鸣而唤三省,牛哞而丰四岭。蚕丛鱼凫开蜀道,青川山谷连巴秦。曩时,巴利通衢,辚辚车马货利千金;阴平古道,攘攘豪才文章万卷。邓艾度天险,摩天岭顶留胜迹;雄师过青川,红军桥头铸丰碑。是以,绵绵文脉不断,光耀万世;灿灿月华未央,辉映千秋。其豪迈,其雄峻,其深广,其淳厚,唯歌可咏。曰:九仙齐聚,万峰荟来,丰裕米仓,胜景青川。今者,秀美山川经震灾而更生,罹天祸而复苏。仗举国共襄,万民倾囊;仰国政通达,盛世力强。更浙江援建,川浙情谊万古存。自力更生,重建家园,两幅标语神州传。史官秉笔不足以尽道,墨客抒怀万难于穷机!恩重如山不言谢,大爱如海岂能忘?遂作感恩石墙,世代铭记。

巴人唐云 岁在癸巳

历史,已经记载下这些故事;青川人民心里永远铭记着这些故事。青川人在大震中挺立,在废墟中前行,在感恩中奋进。

江山如画,自成风景;桃李不言,下自成蹊。那天,我伫立于青川感恩奋进墙前,有感于15年前那场震灾和灾后3年惊天地、泣鬼神的重建,随口吟出一首七律:

山河崩裂水飞旋,断壁残垣百姓悬。

天地无情摧胜景，之江有爱复青川。

力招东海手牵手，气壮秦巴肩并肩。

炼得人间三万石，女娲后裔续新篇。

第三章
三片叶子，创造东西部协作的当代传奇

无由持一碗，寄予爱茶人。

——白居易

东西部结对帮扶脱贫，东西部协作发展，其终极目的有二：一是通过帮扶，让西部地区大量农村人口摆脱贫困，走向小康和富庶；二是通过协作，让东西部各种资源融合起来，扬长避短，实现地区发展的分工与均衡。从浙江广元协作30年实践看，帮扶协作最重要的是发展产业，尤其是那些能覆盖广阔地区和生产领域，能让广大老百姓直接受益的产业。浙江广元两地从实际出发，共同选择了茶产业，绿茶、黄茶、白茶，并做到纵向成链、横向成网，使三片茶叶富了千家万户，谱写了东西部帮扶协作的当代传奇。而在这个漫长过程中，他们把高层领导重视、政府部门主导、科技人员主刀、百姓全员参与完美地统一起来，融合其间，为东西部帮扶协作提供了许多启迪。

——采访札记

从高空俯瞰，广元市颇像一张平放而舒展的桑叶，置于秦巴山区。嘉陵江纵贯南北，西南喀斯特地貌复杂，境内山环水绕，山、丘、坝、田兼有，山地气候明显，云雾缭绕，恍若仙境。

南方有嘉木，嘉木在广元。茶，似乎与广元历史相伴而生，更与广元人生活息息相关。在有关史料中，茶，古称为"荼"。《诗·邶风·谷风》云："谁解荼苦？其甘如荠。"最早将"荼"解释为"茶"意的，当属《尔雅》："槚，苦荼。"《尔雅注》认为，此为常见之茶树，并释义"早采者为荼，晚采者为茗"。在四川人口中，每每可以听到，喝茶起源于巴蜀的说法。在广元人口中，又常常可以听到许多关于茶的传说或逸闻。在他们看来，广元茶甫一问世，便以神秘而高贵的形象示人。

在青川县七佛乡七佛村技能大师罗嘉发那里，我最早听到了青川"七佛贡茶"的来历。相传，七佛乡一带山峦重叠，颇具佛相，某天，释迦牟尼率领众佛漫游天下，途经此处，一时口渴难耐，便按下云端，采了一些树叶泡着喝。谁知喝后生津解乏，神清气爽。释迦牟尼佛心大喜，感觉此地与佛有缘，遂将七座山峰点化为七个佛相，诸如立佛、睡佛、坐佛、卧佛等，又将满山树木点化为茶树，称之为七佛茶。

罗嘉发从小搞茶叶，对茶文化颇感兴趣，表达力也不错。讲完七佛传说，转而又介绍起七佛茶与武则天的关系，把七佛茶与武则天的贡品连接起来，从而成为"七佛贡茶"。

中国历史上唯一的女皇武则天出生于广元利州，这一点已经文化巨匠郭沫若考证确认，也得到史学界广泛认可。但在人们口述中，关于武则天的出生,却被笼罩上许多光环。据说,唐武德七年,也就是公元624年,利州都督武士彟携夫人杨氏在利州江潭泛舟。一时疲倦,杨氏枕舷而寐。当小舟行至黑龙潭时,杨氏梦见潭中跃起一条乌龙,扑进船舱,稍待片刻,乌龙又化身腾空,在游船上空盘旋一圈,之后向西山飞去。与此同时,一只凤凰也伴随彩云飞来,在游船周边翱翔长鸣,之后飞向东山。月余后,杨氏身孕。正月二十三日,杨氏诞下一女,即后来的则天武后。武则天年少时,十分喜欢喝七佛茶,为此还受到过父训母诫。因为彼时不允许女孩子喝茶。等武则天当了皇后娘娘后,利州一位儿时伙伴欲去皇宫找她。武则天不忘友情,准许她前去探望。这位小伙伴却一时犯难:带点什么去探望现在贵为皇后的朋友呢?思来想去,她找到七佛乡茶人罗天成,采制了一筐上好的七佛茶进京贡献。武则天品尝后,感觉比她少小时喝的茶更好,便说了八个字:"益觉鲜灵,味出少前。"喝了好茶,武则天意犹未尽,作为一位杰出政治家,真是深谋远虑。她封赏这位儿时伙伴为"将作丞",官阶从六品下,略高于七品芝麻县官。然后,命在七佛乡开辟一个贡茶园,年年上贡、岁岁来朝。这位将作丞也会当官,找到茶人罗天成,将贡茶园一应事务均交付于他。后来,当朝太子恩赐罗天成一支铁矛,用以种茶护院,并免除世代徭役,专心司茶。当地茶人逐渐将罗天成神化,呼为"铁矛祖师"。

这位"铁矛祖师",就是眼前这位50岁的茶叶技能大师罗嘉发的祖师爷,罗嘉发是"铁矛祖师"的第若干代孙。家谱有记载,族人有传说,高山上有祭祀庙宇,还有碑拓印证,假不了,错不了!罗嘉发自信满满地介绍着。

说完这一切,罗嘉发把我领到贡茶园。所谓的"园",并不明显。罗嘉发扒开草丛枯枝,一些叠埋在山脚跟的旧石块才显露出来。我们从那些长满苔藓的石块上,寻觅千年之前的贡茶园。眼前的几百棵古茶树,

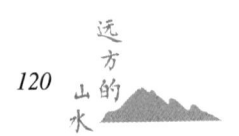

显然是灌木。它们散落在山坡和峭岩上，高七八米，大小不一，横须虬枝，古朴苍劲，叶片稀少。罗嘉发告诉我，七佛乡有野生茶树13000余株，遍布全乡山坳。其中最古老的一棵茶树，生长在海拔1700多米高山之巅，根部直径84厘米，被尊称为"茶王"，可谓一枝独秀、遗世独立。

"爬山需要多少时间？"我有点好奇。

"至少五个钟头。别说你们，七佛乡见过的人也不多。"罗嘉发神秘兮兮地答复。他自己也只去"朝圣"过一次。

站在古贡茶园，罗嘉发耐心地介绍着。七佛乡出好茶，真正的原因是这里的小环境、小气候。七佛乡两边青山，一川绿水，云遮雾障，湿度较高。所谓高山云雾出好茶，是个普遍现象。从科学角度解释，阳光透过云雾，再照射到茶叶上，剩下七八成阳光，这对于茶叶生长来说，是最佳光合度。还有，七佛乡盛产硅矿。古茶树生长其上，微量矿物质浸润其中，形成有别一般的质地。

有历史记载的真事是，在2300多年前，那时属周显王时期。蜀王杜尚王封荫其弟杜葭萌于汉中，号"苴侯"，命其邑曰"葭萌"。此古邑在今昭化镇。葭萌者，茶也！据专家们考证，以茶命名区域的，从古至今，唯此一例。如果由此推测，广元是巴蜀茶业起源地之一，当不虚耳！七佛茶有据可考的史料见于《华阳国志·巴志》，公元前1066年，武王克殷，苴国以茶为贡。

广元市主要产茶县是旺苍，我听到一则有关"高阳贡茶"的民间传说。相传秦朝末年，天下群雄并起，逐鹿中原。你强我弱，此起彼伏。汉王刘邦一时受西楚霸王项羽逼迫，退守西陲。汉王刘邦带兵越过秦岭，来到神秘奇特、郁郁苍苍的米仓山南、高阳之坡。他见此地五山并峙、状若莲花，峰高入云、雾气缭绕，山顶平坦如砥，可驻千军万马。汉王刘邦决意在高阳一带留屯，招兵买马、终日操练、徐图大业。

后人称此山为汉王山，即在今旺苍县境内。某日，刘邦操练军士疲乏，遂向当地百姓讨要茶叶，并用沐鹿亭温泉水煮之，饮之。军士们顿觉精神饱满、膂力倍增，持续操练，渐成勇猛威武之师。刘邦采纳谋士张良之计，明修栈道，暗度陈仓，出西关而迎战楚军。终大败楚军于垓下，创建汉室江山。而刘邦登上九五之尊后，不忘当年高阳神茶之力，于是乎，高阳茶叶被列为贡品，进入庙堂之上。

传说的真伪已不可辨。但旺苍县大两镇、檬子乡、高阳镇、三江镇、水磨镇一带生长有成千上万亩古茶树，却是不争的事实。

那是阳春季节一个午后，春光极其明媚，雪般的白云缠绕着翠绿的旺苍山头，山里的空气纯净得让人醉氧。当然，还有那些令人晕眩的天津麻花般、坡度在五六十度的山间公路。我在大两镇镇长边飞鹏的导引下，抵达大两镇两汇村引以为傲的古茶林。

边飞鹏是个极有趣的乡镇干部，他声情并茂、手舞足蹈地向我介绍这些古茶树。从古茶树上采摘的茶叶，清香扑鼻，很远就能闻到香味，而且耐泡、爽口，就像经历过许多往事的老人，沉得住气！边飞鹏赞美着山野的古茶树，打着比方，说着笑话。他那爽朗的笑声、灿烂的笑脸，与春日的阳光和明净的山谷高度吻合。

这一片古茶林，约300亩。据边飞鹏称，有古茶树263棵，其中树龄数百年以上的有83棵。每一棵都已登记造册，成为另一种"熊猫"。这些古茶树，一般比人体略高，树荫达3米左右。蹲下身，仔细观察，就会发现这些古茶树根部都是丛生的，最底层的一截粗约1米，十几根茶枝斜斜地伸向天空。头一茬春茶已采摘过，眼下枝头上又冒出了新芽。在春阳照射下，这些新芽呈现出一种翡翠般的光泽。

在边飞鹏的指点下，我们绕到一株被称为"古茶王"的茶树前。边飞鹏信誓旦旦地告诉我们，这棵古茶王货真价实，经过碳同位素测定，树龄在千年以上。真不真，且不说。我注意观察，见它的确与众不同。此茶树有两米多高，树根已被蚀空四分之三，仅靠半边树皮支撑着生命，底部满是绿苔，能让人读出沧桑感。令人惊奇的是，在距离主根两米多的地方，生长出两条茶枝，已有一米多高，竟然枝繁叶茂、生机勃勃。自然界的许多现象，有时真不知如何解答。

以上这些都是关于茶的历史与传说、当下与憧憬。

1997年4月上旬，当中国农科院茶叶研究所副所长、一辈子研究茶叶的专家白堃元站在旺苍县和青川县一些茶园时，看到的、听到的、喝到的，与那些辉煌的历史传说和当下几十万亩茶园的现实，相距何其远啊！

白堃元是上海人，彼时五十六七岁，平时爱戴一顶太阳帽，一副深度近视眼镜，生得肤色白皙、文质彬彬，一眼看上去，似乎有点弱不禁风。不过，白堃元性格开朗豁达，笑说自己的筋骨很好、骨密度高，吃得起苦，受得了累。他出身清贫，从小学到大学，都是党和国家培养的。白堃元因此感激党和国家，觉得要对得起自己的良心，报答党和人民。白堃元26年如一日，投身帮扶脱贫事业，大概可从这一点上找到行为的源头。

白堃元第一次在广元亮相，是在1997年4月11日。当时浙江企业家代表团考察广元，开启了白堃元广元之行，也开始了他与广元26年的缘分。

为什么会把研究茶叶的专家作为企业家考察团一员，白堃元自己并不清楚。也许，在浙江领导眼里，科技与企业只是一墙之隔，只是专业不同。广元显然需要科技，需要他这样一位茶叶专家。那时，历史镜头采用的是广角全景，白堃元仅是其中一员。越到后来，白堃元的形象越突出，犹如电影中越来越多的特写镜头。这也是历史的辩证法。

到达广元后，他们受到了热烈欢迎。这种欢迎是发自内心的，因而是真挚的。广元市召开会议，欢迎连同座谈，虚心听取浙江企业家和他的意见建议,广元市政府还聘请白堃元当广元市科技顾问。白堃元当顾问后提的第一个建议,就是希望广元市领导带头喝茶。喝茶?广元市领导一下子没有反应过来。白堃元就接口道:"你们不是希望广元发展茶叶产业吗?发展茶业先要有人喝茶,如果市领导自己都不喝茶,怎么动员大家来喝呢?""有道理,有道理。白老师说得有道理。"市领导这才恍然大悟,有的即刻倒掉杯子里的饮料,换上茶水。

会议开得很热烈。主人言辞恳切,客人娓娓道来。与会的一些企业家不是谈投资办厂,就是说合作招商,还有个地方提出赠送2万只麻鸭给广元贫困户。唯有白堃元一言不发。是啊,他能说什么呢?但带队的张启楣副省长却盯上了白堃元,开始指名道姓:"白所长,你说说吧!"那,白堃元只好说说。他说茶叶研究所缺钱,也少有项目,自己只带着一个脑袋一双手过来。张启楣副省长笑了,他接着白堃元的话茬说:"白所长,你别看不起这个脑袋这双手,也许,广元的脱贫帮扶就靠你这个脑袋这双手哩。"

浙江企业家考察团离开了,白堃元却选择留下来。

留下来,自然是为了考察了解更多情况。白堃元开始一个县、一个村、一片茶园地考察了解。眼前的贫穷景象让这位茶叶专家颇为震惊,也让他百感交集。

环境的恶劣、条件的艰苦可想而知。白堃元清晰记得,第一次去青川,两辆车一前一后同行。道路泥泞、泥巴四溅,尘土被气流裹挟着,执着地钻进车内,飘散在人们头上衣上,与汗水合在一起。不一会儿,头发就被凝结起来,恍若喷涂了一层厚厚的发胶。坐在后面车上的白堃元,根本看不清前面那辆车的形状,司机也只能凭着昏黄的车灯来判断彼此的距离。好不容易到了招待所,一看梳洗工具,全是人家用过的,只好洗洗再用。

当然，这些只是白堃元对广元最初印象的一部分。印象中更多的是那些让他感动感触感悟的事。广元市领导非常重视白堃元。白堃元每次去广元，广元市市长朱天开必定抽空请他吃饭、聊天、听取意见。一次，他去青川调研，恰巧县招待所房间已住满了人。青川县委副书记听说后，立刻把自己住的房间腾出来，让白堃元住下。还有一次，当地知道了白堃元的生日，就找了一个茶庄，订制了一个大蛋糕，四套班子领导到场。大家围在白堃元周边，为他庆贺生日。还有，广元老百姓虽然贫困，但非常热情淳朴。听说白堃元来帮助他们发展茶叶生产，便把家里最好的食物和茶叶拿出来招待他。点点滴滴，桩桩件件，每每让这位老知识分子泪眼盈盈。

广元老百姓不是穷，而实在是太穷啦！一天，白堃元在途中遇到一群春游的小学生，他们显得兴高采烈。白堃元就上去问他们，为什么那么高兴？小孩们用稚嫩的声音回答他，因为春游，爸爸妈妈给了他们5毛钱。5毛钱，就能让广元农村小朋友们高兴成这个样子。白堃元的心被深深触动啦！

广元农民穷，穷在哪里呢？出路在哪里呢？白堃元陷入深深的思考之中。

非常明显，具有悠久种茶传统和优势的广元地区茶叶产业已风光不再。茶叶面积逐年递减，全市茶园锐减至3.9万亩，茶叶品种退化严重，茶园管理粗放，一亩茶园采十几斤茶叶是普遍现象，不少老茶园被人遗弃了。用四川方言说，叫作"不搭眼"（意谓被人看不起）。白堃元在一些地方痛心地看到，茶园里荒草高过茶树，任其自生自灭。采茶时，茶农是连枝带叶一起采。白堃元还看到，当地茶农没有炒茶专用锅，更没有炒茶机。炒茶时，只是将家里那只煮饭烧菜用的铁锅，用揩布稍微擦一擦，就用来炒茶。这样的原料，这样的制作，怎么可能炒出好茶来呀？

一天午后，白堃元到一家茶农家调研。见有外地专家上门，主人热情地端上一碗自家的新茶。白堃元接过茶碗一看，这哪像清香甘洌的新茶呀？明明像一碗劣质的酱油汤呀！这样的酱油汤，怎么下咽？白堃元不由得皱起眉头，更是愁肠百结，意识到自己这位茶叶专家责任重大。

当然，在野外考察中，白堃元也有预料之中的收获。他不相信这块种茶历史那么悠久的地方，会没有高产茶园，没有优质茶树。1997年，广元全市大旱，茶园严重缺水，许多玉米都枯焦死去。在苦苦寻觅中，白堃元却在旺苍县发现了一片绿油油的高产茶园。一打听，这是旺苍供销社下属的一个茶园，亩产居然达到120斤干茶。

这一片茶园，给了白堃元信心，也印证了他的判断与推测。

经过一段时间的实地考察，白堃元得出自己的结论。农业不是工厂，必须因地制宜。从严格意义上讲，广元地处川北，并不是理想的"宜茶地区"，只能定性为"次宜茶区"，不能全市大面积铺开种茶。因为，茶叶适宜生长在酸性土壤里，而广元多数县区是碱性土壤。茶树生长需要充足水分，年降水量须在1200毫米以上。而广元有的地方，全年降水量才900毫米，水量不够。综合考察下来，只有青川县、旺苍县比较适宜，两县种茶的历史也恰好证明了这一点。从现代产业看来，必须有优良的茶叶品种、科学的管护措施、精美的制茶工艺。三者结合，白堃元相信广元一定能种出好茶、做出好茶来。

目标确定，思路明晰后，白堃元回到简陋的住处，开始起草关于广元市发展茶叶产业的建议。在这个建议中，白堃元叙述了自己考察广元茶区的所见所闻及得出的基本结论，对广元的土壤、气候、种茶方式做了分析，提出了自己对发展广元茶叶的思考、计划和安排：落实承包责任制，管护好现有茶园；改良茶叶品种，改进制茶工艺；引进优良品

种，逐步扩大茶园；树立先进典型，带动全市茶叶产业。这些思路里，凝聚了一位茶叶科学家的真知灼见和满腔情怀。后来广元的茶业发展基本上按照这一建议推进，并取得显著效果。

白堃元的建议被转报到彼时分管农业和财贸工作的市委副书记母继福那里，可把母继福高兴坏了。他连连击节赞叹："好！好！到底是茶叶专家，到底是浙江派来的高手呀！"母继福敏锐地从这份建议中，看到了广元茶业发展的美好前景，也看到了白堃元这份建议的可行性。他不但迅即做了批示，赞同白堃元的意见，并自荐担任广元市发展茶叶产业领导小组组长，聘请白堃元做指导，产茶县区成立茶叶产业办公室，指示市县有关部门全力做好配合工作。他还提出，希望白堃元帮助广元市制订一个发展茶业的五年规划，并与中国农科院茶业研究所签订一份合作协议，建立单位之间的合作，进一步明确工作机制和双方事项。

你情我愿，你侬我侬。双方合作意愿强烈，协作事宜明确。不久，广元市与中茶所的合作协议即在成都签署。这一签，竟延续了20余年。这自然是白堃元和母继福等人当年没有想到的事。

当年没有想到的事还真不少，这就叫顺其自然吧！

协议签署后，白堃元感觉要做的工作很多。广元茶农与沿海茶农差距不小，但归根结底，是脑袋之间的差距。第一步要脑袋开窍，从培训开始，把茶农们的思想观念转过来，把最先进的栽培制作技术教给他们，然后，才谈得上其他。白堃元与母继福商定，在青川县举办首届无公害名优茶生产及制作技术培训班。

这是一件好事吧？但好事要有人理解、有人参与呀！没有想到，白堃元没有想到，母继福也没有想到，培训通知发下去，应者却寥寥。这是什么情况？母继福让秘书向志纯问问。一问，才知道，不少茶农认为自己种了几十年茶叶，这世上没有比种茶采茶更简单的活儿，还要什么专家来教嘛！地里农活忙着嘞，不去啦，不去啦！

这可不行，母继福一下子急了，发了脾气。他让向志纯一个乡镇一个乡镇、一个人一个人地打电话。必须、坚决、马上报名，一个名额都不能缺！哪一个乡镇缺了，乡镇领导负责；哪个人不来，就处理哪个人。在某些特殊时期、某个特定事项上，还真的需要霹雳手段。向志纯打了几十个电话，才好不容易把培训对象凑齐。

人员大体敲定，地点却成了问题。偌大的一个青川县，居然找不到一个适合茶业培训的场所。找来找去，最后选定在高山上的向阳茶场。这个茶场是原先人民公社办的，有个中型会议室可以使用。当然，中型会议室就是一个空荡荡的会场，没有写字黑板，没有授课设备，一切只能因陋就简。"对不起了，白教授！"母继福似乎带着歉意对白堃元做了说明。

"没有关系，没有关系。"白堃元真诚地回答着。在白堃元眼里，条件都是次要的，他看重的是对当地茶农的实际帮助，如果来听他课的人的确受益，条件差一点有什么关系呢？当地干部和老百姓能住能吃，他白堃元也能！

白堃元在几十年后接受采访中回忆彼时的环境，说来真的令人难以置信。他住的房子是漏顶的。晚上，睡在床上，可以透过屋顶的缝隙，看到满天的星星。他就像小学生一样，数着星星入睡。半夜三更，他被噔噔噔、噔噔噔的声音惊醒。打开电灯一看，原来是几只老鼠在房间里窜来窜去，忙碌着搬运食物呢！

但是，后来发生的险情还是出乎了白堃元的预料。

向阳茶场在高山上，高得离人家很远，离天际线很近。上山的路弯弯曲曲、坑坑洼洼。天老爷似乎又有意为难，或者说想考验考验白堃元等人。老爷车一路呼哧呼哧地喘着粗气，蹦蹦跳跳着前进。在离茶场还有几公里的地方，老爷车似乎用尽了全部力气，竟然抛了锚。天上倒着

倾盆大雨，有雨水渗透进车内。白堃元身上的衣衫也湿了一大片。"怎么办？"车上有同志提出，"白老师，要不，让培训班改个期，我们先回去？""不！这绝对不行！"白堃元态度决绝地答复，"今天就是爬也要爬上去！"

爬，毕竟太远了。经过联系，陪同人员让向阳茶场派出一部推土机，把这辆老爷车拖上去。这个主意自然是好主意。但谁也没有想到，就在推土机开到茶场山门口时，险情突然发生。原来那个山门建在一个斜坡上，推土机要把自身和拖着的小车驶上去，必须加大马力。谁知推土机一发力，吼叫一声，猛地一蹿，只听见机身后那根钢绳嘣的一声，断裂开来。原先被拖着的小车突然间失去控制，哧溜一下，快速向下滑去……又是嘣的一声，小车掉进离山门十几米远的一条水沟里，车身侧翻，白堃元和车内其他人，随车倒地，撞了个晕头转向。

真是好险！在几十年杭州至广元、广元至杭州的奔波中，白堃元遇到过几次这样的险情，他竟笑着用四川方言说："好几次差点把命都滑脱掉啦！"

好在大命无碍、骨骼未伤。白堃元从车内爬出，拍打拍打身上的泥土和雨水，开始他的培训。

白堃元自己承认，他讲课的语音有点南腔北调。上海话、宁波话、杭州话、普通话，什么话都有。他发现当地有些茶农听不懂。那样，肯定会影响培训效果，于是，白堃元想到了编教材。他根据广元茶农的接受水平和需求，编写了一本本不同类型的教材。有茶叶技术的，有茶业经营管理的。在采访中，白堃元从书房里搬出这些或黄或白或厚或薄的教材，叠放在我面前，略带自豪地说，他曾在中国农科院茶叶研究所编了20余年杂志，略懂编写教材。这些都是他在头十几年里编写的，每个字、每张插图都是他自己弄的。编写印刷后，无偿送给受训的茶农。他的这些教材，实用精练、通俗易懂，受到当地茶农欢迎。

课程从最基础的内容讲起。白堃元首先在黑板上写上自己的姓名，让茶农认识"堃"字的读音；然后，写出手机号，让大家有事便于联系。他讲课从来不用话筒，全靠自己嘹亮而不会沙哑的嗓子。茶叶中含有500种化合物，构成的基本元素有30种以上。茶多酚、氨基酸、蛋白质、酶、色素、生物碱、维生素等，这些名词，许多茶农是第一次听说。什么有机农业、有机茶、有机茶园基地的选择，有机茶园对土壤、空气、水源的要求，土壤的质量标准，老茶园的改造，可以用作有机茶园的肥料，病虫草害的处理，人工捕杀、灯光诱杀、性信息素诱杀、食饵诱杀，如何防止杂草，有机茶加工。还有，七佛贡茶的原料要求和加工规程。这是白堃元特意为青川县茶农量身定制的。白堃元告诉大家，选择什么样的茶树品种，标准是什么，鲜叶如何摊放，怎么使用青锅炒制。

无数新的内容和新的信息扑面而来，把那些一辈子或半辈子种茶制茶的茶农讲得一愣一愣，两眼放光，不禁感慨："哎哟，我的妈呀，这么一片茶叶竟有那么多学问呀？不过，回头想想，可不是嘛！人家西湖龙井每斤卖几百元、上千元，而广元茶叶就值十几元一斤。"

培训内容新颖且实用，茶农们觉得真有帮助。于是，一传二，二传十，慢慢就传开了。茶农们开始跟踪白堃元的培训班。他的班办到哪里，茶农就跟到哪里。甚至连邻省邻县的茶农也赶来听课。茶业人员培训也就成为旺苍、青川两县的惯例。白堃元告诉我，他每年都办培训班，每期几十人，多年下来，直接培训逾千人。招收对象主要为乡镇农技员和专业户，再由他们去培训茶农。保守估计，也有上万人啦！这万把人，就成为白堃元在旺苍、青川地区推广新茶品种和制茶工艺的基本队伍。

白堃元在与茶农接触中深深感到，这些人本质淳朴、勤劳刻苦，

但他们的思想理念和思维与沿海地区人差距真的很大。为什么？就是没有见过世面，不知道外面世界发生了什么变化。而要解决这个差距，最好的办法就是让他们到现场，用自己的眼睛看，然后，再进行思考与比较。想到这里，白堃元就与当地领导商量，除了继续在广元当地办班培训，他还建议抽调一批骨干，到他们中茶所办班。

白堃元思想前卫、观念超前，市领导颇为赞赏。于是，白堃元从各地报上来的名单中，筛选了40名文化程度高、年富力强、有一定实践经验的茶农或乡级技术员，送往浙江。白堃元别出心裁，让这些或许连火车也没有坐过的人，坐着飞机到杭州。进了中茶所，所里给每个学员发工作服。搞路演时，要求穿上西装、皮鞋。在开班之前，先让他们参观杭州龙井产地和武夷茶区，还有茶机加工厂，给这些人好好地洗了一次脑。后来事实证明白堃元的预判正确。三次异地培训班，效果出奇地好。当下活跃在广元茶业领域的一些领军人物大多是这三期培训班的学员。

我在旺苍县五权镇踏访茶园茶厂期间，无意中碰到了这样一位学员。她叫张兰英，与丈夫管着一个小茶场，实际上是个小作坊。1997年下半年，夫妻俩听说白堃元老师在杭州中茶所办班，就踊跃报名参加，成为全市唯一一对夫妻同学。他俩学了一个月。白堃元和中茶所的老师们教他俩如何种茶、管茶、制茶、卖茶。返回旺苍后，夫妻俩办起了旺苍县的第一个家庭茶场，并从浙江买回了炒茶机，以柴油作动力，彻底改变了过去手工炒茶的做法，炒制的茶叶成为名优茶，价格翻了好几番。2003年，又接受白堃元老师的建议，从浙江引进绿茶优良品种"龙井43"，替换原先的劣质茶树。眼下，"龙井43"已发展到100余亩，每斤新茶鲜叶能卖到几十元。一年可采新叶1万余斤，炒制成干茶2000来斤。特别是她家制作的"明前雀舌"茶，据说是旺苍最好的茶，每斤能卖到两三千元。因为品质好，还供不应求。

眼下，张兰英的家庭茶场已改名为旺苍县桃源茶叶股份有限公司。每个股东一年能分上几十万元，"中康"生活过得不亦乐乎。追根溯源，张兰英感叹说："还真的应该感谢白堃元老师！"

对白堃元早期在旺苍、青川两县帮扶种植茶树，助力茶农脱贫致富一事了如指掌的何家纲，给我做了详细介绍。

何家纲50多岁，生就小个子，机敏、灵光，西南农大茶叶专业毕业，长期担任旺苍县茶叶办公室主任，经历了旺苍发展茶叶的全过程，被人称为"旺苍茶史叙述人"。

说来也是一种缘分，何家纲原先在农机局当领导。四川省提出搞南茶北引工程，全省确定了35个县，旺苍县是其中之一。白堃元到旺苍县推广茶叶新品种和新工艺，县委书记张康明、县长邓光志等很重视，认为白堃元提出的大力发展旺苍茶业的建议很有见地，开了专题会议。那天晚上，白堃元汇报，何家纲负责做会议记录。会议决定把茶业作为旺苍县支柱产业。为便于发挥何家纲专长，把他从农机局调出来，担任旺苍县茶叶办公室主任，主要给白堃元当好助手，陪着白堃元全县跑。

说起彼时旺苍县的茶叶，何家纲一番感慨："旺苍县有种茶传统，这不假。但那时真的非常粗放，种的全是大众茶，茶叶大片，也没有什么商标。茶叶制作全是一些小作坊，几毛钱一斤。最贵的，也只有几元钱。说来你都可能不相信，那时，旺苍县没有一家茶企收入超过10万元，全县茶叶产值不到百万元。"

何家纲陪着白堃元跑遍了全县，然后，坐下来，两人一起商量，何家纲把它称作"布局谋篇"。旺苍县茶叶怎么种？茶园怎么安排？他俩根据种植传统，考虑土壤条件、自然条件等，规划了4个万亩茶园。东南部以木门镇为核心，1万亩；东北部以五权镇为核心，1万亩；北部以高阳镇为核心，1万亩；西南部以白水镇、枣林镇为核心，1万亩。这个规

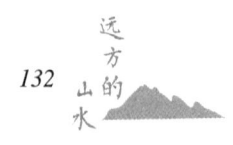

划方案，后来被县里所采纳，遂成为县委、县政府的决策。难能可贵的是，之后历任旺苍县领导，一张蓝图绘到底。二十几年中，换了若干届领导，庆幸的是这个大格局从未变动，这才有了旺苍县今天茶业蓬蓬勃勃的良好局面。

回忆起当年推广绿茶种植，何家纲谈起来是一脸兴奋劲。金秋时节，他每天早早地陪同白堃元去木门镇。那时，太阳刚出来，水稻田一片金黄，山上苍松翠柏，相映生辉。何家纲一时忘了自己下乡的目标，似乎变成了一个诗人，兴致勃勃地与白堃元谈论起沿途景色。而白堃元却没有这份心境，他的目光始终盯着一个又一个山头。喀斯特地貌，北高南低，种茶条件很好，可以在这一带建立示范基地，引进"龙井43"，通过试点来推动全县。

两人拿定主意，就向县里汇报。又把主管农业的副县长殷扶炯拉到木门镇看现场，殷扶炯也认为很好，就向县委书记做了报告。县委书记听了很感兴趣，指示他们一个点一个点搞起来，然后串点成线、连线成面。

领导已有态度，明确而坚定。但在木门镇种茶，首先要通路，当时县上实在没有钱。殷扶炯咬着牙齿拍板，一定要修这条路，所需资金由他想办法。推广种茶，则由何家纲和白堃元负责。以他的经验看，最好最省钱的办法是发动老百姓自己来种。

可老百姓心里有疑虑，甚至有情绪呀！那么些年来，政府号召种这样、种那样，不是板栗，就是银杏，或者杜仲，结果都不好。真是种什么，亏什么。老百姓就慢慢形成了逆反心理：政府号召种什么，偏偏不种什么。再说，种茶前期投入大，周期长，最快也得3年才有产出。老百姓比较注重实惠和眼前利益，因为他们每天要吃饭穿衣，也难怪他们啊。

针对老百姓的心理和情绪，何家纲和白堃元建议对症下药。县里统一安排，由乡镇干部带队，组织一拨拨茶农去雅安市、乐山市等地参观，看人家怎么种茶致富。还把大家带到本地米仓山茶业集团，了解这家原先搞煤炭的企业怎么从地下转到地上、从黑色转为绿色、由高碳变成低碳。他们还请来西南农大教授讲茶业发展规划，给老百姓算账。搞农业，起早落夜，日晒雨淋，手脚并用，一年忙到头，一亩地才几百元收入。碰到不好的年景，还要亏本。如果种茶，特别是扦插茶园，一亩收入可达万元。经过这样的远看近看、横比竖比，一些开明的老百姓慢慢接受了何家纲、白堃元的理念，跃跃欲试。

旺苍县从2008年始，掀起了大规模种植茶树热潮。当年的场景好壮观，甚至有点悲壮！何家纲告诉我，县乡两级干部带着铺盖，住在山上和茶园边，辅导帮助老百姓种茶。而何家纲和白堃元则来回穿梭，进行技术指导。2008年，种下2000多亩茶苗。2009年，一举种下1万多亩。之后，每年以1万亩以上的增速推进，进展非常顺畅。到2011年，四大茶叶园区已基本成形，总面积达到10万亩。2011年，中茶所和广元市政府联合主办了"茶有机低碳"国际学术研讨会。联合国粮农组织等3个国际组织，印度、德国等14个国家和地区的300名代表参加。与会代表专程到旺苍茶园考察，并品尝旺苍茶。粮农组织茶叶小组组长给予极高评价，称"旺苍茶叶堪比西湖龙井"。

在旺苍茶业发展中，白堃元做了许多工作。对这一点，何家纲深为敬佩。从2006年开始，白堃元就积极倡导名优特茶，逐步提高茶业品质和美誉度，旺苍所产新鲜茶叶卖到五六十元一斤。老百姓说："鲜叶卖到了干茶价。"极大地激发了老百姓种茶管茶的积极性。

还值得记叙的是，白堃元推广茶叶新栽培法。何家纲用专业知识告诉我，茶苗一般都是扦插，叫无性繁殖，那样生长较快，且茶苗整齐。但旺苍县山高、缺水，且寒冷，不利于茶苗成活。能不能采用别的办法促使它长得快一些呢？何家纲和局里的技术人员想到了地膜覆盖。在白

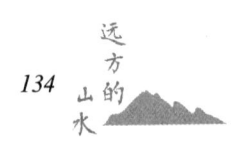

垄元的支持下，他们尝试着在茶园里试一试。何家纲跑到木门镇，找了个茶农，跟他商量采用地膜覆盖技术培苗。谁知一试，效果很好，成活率达至七八成。现在，此法已被广元地区广大茶农所采用。有益百姓茶农，这也成为何家纲这辈子值得自豪的一件大事。

令人欣喜的是，到2022年底，旺苍县绿茶种植面积已达25万亩，年产茶8000吨，形成综合产值50余亿元。

如果说，上述文字对绿茶这片叶子的描述还比较宏观和粗线条的话，那么，请允许我选择青川县仙雾茶场作为典型事例，展开具体报告。

青川县仙雾茶场所在地叫蒿溪回族乡炭河村，所在的山叫老母山，平均海拔1600米，现有茶园3000亩，被评为全国最美茶园之一。董事长叫袁树先，我在电视专题片《山高水长》中几次"认识"了他。

那天，春雨潇潇，满山葱茏，杂树生花。一条条雾带或萦绕在山腰，或飘浮于山顶，似乎在向行人印证"仙雾"的意境。车子在蜿蜒曲折的山间公路上盘旋，给人"跃上葱茏四百旋"之感。但客观地说，公路虽然盘曲得厉害，有的路段上升坡度超过45度，却是相当硬实的柏油或水泥路面，宽度也足以让两车交会。

总算盘旋到山顶。袁树先正在办公楼前等着我们，没有想到的是，等着我们的还有一群羊，它们咩咩地叫着围了上来，似乎也在欢迎我们。袁树先一边用手驱赶着羊群，一边颇为得意地对我说："我这里是有机茶，自己养着羊，用羊粪作茶园基肥，好得很啰！"

站在仙雾茶场山顶平台上，眺望着春雨中的仙雾茶场，感觉非常特别。也许，只有在云雾天来到仙雾茶场，才能见识仙雾的真相，感受那种茶树和人被云雾缠绕的心理。眼前，大部分茶园被云遮雾障，只是隐约可观。当下正是采茶旺季，但袁树先说雨天不能采茶，所以，眼前整个茶园一片宁静，似是战役期间的休整期。那上千亩一垄垄、一蓬蓬的茶树，被春雨滋润得色若翡翠、形似泼墨。一阵阵茶园特有的清香随风雨飘过来，使人顿觉神清气爽。

这场景，不必说采摘，欣赏也是极佳的。

"好嘛！好嘛！我们下一步准备茶文旅、茶学研呢！"袁树先回身指着平台上已建成的一些茅草屋说，"这，就是用于茶文旅的屋子。""好嘛，好嘛"，是袁树先的口头禅。

托福于天下雨，袁树先才能坐下来与我做一席长谈。

初春的天气乍暖还寒，山顶上气温极低，房子又是敞开式的，密封程度不高，袁树先居然穿着一件黑色老棉袄。我们虽有心理准备，穿了羊毛衫上山，但当山上一阵阵寒意袭来时，还是禁不住瑟瑟发抖，不一会儿，手脚开始僵硬。袁树先见状，弄来一个电取暖器，对着我们呼呼地吹着，方觉勉强可以坚持。

袁树先给我们每个人泡了一杯前几天刚采摘制作的新茶，让我们看看、尝尝，了解了解什么叫真正的高山云雾茶。

茶一泡好，我立刻被迷住了，生平第一次这么认真而仔细地欣赏起来。只见清晰透明的玻璃杯内，先是腾起一层白色的云雾，一片片碧绿的茶叶，呈现一芽两叶的原貌，随着热水缓慢上浮、下沉。恍若一群少女渐渐舒展开美姿，娉娉婷婷、左右舞蹈，犹如芭蕾《天鹅舞》中引颈上升的天鹅，亦像花样游泳中千姿百态的美人。瞬间，一种夹带着甜味的清香，迅速从杯口溢出，弥漫开来，宛若水墨画中的氤氲之形，填满整个空间，沁人心脾、醉人肺腑。

"好茶！好茶！"众人异口同声地说道。

"好嘛，好嘛！喝过我袁树先的茶，别的茶没有办法喝啦！"袁树先颇为自得地回应大家，脸上露出中大奖般的喜悦。然后，他还不忘补上一句：

"好嘛，好嘛！陈作家，如果你有机会，把仙雾茶带给国家领导人尝尝！"

"呵呵。"我被袁树先的话引笑啦！

坐在面前的袁树先，比电视专题片《山高水长》里的形象显得苍老些。他个子不高，脸型瘦削，额头和两颊刻满了60多年生活留下的沧桑。只有他开朗沙哑的笑声和那种农民式的幽默仍与电视专题片里一模一样。

"好嘛，好嘛！说来真是话长啊！仙雾茶场有今天，真的离不开浙江人，离不开白堃元老师，离不开科技啊！"袁树先自己也喝了一口茶，感叹几声，然后开始他的叙述。

说起仙雾茶场，那可真有历史啦！最早的话，还要提到毛主席，提到人民公社。这个茶场最早是二十世纪六十年代初开辟的。袁树先所在炭河大队响应上级号召，组织社员将这一片开荒出来，建成一个350亩的茶场，取名炭河茶场，属集体所有。那时，茶叶产量低，价格也不高。1974年，袁树先从炭河大队党支部书记转到炭河茶场当场长，一直到现在。所以，袁树先对"场长"这个称呼似乎情有独钟。他至今还喜欢大家叫他"场长"，而不是"董事长"。也许，他觉得"场长"这个称呼里，包含了太多的初心与往事吧？

虽然袁树先爱说"好嘛，好嘛"，但彼时炭河茶场的情况其实不太好，茶场农民积极性不高。每年出产四五吨茶叶，全部卖给供销社，有二三十万元产值。其中大部分分到各生产队，作为社员收入。所以，袁树先说："一直到1997年，也就是白堃元老师来之前，炭河茶场实际上是癞蛤蟆垫桌脚——硬撑着呢！"

那是1997年8月，袁树先记得清清楚楚，广元市领导陪着白堃元上山，来到当时的炭河茶场。那时还没得公路，全是泥巴路，从山下爬到炭河茶场，翻山越岭，足足花了3个钟头。袁树先见与白堃元同来的5

个人，都爬得汗水淋淋。说是来搞调研，实际上就是来了解炭河茶场的情况。好嘛，好嘛！袁树先见市里这么重视，又看见白堃元他们这副模样，没有任何架子，问得很细，很实在，心里便产生了好感。白堃元与袁树先一见如故、相识恨晚。

那是袁树先第一次认识白堃元。袁树先叫白堃元为白老师，白堃元叫袁树先为老袁。白堃元在采访中告诉我，第一次见到袁树先时，只见他身上穿着一件脏兮兮的中山装，脚上套着一双旧军鞋，鞋帮子沾满泥巴，两个脚趾露在外面，完全是一副农民打扮。彼时，真没有想到，后来袁树先西装革履，也有模有样的哩！

那天，白堃元看茶场，问经营，把方方面面情况摸了个遍。看完听完，白堃元直截了当地告诉袁树先，这个茶场继续这样下去不行，要改变理念，按照先进栽培技术来种茶，根据市场需求来制作和销售茶。譬如说，这个炭河茶场的名称就不太好。袁树先不懂：这炭河名称有什么不好？为啥叫炭河茶场？因为炒茶靠炭火。人家喝茶时想到炭，就感觉不好。那取啥名为好？白堃元老师指着山头上的水汽问袁树先："这是什么？这，这是雾呀！对！我看你这个茶场，大部分茶园都在老母山上，整天云雾缭绕，恍若仙境。就可以把炭河茶场改名为仙雾茶场。高山云雾出名茶，喝茶的人一看你这个产地，就会买你这个茶叶。你说对不对呀？"

好嘛，好嘛！白堃元短短一席话，把袁树先给说动了，也点化啦！人家到底是中茶所的大专家，见多识广有学问。自己以前怎么没有想到这些呢？哪里会想得到？没有见闻过呀！好嘛，好嘛！这个炭河茶场以后就叫仙雾茶场啦！

这次调研，还给袁树先创造了另一个机会，就是到中茶所培训。彼时，白堃元已与广元市商定，在杭州，在中茶所举办一个广元茶叶人员培训班。并对培训班人员提出3个条件：有较高文化程度，年富力强，是茶业骨干。袁树先是高中毕业生，当过4年大队党支部书记，在炭河茶场，不，现在叫仙雾茶场，在仙雾茶场当了15年场长。一对照，一衡量，袁树先3个条件全符合。再加上白堃元老师这么一调研、一点拨，这培训的事，那就铁板钉钉啦！

广元全市去了18个人，青川县4人，有向阳茶场尚金良、七佛茶场冯秀珍等。绝大多数培训对象是搞茶叶经营的，真正的种茶者，唯有袁树先。

袁树先就这样到了中茶所，恍若一头扎进茶的海洋里，学习各种泳姿。白堃元把中茶所上上下下动员起来，给广元学员授课。坦率地说，袁树先没有经历过这样大的阵仗。在中茶所，他才第一次听说，一斤茶叶居然可以卖到一万元。而在青川县，或者在他的仙雾茶场，名称不管怎么改、怎么叫，茶叶也还只有几十元一斤啊！怎么有那么大的差距呢？袁树先不甘心，他下决心也要种出、卖出一万元一斤的茶叶来！

整整一个月，袁树先态度特别认真。白老师规定学员不得喝酒，袁树先就努力控制住自己多年养成的酒瘾。中茶所就坐落在五云山下、钱塘江畔。别的人喜欢白天上课，晚上去逛逛江边，袁树先从不。他一天到晚跟着白老师学习茶叶栽培、加工、管理、销售等知识，还到绍兴、新昌等地茶叶市场考察。啊，那边茶市场真大呀，大得就像海洋，把袁树先的心搅动得呀，也仿佛海洋一般。

应该说，袁树先真不是一般的人。虽然课程排得满满当当，但他还不满足。他想到自己是种茶的、做茶的，光知道一些道理还不够，他要抓住在杭州学习的机会，学会炒茶，炒出像龙井那样的茶叶来。于是，袁树先开始留意机缘。

中茶所内有个实验室，里面就有炒茶设备和炒茶师傅。但这个实验室管得很严，只有一个门进出，一般学员根本进不去。但袁树先不是一般人呀!他到外面买了一包中华牌香烟,再加上用四川普通话说的甜言蜜语,把管门的老人买通了。老人破例让袁树先每天午间可以进出这实验室,观察制茶师傅的技艺。

  进了实验室的门,是成功的第一步。袁树先并不满足于这一步。他打听到这个实验室里,有一位特别棒的炒茶高手,炒的龙井茶真好,连袁树先也觉得这茶应该卖一万元一斤。他故技重演,套上近乎,拜对方为"师父"。先在边上观察了几天,觉得自己有把握上手一试,他就向师父提出:"我来试一试行不行?"那位师父是个热心人。"你想试一试?来吧!"说来也真是,袁树先对炒茶有点天赋。炒几回,就被师父认可。但袁树先自己不满足,他想"偷"师父的"拳头",把炒茶的"真经"取到手。于是,袁树先又动了点小心思,故意乱炒乱翻。师父蛮认真,说炒龙井茶,有10种方法。应该这样,应该那样。见到袁树先不对的地方,一一指出。袁树先就按照师父教授的方法,逐一改正。袁树先用一个月的中午时间,把那位师父的制茶本事学得差不多啦!后来,袁树先基本上就按照师父教的方法炒制他的仙雾茶,主要是掌握好火候,讲究自然,兰花香味特别浓,口感比一般龙井茶还好些呢!

  正当袁树先觉得大功告成之际,他午间"偷"进实验室偷学炒茶一事,被白老师发现了。一天午间,袁树先正在实验室里进行最后一次跟学。一不留神,白老师推门走了进来,狠狠地批评了他。"袁树先,你这算啥子事嘛?!"白老师用袁树先最熟悉的四川方言开腔:"你怎么这样子性急?我们会教给你的嘛!"

  "好嘛,好嘛!"袁树先一边向白老师认错,一边心里还是窃喜。因为,他毕竟把最正宗的炒茶技术学到了手。后来,袁树先偶尔会自得地对白堃元说:"白老师呀白老师,我的知识远不如你,但我炒的茶,要比你好!"据说,这一点,白堃元还真的认账呢!他半认真半玩笑地夸赞袁

树先："我一辈子培养了许多学生，都没有你搞得那么好！你这个家伙厉害！"

转眼到了2000年。广元原有的一些国有或集体林场、茶场逐渐显示出体制上的不适应、不灵活，开始改革。那一年，白堃元再次爬上仙雾茶场。袁树先就把仙雾茶场存在的弊端和县上改革的思路跟白堃元说了说。白堃元很诚恳地对袁树先说，这对于他，对于仙雾茶场，都是一个机会。白堃元竭力撺掇袁树先把仙雾茶场盘下来。所谓盘下来，是一种通俗的说法，其实就是把茶场的经营权买下来。老实说，袁树先有顾虑，毕竟是那么大一笔钱呢！还有，茶场员工都习惯了原有的生产方式和管理方式，他袁树先盘下来，能行不？白堃元就劝说道："不是还有我吗？还有中茶所呀！"

"好嘛，好嘛！"袁树先见白堃元这么说，似乎吃了定心丸。就七借八贷，凑了37万元，把茶园带地块盘了下来。没想到，真的没想到。盘下来后，茶场还是那个茶场，袁树先还是那个袁树先，但茶场的年产值却快速递增。这是袁树先以前连做梦都没有梦见过的事。2007年，袁树先听从白堃元的建议，引种了300亩"龙井43"。白堃元告诉袁树先，"龙井43"是龙井茶群体中最好的绿茶品种，中茶所选育了20余年，曾获全国科学大会奖。它发芽较早、长叶齐、产量高、适应性广，当地茶农都争先恐后"偷"着种，根本不用宣传推广。果然，引种获得成功。袁树先每天看着咻溜溜往上长高的茶苗，晚上睡觉都会笑出声。好嘛，好嘛！袁树先那时想，按照这样速度发展下去，仙雾茶场不久就会成为名茶基地。

但，天有不测风云，人有旦夕祸福。袁树先没有想到，当然，广元人也没有想到，2008年5月12日，居然会发生如此猛烈的地震。地震波犹如一把巨大的扫帚，把仙雾茶场扫了个七零八落、支离破碎。厂房倒塌，炒茶机被砸坏。更要命的是，原先供应茶园的水渠断裂，所有茶苗渴得冒烟。粗略评估一下，这场地震给仙雾茶场造成497万元的经济损失。换句话说，辛辛苦苦十来年，一震回到解放前。袁树先的宝贝孙子也在地震中不幸遇难。袁树先那个痛心呀，甚至都有点悲观绝望。他在第一时间给白堃元老师打了电话，哽咽着诉说了地震造成的惨状，语气之间，流露出打算歇手不干的意思。

地震发生的那天夜晚，白堃元被困在成都机场。说来也真是奇巧，本来，白堃元原定于5月11日在青川办一期茶技人员培训班，青川县领导要讲话。后来，因这位县领导11日另外有事，就将培训班提前，11日结束。这样，白堃元刚好于地震前一天离开青川县到了旺苍县，算是逃过一劫。旺苍县领导很为白堃元的安全担心，对他说："白老师，我们这里照顾不了您，还是送您去成都吧？"于是，县上派了一辆车，在地震余波中，摇摇晃晃地把白堃元送到成都机场。飞机不能按时起飞，机场上到处挤满了人，没有地方可以休息，连走廊上也站满了人，食物和水都成了问题。白堃元只好一屁股坐在地上，度过了不眠之夜。

袁树先的电话，白堃元是在回到杭州后接到的。

"那可不行！"白堃元在电话中鼓励袁树先，只要茶园还在，就有希望。他让袁树先抓紧恢复茶园、恢复生产，并允诺一俟地震平稳后，他会赶到青川来看看。好嘛，好嘛！白堃元的一番话鼓舞了袁树先，他振作起精神，着手抗灾自救。

白堃元是7月回来的。彼时，青川还余震不断。白堃元和茶科所同事们住在抗震板房中，办了一期青川县灾后重建茶叶技术培训班。我曾在白堃元老师处看到过那本厚厚的教材。

培训班甫一结束，白堃元就赶赴仙雾茶场看望袁树先。

当白堃元气喘吁吁地爬上茶场时，袁树先真的有点感动和激动。他大步上前，握住白堃元的双手，就像见到了久违的亲人。白堃元也盯着经历震灾、脸庞瘦削的袁树先，双方很长时间不愿意松开手。袁树先感觉到自己眼眶内有泪花在滚动，只是多年生活的磨炼养成了他倔强的性格，他拼命忍着，不让泪水滴落下来。

在白堃元的帮助和协助下，袁树先争取到了浙江对口援助补偿资金87万元，那是浙江桐乡市给的钱。同时，他向银行贷款200万元，又向亲戚朋友借了百来万，用了半年时间，把仙雾茶场恢复起来。茶叶产量和产值，还超过了震前水平。震后第二年，产值达到800多万元。

袁树先深感欣慰，也使得他更加感谢白堃元和浙江人。他牢牢记得在恢复茶场中的一件事，仙雾茶场所处位置比较高，原先都靠井水灌溉。谁知地震后，因祸得福，离仙雾茶场6里外的一个山洞居然震出了泉水，而且水质极佳。袁树先认为这山洞泉水比矿泉水还好，就想着把它引到茶园里，浇灌茶树。白堃元对此也极为赞同。但引水渠道需要筑一道坝，一道坝需要30万元。袁树先手头钱不够，一时有点干着急。茶园不能没有水，白堃元特意把浙江灾后重建指挥部副指挥长周华富请上山，希望帮一帮袁树先。周华富真的来了，也认认真真踏勘了管道。不过，他遗憾地告诉袁树先，因为知晓这个情况已晚，浙江援助资金都已落实到项目，多余部分也已划归县财政，没有什么机动费用啦。白堃元就再三再四地恳求周华富想想办法，袁树先自然也竭力争取。最终，周华富不负他俩所望，千方百计，利用自己的人脉，向一家浙江企业讨要了30万元，给仙雾茶场建水坝，解了袁树先的燃眉之急。这里还有个小插曲，说到这里时袁树先补充道。等到捐款落实到位、引水渠修成，他真心觉得周华富是个好人。根据当地习惯，他想给周华富"意思意思"，谁知被周华富骂了个狗血喷头。周华富是这么骂的："你这个家伙！你干什么？我又不缺钱，还要你这样？"虽然被骂，袁树先心里还是乐滋滋的。

"你问白堃元老师来过多少趟？那，说不清楚，记不清楚啦！"袁树先对我解释道，他与白堃元交往几十年，白老师无数次来到仙雾茶场。有上百次了吧？他与青川、与仙雾茶场好有感情，说是要把青川茶叶推向全国、推向世界，不断给他指点。白老师说什么，他袁树先就做什么。从2000年开始，白老师就提出要种生态茶。什么叫生态茶？就是草—羊—肥—茶，形成有机生态茶园。所以，袁树先从那时起就开始养羊，然后，把羊粪壅在土地上，把羊肉卖给成都的那些餐馆。用羊粪做基肥，肥效持续时间特别长，茶树根系全扎在地下，根系越发达，枝叶就越茂盛。长出的都是芽头，叶片不发卷。那个茶叶炒制出来，特别香。

记得2018年的炒茶季节，白老师带了5个人，住到仙雾茶场，说是要搞一个新品种。有一天，炒着炒着，白老师突然晕倒在地，把大家吓坏了。后来才知道，他患了重感冒，再加上过度劳累造成了昏迷。谁知，白堃元只休息了半天，第二天，又出现在炒茶现场。

这样的事，这样的人，袁树先觉得应该记一辈子。

袁树先与白堃元的关系，好得不得了。好到什么程度？好到可以相互开玩笑，甚至骂人。打起电话来，会煲电话粥，说上一个多钟头。袁树先在电话里跟白堃元吹牛，说他炒制的茶，已超过了白老师。白堃元在电话那头幽默地说，那就请袁树先教教他。袁树先说不教不教，这是核心机密。说完，两人就在电话中哈哈大笑。白堃元认为袁树先对种茶制茶有点天赋、悟性高。袁树先则认为白堃元为人好商量、不霸道。去年春茶采摘季节，两人在电话中约定，白堃元一大早从杭州飞赴广元，然后到仙雾茶场。袁树先特意赶到广元城里理了发，穿上整洁的西装，开着自家小车，到机场接白堃元。他觉得自己只有这样打扮，才配迎接白老师！

似乎为了证明自己所言不虚，袁树先在答问之间，掏出手机，给白堃元打电话。"白老师，吃饭没得？哦哦，吃过啦。给白老师报告一下，今年仙雾茶场茶叶要大丰收啰！去年也还可以，产值近千万。今年估计会超千万。还可以，哈哈，哎哟，靠你啰！你发我一个地址，我给你寄点青川龙井。还有，还有，县上前几天跟我说，要聘请你白老师当茶叶顾问咧！想你啦，想你啦！"

说到仙雾茶场现状，袁树先的话犹如青川江水，顺流而下，也像高山云带缠绕般连绵不绝。今年，气候不太好，预计全国茶叶会减产，但仙雾茶场却反而会增产，订单比往年多许多。因为，茶场面积进一步扩大，达到1200亩。再一个，去年施下的羊粪开始发挥作用，茶叶长势不错。他从今年3月9日开场采茶，到今天，已卖了30多万元，预计今年可卖到1000万元以上。仙雾茶场出产的茶叶，有四个品类：雀舌、青川龙井、毛尖、毛峰。按照县里要求，统一叫"七佛贡茶"。这是大局，打出区域性品牌，这一点，袁树先懂。但他仍坚持自己的品牌，叫"树先"牌。树先，就是袁树先呀！这也是白老师给起的名。因为，商标上不允许叫"仙雾""佛气"。据说，外地茶商愿意出200万元，买这个"树先"商标，他才不卖呢！"树先牌"茶叶，一般每斤卖到1000元，他坚持不讲价、不降价。销路不愁呀！有人要。这边不要，那边要。有人说欧盟茶标准高，但袁树先认为欧盟茶标准并不高，中国茶标准要高于欧盟，他仙雾茶场的标准更高。前几天，有一个300万元的订单，就被袁树先婉拒啦。"你问为什么？就是标准太低，有损形象。过去有机茶标准是4000多个，现在达到5000多个。仙雾茶场的茶，每一个标准都达到，质量过得硬，不怕质检。"从长远看，春茶的种、采、制、卖问题基本解决，当下，仙雾茶场也和广元其他茶场一样，在探索夏秋茶的品质和采摘事宜。

也有人疑惑地问袁树先："你这茶场是个人经营,与当地老百姓有什么关系呢?"对这种问法,袁树先有点厌烦。怎么能说没有关系呢?他振振有词地回答。首先,仙雾茶场所有权还是村里的,说白了,他只是长期租赁而已。茶场有个股东会,每年按照盈利分红,36家股东每家可分到两万多元。茶场要请人管护,茶叶要请人采摘,这笔务工费有四五十万元,这也是村民收入呀!还有,他袁树先还给部队捐茶。在武汉疫情最严重时,他委托县人武部,给武汉部队寄送了330斤茶叶,每袋二两的包装,把部队首长高兴得不得了,特意表示感谢,这消息还上了当地电视。省税务局领导看到这条新闻,也很高兴,特批免了仙雾茶场两年的所得税。两年就是40多万元呢!看来,这茶捐得还很合算呀!"哈哈哈,好嘛,好嘛!"袁树先介绍到这里,自己忍俊不禁,笑了起来。人们从这笑声中,才感觉出,袁树先有着农民式的小盘算与小幽默。

袁树先披着老棉袄,说完这一切,才把我们带到他的茶园里。淅淅沥沥的春雨中,郁郁葱葱、翠绿欲滴的茶园被笼罩在一片云雾里,显得神秘而安谧。袁树先指指点点地介绍道,仙雾茶场在他和员工精心打理管护下,变得特别漂亮,曾获评为全国最美茶园之一。这近身边的是老茶树,有七八十年历史啦!稍远处,就是白老师引种指导的"龙井43",今年已全面投产。说到这里,他领着我们走进茶丛中,顺手采摘下几片新鲜茶叶,在满是茧花的手心里摊开,再把这手伸向我。"你闻闻,清香味好浓啊!好嘛,好嘛!"袁树先似在向客人介绍他心爱的宝贝一般,脸上带着明显的自豪神情。

诚如仙雾茶场袁树先场长所提出的,广元市第一片叶子——绿茶的种植、管护、采摘、制作、销售等,已基本成龙配套。全市主产区旺苍县、青川县、昭化区等共有绿茶种植面积44.2万亩,年产值58.8亿元,为当地农民提供人均年收入2786元，成为茶业地区老百姓脱贫致富的重要途径。而眼下面临的共同课题，则是推广夏秋茶的采摘和制作问题。

在采访旺苍县挂职常委、萧山区帮扶干部黄灿久时，他将事情的来龙去脉，原原本本地给我做了介绍。

"我们旺苍（黄灿久采用'我们'这一称谓，看得出他已将自己与旺苍融为一体），传统习惯上就只采摘春茶，因为，春茶品质好、价格高，市场也受欢迎。对夏秋茶，基本不管。当然，这里也有一个夏秋茶采摘成本高、没有销路、卖不出去等原因。久而久之，茶农们习以为常。"黄灿久来旺苍县挂职后，见到漫山遍野的夏秋茶无人采摘，自生自灭，感觉真是太可惜啦！他就十分留意这个事。一次回杭州，打听到杭州有个开农集团，专做茶叶外贸，需要大量茶叶原材料。而夏秋茶正是做红茶的上好原料。该集团在浙江建德市有个茶叶基地。随着出口订单越来越多，建德茶叶基地满足不了需求。他们自己就跑到广元市昭化区，想搞个万亩茶园。但因现在严格禁止基本农田转产茶叶，结果只搞了五六百亩，远远满足不了出口需要。

这不是瞌睡时碰上有人送枕头吗？黄灿久就把开农集团老总宋林勇请到旺苍县，陪着他跑了几个乡镇。这宋林勇经营茶品多年，他的鼻子多灵敏，他的目光多敏锐。几个大茶园看下来，采了一下茶叶，做了检测，全部符合标准。他的眼睛就有点放光，一迭声地说："好、好、好！"这真是踏破铁鞋无觅处，得来全不费工夫嘛！开农集团就与旺苍达成了收购夏秋茶的协议，并着手试点。

试点选在旺苍县五权镇。第一期500亩。双方达成意向，茶场采摘完春茶后，把茶园移交给开农集团管理，由开农集团负责管护，并采摘夏秋茶。其间，所有的管护成本、采摘成本均由开农集团负责。这样做，茶农获得的好处是，减少了春茶采摘后到冬季的管护成本，为第二年春茶丰收打下基础。对开农集团而言，他们虽然要支付一笔不菲的管护成本，但可以无偿采摘夏秋茶。两相权衡，也有获益。黄灿久说："这是真正双赢的思路。"

"去年实践结果如何呢？"我提出一个实际问题。黄灿久口中快速报出一连串数据："开农集团采用机械化采摘，提高了效益。试点的500亩夏秋茶，产量达8吨，制作成红茶后，出口至波兰，创汇2.7万欧元。实现了旺苍种茶历史上出口创汇新的突破。"

"看来，效果不错！"

"是的，开农集团老总宋林勇也信心大增。所以，今年他准备大干一番。"黄灿久回答道。你问怎么大干法？今年夏秋茶采摘面积至少要达到5000亩，是去年的10倍。同时，在旺苍设立川北地区夏秋茶加工基地。建这样一个基地，需要花8000万元。我们准备改造一幢旧厂房，再从浙江帮扶资金中解决一部分机器设备费用。他昨天刚听说，开农集团与一位美国客商签订了一单夏秋茶经销协议，5000吨。其中，打算在旺苍县安排1000吨。你算算，平均每吨3.5万元至4万元，仅这一单生意，就有三四千万元的销售额。据说，这位美国客商近期要来旺苍实地考察，黄灿久正在物色落实加工基地的场所，忙得不亦乐乎。

"如果你想了解更具体详细的情况，可以到我们五权镇去看看。"黄灿久对我这样说。

五权镇在深山里。在那样的深山，你才会真正看到"草木葳蕤、杂树生花"的本义。除常见的松柏外，还有青冈、板栗、香樟、红枫、杜鹃、野樱桃、桂花、柿子、火鸡、崖板树等，还有与梯田白云相伴的油菜花，自然还有悬崖边五彩缤纷的山花，恣肆地呈现着山的丰富与浪漫。彼时，我爱打开车窗，享受山里的空气。那空气，融汇着花香、树香、草香，清新而略带点甜味。

去五权镇的乡间公路，大概是广元市内最难走的。说它难走，并不是公路不好。应该说，3年脱贫攻坚之役，使旺苍县乡村公路面貌焕然一新。即使是穷乡僻壤，也全是新浇筑的硬实的水泥路面。我所指的难走，是它的盘旋曲折，宛若天津产的大麻花。水泥路大多呈现出五六十度的坡度，路面向内侧倾斜，似乎是为了防止车子侧翻。这里的司机早已习惯这样的路况，一如既往地快而稳。犹如在玩赛车时的转弯道，把坐车人的小心脏提到喉咙口。

几百个旋转下来，当我们站在五权镇铜钱村茶园边上时，平时自诩为神经平衡能力很强、连出海颠簸都无感的我，也略略有点晕感。

到了山顶，天竟下起瓢泼大雨。眼前的一切被雨幕所遮掩，远山则被山光和薄雾所映衬，有一种神秘的亮光与色彩。山脊朦胧而迷离，恍若仙境，亦如海市蜃楼。春雨中的茶园，更显墨绿苍翠、绵延不绝，仿佛蓝色大海中一排排整齐的浪头，向着滩岸涌动。

同行的五权镇镇长王中熙，一位年轻精干的小伙子，指点着远方的景和眼下的茶园，不无自豪地告诉我："这是雨中山区茶园特有的景致。"

观赏风景茶景，自然不是我此行的重点所在。在王中熙引领下，我走进旺苍县兰泽茶叶公司建在山顶的厂房。

何亨亨，一个姓名极其独特的年轻人，是这家企业的老板。他领着我参观他的企业，看厂房、制茶设备，还有电商店。然后，他顺手从茶匾里，撮上一撮刚炒制完毕的新茶，给我和王中熙泡上。他一边看着慢慢悠悠泡开的茶叶，一边开始慢慢悠悠地叙述。

我们所在的铜钱村历史上就有种茶传统。当地土壤由碎火石转化而成，呈黄褐色，特别适合种茶，祖辈们传下许多老川茶。何亨亨的爷爷就是一位种茶好手。何亨亨在成都读完大学，跟着爷爷回到老家创业，人称"双创青年"。兰泽茶叶公司从2020年开始起步，创业谈何容易？

多赖政府扶持。上山公路是政府投资修的，据说花了540万元。企业的制茶设备，什么滚筒杀青机、圆盘揉捻机、炒干机等，用的也是东西部协作资金，大概有60万元。他们家自筹了一百五六十万元，主要是造厂房、建冷库、架设喷灌设施等。

采摘制作夏秋茶的念头，从2021年开始萌生。那年8月，浙江挂职常委黄灿久来企业调研，就问过何亨亨：可不可以搞夏秋茶？何亨亨当时答不上来。因为按照惯例，当地人一采摘完春茶，就关门落锁，外出打工去啦！9月，镇上组织几家茶叶企业去雅安市名山区参观。一看人家，一年四季都采茶，感到很意外，也很惊奇。参观后，镇上提出了采摘夏秋茶的要求，何亨亨自己也想试一试。

第二年，一采完春茶，浙江开农集团就派了几个人过来考察。何亨亨见人家开着大奔过来，真是气派，心里也难免有点"羡慕嫉妒恨"。当地茶农什么时候也能开上大奔呢？那时，也就这么想想，一闪念就过去啦！何亨亨带着开农集团的人看茶园，介绍情况。对方用无人机航拍他家茶园，何亨亨又觉得人家挺现代、挺时尚，值得自己学习。考察结果如何，人家没有说，何亨亨就等待着。

等到第二年春茶落市，记得好像是6月光景，开农集团又派了两个人到五权镇。镇上为此开了个座谈会，邀请全镇几家茶叶企业老板参加。开农集团提出，他们想在五权镇搞个夏秋茶采摘试点，500亩，先选几家企业试一试，不知哪家愿意。何亨亨早有此意，在会上就踊跃报了名。与他同时报名的，还有3家茶叶企业。开始时，囿于传统的老爷爷有点不同意，但经不起何亨亨三说两说，老人家也就不再哼哼。于是，此事就定了下来。当时商定的方案是，春茶采完，由开农集团介入茶园管理，除草、上肥、采摘。何亨亨一算账，他这些茶园因此可节省大概10万元成本，蛮合算的呢！

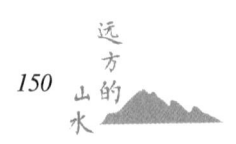

开农集团办事效率很高，回去不久，就派了5名技术工人和4台采茶机过来，并在当地聘用了20来个茶农协助。因为同时要平整茶园、削平叶冠层，便于机器采摘。每台机器一天可采摘1000多斤鲜叶，4台机器每天就是2吨。从7月开始，先在何亨亨的茶园开采，然后再一家家轮番采摘。旺季时，开农集团老总宋林勇自己跑到五权镇铜钱村，实地考察夏秋茶采摘情况。当地茶农也有学样的，从自家茶园里采摘一点，试着卖给开农集团。只要茶叶质量达标，开农集团照收不误。这些在何亨亨看来很麻烦的事，开农集团的人却做得井井有条。何亨亨心下颇为服气。

到11月，夏秋茶采摘结束，开农集团大约采摘了7吨鲜叶，然后，将整理好的茶园物归原主。县政府用东西协作资金给茶农发补贴，每斤鲜叶0.5元，当地茶农自然高兴。何亨亨觉得这个方式切实可行，原先认为不太好的老爷爷，也转脸认可了这种模式，于是，皆大欢喜。

"您问今年吗？今年肯定要大面积搞。"眼下，何亨亨一边采摘炒制着春茶，一边已在为夏秋茶做准备。开农集团的确看好铜钱村的夏秋茶源，他们已买了6台加工设备，送到兰泽茶叶公司，与何亨亨原有的设备配套成龙，形成大规模产能。"您问到底多大规模？这个，真的还说不好呢！镇上正代表我们出面与开农集团在洽谈。但不管怎样，白收白管这样的方式恐怕要改一改，一切要按照市场经济规则来。我个人觉得，开农集团应该向我们茶农支付一笔茶叶原料费。王镇长，您说呢？"

在边上的王中熙点点头，说："我们认为何老板的要求合情合理。我们镇党委、政府已开了专题会议，研究如何与开农集团更好合作，大面积推广夏秋茶采摘销售。并对镇上3家茶叶龙头企业、一家大型茶叶专业合作社和清水、铜钱、山花3个村的茶农情况做了摸排，预计全镇夏秋茶采摘面积可达2500亩左右。然后，准备与开农集团谈判。至于具体数据和价格，我现在一下子还真说不准。到时候，再向陈老师报告吧？"

"好呀，我等着！"

10月底，王中熙用微信告诉我一组数据：今年全镇共采摘夏秋茶12万斤，产值40余万元，参与的茶农每人增收400余元。

这，自然只是一个镇夏秋茶的数据。但我们透过这个数据，可以观察到，因浙江与广元新一轮协作，推行夏秋茶采摘模式和畅通销售渠道，给广元市茶农带来实实在在的利益。

说起广元的第二片叶子，也就是旺苍黄茶，许多人心中会涌起一种激动和兴奋。我在采访中听到各种各样有关黄茶的案例、故事、传说。黄茶已成为旺苍的一种底色，然后糅合各种色彩，从而形成旺苍五光十色、七彩缤纷的光彩世界；黄茶是旺苍的一种基本元素，然后与各种元素化合融合，从而衍生出各式各样有形或无形的产品；黄茶更成为旺苍一种创新思想的因子，与各种墨守成规的理念碰撞、对撞，从而生发出创新性的思想火花……

我对旺苍黄茶的诸多形容，均源于旺苍人对黄茶的感受与感谢。

旺苍人说起黄茶，总是把目光再次投向白堃元。

毋庸置疑，旺苍种黄茶，或曰旺苍黄茶有今天，追根溯源、归根结底，皆缘于白堃元，缘于中茶所。

这一点，我在采访旺苍县茶叶办公室老主任何家纲时，何家纲明明白白指出："没有白老师，就没有旺苍黄茶的今天。"

时针倒拨回2009年。在县委全力推动下，因为白堃元和中茶所的倾力扶持，旺苍县绿茶种植和恢复成效显著，茶产业迅速成为旺苍的支柱产业，全县春茶获得大丰收，真的达到了县委领导的期望，茶农们喜气洋洋。何家纲等人嘴上虽不说什么自满的话，心里却是甜滋滋的。

就在这样的形势下，何家纲却发现白堃元每次来旺苍，都没有显示出他应有的喜悦之情。"为啥子?"何家纲私底下几次问过白堃元。白堃元见问,就直言不讳地告诉何家纲:"你们不要高兴得太早。现在绿茶面积那么大,产量也不低,市场很快会饱和。绿茶市场一饱和,价格就会下来。""那,怎么办?"白堃元说,他近来一直在思考这个问题,觉得旺苍县的茶叶产业要转频道、换赛道。

"这是什么意思呀?白老师!"何家纲真的有点弄不懂。旺苍绿茶明明发展得好好的,白老师为啥子要这么说?

白堃元告诉何家纲,作为茶叶技术专家和茶业经营行家,他觉得茶业同别的商品一样,要避免商品同质化,要进行不同品种、错位竞争。

"怎么进行呢?"何家纲真诚地请教白堃元。

白堃元提出了经他深思熟虑后形成的一个思路:"种黄茶!对!在旺苍种黄茶!"

"黄茶?黄茶不是种在浙江天台的吗?"何家纲毕竟跟着白堃元多年,多少知道一些情况。古人说过,橘生淮南则为橘,橘生淮北则为枳。"在我们旺苍种黄茶,行吗?"何家纲提出了自己的疑问。

具有这样疑惑的,自然不止何家纲一人。彼时旺苍县分管农业和茶业的副县长殷扶炯也并不了解黄茶。白堃元一次次上门做他的工作,介绍道,中茶所有两个黄茶品种,一个叫"中黄1号",是中茶所在天台县培养选育的;一个叫"中黄2号",是2006年白堃元在缙云县仙都峰考察,当地老百姓告诉他,经过多次遴选出来的。这两个黄茶品种,具有一般绿茶所没有的特性。白堃元还告诉殷扶炯,浙江茶叶目前正由一种绿色,发展到多色。一种颜色,就是一种创新。多一色,就多一份市场份额,就多增添一种竞争力。他多次考察过旺苍的土质、气候、海拔高度,非常适宜种黄茶。

白堃元一边论述着,一边摸摸索索地从身边的文件袋里掏出一小包天台黄茶来，泡给殷扶炯喝。眼见为实啊！白堃元要让殷扶炯亲眼见一见黄茶的模样，亲口品尝一下黄茶的滋味。

"你看看，殷县长！"白堃元摊开那黄茶片，只见外形宛如小兰花，金黄透绿、光润匀净。"这是天然的黄啊！"然后，白堃元冲上水，稍稍晃动一下茶杯，只见汤色鹅黄隐绿、清澈明亮。再看看叶底玉黄含绿，鲜亮舒展，形如美人。而且，叶黄素、胡萝卜素，尤其是氨基酸含量极高，是普通绿茶的两至三倍。"这黄茶，在浙江卖1万元一斤，物以稀为贵嘛！"

身材敦实、皮肤黝黑的殷扶炯被白堃元说动了，更准确地说，是被白堃元的那番诚心诚意感动啦！作为分管副县长，他自然意识到自己负有决策责任。如果决策错了，让茶农受损，他殷扶炯将无面目见江东父老。但殷扶炯更是一位想干事创业、为老百姓谋利的干部。如果眼看机会从自己眼皮底下漏过，那更是严重失责呀！从那么多年与白堃元的密切接触中，从白堃元在广元推行的一系列举措中，他看出了白堃元在技术上的眼光和满满的为民情怀。他觉得应该信任白堃元。或许，白堃元的这个建议是个好建议，不妨试一试？

新茶品种的选育和推广，国家有一整套规范。彼时，"中黄1号"刚刚在国家技术层面获得认可，还没有向全国推广。各地要试种可以，但要一步步来，从试验到推开，需要3年时间。殷扶炯向旺苍县委、县政府主要领导做了汇报，决定自己去一趟浙江天台，看一看实际情况，订购一批黄茶苗。

2009年盛夏，白堃元陪着殷扶炯、何家纲等人赶赴浙江天台，考察黄茶树苗。

当事人之一的殷扶炯，后来写了一篇文章，绘声绘色地记述此次天台之行，特摘录在兹：

在旺苍县，同样演绎着"中黄1号"的故事。

那是2009年，我到旺苍县政府任副县长的第四个年头。7月中旬，一个阳光灿烂、热气逼人的中午，我们一行数人，在中茶所白堃元教授陪同下，来到浙江天台县茶农陈明的苗圃，立时被一大片嫩绿泛黄的茶苗所吸引。明亮的阳光照射在嫩黄的叶芽上，泛起点点金光，真是一园子宝贝。陈明是一个老茶人，爱茶如命，仔细给我们介绍黄茶的生长特点、口味口感和市场前景。

有关茶叶方面的知识，我是到旺苍县工作后才开始学习的，每天喝茶的习惯，也是后来与茶农、茶商打交道养成的。看到这嫩黄嫩黄的茶苗，一个新的想法自然萌生。在旺苍茶产业链中，缺少有特色的高端茶。当地茶产品附加值不高，茶农收入不高，二三十万农民苦于没有稳定增收的产业。何不引进这极具特色的新品种回去试试呢？一道前去茶园考察的县农业局局长王怀成、县茶办主任何家纲也非常赞同。再与白教授做了一番交流。白教授说介绍我们去考察的初心就如此。当时，一个大胆的想法就在我心里形成。

转眼到了10月，是规划茶叶栽植的关键期。该张罗黄茶引进的事了。但一个不大不小的问题却困扰了我们。黄茶是芽变品种，需要筛选育种，数量少、成本高，单株达到一元七角，而市场上普通茶苗价格才一角多。当时规定，一次性采购超过二十万元，必须公开招标。怎么办呢？我与相关领导、部门进行了沟通，都没有好办法。眼看购买的最佳时机即将错失，大家心急如焚。我心想：这是为老百姓办实事，要犯也不会犯很大的错误吧？就与农业局几个同志一合计，拍板采购10万株茶苗做引种试验。

次年3月，承载着20万茶农无限希望的10万株黄茶苗落户旺苍县木门镇新建的茶叶园区——木门茶叶主题公园。

黄茶树苗搞定，旺苍就开始物色第一批栽种黄茶的地方。这个先行先试的点选在哪里？殷扶炯、何家纲与白堃元不知商量了多少次。最后，三人把目光集中到木门镇青龙村。这就把时任青龙村党支部书记张全兴推到了前台，置于聚光灯下。

癸卯阳春，正是黄茶采摘旺季，我被引领到木门镇青龙村采访张全兴老书记。

张全兴正在自己的青龙山茶叶专业合作社里忙碌着。合作社大楼坐落在山丘之中，四周被黄茶园包裹着。春阳之下，黄茶园金波闪烁，像杀阳光映照在海面上的景致。走进专业合作社制茶车间，只见到处用竹箪摊晒着鹅黄色的黄茶新叶，一眼望去，恍若满箪新打造的金钗，煞是漂亮。一些员工在拣剔次叶，随着那些手动，黄茶馨香涌动着传过来，变成一道道香波，使人产生瞬间的迷晕。

坐下来，张全兴用最新炒制的黄茶，给我们每人泡上一杯。于是，我们面前就有了一杯杯叶色金黄、汤汁鹅黄、叶底玉黄的新茶。茶形袅袅、香气馥郁，令人赏心悦目、馋涎欲滴。

回忆，在黄茶的佐证下展开。张全兴身材敦实、身板硬朗，脸上七沟八壑，记录着年月的沧桑。他穿着一件半新旧黑色西装，两只手上套着袖套，说话高门大嗓，声音足以让几百米远的茶树都听得清清楚楚。

别看今朝青龙村繁荣兴旺、远近闻名，其实，以前青龙村很苦很穷，不通路，不通电。张全兴以这样的开场白，展开他的叙述。老百姓穷得叮当响。全村48户，35岁以上的光棍有28人。出村道路，被人家叫作"轨道路"。你问什么叫"轨道路"？说出来你也许不信，就是泥巴路。天一下雨，车辆开过，形成两道深辙。天一晴，那深辙就固定下来，后来的车辆只能沿着这辙道前行。说个笑话吧。青龙村有一些养猪户，猪出栏时，赶着到集镇上去卖。走着走着，猪的全身都沾满了泥浆，只露出一对小眼睛，人家看不出是猪还是狗。

张全兴当上村党支部书记后，全力发展经济，状况逐年有所好转。2000年，响应县里号召，开始种植绿茶。后来，引进了一个准备转产的煤矿老板，搞了一个茶园。这个茶园，当地人叫长田湾，依山傍水，地形环境都不错。后来就变成旺苍县黄茶最早的试验基地。

为啥子看中这个地方？那自然是因为白教授，还有殷扶炯副县长、何家纲主任呀。那年春节前夕，白教授每天一早来村里，晚上回城。白天测量海拔、土壤、气温、光照等，好像有一两个星期。张全兴就整天陪着。何主任和殷县长也来过多次，与他商量。为什么看中这家茶园？因为，试种有风险，老百姓势单力薄，亏不起；相对于散户而言，煤老板毕竟财大气粗，即使亏一点，承受得起。再说，集中种在一起，也便于管护。白教授还有一个观点，这茶园本身就种着绿茶，现在辟出一块地来种黄茶，成功的把握大一些。张全兴一听就同意了。他曾到全国不少农村参观过，见人家搞得那么好，为啥子自己村里这么穷？想来想去，还是村里产业不行，就想在黄茶上试一把。再说，白教授是个实在人。那么大年纪了，又是大专家，瘦瘦的身材，有那么多病，还这么辛辛苦苦跑来颠去，人家求啥子吗？还不是为了我们这里的老百姓？张全兴想通了，就全力支持试种黄茶，还配合县上，一起做那位茶园老板的思想工作，并允诺茶园如果因试种黄茶而亏损，青龙村可以承担一半。

这一下，左攻右拉、软磨硬泡，把那位茶园老板说动了。县上与茶园老板签了试种30亩黄茶的协议，期限5年。

万事开头难啊。试种时，白教授就在山头上跟班指导，他说咋种，大家就咋种，一直忙了两三个月，才把10万株黄茶苗种下去。

头三年，试种并不顺利。记得第一年种下去，黄茶树苗成活率大概只有七成。张全兴一时心中有点忐忑不安。白教授来看了后，认为第一次试种能达到七成，就谢天谢地啦！他把大家带到黄茶基地，手把手地教村民们补种。

白堃元这么一讲、一教、一种，张全兴就放心啦！真的，第二年就达到了九成以上。然后，张全兴按照白堃元教的办法，第二次再补种上。等到第三年，肥培管理一加强，30亩现代条栽黄茶园形成，基地站住啦。

在边种边试过程中，张全兴他们试采黄茶芽梢，制作成黄茶成品。第一年1斤，第二年2斤，第三年达到20斤。新茶送给有关部门和企业品尝，当然，也试着卖了一点。结果一卖，就轰动啦！新龙村村民坐不住了！什么？一斤黄茶居然卖到8000元，甚至1万元？天呐！这比自家种的绿茶贵上八倍十倍呢！"我要种""我也要种"。村民们有点按捺不住，有的甚至跑到黄茶基地"偷"，张全兴心底里也跃跃欲试。老百姓是最讲实惠的人，眼看着种黄茶就相当于种钞票，一片片黄茶就是一张张花花绿绿的人民币，谁能不动心、不眼红呀？

但白堃元态度明朗，严令禁止，不放开让老百姓种。张全兴一时也没有想通，就去请教白教授。白堃元跟张全兴解释其中的原委。国家对茶叶良种推广有明文规定，先试种3年，然后允许推开。彼时，这个"中黄1号"尚未获得浙江省农业厅良种委员会审核通过；即使通过了，也只可在浙江省范围内逐步推开。可不可在外省种植，还需要经过若干年试验。他更担心的是，老百姓现在感觉黄茶能赚钱，一哄而上。万一到时候卖不出去，或者价格低廉，老百姓就会吃亏，转过来埋怨他们，也就是埋怨政府。这样的教训已经很多，他们不能再大意啦！等到可以推广时，他一定会告诉老百姓！

那就听白教授的！张全兴对白堃元心悦诚服，相信白教授讲得有道

理。他按捺住内心的躁动,等待时机。

彼时张全兴不知道,2013年10月,米仓山茶业集团按捺不住驿动的心,通过县茶叶办公室找到白堃元,几乎是"逼"着让白堃元带着公司的陈九江等人去天台,以每株1元6角的价格,买回来5万株黄茶苗,在高阳镇鹿渡村大茅坡上试种了10亩。

说起米仓山茶业集团和大茅坡,都是大名鼎鼎的主。

米仓山茶业集团原先专注于煤炭行业,后来,当地煤炭资源逐渐枯竭,集团响应国家号召,逐步由地下转到地上,由黑色转为绿色,开始进入茶业领域。十几年下来,已成为广元地区最大的国家级茶业龙头企业,有标准化茶园3.5万亩,茶叶加工厂4家,生产线10条,加工能力5000吨。

鹿渡村大茅坡则是远近闻名的"大茅坡精神"发祥地。这里原本是个地陡石头多、出门就爬坡的穷地方。二十世纪九十年代初,村党支部立志重整山河,提出"宁愿苦干、不愿苦熬"的口号。村里人就是喊着这个口号,愚公移山、填土造田,历经四度寒暑,先后投入劳动力16万工,挖填土石38万立方,垒砌石墙400道、总长3万米,高标准建成水平梯田5600余亩,被世界水土保持专家称赞为"中国梯地建设最好的地方"。

照例来说,这样的组合是强强联手,种植成功黄茶是理所当然的事。但科学的事就是实事求是的事。试种结果,第一批黄茶苗几乎全军覆灭。这让米仓山茶业集团老总和鹿渡村人极为不解,他们再次通过县茶叶办公室请来茶叶专家把脉会诊。专家在现场转了几圈,然后带上几瓶土壤样本,说回去检验。没过几天,专家诊断意见出来,说大茅坡是碱性土,不适宜种茶。

居然有这等事?

怎么办?放弃?转移?另觅茶园?米仓山茶业集团向鹿渡村人提问。

不！鹿渡村人断然否决了这一提议。必须继续，一定要在大茅坡把黄茶种出来。过去我们可以把石头换成泥土，为什么今天我们就不能把碱性土再换成酸性土呢？在新的时代条件下，"大茅坡精神"再次被激发并弘扬起来，发挥了神通。2016年夏收夏种刚一结束，全村人就开始起早熬夜，从10公里外异地搬土。经过3个月奋战，他们搬运了约4.6万方酸性土，将100亩梯田覆盖上五六十厘米，从而改变了土性。再次种植上黄茶苗，一举获得成功，且茶品质量极佳。

大茅坡改土试种，大概算得上是旺苍县在黄茶种植中最艰苦、最悲壮的一次行动。

以上这些事，张全兴也是后来陆陆续续从别人口中听说的。彼时的他，还在忙碌着管护长田湾黄茶基地呢！

直到2017年，黄茶基地长势良好，名气也越来越大。张全兴虽是个农民，但多年农村工作养成了他察言观色的本领。他观察到白堃元教授的脸上渐渐有了喜色，当他有意无意提出扩种黄茶面积时，白堃元的态度也不像以往那么决绝。他觉得时机到了。

于是，张全兴试探着提出：他的茶叶专业合作社可否先走一步、试种一些？白堃元不是担心零散农户种植担不起风险吗？那，茶叶合作社抗风险的能力相对较强，即使亏损一点，也不至于伤筋动骨。

真如张全兴所料，白堃元考虑了几天，同意啦。当时，把张全兴高兴得差点跳起来！

就在那一年，张全兴买来黄茶树苗，种了50亩。他形容自己的心理是，种下这些黄茶苗，就好像种下了希望，种下了黄金。此后，他将全部精力和心血都花在这50亩黄茶苗身上。说得形象点，就像照看自家孩子一般。张全兴在采访中还介绍了一个细节：试种黄茶头5年，因为量少价高，显得十分金贵。几乎所有黄茶产品都被县上有关部门收购走，用

于推广，他自己只喝过一小包。哈哈，哈哈……张全兴爽朗的笑声传得很远很远。

犹如在一潭清水中投下一块石头，张全兴带头试种50亩黄茶的消息，很快如旋风般在村中传开了。一些类似情况的专业合作社紧跟着提出申请，不少农户也纷纷跟进，一时弄得白堃元、何家纲应接不暇。

说来也真是凑巧。接下来一段时间内，四川省委书记来到青龙村考察黄茶基地，听取县上和白堃元关于黄茶基地试种情况汇报，提出要考虑大面积推广。分管农业的副省长居然来了4次，态度和基调跟省委书记一样。还有，广元市委书记也来了多次，他还拉着张全兴的手不肯放，跟张全兴说了几句贴心的话，使张全兴很受感动和鼓舞。

这么一来，大面积推广黄茶种植，仿佛是大坝决口，任谁也挡不住啦！县上与白堃元商量，确定了推广发展的顺序：先是茶叶公司和有规模的专业合作社，再是家庭茶场，最后是一般农户。当然，也有不少农户缺技术、缺资金，顾虑自己搞不起来，那就流转土地，把自家土地流转给专业合作社或家庭茶场。

问起全村现在种植黄茶的情况，张全兴一清二楚。全村85%农户都种了黄茶，现有黄茶园3800亩，3500亩已成园投产。青龙村种植黄茶的农户和面积在木门镇是最多的吧？他听说木门全镇种植黄茶是10440亩。张全兴自己的专业合作社种了288亩黄茶。去年投产150亩，产了6000斤鲜叶。今年保守点说，可投产200余亩，已采摘了2000多斤鲜叶。你问鲜叶价格？当地收购，最普通的每斤200元，最高的可卖到每斤350元，他今年已卖了30万元。估计春茶下来，可以卖到一百万元吧？除了上缴村集体4万元外，其余的，就是合作社社员的收入啦！

这些是专业合作社自产的，还不包括给农户带来的收益。张全兴补充道。春阳下，他头上几绺银发在闪闪发光，一脸古铜色印证着他的朴实和艰辛。他的思路和视野显见比一般农民开阔得多。即使不种黄茶的农民,也有直接收益和间接收益。譬如,土地流转费,每家一年有几千元。还有为他人采摘黄茶,计斤论价,每天可收入200多元。农民积极性很高啊!去年就有人头戴电筒,晚上照样采摘。手脚快的人,采完春季茶,可收入万把元。

说完这些,张全兴似乎意犹未尽。他征求我的意见:愿不愿意去最早的那个黄茶基地看看?

我当然愿意。

这是一个类似盆地的地貌。四周是连绵起伏的山丘,不高不低,形成一定坡度。坡地上,是一垄垄、一蓬蓬的黄茶树丛。夕照下,那些上黄下绿的茶丛,浑似一条条烫金镶银的绸缎,亦如大地的指纹、浪漫的诗行。再仔细一看,见有十几个中老年妇女在茶蓬里采茶,大概因为这是第二茬了吧,新芽不多,这些人的采摘动作有点像延时摄影,却多了些观赏性。盆地中间,有个自然下凹的大水塘。

张全兴指着那口水塘说:"当年,白教授他们选中这个地方做黄茶试种基地,与这口水塘有直接关系。不管什么茶,都离不开水呀!"

在黄茶园盆地最高处,建有一个古色古香的亭子,取名为"绿亭",倒也名副其实。我想,要是在这"绿亭"旁,再竖起一块"绿碑",记叙黄茶基地始末。那样,亭碑相互印证、相得益彰,也许此地此景更佳?

正当我遐思连连之际,只听得耳边传来几下清脆的嘀嘀嘀声,眨眼之间,一辆小面包车开到茶园路口,停了下来。张全兴兴致颇高地介绍说:"这就是我们专业合作社的现场采购。"

在茶园采摘的人们,听到喇叭声,便从四面八方会集过来,排成一行,叽叽喳喳,相互比较着篓中黄茶的成色、重量,议论着价格,估算着自己今天可以赚到多少钱。之后,等待着采购人员过磅称重,现场结算。

我靠近她们，询问价格，才知道每斤采摘费是50元。

张全兴似乎很享受这样的场景，一脸喜悦之色。他一边劝说大家慢慢来、慢慢算，一边悄悄对我说："现在上门收购、现场收购已成惯例，许多茶叶公司和专业合作社都在这样做。茶农可自由选择，谁家出价高，就卖给谁。这就是市场经济，现在大家都习惯啦！"

如果说木门人已习惯这样的市场经济，就不能不提到谭波。

谭波，一个50来岁的中年人，其貌不扬，但其名却显赫。在旺苍茶业界大名鼎鼎，几乎无人不知、无人不晓。他是四川木门茶业公司董事长、制茶百年世家第五代传人，获得国茶工匠荣誉称号。这一荣誉，在全国茶业界极为罕见。木门茶业还获得全国黄茶斗茶大赛金奖。

我与谭波相遇于一户农家乐，彼时，我在采访这户农家乐的女老板，话题刚刚结束。我正在回味那位女老板说的"名言"："茶叶可以带动农家乐，农家乐也可以带动茶业。"越想越觉得有道理。

谭波是个"自来熟"，甚是热情开朗。明明刚刚才相互寒暄认识，但他让人感觉似乎已交往了半辈子。谭波从自己随身携带的小皮夹包中，掏出一包黄茶，动作娴熟地泡好，放在我面前。然后，自我介绍说，关于黄茶，他有很多故事和素材可提供。前几年，他还接受过新华社一位记者的采访。后来我才知道，那篇访问的主要对象是白堃元，但谭波的确出现在文中，并说了一番意味深长的话。

这人有点有趣。谭波的这番开场白，无疑挠到了我的痒处。我连忙端起他泡的茶，略一品尝，一边点赞他的好茶，一边直催着他快快介绍。

"不急，不急！我今天有的是时间。"谭波竟卖起了关子。当然，他也没有耐住多少时间，便开始滔滔不绝地叙说起他的"革命家史"。

谭波家族还真有点值得夸耀的事体。从高祖开始，彼时还是1916年，他家办起一家"慧竹茶品"，后来，一代代传下来。1994年，谭波还是个初二学生，就开始学着做生意。之后，在外面做过许多行当。2003年回到老家，租用一个废弃的加工厂，成立"黄梁茶厂"。呵呵，这个厂名有点意思吧？说明他做梦都想着种茶制茶呀！那一年，白堃元来旺苍推广种茶，县上也号召老百姓大面积种茶。谭波就信了，拜白堃元为师，开始种茶卖茶。下午把茶叶收上来，晚上通宵加工，第二天早上就背着茶叶去卖。你问，为什么叫"背着茶叶"？事实就是那样。那时，谭波不懂什么叫茶叶营销，用牛皮纸装茶叶，装好后，统统放进一只蛇皮袋中。然后，将蛇皮袋往肩胛上一背，走村串户叫卖，或者，在街面上摆地摊。人家一看谭波这副打扮和架势，哪像正规做茶叶生意的呀？所以，他的生意并不好，一直以来小打小闹。但长期在市场上摸爬滚打，培养了谭波的市场嗅觉。一听白堃元说黄茶比绿茶更好，他就特别留意。等到允许茶叶企业种植黄茶时，谭波就放开手脚大干快上。目前，公司有黄茶园1200亩、28个黄茶品种。除了普通的"中黄1号""中黄2号"外，谭波还提前3年引种了别人没有的"中黄5号"。"中黄5号"采摘期比其他黄茶品种要早20来天。你想想：茶叶最讲究什么"明前茶""雨前茶"之类，能早20来天，意味着什么？意味着大把大把的人民币呀！作为茶叶企业，就是要走差异化、特色化路子，实现弯道超车。这就是谭波的与众不同之处，也是他略胜别人一筹之处。

在谭波印象中，白老师非常敬业，也非常懂得把握和开发市场。记得木门茶业公司第一批黄茶上市前，如何定价是个大问题。定低了，赚钱少；定高了，怕市场不接受。谭波就去请教白堃元。白堃元想了想说："茶叶价格还是要由市场来定，但物以稀为贵的道理，你一定懂得。黄茶价格应该比绿茶高！"后来，众人商议半天，拟定8800元！每斤？谭波心里还是直打鼓：这黄茶能卖那么高的价吗？要知道，旺苍绿茶才几百元一斤啊！"能！你就听我们的！"好！既然大家这么有把握、有信心，谭波信心满满地定了个每斤8800元。

谭波没有想到的是，旺苍县策划了一个大活动，邀请中茶所四代所长集中品尝旺苍黄茶，并对旺苍黄茶做了点评与推介。这一新闻，媒体做了广泛报道。于是乎，旺苍黄茶一下子名扬四海。

在这样的背景下，谭波的黄茶一推向市场，反响非常强烈，一时洛阳纸贵、供不应求。谭波这才从内心真正服了白堃元教授。他由衷地说，自己说上一万句，远不如专家说上一句。人家真正是金口玉言、一字千金啊！

说起旺苍茶业、说起自家茶园，谭波似乎有说不完的话。但后来，我渐渐听出来，谭波对两件事最上心，或者说最为得意。

一件是黄茶电商直播。谭波一直琢磨着搞黄茶销售的电商直播，想把黄茶卖得更好、更远。一开始，团队不太理解，老婆也表示反对。但谭波是个拿定主意不会改变、任是几头牛也拉不回的人，在一片质疑反对声中摆开电商直播，而且，自己出镜、言传身教，很快打开了局面。眼下，谭波电商直播团队已有20余人，在广元市区、绵阳市区、成都市区、旺苍县城等，设立了5个电商直营店。前店后仓搭配、线上线下融合，把黄茶生意做得风生水起、红红火火。公司年营收已逾5000万元，利润几百万元。

这还不算什么，最值得开心的是，谭波经常出镜推销。他能说会道、幽默开朗，赢得了一批粉丝。前不久，谭波去杭州开茶叶推介会。会议间隙，他与同事们一起去逛西湖。谁知走着走着，一位美女突然冲到他面前，拉着他的手，热情地问道："您是谭总吧？"看着眼前的美女，谭波一时反应不过来，身边的同事们也把嘴巴张得大大的。"您是？会不会认错人啦？"一向自诩新潮的谭波在新世纪潮女前，也有点疑惑。"不会啦！"那位美女胸有成竹地回答，"您是木门茶业的谭老板吧？我多次看过您的电商直播，真不错！我是您的粉丝呢！""啊，啊！"谭波这才反应过来，连忙与美女握手、合影。

谭波西湖之畔碰到美女粉丝的故事，由此传开，谭波不但不回避，而且津津乐道。"这，也算是人间一大趣事吧？呵呵，呵呵……"谭波跟我讲起这个故事时，也是笑着说的。

另一件事，意义可能更大些，涉及谭波和旺苍人的家国情怀。2022年7月24日，中国神舟十四号飞船上天后，宇航员在空中展示了旺苍木门亭子茶园的大照片，一下子惊艳了世界。据知情人透露，这张照片是旺苍县通过全国革命老区促进会的渠道入选的，被纳入中国航天事业对革命老区的反哺行动。对拍摄地，谭波还真的没有去细究。他欣喜的是，旺苍的茶业通过这样的形式，不仅走向了全球，而且走向了宇宙，说不定外星人也能看见我们旺苍的茶叶呢！一想到此，谭波有点小激动、小兴奋，创新灵感瞬间迸发出来。他专门开发了一款"太空茶旅"的中秋月饼。有人说他有点扯，谭波可不承认。扯？这有什么扯的？毕竟，茶园照片上了太空，用照片上的茶叶做成的月饼，不叫"太空茶"，还能叫什么？

从白埜元和何家纲那里，我再次听到了张全兴、谭波等人介绍过的情况，所有细节，合榫合铆。何家纲是管全县茶业的，也就是我们常说的宏观管理者。他告诉我，旺苍县的黄茶，从2010年开始试种，至2018年掀起高潮，当年全县种植黄茶5050亩，接近前5年总和。县委加大黄茶推广力度，提出"南黄北绿、宜黄则黄、宜绿则绿"的种植原则。之后，全县以每年1万亩以上的速度发展。截至目前，旺苍县已种黄茶51050亩，黄茶产量100吨，综合产值14.47亿元，带动茶农户均增收1万余元。最贵的黄茶每斤卖到18800元，论克计价，近似金银。何家纲认为，这是浙江广元东西协作中做得最成功的事之一。整个黄茶种植过程,都由中茶所指导,白堃元老师自然是来得最多的人。白老师亲自主持,在旺苍制定了黄茶质量标准,这是关于黄茶的第一个地方标准,国家有关部门评价极高。他们县上茶叶办公室也忙得够呛。要调研各乡镇土质、气候,为领导当好参谋。组织乡镇干部、有意愿种植黄茶的农户,到木门镇参观,现身说法。每当栽种季节,何家纲就与办公室3位同事分工,每天一大早起来,下乡巡查,到田间地头,抓落实、抓进度。有时坐公交车,有时骑摩托车,有时干脆步行。记得有一次,何家纲乘坐一辆破车下乡,路上不幸被撞。车窗玻璃破碎,司机受伤,他也被碎玻璃割破皮肤,留下疤痕。

功成不必在我,功成必定有我。这就是当下何家纲的态度。他一口口啜饮着黄茶,神情显得坦然而惬意。

癸卯阳春的某天,我走进杭州一座花园般的住宅区拜访白堃元老师,采访了整整一天。已过耄耋之年的白堃元,仍是那么开朗豁达。瘦小的身材中似乎蕴藏了无穷无尽的能量,能影响感染与他接触的人。他把调皮的孙子关进书房里,然后,如数家珍般向我介绍有关茶的历史、知识、品鉴,记忆犹新地回忆26年来广元人民对他的好,这种情感成为他几十年上百次赴广元的精神动力。闲聊中,也有早年的经历、趣事和险象,他笑称自己是杭广航线的白金卡会员,连飞机上的空姐都认识他。他时而风轻云淡,时而慷慨激越,表现出这位茶叶科学家的博学、睿智和这个年龄段老人少有的激情。他说,自己虽然体重不足百斤,但要让这近一百斤发光发热。只要广元人民需要,他义不容辞。说这话时,他镜片后的双目炯炯有神,让人心生敬意。

广元茶史绵远、茶树常青,似乎就是一部电视连续剧。

我在前面章节中,向读者介绍了广元绿茶、广元黄茶这两片叶子的发展历史及现状，现在，该让第三片叶子——白叶，也就是闻名遐迩的"白叶一号"隆重登场，精彩亮相啦！

说到"白叶一号"的背景，自然离不开安吉县黄杜村捐献茶苗的那些可敬的共产党员们，更离不开习近平总书记的关怀与垂爱。

我国著名报告文学作家何建明曾在其名作《那山那水》中详细描写过安吉白茶的历史渊源和当代复兴的故事，白茶主产地黄杜村是故事主角之一。渐渐富起来的黄杜村人，已不满足"一片叶子富一方百姓"，他们希望，一片叶子能富四面八方的百姓。

于是，才有了2018年4月，黄杜村20名农民党员给习近平总书记写信，提出捐赠1500万株白茶苗，帮助贫困地区脱贫。最终，有关部门根据自然环境和贫困状况，确定湖南省古丈县，四川省青川县，贵州省普安县、沿河县3省4县的34个建档立卡贫困村作为受捐对象。其中青川县选定沙洲镇青坪村、乔庄镇瓦砾村、关庄镇固井村。

相对于青川人传统种植的绿茶，白茶显得有点娇贵。土壤和小气候很重要，还有老百姓愿意种也很重要。一开始，青坪村有个别干部和村民还真的有顾虑，怕种不好、收不成，私底下有点嘟嘟囔囔。村党支部书记王永明一听就火了，立马召开村民大会。会上，他扯开嗓子讲了一番大道理。"黄杜村人路远迢迢地跑来支持我们，人家图啥子吗？不就是图个共同富裕嘛！你们这些人呀！"王永明这番话，并不完全是他的发明创造，有的话是县上领导说的，领导说得在理，王永明就现炒现卖，把它们拿来教育群众啦！

你还别说，这一"骂"，把有些人"骂"醒了。一社、五社、六社的干部群众纷纷表示愿意种，这样，思想就统一起来啦。然后，王永明因势利导，一鼓作气，组织村民上山整理土地，除草施肥，拣去砂石。

那年9月20日，黄杜村书记盛阿伟和茶专家"钱博士"亲自跑到青

坪村来考察，看到青坪村老百姓建设白茶园的热情，他们也深受感动。勘查一番后，认为青坪村海拔900米，除了有点偏高，其余还行。他们又把青坪村茶园土质拿到县上做了检测，也没有明显问题。于是，就把青坪村作为一个重点种植基地定了下来。

"一片叶子，富另一方百姓"的传奇故事由此开始续写新的篇章。

那是2018年10月29日清晨。这是王永明亲口描述的时间。才早上6点多呢，青坪村的天才蒙蒙亮。王永明带着村民聚集在村口，迎接来自安吉黄杜村的"白叶一号"茶苗。原青坪村175户、584人，除外出打工的、下不了床的，几乎全集中到村口，把一个不算大的村委会场地塞得满满当当。王永明特意在村口拉了两条大幅标语，红红的，颇为引人注目。他还临时组织了一个锣鼓队，锵锵锵，嘭嘭嘭，增添些热闹气氛。总之，王永明和青坪村村委，把农村里迎接贵客的所有礼仪、阵仗全用上啦！只嫌少、不嫌多。当然，参加迎接"白叶一号"茶苗的，还有市县镇和相关部门领导。林强带着浙江帮扶工作队员，也全来了，有百来号人。那场面够大够壮观，领导上需要这样的大场面，王永明又何乐而不为呢？再说，总书记都在关心这个"白叶一号"呢！说不定，他此刻正站在中南海，惦记着咱青坪村呢。而浙江安吉黄杜村人跨越千山万水，把那么好的茶苗送到高山僻壤来，成不成且不说，仅凭这份情义，就够感激一辈子的啦！

那天早上，自然很忙，非常忙。就在村口，就在拉来"白叶一号"茶苗的冷藏车旁，搞了个简朴的捐赠仪式。市委书记、县委书记，还有黄杜村代表，都讲了话，把大家说得热血沸腾。当时，村民的感觉是，把"白叶一号"种下去，一张张人民币就会从这些地里噌噌噌冒出来，钻进人们腰包，把大伙儿的腰包鼓得满满的。

那就赶紧种吧。专家们说，这个时间段已稍嫌迟了些。青坪村属于高山区，海拔千米上下，此时已有点寒意。人们实在等不及了，希望早点把"白叶一号"种下去。

第一块茶园被叫作"白叶一号"一号基地。种的时候，是大呼隆种的，就像当年生产队种田一般。领导、干部、专家、茶农，有百余人。还有看热闹的老百姓，都摩拳擦掌、跃跃欲试。参加插种的市委领导还半真半假地跟王永明开着玩笑："我们来种，只是为了表示我们积极支持，给青坪村造造势。但我们不是专家，对种茶不内行，你王永明可要留心。明天，该整的再整一整，该重新种的，就再种一遍。"王永明觉得这位市领导蛮实在，心下有点感动。当然，口头上不好这么表达，只是说："不会的，不会的，领导尽管放心，我们会处理好的。"

说来也真奇怪，让王永明没有想到的是，这位领导种的白茶苗大部分居然成活了，倒是有的乡镇干部和部分村民种的白茶苗不符合要求。第二天，在安吉县派来的"钱博士"指导下，做了些返工，好歹把安吉黄杜村赠送的第一批白茶苗全部种下，种植进度比本县乔庄镇瓦砾村、关庄镇固井村稍快些，王永明这才稍稍松了口气。

对第一天种植"白叶一号"茶苗，青坪村妇联主任强锡香有着清晰记忆。那天，天下着雨，有点冷飕飕的。参加种茶的领导和村民，都穿着雨披雨靴，远远望去，像杀一片花花绿绿的彩色海洋。大家脸上多多少少被画上了一道道泥巴痕，有点淡妆样子。众人你看看我、我看看你，彼此禁不住哈哈大笑。还有一些老人小孩，则围着茶苗园来来回回地转悠玩耍，那热闹情景仿佛过年。

一天下来，战绩不错。王永明盘点了一下，共种了214亩。远远一看，样子不错。青坪村试种"白叶一号"的消息，上了央视《新闻联播》。王永明虽然仅是川北偏远山区的一位村党支部书记，但他深知，青坪村试种"白茶一号"不仅是增加个新产品，更是一桩严肃的政治任务，所以丝毫不敢大意。镇里为此专门成立了下属产业党委，抽调9人组成工作专班。镇委书记是位泼辣能干的女干部，上班前到青坪村"白叶一号"茶园转一圈；下班后，再到"白叶一号"茶园转一圈。还有县委书记、县分管领导，隔三岔五到茶园察看。按照王永明的说法，当时大家的心情，恨不得睡在茶园边上，看着茶树苗。如果揠苗真能助长，大家肯定会那样去做。

当然，这一切都是形容和描绘人们那种热切、迫切的心理状态。茶苗作为一种植物，有其生长规律，包括困难和曲折。

大概种了一个月，完成了600亩。属于高山区的青坪村，气温明显转冷。在现场指导的安吉县"钱博士"明确告诉王永明，这种气温条件已不适合种植茶苗，即使勉强种下去，不是死就是枯。青坪村民也都这么认为。虽然村民们对种白茶是大姑娘上轿第一回，但是，对绿茶，这里的村民却是精通无比。王永明想想也有道理，就与黄杜村盛阿伟书记商量，暂停种植。

等到第二年3月，青坪村再次启动种植"白叶一号"，才把1026亩分成4个片区，全部种植完毕。

种完，该松口气了吧？王永明和青坪村村民都这样想。谁知，真用得上一句老话：天有不测风云。2019年的老天，似乎有意要考验考验青坪人，不，是青川人对"白叶一号"的情意和忠诚度，故意设置了一段长达3个月的干旱期。从4月开始，太阳一大早就高高地悬挂在青坪山上，一直到薄暮才跌入山中。第二天"涛声依旧"。

两三个月下来，原本就少雨缺水的青坪村，仿佛变成了一个干瘪老人。山上原先郁郁葱葱的柏树枝叶都出现了枯萎卷曲现象，更何况种植在高山斜坡、幼小羸弱、娇声嗲气的"白叶一号"呀！看着被干旱困扰的"白叶一号"，王永明和村民们心急如焚。早期，组织村民到山塘水库担水，一亩一亩地浇，一垄一垄地救。但后来，干旱面越来越大，干旱程度越来越严重，村民们手提肩挑真的成了杯水车薪。大家恨不得站在茶园，用自己的汗水、眼泪给"白叶一号"茶苗输液。王永明将这个情况报告到镇上，镇里自然也着急。镇里着急却有镇里的办法，镇领导马上调集平时用于城镇清洁卫生的洒水车到青坪村，还向县交通运输局和木鱼镇求援，紧急借调储罐车，运水保苗。

那段时间，王永明形容简直像打仗一样，强锡香则描述得更为具体。高温大旱天气，给茶苗浇水，大有讲究。只能利用一早一晚、天气稍显凉快时才行。因而，村民们需一大早，也就是凌晨三四点钟吧，起床，吃好早饭，打着手电筒上山，找到茶垄间的水管，一根根连接上。这样，等运水车一到，就可顺利浇水。晚上浇完水，大多要到深夜十一二点。真是戴着星星出门，顶着月亮回家，别提多辛苦啦！全村劳动力轮班作业，王永明和强锡香的主要任务是给村民们排班。

谢天谢地，真是谢天谢地。经过两三个月抗旱，青坪村把90%以上的"白叶一号"茶苗给保护下来，使其没有因干旱而夭折。第二年再补种，算是把全村白茶园种齐。王永明和村民们像打了一场胜仗，外地来参观考察的领导也啧啧称赞。

没有预料到的是，领导们的赞扬声渐渐少啦。为啥子？因为，有的领导来的次数一多，就发现前次看过的茶苗，现在再来看，基本上没有长高多少。这茶苗怎么不长个儿呀？像一心盼望着娃儿发育成长一般的强锡香，早就把"白叶一号"当作了自己的娃。现在这些娃儿总是不见长个，他们就忧心忡忡，总会跟王永明唠叨这事。村里老百姓也开始议论开来："咱青坪村也许压根儿就不适合种白茶吧？现在可好，种了那么长时间，还是细细小小的一根。"浙江和四川省领导不辞辛苦跑到青坪村考察，见到白茶苗还这样子，便不提大小，只是说："白茶苗在青坪

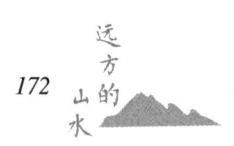

活下来啦，不容易，不容易。"王永明能看出来，领导脸色不是那么高兴。王永明真心觉得有点对不起两省领导。

其实，王永明老早就看到了这个现象，也听到村民的议论，一天到晚在琢磨呢！

经过一段时间，王永明还是没有琢磨明白这是为啥子。他跑到青川县另外两个种白茶的村一看，茶苗生长状况大同小异。看来，种养"白叶一号"真是一门技术，不是两三天就可以学会的。他一个电话打给安吉县，请"高人"过来把脉诊治。

王永明邀请的这位"高人"，就是青川县茶农口中的"钱博士"。

"钱博士"姓钱，这是真的，但他其实并不是真正学历上的博士。我查看了有关新闻报道，才彻底解开了整个谜团。

"钱博士"真名叫钱义荣，是安吉县溪龙乡农业农村办公室主任科员。他中等身材，偏瘦，一头乱蓬蓬的灰白发，戴着一副旧式眼镜，典型的农业专家模样。他很早就读于嘉兴农校，中专生。学校毕业，被分到安吉县溪龙乡农办当技术员，初始时，指导农民种水稻小麦。后来，茶叶成为安吉县主打产品，钱义荣自然而然地转到茶叶上。从那时算起，钱义荣几十年一贯制，整天与茶叶打交道。有一年，安吉茶园发生大面积灾害，茶叶无人问津。钱义荣经观察研究后，得出病因是过度使用农药化肥。他的判断与后来中茶所专家们得出的结论完全一致。此后，安吉县茶农就把钱义荣称作"茶博士"。大概是1997年、1998年吧，安吉县开始大面积推广白茶，据说效益比绿茶高许多。但当地老百姓习惯于绿茶，推广白茶有难度、有阻力。县上号召乡镇干部和科技人员带头试种，钱义荣就把自己当成试验品，种起白茶。但凡号召老百姓种的白茶品种，这位"茶博士"必定先在自己的茶园里种上几年，等到成熟时，再推介给老百姓。因而，安吉县的茶农对钱义荣非常信任。

在安吉白茶走向全国的同时,"茶博士"钱义荣也走向了全国,尤其是青川县。从最初选定茶园地址,到栽苗、管护、炒制,还有茶农们提出的许许多多具体问题,钱义荣有问必答,进行现场指导,手把手示范。他既是老师,又像技术员,钱义荣的博学多识赢得青川县茶农的信赖,开始有人亲切地称呼钱义荣为"钱博士"。不久,这个称呼不胫而走,竟成为钱义荣的代称。

"钱博士"和青川县茶叶办公室主任张迅一到青坪村,就一头扎进"白叶一号"茶园。他俩一块块踏看、一株株观察。到底是"茶博士",没多长时间,钱义荣就得出结论:"白叶一号"在青川地区生长缓慢,问题出在土壤上!钱义荣认为,青坪村土地比较贫瘠,有的地方寸草不长,一些村民在向阳山坡上种植油菜,那油菜秆秆长得矮小瘦弱,像杀缺少营养的娃儿。白茶苗也是同样道理。土层薄,白茶树根下不去扎不深。所谓根深才能叶茂嘛,根系不发达,势必影响茶苗枝叶的发育生长。再加上青川县常年雨水量很少,一些白茶园水土保持工作又不到位,因而白茶苗生长特别缓慢。

"怎么办,'钱博士'?"王永明非常真诚又满怀希望地请教。

"改土!""钱博士"言简意赅,说出两个字的处方。

"改土?改……什么……土?"王永明和村民们都有点不解。

"钱博士"面对着青坪村民展开了宣传。要真正把白茶种好,一定要改变青坪村现在这种板结的土质。把白茶园的土壤弄得肥肥的,最好用羊粪、鸡粪、猪粪作基肥。同时,结合做好水土保持,一遍不行,两遍;两遍不行,三遍。总之,必须达到白茶生长的环境条件。

青坪人还真行!在王永明带领和组织下,青坪村展开了一场改土保水的硬仗,从外地拉来适宜白茶苗的土壤,平均铺上四五十厘米,再把本村及外村的鸡粪、猪粪、羊粪呀,全部填埋下去,差不多把这1000多亩白茶园重新翻了个儿。王永明笑着说:"这就叫重整山河!"他们在新建的白茶基地探索运用"造好地、改好土、开好沟、取好水、栽好苗"等五项关键技术,在日常茶园管护中抓住"重改土、促开沟、强采摘、精修剪、勤施肥、控杂草、防病虫"七个重要环节。这么一来,白茶苗真的长得很快,茶苗高度、冠幅宽度、叶片光泽度等指标良好。

等我前往青川县采访,青坪村和白茶园已进入癸卯阳春时节。

我站在青坪村"浙川共建白叶一号茶叶产业基地"上,放眼远眺,只见白龙湖畔,群山苍翠,逶迤连绵。白云覆盖住部分山身,或隐或现,群山犹似腾飞之龙。视线收近,具有青坪村特点的白茶园扑入观者眼帘。因地理山势所限,这里的白茶园不是一望无际的那种茶海,而是散落在山坳坡地之间,或大或小,或高或低,形成高低起伏、错落有致的独特景色。春阳下,眼前的白茶树已高达六七十厘米,簇新的嫩芽,充满生命的碧玉色,伸向阳光,犹似幼儿稚嫩的小手,伸向母亲怀抱。有十几位中老年妇女正穿行在茶蓬中,或熟练或笨拙地采摘着。还有几位返回山顶午餐,同时把上午采摘的鲜叶卖给专业社。而代表专业社收购的,正是王永明几次提及的那位强锡香。她手眼并用,娴熟地检查着刚采下来的鲜叶,一边与大妈们谈论着采摘价格。

一位大妈让强锡香给她过秤。她说自己今年68岁,早上9点开始采摘,到现在摘了1斤1两多,可赚四五十元。

还有一位中年妇女,似乎手脚比较快。早上10点开摘。强锡香给她过秤,1斤4两,她能拿到60多元。看上去,满脸都是笑容。

一打听才知道,这些妇女都是沙州镇上的居民,且都是外地水库移民,没有土地,平时也没有什么活。她们知道青坪村需要采茶工,就每天早出晚归,赚点油盐酱醋钱。活不重,又有伴,整天说说笑笑、嘻嘻哈哈，巴适得很哟（四川话：很好很舒服）。

看着眼前的白茶园和人们，王永明显得十分开心和满意。他一边与围上来的村民打着招呼，一边继续着他的介绍。"这是青坪村三号基地，共700多亩。过去是长得最好的一块，是我们青坪村的脸面。现在不是啦。五个基地里，一号和五号基地长得比这里还好着嘞。改土后，白茶苗生长旺盛，政府大力宣传，村民也看到了希望。2021年种了100多亩，去年第一次试采，4000多斤鲜叶，干炒后，得到900多斤茶叶，卖了200多万元。村民一看，这家伙还真值钱，所以又扩种了128亩，现在青坪村已有白茶园1354亩。还专门成立了白茶专业合作社，负责具体操作和经营。今年，白茶园已成熟，全面开采。县里决定，下周三要在青坪村召开'白叶一号'开采仪式。到时候，欢迎陈老师来参加！"

"那是必须的。"我连忙表态。

"白茶不仅是种和卖，还有管和护的问题，而管和护，也给村民带来实实在在的收入。"此时的王永明俨然是一位茶叶行家，"自打青坪村种上千亩以上白茶后，全村人基本上围着白茶转、盯着白茶收。每年需要9个月管护期，管护人员80多名，管护费用120万元。1300多亩土地流转到村集体白茶园，涉及4个村民小组、150多户农民，流转费用40万元，采摘劳务费16万元。陈老师，你算一算，青坪村1041人，人均得到多少钱呀？1609元。这还不包括卖白茶的钱。而且，白茶数量一年比一年增加，这'白叶一号'，不就是青坪村的致富茶、农民的摇钱树嘛！"

接着，王永明话题一转："当然，现在这些钱都由浙江协作资金扶持。白茶刚刚开始大规模采摘，农民们刚刚掌握技术，大家希望浙江方面再扶持一年，那样，村民们心里更踏实些。不是有句话，叫作'扶上马、送一程'吗？"说到这里，王永明朝我笑一笑，他那双不大的眼睛里闪烁着农民式的聪慧。

这件事，后来我在来自西湖区的青川挂职常委何立剑那里得到证实，3年时间，西湖区拿出4500万元用于青川"白叶一号"的培育和管理，期望形成青川的白茶产业。

"对了，对了！差一点忘记告诉陈老师一件新鲜事啰！"王永明恨不得把有关"白叶一号"的事统统告诉我。

"啥子事？"我学着四川话，跟王永明开个玩笑。

见我说着南腔北调，见多识广的王永明咧嘴一笑，说："青坪村'白叶一号'用上了最新的数字管理技术。来，来，我带着陈老师去现场看看。"

"要得，要得！"我自然乐意前往。

一垄垄、一蓬蓬"白叶一号"犹如绿色碧玉镶嵌在白云缠绕的山腰上，新鲜的嫩叶吐露出清新的馨香。随着王永明手指处，我才蓦然发现白茶园里的"新式武器"：一根根黑色皮管、银色水管、彩色电线管爬满了白茶园，一眼看去，恍若人们身上那些凸显的血脉。不用说，这是自动化喷淋设施和检测设备，专为"白叶一号"量身定制。更稀奇的是，每隔一段距离，在较为显眼的茶园中心点，竖立着一个个类似电信发射基站般的设备。王永明略显自豪地告诉我，这是数字化监测设备，专门用来收集茶园各种信息。这是新一轮浙江广元东西协作的新事物。有了这套设备，茶农不用出门，就可以了解茶园的各种情况和数据。

"那能知道些什么呢？"我一下子被勾起了好奇心。

"在这里说不清楚，到我们村委会的控制屏上去看吧！那里历历在目、一清二楚。"

果然，当我站在青坪村"西湖-青川东西部协作茶叶溯源指挥中心"前，真是既惊讶又新奇。它完全颠覆了人们对传统茶叶和农业原有的认知。那块运用5G技术的大显示屏正在工作中。气象检测设备显示，此刻，茶园空气相对湿度31%，雨量为零，大气气压901毫帕，风速每秒2米；氮磷钾检测设备告诉人们，氮含量65mg/kg，磷含量62mg/kg，钾含量64mg/kg；土壤检测设备显示，10厘米为第一层表土层，土壤湿度27度，第二层是10厘米至30厘米土层，土壤湿度为零，三层，四层，五层……大屏边框部分的内容更是令人叫绝。青川智慧大脑给网格员李国锋推送一条"农事任务"指令，内容是：氮元素含量已低于50mg/kg，可进行补充氮肥化肥，包括碳酸氢铵、尿素、硝铵、氨水、氯化铵、硫酸铵等。处理时间段，2023年5月16日至18日。大屏还有反馈：种植户齐树均已接受农事任务，进入处理中。茶园检测监控正在捕捉齐树均完成农事任务的画面。农事任务内容是，空气湿度已高于90%，明天铺设杂草……

乖乖！这还是种茶种田吗？这是学生在实验室做化学实验，或者是在数学课堂上回答老师的提问。有这样详细具体、限时限量的指导，即使是一个农事新手，也完全可以变成半个专家。

"简直太厉害啦！"我不由得赞叹若干声。此时的王永明眯着他那双不大的眼睛，笑眯眯地点着头，并向我解释这就是何立剑常委带人搞的"青川茶智管控系统"，用5G、互联网、传感器等，将青坪村白茶生长环境和管控情况即时反映出来，浙江的茶叶专家在当地办公室里也能看到这些画面，可以遥控指挥呢！

距离王永明所说的"白叶一号"采摘仪式还有几天，我就转到另一个白茶种植点关庄镇固井村采访。

说来也巧，在这里碰上了安吉来的"钱博士"。他正在指导固井村村民采摘和炒制。

这是我第一次直接面对"钱博士"。一眼看去，这位被安吉县和青川县茶农视为高人的"钱博士"，倒是十分朴实随和。中等个儿，生得瘦削，头发灰白，说话耐心仔细、轻声细语，像个诲人不倦的老师。

已记不清楚，钱义荣这是第几次到青川。在后来的采访中，钱义荣告诉我，他一年四季在安吉—青川之间，来回奔波。说话间，他掏出手机，翻看着航班记录：2018年5月27日到青川，29日返杭；6月6日到青川，10日返杭；2019年3月5日到青川，8日返杭；4月10日到青川，13日返杭……2020年3月25日到青川，30日返杭……2021年1月6日到青川，8日返杭……2022年3月6日到青川，9日返杭……2023年3月27日到青川，准备后天返杭……4年多时间里，"钱博士"往返青川几十次，成了"空中飞人"。

在采访中，钱义荣深有感触地告诉我，一个人最重要的是要有情怀，有使命责任。他小时候家里比较穷，曾得到过别人帮助。彼时，他就下定决心，长大后有能力时，也一定要帮助别人。现在，他受安吉县派遣，能为青川人做这些事，看着"白叶一号"在青川落地、成长、采摘、丰收，转化为农民收入，他觉得很有成就感。青川县领导很重视，他在这边办了多期培训班，把安吉种白茶的经验和办法传授给青川人，同时，他也从青川人身上学到许多东西。青川县自然环境不是很好，本来并不是种植"白叶一号"的理想之地，但经过他们努力，能种成现在这个规模和品质，已属奇迹。2018年，青川县3镇3村栽种"白叶一号"1517亩，除青坪村1026亩外，还在乔庄镇瓦砾村种了203亩，关庄镇固井村种了288亩。2019年，青坪村又种了200亩。2020年，全县种植"白叶一号"3500亩。2021年，在木鱼镇红旗社区，投入东西部协作资金600万元，建成一个101亩的高标准示范园。2022年，青川又扩种1757亩。当下，"白叶一号"已扩展至全县5个乡镇6个村，白茶园总面积达到7075亩。钱义荣预估，这些白茶园全面达产后，综合产值将达到4.1亿元，几万农户将增收。他被青川人这种感恩奋进的精神所感动，觉得自己力所能及做的这些事，简直不值一提。

提不提,当地人心中有数。所谓百姓心中有杆秤嘛。在青川县及广元市茶业发展中,相信老百姓必定会记住两个人的名字:白堃元和钱义荣。

眼前的钱义荣,忙着指点固井村村民采摘第二茬"白叶一号"。看得出,他的双眼布满了细细的血丝,似乎在说明他的熬夜与早起。

李怀玉,一位40多岁的农妇,正在自家白茶园里采摘。她的11亩白茶,是固井村第一波种的,去年试采了4斤,卖了300多元。茶园在向阳山坡上。也许是向阳花木易为春吧?今年,她的茶园长得还不错,已采摘了几天,得了4斤鲜叶子。卖给村里茶叶公司,每斤110元。她估计还能采个几天,今年大概会有1000元收入。李怀玉是脱贫户,公公婆婆身体不好,孩子上大学,亟须用钱。她老公外出打工,这采茶务农的活儿就落在她肩上。

钱义荣走近李怀玉,教她正确的采摘手势,尽可能把嫩芽摘好。李怀玉满怀感激地点着头。

在山坡另一端,有一对老年夫妻正在采摘。"钱博士"走上前去,询问情况。一问,男的叫赵仕金,女的叫徐胜英,夫妻俩同年,75岁,身子骨都硬朗得很。徐胜英开朗外向,一边采茶,一边说说笑笑。

他们家茶园也是第一波种植的,8亩多,去年试采了3斤多鲜叶。后来,村里采取"返租"管理,老两口就把这8亩多茶园承包了下来。今年可采摘10多斤,卖上千把块钱,可以补贴家用。儿子在外打工,孙子孙女在县上读高中,需要用钱呢。

"钱博士"啧啧称赞着,然后,指着眼前茶树与豌豆套种的山坡,告诉两位老人,除草不能太多,只要草高不超过茶树,影响就不大。现在提倡茶豆套种,能让茶园土质变得更肥沃。老两口不住点着头,说:"是嘞,是嘞,我们听浙江专家们也是这么讲的嘞!"他们不知道,眼前这位瘦瘦的中年人,正是他们所指的茶叶专家。

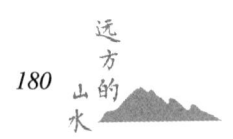

我顺便问了一句:"老大姐,村里像你们这样白茶收入的家庭多吗?"

徐胜英把头摇得像拨浪鼓一般:"我们家不算多,不算多。固井村要说多的话,要数李得兵。他家返租了15亩白茶园,光管护费就得了1万多元。听说,他家去年采了60多斤鲜叶。今年据他自己说,可能会有百来斤鲜叶,那就是万把元钱呢!他还在村里开了个小卖部,钱多得都用不完呢!哈哈哈……"徐胜英开朗地大笑起来,高分贝的笑声在山坡上回响。

只见赵仕金皱一皱眉头,朝老太太瞥了一眼:"你说人家的事做啥子嘛!"

"没有关系,没有关系。我们也就听听而已!""钱博士"边说边走出茶园。

不一会儿,"钱博士"站到关庄镇一家茶叶加工厂的炒茶机旁,给茶厂职工讲解炒制白茶的技术要点。

这家企业叫袁氏家庭茶场,开办于2017年,属于青川县茶企中的龙头企业。老板叫袁平,一位四十六七岁的中年人。

"炒制的关键,是要掌握火候和湿度。不寒不温不火不湿,是最好的状态,炒制出来的新茶就会是清澈鲜亮的绿色。鲜叶是带寒的,如果火候不到,杀青不透,就又湿又寒。人喝了那样的新茶,会胀肚子,还会上火呢!""钱博士"耐心地讲解着,仿如一位循循善诱的中学老师在给学生们讲课。

袁平和员工们在边上仰着头,听得十分认真,也很入迷。

"我们也试着炒了好多锅,但总是达不到您讲的那种状态。"袁平实事求是地承认。

"炒茶是个技术活,还要凭实践经验。""钱博士"一边说,一边穿上工作服,准备现身说法,"我来炒一锅试试。"说毕,他戴上口罩,叫人把厂门关上。他说："炒制时有风吹，就炒不好。"

只见"钱博士"熟练地开动机器，制茶机开始运转。他设置好温度，目光盯着温度指示仪。待温度到达设置区时，他将手掌或手背放在机器上摩挲，似在感受实际温度。之后，他说："温度差不多了，可以下叶。"说完，他拿起簸箕，将鲜叶均匀地撒进机器凹槽，再用手从鲜叶较多处匀出一些来，增添到相对较少的凹槽处，使之均衡。他一边操作，一边指点一直跟随在身边的袁平："这时温度比较高，速度不能太快，只要能将茶叶翻得过来就行。整个凹槽面，温度有高有低，鲜叶就要相应铺开，使之对应起来。然后，再调整速度，让速度与不同阶段的湿度相匹配。这样，炒制出来的茶形就会显得紧身、漂亮。"

环节，一个接着一个。此时的"钱博士"专心致志，完全沉浸在炒制氛围里，似乎忘记了周边的一切。

渐渐地，茶香开始漫出茶锅，向四下飘散开来。即使是对茶完全外行的人，也能感受到这种现场炒制的魅力。

袁平和他的员工们在边上频频点头，眼神里是满满的钦佩之情。

几分钟后，一锅新茶炒就。"钱博士"不失时机地诱惑大家："这时的新茶，是最好喝的，大家抓紧品尝吧！"

真的，"钱博士"炒的"白叶一号"新茶，真好喝。那天，茶香漫满整个车间。每个品尝过的人，都觉得唇齿留香。许多天过去，仍觉得嘴巴里甜滋滋、香喷喷的呢！

期待中的白茶采摘节仪式，终于在青坪村启幕。

2023年3月29日上午，"白叶一号"战略合作暨2023年青川白茶采摘节启动仪式有个醒目的会标"一片叶子感党恩，四省六县话振兴"。

会场设在青坪村5号白茶基地边，那里有一块顺着山坡延伸出来的平地。

春阳升起在东边的山梁上，暖洋洋的阳光洒向种植在山坡上的白茶园，涂抹在"白叶一号"嫩芽上，整个白茶基地恍若覆盖上一层金色薄膜。山谷吹来的春风，轻柔而温馨，曼妙地拂过白茶园，顶部那些青黄色新芽微微摇曳，似在等待人们采摘。于是，春风带着新茶清香，波浪般漫向与会者的脸庞，之后进入鼻腔，沁人心脾。

距会场约百米的茶园边，6盏红灯笼高高悬挂起6幅标语，宣示着仪式主题和与会者的心情：

"吃水不忘挖井人，致富不忘党的恩！"

"浙川帮扶千里情，东西协作一家亲！"

"拥抱青秀之川，畅游熊猫家园！"

"一片叶子感党恩，携手同心话振兴！"

……

无人机在蓝天上飞翔，把会场全貌录入视频。

沙州镇小20多名四年级学生，站在茶园边，以童稚之音朗诵《白茶赋》。两位茶艺师用长嘴茶壶表演传统绝技"双龙戏珠"。稍远处，传来悠扬的古筝演奏《渔舟唱晚》。山坡上、茶园边、会场外，有不少自发赶来的老百姓，或站或蹲或席地而坐，露出笑脸，相互击掌，形成独特的会场景观。

参加仪式的有四川、贵州、湖南、甘肃、浙江有关市县领导、茶艺专家。

仪式简短而精彩。

山谷间，回荡着青川县领导报出的一串串数据：安吉县向青川县捐赠白茶苗1220万株，种植7075万亩。今年，青坪村可采摘鲜茶1.8万斤，价值将达到1500万元。再过5至6年，青川全县"白叶一号"将进入丰产期，预计可炒制干茶20万斤，综合产值4.12亿元以上。浙江亲人捐赠的"白茶一号"，已成为青川人民的感恩茶、脱贫茶、致富茶、振兴茶……

开采啦！开采啦！一拨拨采茶姑娘身着蓝底白点的采茶服，簇拥着来宾走向太阳，走进充满着馨香与希望的茶园内……

在即将结束本章文字时，我特意把广元市给我提供的茶叶产业数据抄录如下：

1994年，广元市茶叶产量465吨。

2022年，广元市茶园面积50万亩，产量1.68万吨，实现综合产值70亿元，为当地农民提供人均年收入超5000元。种植基地初具规模，分布在旺苍、青川。主要品种为龙井43、福鼎大白茶、福选9号、名山131等15个品种。茶产业现代园区10个。茶叶产业加工链条完善，茶叶龙头企业50余家，农民合作社230余家，家庭农场200余个。品牌建设成效显著，"米仓山茶""七佛贡茶"获中国驰名商标。产业融合效益明显，"茶业+""+茶业"融合发展，促进茶文、茶旅、茶养产业。

看着这些数据，进行今昔对比，许多想法油然而生，试写《广元新茶赋》一阕以抒怀。

秦巴门户，名列故郡；蜀道险地，史称葭萌。群峦连绵兮巍巍，嘉木遍野兮青青。闻大佛点化而具仙姿，传汉皇御享而誉贡茗。百姓采撷于万山兮，聊以生存；农艺赓续至百代兮，鲜有更新。广种薄收兮，年复一年，难助温饱兮，人又一人。

岁逢丙子，时序暮春。浙广携手，帮扶脱贫。民生优选，葭业先行。前有白教授之拓荒，后接钱博士之传薪。学神农兮品百草，仿陆

羽兮著《茶经》。开大班而授业，攀茶山而问诊。师者教而诲之，茶农学而践行。重整旧园兮，古茒新生；植入数智兮，天路可登。东引龙井兮，骅骝驰骋；西植黄茶兮，佳人倾心。犹记粲粲丁酉之秋、欣欣青坪之村。"白叶一号"翩翩迁徙，幼苗万棵脉脉含情。承日月之光华，融山川之神韵。两年分枝散叶，五载拔节成林。至此，山乡巨变兮，茶圃万顷；品类齐全兮，色彩三分。

癸卯春日，采摘时辰。葱郁茶苑展迎客之容，逶迤山峦现腾飞之形。碧芽共春光一色，茶女与东君和鸣。采春梢兮思亲人，品香茗兮感党恩。山歌亮且脆兮，回旋于九霄之云；茶味清而香兮，弥漫于千峰之顶。

观鲜茗于杯盏之内，犹靓女之舞，妖妖娆娆、娉娉婷婷；啜琼浆于口舌之间，如阳春之气，香香甜甜、氤氤氲氲。绿茗似碧玉，呈苍山之淡定；黄茶近金兰，释闺阁之温润；白叶若春花，沐幽谷之芳馨。

川北茶业，兹得神韵；广元百姓，赖其脱颖。天下茶事，于斯为盛；世间游客，借此作景。

嗟乎！东方之神叶，乃天时地利人和之结晶；广元之茶魂，谓东协西作民创之精神。固知天地人协和，茶业始成；东中西共富，华夏必兴！

第四章
东南的凤凰向川北飞来

跨凤西来得好山,千年人与凤俱还。

——陈造

东西部协作是个历史进程，也是"输血"与"造血"互补、递进的过程。无论是东部人还是西部人，对其认知也有一个深化过程。贫有千样、困有万种，多样化的贫困状况需要多样化的帮扶途径。从普通的扶贫济困，到引进单个项目，再转向推行工业产业园、农业产业园、文旅产业园；从有形物质的输送，到理念、思想、管理方法的交流与融合，东西部协作从量和质诸方面都在逐步提高。事实证明，东西部产业存在很强的互补性，具备巨大发展潜能。按照"浙江所能""广元所需"原则，双方共同引进、共同建设、共同培育各种"园"，正是东部凤凰来川北栖居的有效途径。这样做，不仅增加了西部地区的经济总量，而且在当地经济发展中能起到引领与示范作用。这，是东西部协作中的一篇大文章。

——采访札记

当苍溪县罐头厂下岗工人庞博一脚跨进娃哈哈广元分公司大门时，他感觉恍若梦境。

一个月前，庞博所在的苍溪县罐头厂因经营不善、资不抵债，一大批工人被迫下岗转行或待业。

这是真的吗？

真的，是真的。庞博这一脚，不仅揭开了他个人生活与成长新的一页，而且成为浙江广元协作中具有极强标识度的瞬间。

那是1997年冬天，距新年还有3天。时年26岁的庞博，顺利通过层层面试，终于拿到了娃哈哈广元分公司录用通知书。庞博一下子蹦起来，转身从屋里拿出原本为过年准备的炮仗，提前燃放起来。噌噌噌，庞博的心随着炮仗飞上了天。

当然，彼时的庞博只是一名稍有维修技术的青工，对于这个将会工作奉献一辈子的企业，所知极其有限。他只知道，娃哈哈公司生产纯净水，是当地政府招商引进来的，自动化程度比较高，员工收入比较高。

后来，庞博从公司领导、杭州娃哈哈集团派遣的管理人员，还有各种媒体报道中，才渐渐了解娃哈哈公司落地广元开发区的全过程，甚至包括一些细节。

娃哈哈公司落地广元的缘起，还得追溯到浙江省委老书记李泽民。那一年，时任苍溪县委书记李文元、县长莫异矩到杭州拜访苍溪籍的李泽民。寒暄之后，他俩试探着向李泽民提出：能不能请浙江一些有名的企业，像娃哈哈、青春宝等，到苍溪办厂，带动苍溪当地企业发展？李泽民很支持，让秘书给娃哈哈公司的宗庆后、杭州中药二厂的冯根生等人打电话，询问他们：有无意愿到苍溪或广元去试一试？宗庆后见李泽民那么重视，也就把到苍溪办厂一事放在心上。

1997年5月，浙江省组织了一批著名企业考察广元，宗庆后派出集团总经理助理施穗民随团考察。施穗民抵达广元后，先后考察了苍溪和旺苍等地的食品厂、罐头厂、矿泉水厂。他原本设想利用苍溪罐头厂等现有设备和当地农副产品资源，彼此合作，进行深加工，提高其附加值。这也是宗庆后最初的思路。但一圈考察下来，施穗民发现，苍溪县的地理位置实在太偏了，再加上彼时难堪的公路状况，根本不具备娃哈哈产品运输销售的条件。于是，他转而倾向于单独在广元市区开办新厂。返回杭州后，施穗民向宗庆后汇报了自己的思路和方案，得到宗庆后认可，遂决定在广元市利州区建设娃哈哈广元分公司。这一方案，自然很快得到广元市领导的支持。

眼看已经煮熟的鸭子，一眨眼，却扑棱棱飞到了别人的盘子里。这可把苍溪县领导急坏了。明明说好要在苍溪县办厂的，怎么变成了在市区？这不行，这不行，坚决不行！苍溪县不干了。

你来我往、唇枪舌剑。一方好说歹说，一方坚定不移，彼此僵持了好长一段时间，直到此事惊动了浙川两省最高领导。没办法，两地领导出面协调协商。"哎哟，你们别争了，娃哈哈不管办在苍溪，还是办在利州，不都是在广元嘛！市区有市区的优势，苍溪有苍溪的难处，彼此要设身处地地想想，最终还是要由企业自主。但苍溪的确不容易，市里要考虑苍溪的实际困难，争取各得其所！"

两省领导都发话了，还有什么可说的？再说，市里毕竟管着县里，苍溪县领导再犟，也得承认现实，只好接受了这个方案。不过，经过苍溪县领导不懈争取，最终方案还是兼顾了苍溪的利益：市县联手与娃哈哈合作办厂，苍溪县出资2000万元，作为娃哈哈广元分公司股东，每年享受分红。苍溪老书记李文元在采访中还透露了一个小秘密：苍溪县彼时穷得要命，哪里拿得出2000万元呀？后来实际上还是由娃哈哈集团垫资的。宗庆后这个人风格真是高呀！李文元不由得敬佩。

这就大好！利益兼顾、风险共担。

一旦决策已定，就立马大干快上。这是娃哈哈公司的风格，也是浙江民营企业制胜的一大绝招。

第一条生产线——纯净水生产线很快在一个叫雪峰的地方上马。庞博就在此时走进娃哈哈广元分公司，成为初创期的一员。朴实厚道、高个、生着一张方盘脸的庞博，在采访中回忆着。

彼时，建设任务十分艰巨、困难重重。宗庆后对厂房建设、设备安装进度要求很高，大家真是革命加拼命地干。装卸设备，没有必要的吊车、叉车，只能依靠人力，扛管道、移设备。虽说是大冬天，每个人却弄得大汗淋漓、灰头土脸。晚上，十多个人睡一张大通铺。给庞博留下深刻记忆的是，在那样一种紧张而高强度的劳动中，来自娃哈哈集团总部的总经理、办公室主任、车间主任，与庞博他们这些新工人一起搬运设备，一起冲洗马路。每天晚上加班加点，甚至比工人们下班更晚。有时，他们疲惫到浑身上下只有两只眼睛还亮着，但还是坚持与员工们一起卸下最后一车钢管。这些行动，让庞博等人深受感动。从他们身上，庞博看到了娃哈哈的企业精神和企业文化，也渐渐明白了苍溪罐头厂为什么会倒闭，而娃哈哈却越办越兴旺的奥秘。庞博感觉自己在与娃哈哈同步安装、同步成长。

一边建设安装，一边培训员工。庞博和另一名新工人小葛等被安排在同一小组。培训内容就是应知应会。告诉大家，娃哈哈分公司主要生产纯净水，怎么进行水处理，怎么制瓶、灌装，每道工序的流程及要求，新工人怎么掌握自动化流水线。庞博原先在苍溪县罐头厂做维修，那就继续做。小葛是新工人，学习电工。一个多月后，设备到厂，厂里组织大家安装，在安装中讲解知识、技能、要求。庞博清晰记得，那条流水线从国外进口，灌装设备是德国克朗斯品牌，日产2.4万箱矿泉水，早晚两班制，每班生产1.2万箱。这个量，在当时的庞博看来，简直是个天文数字。

经过两个多月安装、调试和培训，1998年4月，娃哈哈广元分公司正式投产，产品畅销西北地区。

我曾在广元市广播电视台资深记者王勇的引领下，到娃哈哈广元分公司第一处厂房踏看。这个原被称作雪峰的地方，现在叫利州区兴安路三段，已是一个相当繁华的路段。娃哈哈当年的厂房框架还在，高大宽敞，外面贴着条形瓷砖，是典型的二十世纪九十年代建筑，只是眼下已变成了两家汽车修配厂。走进去，我注意寻觅娃哈哈广元分公司留下的痕迹，很幸运地发现了一个用旧钢管、旧铁皮搭建的宣传栏，上面主要题写着当时的公司质量方针：管理作基础、科技促发展、满足顾客需求、提高企业效益。公司质量目标：产品一次交验，合格率98%，顾客满意率大于或等于90%。栏板上还残留着公司动态、公司通报等，从中可以一窥彼时娃哈哈广元分公司的企业文化，同时也给人一种今非昔比的沧桑感。

2002年，娃哈哈集团大手笔在广元经济开发区王家营购买160亩土地，建立起现代工业园区，把分散在雪峰、上西的分厂迁移并入，实现"三厂合一"，工人们称它为第一基地。由此告别了一条纯净水生产线的历史。

至2011年，娃哈哈广元分公司投资3000万元，新上一条八宝粥罐头食品线。厂部把纯净水车间主任庞博抽出来，参与筹建、安装和投产。6

月开始，9月完成，建成年产1亿罐、产值1.9亿元的八宝粥生产线，仅用了短短3个月。在采访中，庞博两次重复说了"短短3个月"。在庞博看来，八宝粥生产线的短时间建成，是娃哈哈效率最有力的佐证。

当然，例子不止一个。庞博知悉的另一件事是，2016年，广元经济开发区与娃哈哈集团积极对接，提出"食品饮料产业扩能计划"，打造3亿级食品饮料产业园。此计划被列入2017年四川省重点建设项目。娃哈哈集团再次展现大格局，投资10亿元，开工建设娃哈哈广元分公司第二生产基地。从洽谈签约，到施工建设，仅仅一年多时间，开发区与娃哈哈广元分公司联手创造了另一个"广元速度"。

眼下，娃哈哈广元分公司已形成纯净水、热灌装、乳饮料、利乐包、罐头食品等13条生产线，可生产五大类、50多个品种产品，成为娃哈哈集团在全国产品种类最多的生产基地。第一基地和第二基地相加，占地389亩，全厂工人460人，年销售额10亿元，产品销往西南、西北地区。年利润1.2亿至1.3亿元，缴税七八千万元。20余年来，娃哈哈广元分公司累计实现产值150多亿元、利润27亿元，缴税14亿多元。

除这些显性作用外，与其相应的隐性影响更在不断扩大。娃哈哈广元分公司犹如一列高铁，疾驰在广元这条平坦而舒展的轨道上，高歌猛进，成为浙广东西协作的典范，恰似一则生动形象的招商广告，有如哈佛商学院一堂精彩案例课。浙江499家企业接踵而至，累计投资400余亿元，累计实现税收40亿元。全国各地各类企业也纷纷前来考察洽谈，落户广元，广元经济技术开发区因此获得迅猛发展。开发区现有规模以上企业224家，2022年工业总产值670亿元、税收11亿元。

说起这些，现任娃哈哈广元分公司总经理吴金苗如数家珍。吴金苗是娃哈哈集团2019年派到广元分公司任职的，也是唯一一位由娃哈哈集团派来的干部，分公司其他管理人员全部实现了本地化。他中等个子，略略腆着肚子，说话时爱打着手势，中气很足，笑声响亮。

吴金苗告诉我，广元营商环境特别好，娃哈哈集团内外都非常认可。宗庆后董事长来过4次，所以，不断追加投资。新的投入带来新的回报，这样就形成了良性循环。在广元市审批项目，该怎么办就怎么办，公司办公室就可以完成，不必公司老总亲自出马。对这一点，吴金苗特别满意。他在娃哈哈多个基地干过，与各地政府打过交道，觉得在广元办厂省事。娃哈哈广元分公司除了贡献产值税收外，还利用当地资源进行深加工，譬如核桃乳。他告诉我一个数据，自娃哈哈落户广元以来，产业带动贡献共计27.57亿元。其中，包装业务12.4亿元、运输10.09亿元、采购农产品5亿多元。当然，还有就业贡献。2019年，企业吸纳48个建档立卡贫困户进厂，每人每月工资收入几千元。真的是一人进厂，全家脱贫。娃哈哈提倡"家文化"，集团就像一个大家庭，逢节必过，总会发点钱物，使职工体会到"家"的温暖。还有，公司全员持股，每股每年8毛钱，仅这一块，每年分红1400万元。当然，主要是绩效股，按照工作业绩来评，公司管理层人均十来万元。所以，大家把企业当作自家的企业，心比较齐，积极性就高。现在，分公司管理层已完全由本地人担任，他笑说自己是个"光杆司令"。"这些人很胜任管理工作，还有一些人培养成长起来，作为管理人才被输送到娃哈哈成都、阿克苏、涪陵、西宁等分公司当领导。譬如，陈老师你采访过的庞博，从一个下岗工人，变成公司技术骨干，并被评为全国劳动模范。像庞博这样的广元职工还有一大批，这是娃哈哈投资广元的另一大收获哩！"

在开发区里办企业、开设工业园，被认为是集约化生产，也是最经济的方式。中国自二十世纪九十年代初开始铺开，很快风靡全国。我彼时在浙江西部地区担任县委书记，曾举全县之力兴办过一个省级开发区，至今仍常常想起。广元市的开发区建设也基本同步，只是发展速度稍微迟缓些。

广元市真正形成市、县、区"1+6"格局的，还是在大震之后、浙江援建时确立的。所指"1"，是市级在利州区的开发区；所指"6"，是其余6个县区各建一个开发区。当然，市县之间，你中有我、我中有你。有时因为利益因素，也会带出一些矛盾或问题。在采访中，当地领导就向我介绍过这么一件事。

那是青川大地震过后，浙江援建青川。援建内容和项目很多，其中有一个叫产业援建。浙江援建指挥部同志看到青川工业基础十分薄弱，就认为应该帮助青川建立一个开发区。浙江决定从援建资金中拨出1个亿，作为开发区启动资金。资金有了，热火朝天地开展招商，一些浙江企业闻讯也跃跃欲试。青川却碰到了一个严峻问题：开发区设在哪里？青川到处是大山，山叠山、山连山，大块土地稀缺。而搞一个开发区，需要几千亩连片土地。这就把浙江援建指挥部的同志难住了，也把青川县的同志难住了。情况层层汇报上去，一直上到浙川两省领导那里。据说，浙江省领导思想解放、思路开阔，说："这好办呀！可以搞'飞地'。"所谓"飞地"，其实也是浙江在"山海协作"、帮扶贫困地区中创造出来的新鲜经验，就是对一些地处偏远、不适宜投资的帮扶地区，跨地域设立经济片区或企业集群，然后，帮扶地区与设立地区利益共享。这种做法，在浙江较为普遍，人们称之为"飞地经济"。

"对呀！这的确是个好思路，我们怎么没有想到呢？"

"你想到了，你不就成为省委领导了嘛！"同事们相互开着玩笑，然后，就满世界找地。最终，他们在市区袁家坝找到了一块2000多亩的空地，喜出望外地向青川县领导提出建设"飞地"的建议。

对于青川县来说，这样的事也许是第一次听说。一开始，他们有点不理解、不接受。"青川县开发区,怎么可以放在市区?到底算谁的呢?虽说在行政关系上,市管县;但在财政上,大家还是分灶吃饭的呢!如果,以后市里把这个开发区收回去,青川不是竹篮打水一场空了吗?"浙江同志就反复引导说明:"这个开发区还是属于青川县的,只是借市区一块土地而已。租地就付地租嘛!也就是开发区收益分成。我们建议,四六分成,市区占四成,青川县占六成,这样总可以了吧?"话说到这个份上,青川县领导就不再坚持。再说,青川实在拿不出连片的土地呀!这是青川县的"软肋"。也许正因为这个"软肋",迫使青川县领导做了让步。最终,市与县签订正式协议,明确"川浙合作产业园"的性质和归属、利益分配等多个事项。

于是,在连续不断的余震中,"川浙合作产业园"牌子在袁家坝亮相。浙江投入援建资金1个亿,进行民房拆迁和"三通一平"建设。不久,第一家浙江企业宁波华东物资建设公司甬川钢结构加工项目进入川浙合作产业园。项目占地48亩,建筑面积11000多平方米。2009年初开建,当年投产,当年见效,此后发展顺利,为开发区新建企业提供钢结构。至2022年,该企业产值9.3亿元、利税8000多万元,成为"川浙合作产业园"浙江企业中的佼佼者。

我到广元经济开发区采访时,接待我的老同志邓兴文告诉我,后来,随着广元开发区的发展,越来越多企业拥入,袁家坝成为重点区域,就逐渐打破了原先设定川浙合作产业园的界限,按照企业和产品属性重新布局。外省市企业和本地企业也进入了原先属于合作园的范畴,浙江企业也在开发区另外地块安营扎寨,变成了你中有我、我中有你。眼下,袁家坝包括原先的川浙合作产业园在内,已发展到300多家企业,其中规上企业60多家、年产值410亿元。

这,真是一组值得欣喜的数据。

在袁家坝开发区，我看见了那块依然竖立着的"川浙合作产业园"牌子。灿烂春阳下，她像一位资深美女，注目着进进出出的人们和车辆，似乎想向众人说说她曾有过的青春美貌和经历的往事。

以上这些，只是浙江帮扶广元建设产业园中的一个插曲，也许算得上一段佳话。

而今，东西协作建设产业园的方式已发生重大变化。

2018年10月，台州路桥区帮扶干部从帮扶县实际出发，转变观念，改变方式，率先在广元开展了以建设标准厂房为主要形式的工业园援建。之后，这一方式很快被台州市、湖州市、丽水市所接纳，也得到浙江省领导肯定。新一轮东西协作开展以来，这一形式被继承下来，成为浙广协作的一大亮点。

我曾就建设标准厂房一事，采访和请教过一些同志。他们给我的答复大致是三层意思：第一，广元市情与外地不同，招商引资有其特殊性，大多数项目是求着人家来，所以，环境条件需要比外地更优。兴建标准厂房，无疑是栽下一棵棵梧桐树，会引来一只只金凤凰。第二，将钱投在标准厂房上，大家看得见、摸得着、用得上，是"显效"和"显绩"。第三，以往有些投资落实在具体项目上。市场一变，项目一变，所投资金就会损失殆尽。现在改为标准厂房，即使所引企业亏损甚至倒闭，但厂房作为不动产，还会长期存在，水动山不动，可以继续发挥作用。

这些理由，我以为大概成立吧？

后来，我每到一个县区，必定要去看看当地的工业园区，看看标准厂房。

某天，我来到剑阁县普安工业园区采访。据悉该开发区从2013年开始筹建，眼下正在打造全县食品加工产业园。只见两幢标准厂房已基本落成，园区工作人员称之为6号楼、7号楼。6号楼11560平方米，7号楼

28800平方米，均为两层，高大宽敞，以黑白为主基调。两幢标准厂房共需建设资金3.6亿元，其中杭州上城区提供东西部协作资金6410万元，其余准备发国债筹措。园区工作人员告诉我，厂房尚未竣工，但已有重庆和当地两家食品企业预约租赁。

令人欣喜的是，本来在成都办厂的剑阁籍老板王定江，一看到园区新建的标准厂房，增强了回乡创业的信心，赶紧注册登记了一家"川老头科技食品公司"，专门生产火锅底料。他还想着与这标准厂房PK一番，紧挨着两幢标准厂房，自己投资建了一个26000平方米厂房。园区工作人员滔滔不绝地介绍着。

这是一位有趣的老板，我决意要见见他。谁知，园区工作人员随手一点："这位就是刚才所讲的王定江老板呀！"

哎哟，原来他一直跟随我们听介绍呀！这倒一时弄得我有点反应不过来。怎么也想不到，这个身材瘦削、穿着打扮像个打工者的人，居然是有着上亿身家的老板！看来，真是人不可貌相、海水不可斗量呀！

王定江自述是剑阁县白龙镇人，在外打拼多年，在成都开着食品公司，年营业额已超亿元。去年回家乡过年，看到这里轰轰烈烈盖标准厂房，觉得政府下大决心搞食品工业，这对他而言是个机遇。再想想当地各种资源，认为有把握赚钱，所以就决定回乡创业。他说，自己厂房要超过政府盖的标准厂房，这只是说说笑话而已。但他正在安装的食品加工生产线，的确国内一流。要么不做，要做就要做到最好；否则，在家门口，丢不起这个脸呀！

说完之后，王定江领着我们参观他的车间和办公楼，指点着那些设施设备一一介绍，颇具现代化企业模样。看来，王定江所言不虚。

在昭化区，我采访考察了人们口中屡屡提及的绿色家居产业园，了解浙江广元协作的另一种工业园模式，憧憬着川北地区家居产业发展的美好前景。

昭化区家居产业园的名头比较高大上，全称叫"中国西部（广元）绿色家居产业城"。

那是一个微雨的春天。我站在家居产业园观景台上，透过薄薄的雨幕眺望。四周是连绵起伏的山峦，春雨形成雾岚，飘逸地缠绕着这些山峰，呈现出川北地区特有的天象，带给人一种情意绵绵的美感。群山中间，是一大片削去山峰而形成的平地，由此可看出决策者的胆魄与决心。已建成的一排排标准厂房，犹如绿海中起伏前行的巨轮，给人一种壮阔感与苍茫感。

崔毅剑，一位胡子拉碴的小伙子，自述毕业于某大学文学院文秘专业，两个月前才来到这里工作。他像接待一位有强烈投资意愿的企业家一般，指点着墙壁上的远景规划图，详尽地介绍了他所知道的家居城。

原来，昭化区建设这个气魄宏大的家居城，还有一个不为众人所知的背景。那是2017年5月，成都市家居城根据城市功能布局需要转移到外地，省上把疏散点之一选在广元市。2019年1月，省上还把这个规划写进有关文件中。广元市又选择了昭化区。作为彼时的昭化区领导，听说有这么一个机遇，自然高兴，便在这里规划了一个3.7万亩的家居产业园，并且学习愚公他老人家，移山造田，硬是在山沟沟里填出一大块平地。正当昭化人眼巴巴等着承接家居产业转移时，新冠疫情来袭，消费市场骤变。成都市内一批中小型家居企业倒闭，勉强生存下来的，也伤筋动骨，失去了搬迁动力。真可谓，人算不如天算。天算的结果有点对不起昭化人民。

在现实面前，昭化领导被迫对原先的家居城规划做出调整。好在省市态度没有变，文件还作数。广元市与昭化区联合组建了一家家居产业投资公司。再说,"千里嘉陵第一港"就在昭化,昭化总有一天会显山露水的。于是,区里采取滚动开发的步骤,第一期先开发5100亩,叫作"新胜组团"。其中,企业生产区3480亩,物流园区460亩,其他的就是配套设施。现已建成标准化厂房4幢,大约13万平方米。投了不少钱。这一点,我从昭化区挂职常委孟飞那里听说过。经过调研论证,孟飞将西部家居城项目列为重点,拱墅区已投入东西部协作资金6000多万元,全部约需1.4亿元,任务艰巨。

说到家居城现状,小崔显得兴致勃勃:"进出家居城的兴业大道,全长6.78公里,已建成通车。"我忍不住点点头,以示回应:"是的,我们刚才进家居城,就从这条大道上开车过来。路况不错,甚至比浙江境内的马路都要宽敞平坦。"

"园内主干道9.5公里也已建成。第一期5100亩山地,已平整完成,建筑产业园内的水电气及污水处理设施都已建成。还有,我们建了喷涂企业标准厂房,家居企业可以实现'喷涂共享'。4幢标准厂房,13万平方米,已矗立在家居城内。还有,家居原辅材料交易中心,第一期4.5万平方米,一共投了2亿多元。其中,东西部协作资金6000万元,也已竣工。现在真的可以说是,万事俱备,只欠东风啦!这东风就是企业,就是我们日夜盼望的家居企业。"

说到这里,小伙子似乎有点着急。"眼下,招商还算顺利,已签约企业54家,协议资金74亿多元。已投产投运企业11家。已入园的建筑企业2家,1家搞装配式建筑,1家搞环保产业。开工建设企业29家,目前在洽谈的企业还有30多家。听上去数量不少。但实事求是说,比我们预想的要少,与规划所设想的中国西部家居城规模相比,差距实在太大。所以,昭化区上上下下都比较着急,要进一步增大招商引资力度哩。"

理解,理解。我真的能理解小崔这份心情。想起我当年在县里搞开发区，每天站在削平的山头上，盼望着奇迹出现，想象着一大批企业从地底下冒出来呢！

"能否让我看一两家企业呀？"我提出希望。

"可以呀！"小崔快人快语。

随后，小崔把我带到"美好世家"家具公司门口。

公司老总刘瑞平从春雨中匆匆赶来，大概他在外面办事，是小崔的电话把他催来的吧？

说着一口普通话、偶尔夹带出一些上海口音的刘瑞平，是位胖墩墩的中年人，穿着长袖白衬衫，袖口纽扣整整齐齐，言谈举止间，显示出长期在上海生活浸润后的风度。他一边领着我在车间内参观，一边介绍着企业情况。

这是上海MMP公司所属的一家企业。MMP公司专做餐厅家具，在全国同行中排在前几位。肯德基、麦当劳、海底捞等，是其基本客户。尤其是肯德基，70%的餐厅家具来自该公司。

标准厂房内设的车间，显得颇为宽敞，上百名员工正在干活。走进车间，并没有印象中木材加工企业飘浮着的木屑与尘土。"空气里弥漫着木材特有的清香，感觉不错。"我不由得赞道。

"是的，我们感觉也不错。"刘瑞平接口道。MMP公司有个产业战略布局，他们在中国地图上找落脚点，一眼就看上了三省通衢的广元，认为广元是他们的福地，于是慕名找上门来。2021年12月，他们一行来到西部家居城。一番考察后，做出入驻决策，准备在这里长期发展。买下213亩土地，规划建设17万平方米厂房，形成年产百万套家具、产值10亿元以上、利税3000万元的规模。土地是买下了，但全面建成需要3年时间，而家具市场等不起3年。错过这个村，就没有这个店了。对于长期搞企业的刘瑞平而言，这属于常识。于是，他看中了家居城已建成的标准厂房，以此作为过渡。他先一口租下26000平方米厂房，并立即着手制作生产。按照公司发展布局，刘瑞平在西部家居城重点开发制作儿童家具。这种儿童家具，采用广元当地全天然木质，不用油漆，以满足当下人们对儿童健康的需求，发展前景十分看好。他们进到西部家居城后，招收培训当地员工，很快开始生产，3个月后赢利，产品销往全国各地。今年预计产值达到6000万元。

问起他们为什么要自建厂房，刘瑞平坦率以告，他们以后生产大批量儿童家具，要靠流水线，而现有标准厂房作为过渡性生产自然可以，但不适合装配流水线。

"哦，原来如此。这家企业将标准厂房作为过渡性选择，也许应该让建设者有所启迪吧？"

"引进项目，自然是西部家居城当务之急、重中之重。"小崔毫不掩饰自己的焦急心态。他一一盘点着已经落地、将要落地的企业，还有纷至沓来的意向、信息。

"对啦，您可以去看看我们家居城的水晶园！是你们浙江浦江人来搞的。"小崔似蓦然想起来，对我说。

水晶园？就是那闪闪烁烁、亮晶晶的水晶？我是浙江人，又曾在浦江所在的金华市工作过，当然知道浦江水晶产业。

那就去看看吧！

小崔口中所说的水晶产业园尚在建设中。我们在雨中，踏着泥泞的沙石路，放弃了对皮鞋的珍惜，走进水晶园区。园区口，竖了一块牌牌，上写着"年产1.2亿包水晶饰品生产项目"，使人精神为之一振。年产1.2亿包，在西部可不是一个小数目呀！

七拐八弯，我们走进工棚内。因为在建设期，一切纷乱可想而知。工棚内犹如一个杂货铺，办公、会场、生活全在一起。唯一给人突出感

觉的，是这家四川黑马科技饰品公司的老板赵华的那套紫砂茶具，高档、考究，泛着岁月留下的光泽。

赵华说自己只是老板之一，真正大老板是他弟弟。同来的，还有浦江其他6家水晶企业。他们这次是"群雁北飞"行动，商量好了一起过来。"你在金华待过就知道。"赵华听说我曾在金华任过职，就这样拉近了关系。"我们浦江水晶产业在全国出名。但现在碰到土地紧张、电费高、污水处理难等问题，迫使一些水晶企业寻找出路。"2021年底，他弟弟认识了西部家居城招商局一个朋友，一听这里土地价格、电费、税收政策，立马就动了心。与他几个要好的老板一商量，大家决定将7家企业搬迁到这里，并且趁此机会，把规模搞得更大些。这就是事情的来由。

介绍合情合理，过程清清楚楚。我想进一步了解他们来到西部家居城后的情况。

"还算不错吧！"在简陋工棚内，赵华耐心展示着他的茶艺。电力紫砂壶内咕咕地烧着水。水开后，他将水倒在一只大的紫砂茶杯内，过滤之后，依次将众人面前的小紫砂茶杯斟满。他自己先浅浅地一尝，然后，仰脖子喝下去，品咂着味道。一看，就知道他是个喝茶行家。

这个项目比较大，是水晶产业链，总投资超过7亿元，买了630亩土地。他兄弟俩投一两亿元，其余众人自己投自己的厂。去年底开始平整土地，今年3月开建厂房。到目前，两幢厂房已建得差不多，有1.1万平方米。建房期间的确比较辛苦，没有办公室，没有单独住房，大家都挤在一个工棚里吃饭睡觉。

对这一点，我是深信的。浙商中有句流传颇广的"名言"："白天当老板，晚上睡地板。"看来，赵华与他的伙伴们就是这样的典型。

浙江企业的通常做法是边建设、边生产，赵华他们也是这样。厂房尚在建设之中，一些设备已陆续进厂。其中有位张总，光引进水晶制作设备就花了1.5亿元,一台机器百来万元,生产的产品的确属于国际一流。水晶产品销路没有问题,他们在国内外都有现成市场。当下,他们希望当地政府能兑现招商时的承诺,保持电费不变,因为,水晶产业用电量极大。还有一个问题就是污水处理。

"污水处理是关系到水晶行业生死存亡的大问题。我曾听说浦江水晶产业就曾因污染问题而起起伏伏。在特别注重环保的今天,对水晶产业的污染问题决不能掉以轻心呀!"

小崔回应说:"家居城对这个问题非常重视,对水晶产品加工污水问题已有对策。开发区先建设一个临时管道,对污水进行临时处理;同步建设污水处理厂。待污水处理厂建成后,就可以一劳永逸地解决这个问题。"

赵华见小崔如此说,满意地点点头。之后,他还不忘补上一句,西部家居城如果能彻底解决水晶产业污水问题,他相信还会有水晶企业前来落户。那样的话,西部家居城水晶产业园才真正形成规模啰!

客观而言,在东西部协作中,引进工业企业,或创办工业产业园,仅仅是一个方面。几十年来,浙川之间在种植业、养殖业方面,形成了广泛的多渠道多形式的协作模式,建设了一大批农业产业园、文旅园等。其间故事不胜枚举,也不乏动人之处。

请允许我从中选择几个,以飨读者。

对朝天区农业产业园和文旅园的了解,是从采访该县农业农村局副局长刘正荃开始的。

刘正荃是个颇为有趣的干部,擅长自嘲自黑。一开口,就先开玩笑,说因为搞农业,满头青发变白发,现在连白发也没啦,成为"无发"人。

在农业领域工作了几十年，刘正荃被人称为朝天区"农业通"和农业史专家。朝天区有个曾家山，农业局有个刘正荃，正好是一对。

刘正荃说起曾家山的蔬菜产业和观光农业，那可真是长藤上结葫芦——一串一串的。

曾家山海拔高，四季昼夜温差大，冬天特别寒冷。以前道路极差，山下的人上不去，山上的人下不来，几乎与世隔绝。当地老百姓长期处于贫困状态。彼时，当地老百姓虽也种植土豆、玉米，但规模小，没有什么效益。不是自种自吃，就是作为养猪饲料。直至二十一世纪初，区里提倡"粮菜套种"，老百姓收入才有所增加，但贫困状况仍没有根本好转。有人甚至说，要想让曾家山人吃饱饭，除非再造一个太阳。

朝天人不信这个邪，刘正荃自然更不信。2017年，他调任朝天区农业局副局长，正好负责农业口浙广东西部协作工作。与朝天区结对帮扶的浙江路桥区，每年拿出3000万元扶持资金，其中1000万元归农业系统。

刘正荃就盘算着怎么把这1000万元用好，用到刀刃上。他选中了曾家山。选中曾家山，自然不是要拿这1000万元去造一个太阳。刘正荃听说过，国际上有个人造太阳计划，中外科学家联合研发，需要几百亿美元呢。刘正荃不会傻到拿1000万元人民币去造太阳，他看中了曾家山的高山蔬菜种植及观光农业、农家乐。他要将这些打造成曾家山的"太阳"，为曾家山农民创收增收。

那么大的雄心，那么大规模的计划，仅凭1000万元人民币显然远远不够。但刘正荃深信四两可以拨千斤，手头上有了1000万元，就可以撬动财政资金、银行贷款和民间资金，像孙猴子一样，变出72个自己来。他的想法与思路，得到时任朝天区主要领导的支持和路桥区帮扶干部的认同，并指定由区农工委牵头，与刘正荃他们一起制订出曾家山发展规划。

于是，刘正荃带着区蔬菜办公室的几个干部到曾家山两河口镇蹲点调研。上曾家山需要一个半小时，回来也是一个半小时，花在往返路途上的时间太多了，完全是浪费呀！刘正荃干脆在两河口镇住了下来，这一住就是两三个月。彼时，曾家山条件较差、生活艰苦，刘正荃全然不顾，一心扑在工作上。

经过两三个月实地调研、外出考察、分析研究，刘正荃与四川省农科院专家们拿出了曾家山高山露地蔬菜产业及景观农业的发展规划。之后，这个规划就变成朝天区的部署。

根据区里部署，他们先从建设曾家山两河口蔬菜现代园区开始，规划为"一带四区"。一带，是指高山冷水鱼养殖带。主要养殖虹鳟、中华鲟、金鳟等，配套垂钓体验、科普教育、特色餐饮等。养殖带200余亩，采用"长藤结瓜"模式。所谓"长藤"，是指利用当地地形和水资源状况，用管道引水，将各家养鱼池连接起来，形似藤蔓；所谓"瓜"，是指建在各家各户门口的小水池，小水池用来养鱼，兼作观赏。这个点子是刘正荃想出来的，他至今颇为得意。问他：这个点子是怎么来的？他答不上来。只能说是灵感一现吧？四区：一是高山露地绿色蔬菜种植示范区。面积2000余亩。除常见的曾家山高山蔬菜外，也将草莓和甜瓜引上了曾家山，供游客观光游览采摘。草莓是浙江老板吴志成引进的，效果不错。这位吴老板厉害呀！朝天人把他称作"草莓大王"。甜瓜则从河北引进，试种后也证明可行。二是高山花卉科研示范区，共200亩，引进百合、蔷薇、月季等十来个品种。这个项目与中国农科院花卉研究所合作，主要是中高端花卉品种与高新技术的集成示范，为曾家山添花添彩，有点新意，当地老百姓也觉得有新鲜感。三是休闲农业体验区。开辟高山露地蔬菜100亩，以黄瓜、豇豆、生菜等可采摘体验的品种为主，配套农耕雕塑或农业小品，培育民宿和休闲农庄。四是生态民宿康养区。定位为乡村度假酒店,主要发展康养旅游、特色文化展示等。

"这么一来呀,成效显著啊!曾家山真的发生了翻天覆地的变化噢!"刘正荃由衷地说,"现在,曾家山区已发展民宿490余家,形成日接待游客10万人的规模。曾家山高山露地蔬菜已达26万亩,年产各类蔬菜70万吨。您问曾家山蔬菜产值?产值是7个多亿,户均增收5000元以上。另外,曾家山这么一搞,还带动了朝天全区呢!目前,朝天全区种植蔬菜40万亩,年产量突破100万吨,年产值超过10个亿,农民人均增收3000元以上。曾家山蔬菜品质好,又是高山露地蔬菜,销路不愁,销往全国60多个大中城市呢!其中一部分供应港澳地区。港澳同胞们也能吃到我们曾家山种植的新鲜蔬菜,这多爽呀!说不定,您在北京吃的蔬菜中,就有我们朝天人种的蔬菜啰!"

"那是肯定的。"我被刘正荃的联想逗乐啦!

"还有更重要的化学反应,就是带动了曾家山旅游业发展,曾家山成为春踏青、夏避暑、秋观红叶、冬赏瑞雪的全国旅游休闲胜地和全国十大避暑名山。您可能也听说过,暑假期间,曾家山一床难求呢。"说话间,刘正荃露出了灿烂的笑容。

当我写到此处时,正值全国气象预报红色预警频发之际。杭州高温创造同期最高纪录。假如,此时在曾家山上创作或游玩,该是多惬意呀!我想念你啊,曾家山!

曾家山并没有新造太阳。但在刘正荃和曾家山老百姓眼里,浙江广元东西协作带来的效应,相当于给曾家山造了一个"小太阳"。曾家山温暖了、亮堂了。

介绍完曾家山,刘正荃还顺便把前几年农业口使用浙江广元东西部协作资金情况给我做了介绍。2019年,东西部协作资金700万元。其中

600万元，投向羊木坝食用菌现代农业园区，建了80亩高标准大棚。几个村联合搞，采用"飞地模式"，商定股份比例，土地租金和大棚租金等按股份分红，劳务收入各人赚各人的。后来了解了一下，羊肚菌每亩产鲜品800斤，香菇每亩产5000袋，产值均在4万元左右。由此还带动了食用菌原料价格。食用菌原料是青冈木。朝天区有菌材资源62万亩，完全可以保证食用菌原料供应。青冈木因此涨价到每吨480元，这也为山区农民增加不少收入呀！也许，这就叫连锁效应吧？

"对了，还有100万元，改造提升了曾家山土鸡园，养了10来万只土鸡。这种土鸡叫'广元灰鸡'，吃起来巴适得很啰！陈老师在广元采访也辛苦，可以品尝一下，顺便给我们做个广告。"

这个刘正荃真有意思！

"2020年，东西部协作资金拨付给农业系统500万元。项目放在羊木镇新山村，建设高标准连片大棚。中间出了点小事故，现在已把关系理顺，有了新故事。陈老师不妨到新山村去看看，了解了解。"

新山村有故事？刘正荃给我留下了一个悬念。

既然有悬念，那自然要去探究哩。

新山村党支部书记王思祥正在区委党校参加培训，我在党校学员宿舍找到了他。王思祥理着个平顶，穿一件白色T恤，生着一对灵敏度极高的小眼睛，整个人看上去结实而精干，说着当地人极少有的标准普通话。一听，便知他有北方生活的经历。

果不其然，王思祥说自己曾长期在北京打工，搞隧道施工，赚了点小钱。后来，村里干部群众希望他回村当领头人，全村490多个选民，王思祥得了460多票。他被老百姓的信任所感动，遂下定决心留下来建设家乡，带领乡亲们脱贫致富。2021年，区农业局挑选新山村立项，拨付东西部协作资金480万元给他们村，让村里出20万元，合并为500万

元，建设连片大棚，发展羊肚菌生产。

这是一件新鲜事，村里没有人能干，王思祥也没有经验，就向社会招标。此时，一个在附近村搞种植业的人，提出由他来承包，并答应给村民6%的回报。村委会一时也找不到更合适的对象，就同意了。

谁知，第一年种植羊肚菌，收益不好。承包人原先答应的回报久拖不付，村民们与其发生了争执，一怒之下，把此人赶跑，收回大棚，重新找人。

吃一堑长一智吧？王思祥和村委会经历过这次事件后，就做得小心翼翼、稳扎稳打。他们通过镇里干部，找了唐小林来承包，确定每年承包基数为14万元，加上土地流转金6万元，共20万元。为慎重起见，王思祥专门开了个村民代表大会。他明白而清晰地告诉大家，这个唐小林，镇上对他知根知底，并由镇干部担保。支付村里的承包款，唐小林以自己房产做抵押。他还答应先交清6万元土地流转金之后再干。让王思祥没有想到的是，大家听了唐小林的情况，一致同意他作为新承包人。对呀，先交流转金，表明这个人有诚意，也说明这个人有实力。可靠，可信！

这个唐小林还真有两下子，有点干事情的样子。我萌生了想见一见唐小林的念头。

新山村副主任乔发利愿意陪我去大棚里找他。

大棚区离新山村头不远，坐落在翠绿的山坳里，依傍着宽阔平坦的公路，连绵成片。远远望去，犹如蓝色海洋上奔腾着的波浪，也像古代冷兵器时代的军营。白色的棚顶与天上的云层相融合，又与稍远处的新农舍相互映衬，显现出新农村的新景象。

唐小林此时并不在大棚内。乔发利用手机联系，得知他正从另一处承包地出来。

那，就先看看他承包的大棚吧！

撩起大棚门帘，我走了进去。立刻，一股热腾腾的气浪扑面而来，棚内温度显然要比棚外高出几摄氏度。这大概就是大棚的作用吧？3个大棚内，种着西红柿，人们习惯上叫作小番茄。枝干已有半人高，开满菊瓣型黄花，有的已结出青色小粒，让人不由得联想到一个词——"青涩"。枝蔓之间用一根根橙色丝线连带着，好像是为了防止结果的枝蔓下垂。

边上农工说："这种水果，有点像圣女果，但比圣女果要好，有小番茄的味道，糖分多、口感好、价格高。在园子边上批发出售，每斤10元以上呢。"

另外的大棚，种着西瓜。西瓜藤蔓爬得满地都是，藤蔓上开着黄色的、白色的花。也有已结果的花萼，小小的，圆圆的，已能依稀看出西瓜的花纹，煞是可爱。

大棚东边，是一大块菜地，种的全是包心菜。在春日暖阳下，包心菜泛着自己特有的银白色，闪闪烁烁、波光粼粼。一眼望去，犹似白日下的大海，带有点玄幻感。

正当我入神时，唐小林的车滋的一声，停在大棚边的马路上。

见面，首先肯定是寒暄，互报家门。只一眼，我便感觉出唐小林与众不同。他50多岁年纪，肤色黝黑，穿着打扮比较随意，但头发却一丝不苟。一部手机旧得都已脱漆，但翻阅手机的速度极快。

一听说我是中国作协的、喜欢旧体诗词时，唐小林全然忘了要介绍的蔬菜瓜果大棚，竟先跟我谈起了诗歌。他说自己从小就喜欢诗，10岁时开始写诗。读到初二，因家里穷而辍学。离开教室时，他特意在黑板上写下这样一句话：同学们，相信我能找到一条属于自己的路！

此后，唐小林一边搞种植，一边写诗。至今，他已写了100多首

诗。他对这些诗十分珍惜，都保存在自己手机内，自我感觉美得很。说到这里，唐小林快速打开手机屏，给我一首首读起来。

不羡明星不羡仙，独爱我家花果山。
忙里扒出将草铲，闲来垂钓池塘边。
三餐粗粮我最喜，四季水果好解馋。
无拘无束自由身，只将青春付果园。

夕阳沉沉坠西山，暮色苍苍天将晚。
百鸟争先归林去，牧歌鞭声近炊烟。

麦苗儿青菜花黄，百花争艳蜂蝶忙。
春风吹绿门前树，杨柳依依醉春光。
……

显然，唐小林学写的是旧体诗。如果严格用格律衡量，这些诗或许不合平仄，也谈不上独特的意境，但这些诗句出自这位菜农之心、发乎这位果农之口，自然、真诚，有着果蔬的芳香。我真的被震撼了，也被感染啦！这是一位真正的田园诗人！他从泥土里、蔬菜里、瓜果里汲取诗歌养分，又用诗歌描绘它们、形容它们、赞美它们、陶冶它们，同时也陶冶自己。使得自己在整天劳作之余，沉醉在田园之中、瓜香之中、诗美之中。这，不正是诗的本义与功能吗？

瞬间，我也忘了自己的采访任务，与这位"田园诗人"探讨起这些诗作。评点唐小林这些诗的特色和优点，也提了些建议，真诚希望他好好写下去。两人仿若开了个田头诗歌研讨会，彼此都十分开心。

之后，唐小林才有根有据、有板有眼地向我叙述起承包新山村大棚的经过、打算、规划、目标。我这才知道，刚才那种小番茄，叫"釜山88"，从韩国引进；西瓜叫美都、双红，也是国外品种。目前，水果还在生长期，长势良好。蔬菜这一块，他已卖掉100多吨，每吨700多元，也就有了七八万元收入，够支付一年土地流转金。另外，他还用村里人平整土地、收割。最多时，每天用百来号人，这也能为村民增加收入。总之，他觉得这大棚质量很高，他很满意。他对这次承包很有信心，请我放心。同时，他也会继续写诗。因为，他实在喜欢诗，与喜欢那些瓜果蔬菜一样。

呵呵，转眼之间，我仿佛成了证人和担保人。

见过唐小林的第二天，我就追踪采访刘正荃几次提及的"草莓大王"吴志成。

几个人坐在"草莓博览苑"外的空地上，头顶是高大的麻柳树，背靠蓝莹莹的草莓园，喝着新茶，品尝着主人刚摘下来的新鲜草莓。一串串麻柳树花开得正旺，背后的草莓园正在孕育果实。初夏的风吹过来，柔柔的、喜洋洋的。按照四川话说，此时巴适得很哟！

吴志成一开口就说自己是被"逼上梁山"、误打误撞地成为"草莓大王"的。

"这怎么可能？"我有点疑惑。

吴志成说是真的。且听他慢慢道来。

吴志成是浙江建德人，原本在四川搞旅游餐饮。那一年，四川省成立浙江商会，吴志成被推举为副会长。商会下面又成立了各种行业协会，其中就有个草莓协会。不少与会的草莓商家，一听说吴志成是建德人，建德不是浙江种植草莓最好的地方吗？得了，就选吴志成当草莓协会会长，让他带着大家种草莓、卖草莓吧！

面对着众人的信任，吴志成有点哑巴吃黄连，有苦说不出。当吧，有点名不副实；不当吧，又盛情难却。吴志成是个重情义的人，面子薄，经不起人家三两句好话，只好硬着头皮先应允下来。

当着当着，吴志成渐渐觉得这样下去不行。草莓协会活动很多，每个活动，他必须参加。活动又必定与草莓推广、销售有关，而自己与草莓隔得很远，就像建德与广元一般。坐在会场上，或与草莓客商交流，吴志成总觉得自己是隔靴搔痒，在内行人堆里显得特别外行。有时还免不了发生一些令人尴尬的事。再不种草莓实在说不过去，于是，他下定决心学着种草莓。

吴志成这个人呢，有个特点，叫理想主义者。要么不干；要干，就要把它干得最好。他悄悄潜回老家建德试种草莓，还请了草莓师父，学得那个认真呀！3年学徒期满，吴志成不但学会了种草莓，还能讲草莓。这不，简阳市呀，双流区呀，都请吴志成去讲过草莓课。吴志成本身就能说会道，现在有了点真本事，理论与实际一结合，那讲得顺溜着呢！一些不知底细的草莓农户，还以为吴志成搞了一辈子草莓呢！呵呵，吴志成说到这里，自己先笑出声来，好像很满意自己的"忽悠"功夫。

那是2017年9月吧？浙江路桥区帮扶朝天区的干部，通过四川浙江商会，三番五次找吴志成，说欢迎吴老板到朝天区种草莓。浙江干部的诚意感动了吴志成，那就过来看看吧？他考察了朝天区不少乡镇，当地乡镇很支持。看看气温条件也可以，最低零下6摄氏度，最高20摄氏度，适合草莓种植。

2018年，吴志成选定转斗镇，先租了50亩，试种一下。为减少吴志成的后顾之忧，区里投入东西部协作资金100万元，路桥区政府、当地政府配套建设，共投入500多万元。吴志成一炮打响，当年赚了百来万元。第二年，他就放手大干，扩种到500亩。土地流转金每亩1000元，直接归土地承包者。大棚由吴志成的浙朝农业公司统一建设，钢架由政府补贴。300亩由公司直接管理，200亩分租给当地20多个农户种植。公司统一提供苗种、技术、农资，并实行保底价收购，不让农户吃亏。这样已做了6年，公司每年销售额五六千万元。浙朝农业公司种植的草莓销往成都、云南、贵州、新疆等地，不少陕西游客前来这里搞采摘。吴志成趁热打铁，在简阳市发展了3000多亩草莓，自种1000亩，2000余亩分租给当地农民。平时，吴志成还是乐于住在朝天。问他为啥子，他说这里山好、水好、人好。

种草莓劳动强度低，不必用壮劳力，主要活儿就是栽种、拔草、施肥，掀掀棚子，而且所有的活都在棚内完成，没有风雨之忧。所以，公司聘用的都是当地那些没有外出务工的中老年人，贫困户优先。吴志成粗粗估算，一年下来，仅草莓务工一项，当地老百姓获得劳务报酬约有300万元。"这不就直接带动老百姓脱贫致富了嘛！"吴志成对此颇感欣慰。

2021年某天，吴志成去曾家山游玩，刚巧碰上浙川两省省长在曾家山考察。闲聊之中，得知吴志成在这边种植草莓，就问他："曾家山那么好的条件，游客又那么多，你想过种草莓吗？"领导也许是随口一问，但吴志成心里却怦然一动。是呀，如果能种草莓，最好是夏季草莓，与避暑度假游客消费结合起来，那该多好呀！

就这样，吴志成多次到曾家山考察，还请浙川两省农业专家上山指导，希望他们研发夏季草莓，在曾家山试种，然后再推广。吴志成先后投入一两千万元，还建了草莓秧苗基地。没有想到，2022年，曾家山大旱，草莓苗严重缺水。政府动员当地老百姓，把自来水接出来浇灌秧苗，才勉强渡过难关。只是收益不好，略有亏损。

亏是亏了，但吴志成却看到了曾家山种植夏季草莓的潜力与前景。夏季草莓生长期短、同行竞争少、价格高，优势十分明显。他没有气馋，反而加大投资力度。今年，曾家山草莓长势良好、硕果累累，不少商家和农家乐纷纷预约订购，让吴志成结结实实赚了一票。

说到浙川两地政府对草莓园的支持，吴志成赞不绝口。新一轮东西部协作开展以来，浙江派赴朝天区挂职的戴灿东，一到朝天区，就来吴志成公司调研，认为草莓产业可以帮助弱劳力解决就业问题，明确表态继续给予扶持。当地区、乡镇干部经常来问有什么困难需要他们帮助。

印象特别深的一次是，广元市委主要领导陪同浙江商会考察团来此。吴志成无意间说起公司草莓销往外地时，走的是外地机场。说者无心、听者有意，市委主要领导马上发问：广元机场货物运输并没有饱和，你吴老板为啥子要舍近求远呢？

面对领导提问，吴志成只好据实以告，说是广元机场检验检疫办证比较麻烦。

吴志成以为领导也就这么一问，真的没有想到，真的没有想到呀，吴志成介绍到这里时，重复了一下。市委主要领导居然在参观现场，拿起电话就打给广元机场，询问到底是什么原因。然后，他让广元机场的有关人员现在、立刻、马上带上有关手续和印章，到现场办公。当着市区领导和浙江商会考察团成员的面，把吴志成公司所产草莓进出广元机场的检验检疫手续办妥。

说到这里，吴志成有点感动，也有点感慨："广元是营商环境最好的地方。不瞒您说，有些方面，比老家浙江做得还好。"

介绍完大体情况，小个而微胖的吴志成把我们领进他的草莓园。草莓园约50亩，举目望去，有点像西北地区一排排窑洞。园内，一条条泡沫槽上，灌满了营养液。草莓系无土栽培，从槽里伸展出无数枝叶，葳蕤碧绿、硕果累累。地上居然铺着红地毯，可见金贵。吴志成一边悠闲自得地向我们介绍着，一边还随手摘下一颗颗成熟的草莓，让我们边听边尝，说是这样可以加深印象。"这是巧克力，这边是樱桃草莓，那几颗叫红玉。对啦，那边的叫太空008，据说，还上过天哪！本来，放在往年，这季草莓早已过了期。但今年草莓长得好，过了期，还在长。那就继续摘呗，不摘白不摘嘛，一颗草莓一块钱哪！你说，是不是呀？"

"哈哈哈……"吴志成的爽朗与幽默引得众人齐声大笑。

笑声中，吴志成给进园诸人摘了几颗白玫瑰草莓，介绍道，它雅号叫"白雪公主"，特别娇贵。2019年第一次试种，因没有经验，大多数没有长好，只有一棚长得特别好。上市时，恰值春节前后，电视台做了个专题报道，一下子口碑爆棚，"白雪公主"身价陡升。物以稀为贵嘛，在成都市场上，每颗卖到50元至80元，弄得他都有点不太相信。"当然，当然，现在没有那么贵啦！请大家尝一颗，尝一颗！"

"白雪公主"入嘴，口感真的不一般。除草莓的鲜美外，还有一种奶油的细腻与香甜，让人舍不得咽下去。

吴志成最后说，自己属猪，有福相。又碰上这么好的年代和地方，自己赚了钱，每年捐出一部分，又帮到了别人，真是名利双收。这样的好事，何乐而不为呀？

几十年里，浙江与广元各县合作兴建各类产业园数以百计。如果要选一个有动人故事的，那非旺苍县东河镇红垭村养鸡场与辜朝兵莫属。辜朝兵不但因办产业园而致富，而且收获了甜蜜爱情，当上了幸福老爸。

事情得从2018年5月下旬说起。因为，正是这个时间点出现的四五个浙江仙居人，改变了红垭村人和辜朝兵的生存状态和生活方式。

彼时，30来岁的辜朝兵正处于事业和情感的最低谷。十多年前，父亲因糖尿病早早撒手人寰，欠下20多万元债务，母亲只得改嫁。刚读完初中的辜朝兵因家中贫困，考上高中又放弃，改读中专。中专毕业，一个人跑到北京闯荡世界,没有赚到什么钱。不久,他返回老家旺苍开了家小店,卖运动滑板。也不知一下子交了什么好运,某一天,滑板生意突然大火,赚了一些钱,顺手买了个旧房子。渐渐地,滑板生意下滑,他只好转身进了一家化工厂,当机修工,每个月1800元工资。其间,辜朝兵耍了个女朋友,之后,这个女朋友成为妻子,结婚后生下一个女儿,生活过得波澜不惊。

辜朝兵是个不甘寂寞的人,觉得每月1800元工资实在太低,就跑到青海打工,一干又是3年。聚少离多,妻子自然有了怨言。

到2015年,辜朝兵看着人家养鱼发财,心里有点痒痒的,也想试一把。于是,他把多年积蓄拿出来,再向亲戚家借,向银行贷,凑了25万元,试着网箱养鱼。谁知,老天似乎故意为难辜朝兵,2016年夏天一场山洪,把辜朝兵那几张渔网冲得支离破碎,所养之鱼尽数趁机逃走。那25万元的投资自然随水流走,真正打了水漂。多年积蓄花光不说,还欠下一屁股债,辜朝兵心疼得要流血。

恰在这样的处境下,夫妻之间积怨爆发。女人认为辜朝兵此生翻不了身,坚持离婚。辜朝兵咬着牙答应下来,那孩儿妈就成了前妻。此后,辜朝兵心气一落千丈,被村里聘为文书,平时管管档案,做些杂活。当外地有人来访或谈事时,他就跟随着村党支部书记、主任参加会议,做些记录之类的活儿。

也正因如此,辜朝兵参加了村党支部书记与这些仙居人的活动。

那天来的人中,有一位来自仙居的挂职副县长,叫滕新生,四十五六岁,面目清秀,态度平和,工作踏实,给辜朝兵留下深刻印象。他坚持带人看遍了红垭村的角角落落,说要帮扶红垭村发展种植业和养殖业,一是仙居杨梅,中国品牌;一是仙居鸡,号称"中华第一鸡"。他还说:"只要有一种东西获得成功,红垭村就可脱贫致富。"滕新生的话,富有鼓动性，说得辜朝兵心热。

到了6月，按照双方约定，红垭村要派人去仙居县参观考察。村党支部书记认为辜朝兵年轻有文化，头脑也灵活，暗地里把辜朝兵当作"候选养鸡户"培养，就让他陪同自己一起去仙居。第一次，他们去仙居看了杨梅，并初步商定引种"东魁""荸荠"两个品种。

8月，辜朝兵和村主任又去了一趟仙居。这次专门去看仙居鸡。

辜朝兵是个有心人，一边看，一边心底下就在比较和思考。红垭村也有人养鸡，但养的鸡太大，一只鸡，全家人一餐吃不完。而仙居鸡不大，刚好一家人吃一餐，这是他们的优势。还有一点，自然是市场，仙居鸡名气大，有人要。说到养鸡环境和条件，辜朝兵觉得仙居有些地方还不如他们红垭村呢。这一看一比，辜朝兵有了信心，相信自己能养好仙居鸡。

不出所料，村里真的把辜朝兵作为重点养鸡户，让他到镇上畜牧站学了一段时间养鸡技术。并由他牵头，吸纳十多家农户参加，组建红岩养殖专业合作社，采取"村集体+合作社+农户"模式。养鸡需要鸡舍和场地，得花不少钱。辜朝兵个人出面，由村里担保，向信用社贷款5万元，又向亲朋好友借了5万元，仙居县帮扶了几十万元。合作社租下20多亩土地，建了900多平方米鸡舍，这些都算村集体资产。合作社租用，每年给村里交纳2.5万元租金。

跌跌撞撞中，经过一个多月筹备，养鸡场迎来了第一批5000只仙居鸡苗。养了200来天，一时竟找不到下家。后来七转八转、七托八托，才找到绵阳市一家农家乐卖掉。辜朝兵一算账，做了一笔亏本买卖。

辜朝兵看出这种养殖方式有缺陷，从第二批开始就改啦。

2019年5月，第二批3000只仙居鸡苗一到，辜朝兵只留下1000来只在鸡场放养，把2000来只分散到农户家里喂养，每户一二十只。辜朝兵

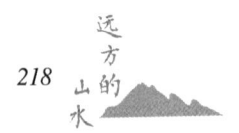

负责对各家农户进行技术指导，帮农户代买鸡苗、代销鸡蛋。当然，仙居县也不时派技术人员过来巡看检测、解答问题。

这一批仙居鸡养得很好，鸡蛋也好，双黄蛋多，每枚鸡蛋卖到2.5元。有个广元市区的客户，居然开着轿车来红垭村采购鸡蛋。特别让辜朝兵兴奋的是，绵阳市那家农家乐推出了红垭村养的仙居鸡，顾客反映极好，故提前预订，上门来拉，每斤价格15元，远远高出当地鸡价。这一下，合作社赚了不少钱，农户也跟着赚钱。辜朝兵记得清清楚楚，那一次，合作社共分给农户7.8万元。看到乡亲们领钱时的神态，辜朝兵第一次感觉自己做对了一件事。

后来，养鸡场规模扩大了一倍，处在逐步发展中。朴实且温柔的爱情之神来到辜朝兵面前。

说来奇巧的是，这份爱情的序幕竟然也由滕新生拉开。

当然，说与滕新生有关，并不是说滕新生是辜朝兵爱情的月下老人，而是滕新生那天来红垭村考察已经成林的杨梅园，顺带着在附近的南凤村开了个小会，顺带着把辜朝兵叫到南凤村开会。就在那天，辜朝兵顺带着遇上了爱情，发现了这个后来成为他妻子的女人：向姗。

向姗娇小而秀气，活泼而大方，性格开朗，说话时爱笑。那天，我就让已是红垭村党支部副书记的辜朝兵把向姗也请到村委会办公楼。向姗自然还带来了他俩爱情的胜利果实——一个活泼可爱的两岁多的女孩。让他俩面对面"坦白"爱情经历，来个情景重现。

辜朝兵：好像是2018年5月的一天，我去南凤村开会。见时间还早，就在村委会办公楼附近闲逛。走进南凤村信用社便民办事点，看见了正在办公的她。当时就有点感觉。

向姗：那天，我正在便民办事点上着班呢。这家伙偷偷踱进来，我根本不知道,依旧只顾自己工作。

辜朝兵:你抬了一下头,看了我一眼,好不好?

向姗:对不起,忘啦!(说这话时,向姗微微一笑)

辜朝兵:你忘了,我可没有忘呢!见她埋头工作,我就上去,没话找话,问一些信用贷款问题,目的自然是让她搭理我,留下点印象。

向姗:这家伙鬼得很哟!

辜朝兵:不知怎么,见了她就感觉放不下她。一边开着会,一边向南凤村文书打听。她是谁?做什么?是不是单身?

向姗:这家伙在暗地里做功课,我当时一点不知道。(说这些话时,向姗一脸无辜的神情)

辜朝兵:到9月10日(你看,辜朝兵对这个日子记得很精准),当时第一批仙居鸡已卖掉,心理上没有了压力,就托南凤村文书找她,说寻到了一家很有特色的酸辣粉丝店,"骗"她出来吃个饭,加深一下印象。

向姗:当时,真的有点受骗上当的感觉哟。村文书也没有说明谁请客、谁参加。我连工作服都没有换,就跟着村文书到了那家酸辣粉丝店。这才发现,这家伙在张罗,还有几个他的朋友。

辜朝兵:她一到店,我就觉得成功了一半,心情大好。于是,就和朋友们开始大吃大喝。

向姗:虽说有点受骗上当,但我这个人向来很大方,既然来了,那就吃呗!谁怕谁呀?心想,看得上更好,看不上就算交个朋友,也不亏。满桌的人,都夸这家伙怎么怎么好。看得出来,全是这家伙请的托。

辜朝兵:人家介绍的可是真实情况呀!辜朝兵就有那么好嘛!(看这辜朝兵厚脸皮)

向姗:说实话,我当时没有看上这家伙。这家伙在餐桌上都没有说什么话,我以为这家伙不善交流。不会交流的男人肯定不行。后来才知

道，这家伙能言善辩，那天是故意装的。

辜朝兵：那当然。想我辜朝兵走过三江六码头、喝过爨筒热老酒，怎么可能不会说话呢？

向姗：哼（撇嘴），这家伙有点坏。

辜朝兵：吃完饭，我又找个借口，把村文书和她请到茶楼喝茶。还有我的一个朋友，共4个人。那样，就可以说得具体点。村文书和我那位朋友帮衬着，你来我往，相互补充，把家庭情况啦，经济状况啦，还有养仙居鸡的波折啦，统统都说了。当然，也抓紧机会，打探了一些她的情况。

向姗：感觉谈得还行。

辜朝兵：不过，她那天说得并不多。

向姗：哪有女孩子主动的嘛！（看来，向姗骨子里还深藏着传统理念）

辜朝兵：因为说得兴奋，居然连手机号码也没要，遗憾了好几天。后来，才想办法从别人那里要到了她的手机号码。

向姗：从此就不得了，甜言蜜语像倾盆大雨。陈老师问他说了些什么？你让辜朝兵这家伙自己说！（向姗略显调皮，用手指着辜朝兵）你自己说！

辜朝兵：也没有什么呀！就是找一些让女孩子喜欢的话呗。这还不容易嘛！一箩筐一箩筐的！还提到给她过生日什么的。找她是的确喜欢她，适合过一辈子，不是闹着玩的。

向姗：说实话，这家伙的甜言蜜语并没有打动我。我当时已26岁，早过了喜欢甜言蜜语的阶段。但听到这家伙在创业中失败过，并没有放弃，没有灰心。在仙居人帮扶下，开设养鸡场。这种做法还是蛮感动人的。觉得这家伙还不错，能够担起一个男人的责任。这样，就慢慢开始有了好感。

辜朝兵：她父亲开始并不喜欢我，还托人打探我的情况。我就用实际行动去感动他老人家。她家里一有事，我总是忙前忙后，"表现表现"。慢慢地，老人家就接纳了我。

向姗：这家伙会来事，弄得我父母亲好像找到了乘龙快婿，还反过来做我的工作。那段时间，这家伙白天到厂里上班，晚上又到养鸡场劳动，觉得这男人吃得苦耐得劳，心里就同意了大半。但我还想再考验考验这家伙，嘴巴上就是不说。如果我主动说了，不就吃亏了哈！

辜朝兵：不管怎样，情况还是有了变化。有时送她回家，就住在她家里。

向姗：哎，哎，打住！住在我家里，但不是住在一起噢！我睡楼上，这家伙住楼下。井水不犯河水啦！

辜朝兵：是，是！一直等到2018年9月23日，她过生日，才有了突破性发展。

向姗：那天很糟糕好不好？这家伙邀请了很多朋友，大家喝酒、说笑话，闹到很晚。我也被劝着喝了不少酒，人都有点晕晕乎乎。这家伙就趁机做坏事。

辜朝兵：这不算什么坏事吧？如果说是坏事，那坏事迟早总要做的（辜朝兵一脸胜利者的模样）。送到她家楼下，猛地一把抱住，把她给吻了个透！

向姗：这家伙力气多大呀！我完全没有招架之功，"彻底沦陷"！

辜朝兵：之后，就顺理成章啦。我问她，我们什么时候去扯证呀？

向姗：这不就是一个形式吗？那就"520"呗！

辜朝兵："520"是个好日子，更有个大家熟知的好寓意——"我爱你"。我自然同意。本来打算春节办婚礼，谁知，后来新冠疫情来了，被迫推迟到国庆节。

向姗：一年后，女儿出生，这家伙的阴谋彻底得逞啦！

夫妻俩说到这里，开心地哈哈大笑，他们的宝贝女儿虽然不知道父母亲在讲述她的来历，也咧开小嘴，甜甜地笑了起来。看着这幸福和谐、美满快乐的一家，我在内心忍不住为他们点赞。

最后，辜朝兵夫妻俩开着车，盘旋而上，把我带到一个山顶平地上。他指着眼前几排新房说："这就是红垭村合作社未来的养鸡场，规模将比现有的扩大一倍多。"而且，辜朝兵还打算自己孵化鸡苗，这样，既可节省养鸡成本，又可掌握淡旺季主动权。

"真是个好思路！"我赞叹道，并希望等新鸡场启用时，告知一下。

"好的！"辜朝兵回答得很干脆。他那张古铜色的脸在春阳下，泛着自信的光。站在辜朝兵边上的向姗，手上抱着女儿，用欣赏的目光看着自己的男人，脸上是满满的幸福感。

作者有《五律·凤来栖》一首以赞：

> 川北有嘉林，
> 东方来凤寻。
> 深岙藏雅尚，
> 春雨化甘霖。
> 僻壤人间宝，
> 青山遍地金。
> 更兼诗与爱，
> 骚客且长吟。

第五章
天渠上,人力资源汩汩流淌

一桥飞架南北,天堑变通途。

——毛泽东

就业，是民生的基础，也是脱贫致富的基础。从更宏观的视角分析，这是人力资源、社会资源充分涌流、高效利用的必然要求。从某种程度上说，人力资源的良性循环，其实比经济良性循环更为重要和突出。授人以鱼，仅供一餐之需；授人以渔，终身受用无穷。有鉴于此，浙江广元东西部协作，不但贯穿了这样的常识，遵循了这样的规律，而且从浙江和广元实际出发，创造出"帮帮摊"系列、三级帮扶组织、"杭广共富云"等新的载体与形式，切实解决就业难、就业远、就业散的问题，搭建起一座人力资源流通和循环的天渠，受到广元群众赞誉、浙江企业欢迎和上级领导部门肯定。

——采访札记

一辆动力极好的吉普车，快速行驶在蜿蜒曲折的剑阁乡间公路上。显然，当地司机早已习惯于这样的公路，并不因此而减速。如果换成浙江的司机，恐怕都不敢这么开吧？

刚下过一场透雨，天空清新得犹如用高科技清洗液洗涤过一般。透过车玻璃看去，两边山脉的立体感特别强。剑阁道上行，如作城墙游。一道道峭壁陡崖，使人很自然地联想起传说中五壮士开辟蜀道的鬼斧神工、刀劈剑削，给人间留下这一道道峥嵘而崔嵬的"城墙"，让人得以感受那一夫当关，万夫莫开的气势。还有，沿途古柏森森、连绵成片、遮天蔽日。人道剑阁多古柏，自古已然。山坡上的油菜花，犹如一块块巨大的金箔，映照着春阳，显得金碧辉煌。一幢幢崭新农舍，错落有致地排列在沿途两边的村镇上，不时见到一簇簇桃花和不知名的山花，宛若从农家院子里伸出一张张俏丽的脸庞，似在欢迎远道而来的人们。

在这图像中，我很快发现，那些新高楼或旧农舍，大多上门落锁。不用问，用脚趾想想都能知道，这些村民毫无例外地外出打工了，只留下一些老人小孩，还有一些懒懒散散的小狗在觅食。一个个山村因此显得十分静谧，甚至有点寂寥。

在现阶段，广元作为人力资源大市，每年外出打工的农民数以万计。打工收入，仍是农村人口主要收入来源，也是构成农民年均纯收入的主要部分。剑阁县人社局局长李必众告诉我，剑阁县68万人口，在外务工人员多达27万人，每年务工纯收入45亿至48亿元。这是通过银行汇款得出的数字，至于农民工随身携带的现金，还没有计算在内呢。李必众估计总数在60亿元左右。这个外出务工收入，占了全县农民纯收入的60%多。换句话说，当下，剑阁农民脱贫致富主要还是靠外出打工。所谓"一人打工、全家脱贫"，指的就是这个。

对于这样的数据和分析，我是认同的。它与我在广元随机采访农民家庭得到的收入样本基本一致。

李必众是地道的剑阁人，生于斯、长于斯、工作于斯。他身材精瘦，戴着一副学究般的狭框眼镜，语音带有浓重的剑阁口音，语气却是铿锵有力。有段时间，丽水市莲都区有位叫赵建勇的干部，到剑阁县组织部挂职。两人从事同一项工作，由此成为朋友，合作得非常愉快。当下，剑阁县与杭州市上城区结对，李必众与上城区人力资源部门的合作也非常愉快。上城区每年帮扶剑阁人社局200万元，剑阁县人社局合理使用这笔资金，培训、奖补创业、支持农民工走出去等，办成了不少实事。按照"剑阁所需、上城所能"的总原则，共同协商、共同推进，两地人力资源输出和服务工作走在全市前列。剑阁县连续两年被四川省委评为农民工保障工作先进县。2021年1月，剑阁县人力资源和社会保障局被国务院农民工工作领导小组评为全国农民工工作先进集体。

"这是很高荣誉吧？"李必众提到这个称号，脸上略显自得，朝我看了一眼。

"那是自然！"我真诚地点点头，并希望李必众介绍得具体、详细些。

"好。选几件事说说吧。"李必众胸有成竹地答道。然后，他摊开一大堆表格和材料。

搭建人力资源流通渠道，输送外出农民工，自然是他们的第一件大事。剑阁县农民外出打工目的地前三个是：本省成都市，以及广东、浙江。据他们统计，2022年到浙江打工的剑阁人约有2.6万人。有组织输送，也就是由人社部门直接牵线搭桥出去的2682人，其中包括脱贫人口

553人。脱贫人口，是当下出现的一个新名词。刚开始时，我一下子听不懂"脱贫人口"是指什么。经过李必众解释才知道，"脱贫人口"指的是那些原属建档立卡贫困户、现在已脱贫、仍被重点帮扶和关注的对象。这些人自然也成为劳务输出工作中的重点关注对象，故被有关部门每每单独列出来。

"有近年来的具体数据吗？"我希望有数据支撑。

"当然有。"李必众不慌不忙地翻开笔记本。2021年，脱贫户赴外省打工的有22364人，在省内打工的有11045人；2022年，脱贫户赴外省打工的有22235人，在省内打工的有11287人。

精确到个位数，工作之细，真的令人钦佩。

"这项工作之所以取得比较明显的成效，主要靠浙江的支持和帮助。这不是虚话，而是肺腑之言。"李必众由衷地说。

浙江省人力资源部门每年派人到剑阁来，进行劳务介绍，提供就业需求信息。譬如，今年正月初九，杭州市及上城区人社部门同志就来到剑阁县。那天，我们剑阁这边还没有过完春节呢！一下子来了20余家企业，在广场上举行招聘会，提供了一大批劳务需求岗位，把大家乐得合不拢嘴。当场签订意向合同的有150人，后来实际去了123人，成功率还是蛮高的呢！从去年到现在，两地已举办了11场劳务招聘会，把大批农民工介绍推荐到浙江去。

让人更为难忘的是，杭州上城区专门制定了一项特殊优惠政策：但凡通过组织输出到杭州上城区打工的剑阁县脱贫人员，每月补贴1000元，外加500元房租补贴。这样，在上城区打工的这些剑阁人，每月实实在在地增加1500元收入。这多好呀！

"啊？还有这事？打工也有补贴？"我惊讶了。

"真的，真有！"李必众再次肯定地答道，"至于我们嘛，就是精心做好服务工作。"李必众说,尤其是在新冠疫情期间,他们设立专班,实行跟踪服务。为避免外出务工人员感染,剑阁县人社部门与浙江对口部门联络对接,组织落实专车、专线,做到"从家门口到厂门口"的输送。由人社部门出钱,免费运送务工人员到浙江就业点。两年间,仅剑阁一县,就安排了500车次,运送了1.7万人到浙江各地。

李必众这么一说,我很快联想到近几年新闻媒体的报道。浙江各地根据疫情期间特殊情况,组织专列、专车、专机接送各地农民工返岗。场景里,总是拉着大幅标语,写着某某专机、专车迎接农民工返岗就业字样。镜头下的农民工,虽然戴着防疫口罩,但还能看出他们脸露喜色、手比OK,情景令人感动。

链接之一:视频中的洪明涛

说来也许你不信,工作在杭州市钱江新城的剑阁人洪明涛,每天忙得脚底朝天,忙得我在杭州无法约到他采访。因为他所在的统一商贸杭州分公司把他放到温州一带开发市场,他就天天在瓯江边奔波。于是,我只好采用视频方式,对他进行简短采访。

好在视频非常方便,画面、声音清晰度均很高。

视频中的洪明涛,脸上皮肤黝黑,五官轮廓显现出粗线条,看上去朴实厚道、孔武有力,犹如剑阁道上站立的古柏,给人一种信任感。

叙述,从自我介绍开始。洪明涛身高170厘米,在男性中属于中等个儿,今年正好是而立之年。他的家境本来还过得去,后来他妈妈不幸得了癌症,四处求医,怎么看也看不好,最后还是走了,给他留下30多万元债务。怎么还这笔债,让洪明涛整天焦虑不安。

叙述到这里,视频里坚强的小伙子说不下去了,掉下了眼泪。

停顿了好一会儿,他才继续。

后来,洪明涛就跑到成都打工,但成都的工资实在不够高,且工作断断续续。2020年7月，因为疫情，一些企业生产受到影响。这段时间，也就成为洪明涛他们的"空窗期"，他也只好回到老家待业。后来他听别人说，剑阁县与杭州上城区结对帮扶，有一些优惠政策，凡原先属于剑阁县建档立卡贫困户又到上城区就业的，可以享受生活困难补贴和租房补贴。这多好呀！这个消息，把洪明涛吸引到了杭州。他通过政府组织的招聘活动，先在一家企业打零工，之后就转到统一商贸杭州分公司来啦。

洪明涛的工作是负责开发市场。换句通俗的话，就是将统一商贸公司的货物推销到超市、快卖店里。他被分到温州地区，于是就三天两头往温州跑。温州那么大的地方，他得一个个去了解、试探、交流。这中间，有过难堪，甚至屈辱。有几次，一些超市老板当众羞辱他，把他赶出门。但洪明涛不怕，还是坚持一次次上门。说来也怪，不打不相识，洪明涛还与这些骂过他的人成了合作伙伴。因为原先他在成都时，也做过类似工作，所以，洪明涛业绩不错，在开发团队12人中，他排名第一。他每月底薪3900元，提成奖励大约有3000元，还有上城区政府通过剑阁县政府给他发的生活补贴和租房补贴1500元。到现在，洪明涛已领到政府发的补贴36000元。于他而言，这是一笔不小的数字。洪明涛领情，也感恩，言语中充满了感激之情。

后来，洪明涛把爱人也带到杭州工作。洪明涛说，他爱人吃不消推销工作，不想整天在外出差、日晒雨淋，于是她就跑到萧山她表哥处去干美容活，每个月也能挣个4000元左右。夫妻俩将赚来的钱、政府补贴的钱用来还债。一月月还，一年年还，现在债已经还得差不多了。所以，眼下的洪明涛已不再那么焦虑，因为，曙光就在前头。再说，政府还帮衬着、扶持着他，他愿意也决心在杭州好好待下去、干下去，直到把债全部还清，再积蓄点钱，然后把女儿接到杭州来，让她在这边读书、成长。这就是夫妻俩最大的梦想。

链接之二：工作在高铁站的王坤蓉

20多岁的王坤蓉，是剑阁县杨树镇锦屏村人。王坤蓉生得与村名一样漂亮，不高不矮的个子，略显丰腴的身材，一张苹果脸上是满满的胶原蛋白。说起话来爱笑，笑的时候露出一排洁白整齐的美齿。即使放在杭城美女堆里，王坤蓉也毫不逊色。

当下的王坤蓉正在杭城打工。她工作的地方特别容易找，杭州高铁东站二层一家馄饨店，与麦当劳、肯德基、星巴克等并列着。这是车站专为旅客设置的配套服务。旅客上车之前饿了，可以在这些小店里吃些小吃。

就在这家馄饨店里，我俩找了张靠墙的桌子，坐下来闲聊。车站的广播声、顾客进出的脚步声、馄饨的肉香气，还有饮食店特有的雾气热气，混杂在一起，形成一个非典型的采访环境。

王坤蓉告诉我，她较早就离开剑阁，随父母来到杭州。最早在余杭一家企业做护肤品，后来，才跳槽到这家公司。刚来时，做收银员，也在厨房工作过。馄饨都是热做热吃的，王坤蓉对厨房的闷热有着切身体会。后来，大概是公司领导见她工作不错，就让她担任了店长助理。"您别笑，这么小的店，才七八个人，还设什么助理。其实，就是协助店长进个货、排个班什么的。"第一周，她早上5点上班，因为东站最早一班高铁是早晨5点30分，馄饨店必须在此之前开门迎客。第二周，她轮到晚班，午间12点到晚上9点，工作量不算很大。进出馄饨店的顾客，大多快吃快走、来去匆匆，因此，快4年了，没有给她留下深刻印象的人和事。但不要紧，这并不会影响王坤蓉的工作和心情。她感觉在这里工作蛮好的。"真的蛮好的。"王坤蓉重复着。

问她好在啥子地方，她就扳着指头说给你听。高铁站环境不错，整个像是个大空调；公司老板是个台州人，待员工很人性化；同事相处得也不错；她还交了个男朋友，感觉特别满意。

一讲到这位男朋友，王坤蓉是满脸笑容。她似乎有点害羞地告诉我，与这位男友的相识还真有点罗曼蒂克。一次，她应约为做新娘的闺蜜充当伴娘，见到了新郎的伴郎。当然，那位伴郎也同时见到了这位伴娘。新郎新娘自然结婚洞房了，没有想到的是，伴郎与伴娘好像一见钟情了。伴郎是个大学生，才毕业入职不久，对王坤蓉呵护备至。不久的将来，伴郎伴娘也会成为新郎新娘。

然后，就聊到王坤蓉的收入和补贴之类的事。她在这里打工，每个月大概会有5000元收入，还过得去。王坤蓉不是那种贪慕虚荣的女孩，也不跟杭州当地女孩去比。

但女孩子嘛，总是喜欢衣服呀，化妆品呀，有时免不了与女伴们上街逛逛，看看那些物品。对那些价格高昂的时尚物品，王坤蓉选择放弃、走开。

后来，她收到县人社部门发给她的短信，说剑阁县脱贫户在杭州上城区打工的人，可以额外得到每月1000元补贴。杭州东站属于上城区域，王坤蓉显然符合这一条件。她抱着试一试的心情，申报了资料。没有想到，这是真的。她拿到了季度补贴3000元。王坤蓉突然觉得自己有钱了。当再次逛街时，她果断地走进一家化妆品店，熟练地掏出手机，兴奋地打开支付软件，毫不犹豫地花1400元买下了她心仪已久的"雪花秀"系列，圆了一个女孩子的梦。

"今后呢？准备买房子吗？"我问王坤蓉。王坤蓉微微摇头。在杭州买房子简直想都不敢想。她的下一个梦是，买一辆车，开着上下班。那样，她就可以不必每天骑着自行车，急匆匆赶路啦！说完，她嫣然一笑，一双美眸瞬间一亮，似乎看见了一辆正奔驰着的小车。

这个可以有！我的心里突然冒出这句"名言"。

看完以上链接，我们再继续听李必众的叙述。

三级劳务服务体系搭建，是剑阁县人力资源部门叫得响的第二件大事。这事出现在2021年8月，最早由广元市人力资源部门提出统一要求，剑阁县落地比较好，而且有点独创性。所谓三级，自然是指县、乡镇、村。剑阁县在县一级成立了一家"众诚人力资源服务公司"，国有性质、企业运行，属于四川省首创。全县29个乡镇设立劳务专业合作社。一般乡镇配备3至5人，劳务输出量大的乡镇，配备十来人。全县364个行政村设立劳务服务站，建立村级劳务人员微信群。劳务服务站与村经济合作社两块牌子、一套人马，由村干部兼职劳务协理员，每月200元酬金，专职负责农民工输出介绍。以上工作均为公益性质的，不对农民工收取任何费用。

2022年，全县劳务合作社社员达到7.2万余人，除了需要留家的以外，可外出打工的有6万多人。全年3.2万劳动力通过三级劳务服务体系就业，实现劳务收入1065万元。

剑阁县建立三级劳务服务机构的做法，已被广为传播，省内不少市、县都来调研考察。

还有第三件事，设立就业帮扶车间。剑阁县共有帮扶车间11个。脱贫攻坚期间，丽水市莲都区建了一批；新一轮东西协作开展以来，又建了一批。目前，车间内就业人数135名，其中脱贫户劳力101人。这些帮扶车间，都设在家门口，主要聘用那些家庭经济比较困难，但又因各种原因无法出门打工的人，虽然工作简单、工资不高，但对解决特殊困难群体的收入问题，还是蛮有作用的，所以，受到老百姓欢迎。

帮扶车间，我曾在著名报告文学作家何建明描写福建与宁夏山海协作的作品中读到过。李必众的介绍，引发了我对帮扶车间这一模式的浓厚兴趣。在广元采访期间，我走访过不下10个帮扶车间，深入了解了这种被老百姓称为"家门口就业"的帮扶模式。

我不知道这种模式起于何时、始于何人，但这种"家门口就业"模式给欠发达地区老百姓带来的便利和利益，显而易见。随着采访的增多和深入，我的这种感觉越发鲜明和强烈。

沿着长有一排排高大古柏的水泥路，我走进剑阁县龙源镇红彤村。

红彤村刚从贫困村行列中走出来不久，尚留下鲜明印痕：全村农房外墙均未粉刷，仍裸露着粗糙的水泥墙底。一打听才知道，政府担忧农民因粉刷装修造成沉重负担，故下了死命令，近年内不让粉刷外墙，待村民收入逐步提高后再说。眼下，红彤村已是省级四好村，说明他们跨上了一个新台阶。

帮扶车间设在一幢新建的仓库型建筑内，墙壁上写着醒目的"杭州市上城区-广元市剑阁县东西部劳务协作乡村振兴车间"字样。对呀，脱贫攻坚的历史任务已经完成，中国农村进入乡村振兴的新时代，帮扶车间的名称理应与时俱进。

村主任领我进入车间。他告诉我，红彤村以前是典型的贫困村，评上省级四好村后，获奖金10万元，才办起这个振兴车间，为一些脱贫群众增加点收入。

我平生第一次直面这种新型"工厂"。车间显得十分高大宽敞，操作台是一长溜木架加木桌。操作台两侧，随意坐着十多位中老年妇女，只有一位六七十岁的男性村民。加工的活件是羽绒服上的一种弹簧纽扣，黑色，粗看像一颗颗膨胀螺丝。人们先拿出那颗类似膨胀螺丝般的母件，然后，装上一个小内芯，再嵌入一根弹簧，就算完成。活儿极其简单，根本不需要训练。这大概也是这份工作受到村民欢迎的因素之一吧？

在十几位加工者中，我找到了几次被媒体提及过的女工张春芳。

张春芳个子不高，看上去50来岁，非常朴实内向。她穿着一件农村里常见的大花格子两用衫，用粗糙而灵活的双手，熟练而迅速地装嵌着纽扣。车间是计量的，每装一斤可以收入1.5元。张春芳一天可以赚个十来元。十来元，对于城里人来说，大概还买不下一根哈根达斯雪糕，但对于张春芳而言，却是几天的柴米油盐钱，她很看重，做得极其认真。所以，当我请她谈谈她的家庭情况时，张春芳仍埋着头，把主要精力都放在工作上，视线从未离开过手中正在做的活儿，只是有一搭没一搭地回应着。

张春芳家就在村里。她老公也是本村人，做着木匠活，两个女儿上着学。一家四口，本来应该还算不错，但她老公身体不好，肺病，不时发作，干不了重活，需要用药养着，每个月药费不少。两个女儿，一个读大专，一个读初三，都住校，都需要花钱。姐妹俩每月要千把元生活费。千把元，她知道已经算很少很少了，但城里花费大呀。对张春芳来说，这是一笔沉重的负担，一年得一两万元哪。她在家种田，4亩多，种些麦子、油菜、玉米、黄豆，除去种子、农药、化肥等，一年净收入只有几千元。另外，她还养着60多只鸡，能卖个2000元。实在没有法子了，就向亲戚朋友们借钱，差不多都借遍了。说出来不好意思，但真的没有办法呀！她成了村里建档立卡贫困户。说到这里，张春芳的声音低了下去。

然后，就说到了眼前的振兴车间。村里知道她家困难，就动员她来这里干活。张春芳想想也好。老公身体不好，需要照顾，小女儿又在镇上学校，周末要回家，她的确离不开。再说，即使离得开，自己都50来岁啦，又没有什么技术，哪家企业会招用她呀？而这个开在家门口的工厂完全不一样，路近不说，还很自由。偶尔家中有点事，或者老公要去

看个病，她随时可以请假离开，没有限制。这样的用工制度多好呀！似乎就是专为她张春芳设计的。因此，她从内心感激杭州人、丽水人，感激政府。虽然她在这里赚的钱并不多，每天也就十多元，但十多元十多元加起来，就多啦！这几年，张春芳已经赚了1万多元，至少可以满足家庭日常开销啦。再说，大女儿已毕业，找到了工作。孩子很孝顺，每个月会汇钱补贴家用。只要门口工厂继续开下去，这样的生活能继续，她张春芳就心满意足啦！

走进青川县凉水镇跃进村吴兴织里-青川凉水扶贫培训车间，听到看到的是另外一个故事。

村党支部书记孟明，一位80后干部，兼任着这个车间的厂长。他西装革履，头发上擦着头油，显得整齐鲜亮，嘴里断断续续地向我介绍这个车间的来龙去脉。

跃进村所在地叫井坝子。村里有口井，井水特别清凉，据说，与女皇武则天有关。到底有没有关系，孟明其实也不知道。他只知道，井坝子这个地方很穷，建档立卡贫困户特别多。2019年7月，浙江吴兴区结对帮扶青川县，双方商定在跃进村设立一个扶贫车间，著名的纺织之乡吴兴区织里镇给车间捐了40台缝纫机。2021年5月，青川县结对对象变为杭州市西湖区，西湖区又给车间捐赠了30台缝纫机，跃进村扶贫车间成为一个拥有70台缝纫机的大车间。这样，不仅能招收本村村民，还能扩大招聘范围到全镇居民。

开始时，先培训人员，织里镇派了4位裁缝师傅过来教学。3个月时间，包吃包住、全部免费，连牙刷牙膏都发。培训完成后，学员就留下来干活。一开头，什么衣服都做。2021年1月后，扶贫车间转产校服。凉水镇为表示支持，特地出资为镇上两所学校捐赠校服，然后将订单交给扶贫车间来做。这一单，600多套衣服，23万元营业额，算是让扶贫车间喘了口气。之后，就要靠车间自己开拓业务、自主营销了。

孟明坦承，现在招收人员不愁，愁的是业务订单还未完全打开局面。自己一天到晚在外面跑业务，就是想让工厂业务能够稳定下来。业务稳定了，员工收入也就稳定了。孟明操着一口浓重的川普与我交流。听得出，他在努力使自己的发音靠近普通话，就如同想让自己的穿着打扮尽量接近城里人一样。

一位50多岁的女工正在熨烫衣服，看得出，她的熨烫手艺不错。冒着水蒸气的熨斗，在漂亮的校服上上下左右移动。熨斗所到处，校服立刻变得平展熨帖。

"阿姨好！"我随着车间里的人这么称呼她，她一听就笑。大概看出我的年龄要比她大许多吧？不过，阿姨无大小，她一笑也就应啦。

"加工这么一套校服，工厂赚16元5角，不算贵吧？"

"您问我，每熨一套多少钱？不，不，我这道工序不是计件制，而是月薪制。每月做满，有两三千元收入。每天工作7小时，午间休息两小时，蛮好的呢！我就是镇上人，家里有个80多岁的老娘，还有两个小孩，都离不开我。老公和儿子儿媳都在外面打工哩，一年难得回来一两趟。"

"这工作好吗？"

"当然好啦！老娘和小孩子都能照顾到，每个月还能赚几千元。老娘高兴，我也就高兴！"

说毕，她又笑起来。感觉得出，她那种笑是真诚的。因为，声音无法作假。

过了一会儿，我走近一位女工身边。她穿着一件黑色薄棉衣，染着黄头发，方脸盘，皮肤白皙，是农村中极少见到的那种瓷白色。只听见眼前的缝纫机嗒嗒嗒响着，她快速地移动着裁片，然后娴熟地翻转衣袖口，准确地剪去毛边线。

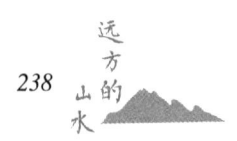

一问，她叫岳会清，今年48岁，是从外地嫁到跃进村当媳妇的。问起她的身世家庭，岳会清的情绪立马起了变化。她一边缝纫着，一边缓慢地叙说自己早年不幸的境遇。

岳会清嫁到跃进村后，生活过得平淡而踏实。谁知后来老公查出肝癌。当时，大儿子17岁，小儿子才10岁。家庭生活重担一下子压在岳会清一个人身上。她羸弱的身子怎能扛得起这样的担子呀？为给老公治病，她到处借钱，这里一百元，那里一百元。然后，她又带她老公跑到青川、广元、成都等地医院看病。后来，亲戚朋友家都借遍了，家里穷到再也拿不出一分钱。她一咬牙，以家里房子作抵押，向银行贷款5000元。结果，老公癌症没有看好去世了，却留下一屁股债。岳会清说，当时她自己都觉得撑不下去了，真不知道后来怎么熬过来的，那个经历，她真不想讲，讲了就要掉眼泪。

"那，后来呢？"我还是希望知道后来事态的发展。"后来，就拖着一屁股债生活着，慢慢还呗！"她家理所当然地成了建档立卡贫困户，得到政府救助。再后来，经人介绍，岳会清找了个本镇的男人，两人过得和和睦睦。眼下，老公和两个儿子都在外打工，家里有个小孙子需要她照顾。

2020年4月，岳会清参加扶贫车间第二期培训班，并留下来当了缝纫工。缝纫这一块是计件制，她每天缝纫八九套校服，赚个百把元，一个月3000元不到。她觉得满意。全家人省吃俭用，总算把以前欠人家的债都还清了，以后赚到的钱就归自己所有啦。这就足够啦！

岳会清性格比较开朗、乐观，她已经从昔日家庭阴影中走了出来。生活还在继续，家里还要花钱，岳会清还需要在扶贫车间干活赚钱。交谈之中，岳会清真心觉得这扶贫车间好啊！

而发生在朝天区前瞻服饰公司两个帮扶车间的故事，似乎显得更为复杂和动人。它们是在东西部协作的大背景下由政府有关部门主动牵线搭桥，企业与当地百姓积极参与后取得的成果。

故事源于朝天区人社局领导的一次调研。朝天区人社局副局长郑永陵给我讲了这个故事。郑永陵是当地人，个子不高，浓眉大眼，理着个平顶头，说起话来声音洪亮、口若悬河。

2021年11月，区人社局局长张绍军和就业服务中心主任李佳蔚到自然村调研。会上，自然村党支部书记韦宗耀聊着聊着，就聊出了个想法。自然村是个易地扶贫搬迁聚居点，男劳力大多外出打工，留下一批妇女在村里，没事做，养头过年猪，就是全年的活儿。能否帮自然村引进一个手工作坊，或引进一些老百姓能在家做的什么活儿，让这些空闲的女人们赚点钱？

"老韦这个想法好！"张绍军在会上就表了态。返回机关后，张绍军当即把这个任务交给副局长郑永陵。郑永陵分管这块工作，与企业界打交道比较多。张绍军嘱咐他要管好，管到底。

郑永陵接受局长布置的任务后，马上着手物色可供选择的关联企业。他想起广元经济开发区有家前瞻服饰公司。这家企业主营外贸，总部在深圳，老板也住在深圳。总经理叫蒋波，江苏人，很有社会责任感。前几年，蒋波委托郑永陵在朝天区帮助招工，郑永陵也的确帮过蒋波的忙。不过，蒋波反映，从朝天区招去的新员工，总是留不住，他们觉得离家远，照顾不到。哎，现在村里有这个就业需求，企业又有招工难题，能否撮合蒋波，把工厂办到村里，办到老百姓家门口呀？

这一想法冒出来，郑永陵就有点小激动、小兴奋。他马上拨通了蒋波的电话。因是老熟人，没有客套，郑永陵三言两语把事情简述了一下。具体的，得当面谈。

蒋波回应很积极、很热烈。两人很快商定第二天就到广元经济开发

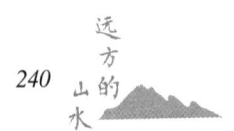

区前瞻服饰公司见面。

郑永陵带着自然村党支部书记韦宗耀和区劳务服务中心林总一起，找到了蒋波。韦宗耀打开随身带来的笔记本电脑，翻出村里现成的"厂房"照片进行演示。韦宗耀所指的"厂房"，其实是安置点一个公共场所，平时为老百姓办理红白两事。如果稍加改造装修，即可成为车间。改造装修的钱，从东西部协作资金中出。郑永陵也表态，区人社局可以出资5万元。

"这个行！"蒋波立马表示认可。

"那，员工呢？"蒋波最关心的是招工问题。

"员工没有问题！"为了把前瞻服装公司引进村里，韦宗耀铁了心，有点大包大揽，"村里已成立劳务合作社，我盘点过，至少可招20个人。为让老百姓相信，并愿意进厂，我想了个招数。"

"招数？什么招数呀？"郑永陵和蒋波不约而同地问。

韦宗耀神秘一笑："我老婆不是在外打工吗？我已与她商量好，让她回村，也进厂打工，带个头。这样，老百姓一看书记的老婆也进了厂，不是更放心嘛！"

没有想到，没有想到，韦书记居然把老婆大人也请出山来！蒋波一听大为感动，答应尽快到现场考察。

尽快，是多快？郑永陵和韦宗耀都不知道。没有想到的是，蒋波第二天就来到自然村。

看了800平方米的场地，蒋波觉得非常理想。这个空间，不要说50台缝纫机，即使容纳百来台都没有问题，这就给以后的发展留出了余地。企业家总是着眼长远，要看前景，这个帮扶车间就叫前瞻服装分公司吧？订单、原料、管理，都由前瞻服饰总部承担，这边就是来料加工、按件计价。双方商定，前3个月，村集体贴钱，不收租金；3个月后，每年给12000元租金。另外，一件服装加工总收入是12.5元，员工每件赚6元，村集体每件提取2毛钱。

几方一拍即合，都觉得比较满意。村里忙着宣传招工，人社局赶紧落实东西部协作资金。蒋波回去就拉机器设备上山进村。

且说这蒋波，还真是个有情怀的人。他带着一帮青年工人，把一台台设备运到自然村，然后抓紧安装调试。为节省路途往返时间，几个人干脆留在山上过夜。那可是12月初的山区呀！白天尚可，晚上气温骤降，冷得够呛。没有办法，蒋波和那些青年人就将擦拭机器的破棉絮，裹在身上御寒。

艰苦是艰苦，困难也不少。但经过各方努力，前瞻服饰公司自然村分公司终于在当年12月3日正式开张。

癸卯阳春的某天，我们驱车爬上高高的山顶，到前瞻服饰公司自然村分公司采访。

车间不大不小，几十台缝纫机把场地挤得满满当当。嗒嗒嗒的缝纫声与女工们悄悄的交谈声叠加在一起，显得繁忙而温馨。车间墙壁上，悬挂着几幅山水画，还有两副对联，显示出这个车间与众不同的文化品位。我不由得在心里一声赞叹。采访到后来，我才明白这是因谁而起。

在车间，我随机采访了几位女工。

颜雪莲，40多岁，穿着一件红色夹克衫，动作很熟练，猜想她应是家里贫而忙，脸色显得有点憔悴。她是附近文安村人，去年年中进的厂。当时她听在外打工的老公说，自然村在抖音上做宣传，说有这么一个车间。自己原先在广东打工时做过缝纫，比较熟悉，就跑来试试。结果被录用，留了下来。从家里到厂里上班，要骑一个多钟头的摩托车。你问那么远，为啥子还要来呀？"为啥子？要生活，没得法子哟！我又出不去。家里两个老人，都70多岁啦，还有娃儿读初中，需要我照顾。

家里没事，就住在山上；有事，就回去一趟。现在每个月能赚2000多元，还算不错，其他也没有啥子赚钱的门路哟！"

这是大实话。

车间女工中，有个中年女人，生得瘦小，头上扎着马尾，不时悄悄地朝我们看一眼，又赶紧埋下头干活。她的举动引起我的注意，一问车间里的人，才知她是个聋哑女，很内向，至今未婚。我走近她，想与她"聊聊"。身边没人懂哑语。好在她在特教学校上过学，那就采用笔谈吧！

问：您是哪里人？

答：自然村。

问：您叫什么名字？

答：徐荣秀。

问：您什么时候生的病？

答：小时候打针造成的。

问：您什么时间进的厂？

答：2021年。

问：在这里，您每月能拿到多少工资？

答：一般1000多元。

问：您认识字？

答：在特教学校学的，读到初中三年级。

问：家里有几个人呀？

答：5个。爷、爸、妈、弟和我。

问：在这里工作辛苦吗？

答：不辛苦，感觉可以。

问：谢谢您！

答：不用！

徐荣秀"说"完这些，朝我微微一笑。看她的眸子，是那么纯粹、那么平静。

我突然想起郑永陵的介绍，村党支部书记韦宗耀的爱人也应在车间里吧？于是，我就拿目光巡睃。不知怎么，凭直觉我发现有个清秀女人有点像。像在哪里？我一时也说不上。绕过去一问，还果真是。突然有点得意于自己的眼力。

她叫张凤琴，40来岁，是第一批进厂的女工。她家里有10人，是个大家庭，两口子与公公婆婆、大哥大嫂生活在一起。大的娃已上大学，小的娃读着小学，家里活儿不算多。所以，她以往都去外地干活。后来，老公动员她回村带头进厂，她觉得应该支持老公工作。再说，这样也可照顾家庭，就答应回来进厂。她以前没有做过电动缝纫机，一开始有点不习惯。但她毕竟年纪不大，人又聪明，手脚麻利，上手快，做得不错。她说现在自己每月能赚2500元，老公当村干部，每月只赚2400元。她比老公赚得多，所以，在家里更有发言权。哈哈……说到这里，张凤琴开心地笑出声来，惹得车间里女工们一起跟着笑。

我在这个高山顶车间里，特别意外地发现了一位"奇人"。我只能用"奇人"一词来形容她、描写她。

她戴着一顶自编自织的黄色罗松帽，一副高度近视眼镜，自称是这个车间的管理人员，叫淼震，而且主动说明这是她的化名，真实名字不方便告知。

什么？一名车间管理人员为啥子用化名？淼震的简略介绍自然引发了我强烈的好奇心。我开始认真观察起她来，这才发现这位女性不简单。虽已年逾花甲，但仍看得出，她年轻时一定是一位高个美女，至今仍皮肤白皙、保养极好，脸上有一种常人少见的红润，言谈举止透露出高知女性的气质。她指着车间内那些装饰用的字画说，这一切都源自她的主意。

这，一下子就让人刮目相看。淼震接下来的自我介绍，听得我一愣一愣。

淼震自述是浙江人、东华大学高才生，先生在武汉理工大学当教授。她以前在香港办企业，专门做钢构，生意做得很大，一年利润几千万元。前几年，杭州房价还行，她就在杭州购置了一幢带游泳池的大别墅。儿子赴美国留学，后在海外就业。儿子曾劝老妈不要那么辛苦，不必再办企业。可企业那么容易停下来吗？她只得继续。没有想到，她因善良轻信他人，被国外一家公司老板骗了，货款收不回来，造成资金链断裂，她被迫收手。她本想到安徽过退隐生活，但子女们不同意。因为做生意，她与前瞻服饰公司投资人熟悉，并成为忘年的闺蜜。听说淼震的情况后，闺蜜就让淼震到前瞻服饰公司帮帮忙、散散心。就这样，淼震来到穷乡僻壤的自然村，在车间里当起管理员。

来到这里，待了一段时间，淼震居然喜欢上了这个小山村。这里环境优美、空气清新，没有大城市的喧嚣与纷扰，恍若世外桃源。村民很淳朴、很传统，待她很好。当然，她待大家也不错。开厂时，村民连电动缝纫机都没有见过，淼震就请师傅过来培训，自己也做示范。3个月后，工厂就走上正轨，开始按期出货啦。订单是不愁的，她知道那位闺蜜能量很大，客户遍及西班牙、波兰、德国等。她只要把车间里三四十名女工分配好、管理好即可。所以，她心情愉悦。每天，她也和女工们一样缝纫、计件算账，但她从来不拿这份工资。她把自己每月应得的钱全部拿出来，分成若干份，补贴给那些收入较少的女工，使得她们有信心继续在这里工作下去。

听完这番话，我终于懂得了淼震这位浙江人。她把川北自然村当作自己修身养性的地方，把工作当作一种慈善行为。所以，她心境平和、身体健康。

真的没有想到,在帮扶车间这个序列里,竟然还有这样的浙江元素;在被誉为家门口的工厂,居然还有这样一种功能和作用。

让郑永陵始料不及的是,自然村帮扶车间的消息不胫而走,很快传遍广元市各乡镇。不少乡镇都跑到前瞻服饰公司,希望该公司也能到自己那里开设分厂或车间。一时间,前瞻服饰公司成为香饽饽,但同时也感到为难:该去哪里好呢?

还是这个郑永陵厉害。他从朝天区各乡镇上报的材料中,很快挑选出羊木镇金顶村。这个村现有空置场地2400平方米,最早是村小学校舍,后来学校撤并,就做了塑料编织厂房。编织厂关闭之后这块场地一直闲置着,正好用来办帮扶车间哩。

在纷纷扰扰的邀请电话中,郑永陵"截和"了蒋波,把他邀请到金顶村看现场。现场条件明摆在那里,那么大的空厂房,不仅能满足眼前需要,而且有极大发展潜力。还有,那么便利的交通环境,与自然村相隔个把钟头的距离,有利于统筹管理。再说,通过自然村办厂,蒋波与朝天区人社局有了感情和默契。那,就定在金顶村吧,设立前瞻服饰羊木镇金顶村分工厂!

金顶村原由白云村、瓦子村等合并而成,属于穷兄弟搭伙过日子。村里除了这幢空厂房外,并没有钱。村第一书记黄平跑到区人社局找张绍军、郑永陵,局里就出面协调,争取到滨江区130万元东西部协作资金。有了这130万元,黄平才显得财大气粗起来,把旧厂房装修了,做成现在的模样。

房屋租赁、就近招工、师傅培训、生产流程,与自然村大同小异。我过去采访时,金顶村帮扶车间已有40多名工人在生产。车间内机声嗒嗒、笑语阵阵、布转衣出,一派喜庆和谐的景象。带班经理曹波告诉

我，眼下车间里正在加工制作防水裤，产品销往西班牙。总部订单很多，就是缺员工。她听总部蒋总说，金顶村分工厂还不够大，要争取发展到200人，年产值达到2000万元。那该多好呀！说完这些，这位开朗、乐观的美女莞尔一笑，送我走出厂门。

如果要问，在浙江广元协作、推进就业、促进共富进程中，作用最直接、影响最深广的事，自然要数周展他们首创的"帮帮摊"系列啦！央视名牌栏目《经济半小时》曾用20多分钟对此做了重点宣传报道，中国残联和国家乡村振兴局于2023年5月在剑阁县召开现场会，向全国推介，广元市及四川一些市、县先后开展学习推广。

我曾就这件事，与周展做过深入的回顾探讨，也曾走进不同现场，采访过多名参与者、受益者、赞誉者，对"帮帮摊"系列的来由及过程，有了大致了解。

毫无疑问，杭州帮扶工作队队长周展是"帮帮摊"活动的发起人、策划者和操盘手。

周展于2021年6月带队来到广元市帮扶。这是一个爱思考、喜欢琢磨事的人。他那个大大的脑袋里似乎藏着无数灵感，只要一触发，新思路、新主意就会咕咚咕咚地向外冒。当周展在剑阁县交流干部楼安顿下来，并大致确定了下半年工作思路后，就开始思考一些比较长远的问题。

彼时，周展想得较多的问题是在实现脱贫后，怎么防止规模性返贫，如何构筑起一道防止规模性返贫的防线。这个问题的确有点宏观，有点大。但周展就是这样的干部，喜欢思考这类大问题。其实，这也不是玄而又玄的问题，这样的事就摆在这位工作队长面前。

前几轮，或者说前二十多年帮扶脱贫取得了巨大成效。他们这新的一轮，该做点什么？周展带着工作队，深入剑阁各地，调研考察了全县11

个就业帮扶车间，看到过去形成的帮扶车间，做到家门口就业，效果不错。但现在看来，仅有这种形式远远不够。西部地区群众就业愿望很迫切，如何带动更多人就业，甚至是创业；如何按照中央要求，实现经济国内外大循环，做到东西部优势互补；等等，一系列问题在他脑中盘旋。

周展想起，浙江省领导来广元考察时，他和王峻副秘书长陪同着，也谈到如何防止脱贫群众规模性返贫。事后，王峻与周展商量，在广元帮扶工作中，要特别注意弱势群体，尤其是残疾人的返贫问题。王峻希望周展在广元多做探索，力争走出一条新路来。

想呀想，周展慢慢回忆起自己读大学时的一桩趣事。记得那是2000年前后，学校提倡大学生暑期社会实践，形式和地点自选。他带着50元闲钱，兴冲冲地跑到厦门"实践"摆地摊。真没有想到，半个月时间，他买进卖出，居然赚了600元。对于一名大学生而言，600元也算得上一笔小财富。他有点高兴，这是他赚到的第一笔钱，因此印象深刻。

彼时摆地摊的场景，至今历历在目，回想起来，还有点小兴奋、小感动。是呀，摆地摊时间灵活、入职门槛低、无需大量资金投入、利润回报高，浙江人似乎天生就有经商摆地摊的基因。走遍千山万水、吃尽千辛万苦、说尽千言万语、想尽千方百计的"四千精神"是浙江人的创业精神，它与所谓的"白天当老板、晚上睡地板"的自嘲，实际上都应该被大力提倡。尤其是在欠发达地区老百姓当中，要提倡这种"四千精神"和能上能下的品格。如果，周展想的是如果，能够把浙江等东部地区的廉价商品运送过来，让广元脱贫户或残疾人在当地摆地摊出售，就能赚到钱，形成市场主体。摊，可以变为店；店，可以升级为超市。慢慢地，会从这些市场主体中孕育出一个个小老板；这些小老板，又会带动更多的人就业创业。这就像滚雪球一样，越滚越大。

对呀，对呀！周展不禁为自己的这些念头叫好，思路就逐渐延伸。

他要对这项工程精心谋划,做好"顶层设计"。他与同来的帮扶干部潘汉军、联络员石金佶一块刮头脑风暴。三个臭皮匠,还顶个诸葛亮呢,更何况是三个受过现代教育的秀才呀!一次次思想碰撞,产生了火花,火花连成一片,就变成了火团,把他们自己都燃烧起来了,热得坐不住、睡不好。

该给这个活动取个有特色、喊得响的名字吧?叫什么呢?一个不行,换一个;换一个还不行,再换一个!后来,有一句古语"助人者,人恒助之"给了他们启发:帮人者,人恒帮之;自助者,天恒助之。对呀,就叫"帮帮摊"吧!你帮我,我帮你,你我再帮他。摊,就是地摊。但地摊可以变成店,店可以变成超市,慢慢发育成长吧!

反复思考、研究、商量,周展把"帮帮摊"的思路和方案概括为三句话。第一句叫"政府搭平台",就是由政府出面,也就是剑阁县政府和杭州帮扶工作队出面。这样做的好处显而易见:老百姓信任政府,政府有能力帮助老百姓,并能做好牵线搭桥工作。第二句话叫"市场化运作",就是体制、机制、规则必须市场化,市场主体必须在市场中生存。政府不能大包大揽,只能扶上马送一程,不能永远送下去。第三句话叫"社会化发动",就是老百姓参与的面要广、人数要多。

周展分析,眼下最容易出现规模性返贫的群体,一是残疾人,二是家庭有重病患者,要把这些人当作"帮帮摊"的重点对象。而这些人家,必定家庭经济拮据,抗风险能力极弱,要吸引他们参与,必须做到"零门槛、零成本、零风险"。由运营商铺货垫资,卖不了的,再由运营商收回,这样才能真正解除参与者的后顾之忧。

这些想法初步形成后,周展与上城区发改局局长孙锦进行了沟通。孙锦竭力赞同,认为这一做法,从短期看,是东部廉价商品的空间转移,能给当地老百姓带来收益;从长远看,还能带动东部企业家去西部开拓市场、实现良性循环。孙锦考虑到初始阶段两地距离较远,物流成本较高,建议上城区政府给物流业以适当补贴。因为这补贴物流的钱,实际上是补贴给当地参与"帮帮摊"的老百姓。

紧接着,周展和孙锦将他俩的共识向上城区区长做了汇报,最终该想法得到了区长的大力支持。

这一下,周展觉得腰板硬了起来,说起"帮帮摊"来,显得中气十足。

在一次浙川帮扶工作年会上,周展较为系统地汇报了剑阁县即将开展的"帮帮摊"项目。王峻态度明朗地支持这一项目,希望周展他们认真准备,做好"帮帮摊"项目启动工作,并表态说,如有需要他的地方,他一定出力。

王峻真的说到做到。"帮帮摊"项目启动仪式前,周展电话诚邀王峻出席。王峻对周展动情地说,这个启动仪式是剑阁县搞的,他一般不参加县里活动,但"帮帮摊"项目是个创新项目,他要破例参加,为"帮帮摊"站台。

王峻不仅到场站台,而且提前来到了剑阁县,并具体询问了启动仪式的准备和宣介工作,还给出了建议。仪式结束后,王峻还一个摊位一个摊位地走访调研,听取"帮帮摊"主的意见。他真诚地询问摊主们有什么困难和问题,需要当地政府做什么?需要浙江工作队做什么?调研后,王峻又与周展等人商量,并指导货源、物流、设摊等细节。王峻还就如何从全省角度推广这一做法征询了周展的意见。周展如实汇报了"帮帮摊"项目启动阶段的难点,希望王峻副秘书长在活动初始阶段给予扶持。王峻很快吸纳周展的建议,决定给每个开展"帮帮摊"活动的县、市、区,补贴20万元作为启动资金。

今天,当面对采访镜头回忆起这一切,缅怀在浙川对口协作中因过

劳致病而故的王峻副秘书长时，周展几度哽咽着说不成话，眼角布满泪花……

市场化运作，就需要市场主体，需要东西部之间的桥梁和纽带，换句话说，需要一家从事商品运输营销的企业。选择这家企业，不是随便找一家商业公司就行。在周展心里，这家企业在"帮帮摊"活动全局中，有着牵头、组织、协调、善后的重要责任。首先，"三观"要相同，否则，没办法沟通；其次，要懂得"地摊经济"，不能太高大上；最后，要有物美价廉的货物源。

符合这三条的企业在哪里？

"众里寻他千百度，蓦然回首，那人却在灯火阑珊处。"周展就是这样形容后来找到的许莉的。

许莉是广元人，西南交大国际贸易专业毕业。后来她出去闯世界，找了个浙江男人结婚，定居于杭州市拱墅区，就在京杭大运河的最南端。夫妻店开在义乌小商品城，已十余年。夫妻二人也做电商，什么淘宝、天猫都做，高峰期每天营收上千元。全家生活稳定而富足，但许莉是个不满足现状、希望生活有点价值的女人。

2022年3月，许莉回老家探望父母。当周展通过朋友辗转介绍，找到许莉时，她被周展设想和描绘的愿景吸引住了。许莉觉得这件事很有意义，是帮助众人的事，比自己单纯赚点钱要有意义得多。这个认识，就让周展感觉到，许莉这"三观"，是从事这项工作的运营商所需要的。另外，许莉还告诉周展，她有自己的运营模式，可以拿到价格优惠的商品。如果再有上城区政府加持，大批量的货源就没有问题。

许莉具备的条件，几乎满足了周展对于运营商的全部要求。双方有点相见恨晚，旋即敲定合作方案。

"帮帮摊"活动方案基本成熟，周展分别向剑阁县委和上城区委做了汇报,得到一致认可。于是,他开始进入实质性操作。

壬寅孟春季节,周展带着"帮帮摊"运营公司的人先到剑阁县残联,进行路演推广。

剑阁县有持证残疾人21268人,县残联理事长帖定钧坦言,实有残疾人要超过这个数字,因为有部分残疾人没有办证。要解决这么大批量残疾人的就业问题,真是一件天大的事。县残联正在千方百计想办法、找门路。现在,周展找上门来,向帖定钧等人介绍"帮帮摊"的思路和做法。一想到可为全县残疾人创收增收,帖定钧有点热血沸腾,当即表示愿意参与并推介"帮帮摊"。

当然,饭,得一口口吃;人,得一个个帮。先试点,后推广。试点选了8人,都是从县托养机构中选择的肢体残疾人,且他们都愿意一试。

运营公司就把这8个人带到剑阁县步行街。那里,也是剑阁县有名的小商品街。两人一组,把地摊摆开来。这些人对于摆地摊,都是大姑娘上轿第一回,不肯叫喊、不会叫喊。运营公司的人就手把手教、示范着喊,把步行街上顾客吸引过来。因所卖的商品物美价廉,多多少少卖出了一批。到收摊时一算账,每个人收入都在百元以上,参与"帮帮摊"的残疾人高兴得很。

3个多月后,剑阁县举行了"帮帮摊"项目启动仪式,将活动推广到全县有条件的乡镇,吸引残疾人、脱贫户和返贫监测户等重点人群参加。为适合农村集市制度,县里提出切合实际的"逢场日帮帮摊"活动。县残联还统一制作了残疾人"帮帮摊"售货车,其样式统一、标识统一,符合残疾人特点,且经久耐用,受到参与"帮帮摊"活动的残疾人欢迎。

等到我去剑阁采访"帮帮摊"时,活动已开展一年有余。

我见到的第一个人,就是"帮帮摊"运营平台负责人许莉。

她看上去40来岁，长着一张很端庄的方脸，一双大眼睛扑闪扑闪，脑后扎着一个马尾辫，走起路来，辫子一翘一抖。这几天，剑阁春寒料峭，她还穿着一件半新半旧的鹅黄色羽绒衣，显得十分朴实。

此刻，许莉正忙碌着，在"帮帮驿站"办公点和相连的"帮帮车间"之间穿梭。"帮帮驿站"门口竖着一块介绍彩板，上面写着：

在原就业帮扶车间基础上，投入东西部协作资金，推动阵地提档升级和附属功能配套，建成就业创业一站式服务的"帮帮驿站"。"帮帮驿站"建筑面积约400平方米，重点实施"帮帮车间"和"帮帮摊（店）"两大惠民增收项目。自"帮帮摊"项目铺开以来，全县29个乡镇全面推广。现已发展实体店3家、固定和流动摊位190个，200余人参与"帮帮摊"活动，实现月人均增收3000元以上。

我和许莉站着看了这段文字，简洁的介绍让我对"帮帮摊"的概况有了大体了解。

"那，我们就谈谈具体的事？"我向许莉提议道。

"好。"许莉直爽、坦率、大方地说了起来。

"今天'帮帮车间'来的人不算多，你也看到了，只有二三十人。这两天甲流很厉害，好多小孩子得了病，家长只能留在家中陪护孩子。我们'帮帮车间'灵活计件，打工没有限制，随时可来，随时可走，不像正规工厂管得那么严格，这比较符合这些员工的实际需要。有些特别着急要的订单，我们就不接。

"这个'帮帮车间'，既有到车间现场做工的，也有一些散户，在家里加工。这样灵活就业，对某些家庭更合适。开始时，'帮帮车间'做袋子，订单从义乌来。每个袋子一毛钱，我们全部计利给员工，公司不赚钱。这一点，除了车间带班的马发英外，员工们完全不知道，我们是让利在做。我们也不想让他们知道，我们自己知道就行。我们内心很欣慰，觉得做了一件有意义的事，帮到了人家。我来做这个'帮帮摊'，本来就不是冲着赚钱来的。说得高大上一点，为了情怀。这个，当时周展就跟我说清楚的，我和我先生都愿意。我们投入自有资金一千来万元，购买设备设施，平时还要垫一些流动资金。如从生意上考虑，这完全是一桩赔本买卖，至少到现在还没有赚过钱，我自己也没有拿过一分钱报酬。你问我为什么要这么做，我父亲是军人出身，老党员、老革命，特别有正能量，从小对我就有影响。老公的老爸也是从部队回来的，一家人都这样。我还有一个想法，给孩子留下一个正面形象，让他知道老妈在做什么！"

许莉一开口就说了这么多。

虽说许莉是本地人，但毕竟离乡多年，有些事陌生了。譬如，她之前也摆过地摊，但后来生意做大了，就不再摆摊。现在为了带头，也为了了解市场，她又需要自己去摆地摊、去叫喊。刚开始，许莉真有点不好意思。但不适应也得适应，她只好豁出去，硬着头皮去做。

刚开始做时，许莉选择"帮帮摊"的商品过于年轻化，而剑阁年轻人并不买这类低廉商品。后来她一想，也就明白了，年轻人爱美、耍酷，动不动就相互比较，怎么会来买地摊货呢？于是，给"帮帮摊"提供的商品改成定向给中老年人的大红大绿产品，因其价格又比较低廉，有的衣服、鞋子只要几块钱，所以深受中老年消费者欢迎。

又譬如，开始培训时，许莉搞得很正规、很传统，培训时用的都是普通话，不少受训的人反映听不懂、用不上。后来，别人给许莉推荐了一位唐叙花，人称唐姐，是位"地摊师父"。汶川特大地震后，唐姐就开始摆摊练木，十多年时间，练就地摊生意的十八般武艺。什么商品定位、讨价还价、推销喊卖,都有一套小技巧、小方法。许莉把唐姐请上培训讲坛,请她讲"没有卖不出去的货,只有卖不出货的人"。然后,再请唐姐到现场示范、言传身教。这套"接地气"的培训方法,收到极好效果。不少人学完后,还愿意与唐姐保持联系,向她请教。

"顺便说一下哈,也许唐姐受了我的影响。她上课、到现场示范,也都不收钱呢!"许莉补充道。

许莉边说,边把我领到样品间。这里衣服、鞋帽、玩具、日用品全有。现在,每个乡镇铺货周期为9天。卖得掉的,最好。卖不掉的,"帮帮摊"主会与许莉他们联系,调换商品。许莉还让人给"帮帮摊"摊主快递货物,保证这些摊主能及时拿到货。许莉略显自信地告诉我,他们这个经营平台已在剑阁县"帮帮摊"摊主那里树立了信誉,大家对他们比较满意。

"那是好事呀!"

许莉微笑着点点头,然后,用手指向一位正在"帮帮车间"埋头缝纫的女性。喏,那位就是你要采访的马发英,她的故事可不少。

有关马发英的故事,我曾从电视纪录片《山高水长》中知悉一些。近距离采访,使我对马发英有了更全面的认识和了解。

看得出,马发英年轻时是个活泼漂亮的川妹子,现在仍显明亮的双眼和鸡蛋型的脸庞能够证明。只是,多年来艰辛生活的磨砺,已在她的鬓角刻下了与这个年龄段女人不相称的皱褶。此刻的马发英,穿着一件玫瑰红呢外衣,外罩一袭白色护襟,一头秀发染成淡黄。与时尚打扮形成反差的是,她双手上套着花布袖套,十足的劳动者形象。事实也正是如此,她目光盯住眼前的缝纫机,那双略显粗糙的手,快速推移着布片,将它们拼接成衣。

马发英老家叫冠京村,在乡下,离剑阁县城20分钟车程。她在家中是独女,父母将她视作掌上明珠。汶川特大地震那年,马发英在杭州、宁波、金华一带打工,也是做服装。经人介绍,认识了一位青川男人,她把他"骗"回剑阁结了婚。马发英的确说的是"骗"字。从口齿间吐出这个字的时候,马发英有点笑意、有点自得,由此可感觉到夫妻俩感情不错。

本来,一切都非常圆满。第一个儿子出生,夫妻俩十分高兴,原本不太同意女儿嫁给穷小子的父母,也慢慢接纳了女婿,露出了笑脸。

问题出在老二身上。老天似乎突然妒忌马发英的圆满,给她出了个不大不小的难题。老二是2017年11月出生的,一个半月后被发现了问题。夫妻俩抱着婴儿,到广元、成都、重庆等地看病。在华西医院住了一周,每天花费六七千元,钱就像流水般没啦。医院给出的结论是脑积水,也就是通常所说的脑瘫。天哪!这,怎么会?可事实就这么残酷。她的老二得了这个怪病。能看的医院都去了,花去三四十万元。自家根本没有那么多钱,只好向亲戚朋友借,借得人家都害怕见她,她自己再也张不开口。

应该说,借钱治疗还是起到了作用,老二没有完全瘫痪,只是严重影响了智力。后来,老二勉强进了幼儿园,靠打针维持。隔天打一针,每针280元。每月药费几千元,一年就是几万元。

我后来曾跟随马发英,去幼儿园看过她家老二。小孩今年6岁,身体发育还可以,与同龄人基本无异。只是,脑袋显得特别大,目光有点呆滞,智力不行,连自己的名字也不会写。在幼儿园门口,见到妈妈来接他,小孩很高兴。马发英告诉我,每天接送、照顾他,一般要忙到晚上9点以后。

就在马发英感觉山穷水尽之时,"帮帮摊"出现了。2022年3月17日,马发英在村里看到了"帮帮摊"的招工广告,就毫不犹豫地报了名。报到后，许莉一了解，知道马发英以前做过缝纫，人也聪敏灵光，就让她兼管"帮帮摊"车间的部分管理工作，另外再补贴她一些钱。

这就够啦！马发英真心觉得不错。平常在这里上班，每天赚个六七十元，碰上步行街集市营业，她也去摆"帮帮摊"，运气好，可以赚上一两百元，再加上许莉发的管理兼职补贴，七七八八加起来，每个月就有三四千元收入，比外出打工的老公赚得还要多些。马发英在城里租了个房子，年租金4000元，以免每天来回奔波。这里上下班自由，家里有点事，抬起腿就走，能及时照顾老二和父母。这就够好的啦！既可以赚钱，又可以带娃，天底下还有比这更好的事？她就靠"帮帮摊"赚的钱，逐步还债，眼下她只剩下4万多元的债，快还完啦！

马发英一边缝纫，快速而熟练；一边透过N95口罩，回答着我的采访问题。为不影响别人，我紧靠缝纫机坐着，尽量放低天生的高声大嗓门。

眼下，马发英除了自己缝纫外，还负责整个"帮帮驿站"的收货与发货，每月一次，把货用快递分寄到各个"帮帮摊"摊主。她用手指指自己腿上的裤子："这，就是'帮帮摊'的货，巴适得很哟！"

"帮帮车间"每天有10元午餐补贴，马发英当然舍不得花掉。她自己带饭菜来，这里有冰箱，也有微波炉。到午餐时，她把饭菜从冰箱中拿出来热一热，就可以节省10元钱。"我聪明吧？"马发英说完嫣然一笑，居然这么问我。

瞬间，我的鼻子为之一酸。好一个坚强乐观的女人！

"是吧？我还算开朗吧？如果不是这样，就活不下去！"

那天，我与马发英约定，她出摊时，我要去现场看看。

剑阁步行街上，马发英他们的"帮帮摊"和当地老百姓的小商品地摊连接在一起，形成一个小商品市场，人头攒动、热闹非凡，推销的叫喊声、喇叭声、应答声响成一片。

马发英的摊位位置不错，在划定的"帮帮摊"区块，来往顾客较多。只见一辆类似手推车的货柜上，摆放着几个白色塑料大筐，里面放满了五颜六色的童装和玩具。货柜一端的支架上，挂满花花绿绿的衣服，底下是大小不一的鞋子。货柜背后，则是一堆掏空了的纸箱。

现场的马发英十分活跃。她把一头秀发绾得高高的，显得干净利落，穿着花格衬衣，外罩一件印有"帮帮摊"标识的红外套。面前的顾客，大多是中老年妇女，总是翻来覆去地挑选商品，不断讨价还价。马发英大声地叫喊着，招呼着顾客。

"哎！走过路过，不要错过啊！"

"大妈！阿姨，来看看吧！"

"5元钱一件衣服，1元钱一双鞋子！"

她不厌其烦地介绍着商品，和颜悦色地讨价还价。每逢成交，她将商品包扎好，转身快速抖开一只塑料袋，将物品装进去，然后递给顾客，嘴里还不断说着感谢的话。

原来，马发英不但干活利落，摆地摊也是一把好手呀！

趁着这个机会，我又踱到马发英边上的"帮帮摊"那里。

哦，我这才发现，今天是个大集，许莉和唐姐等人都在这里呢！

许莉告诉我，今天还带来几个新手练练兵。

怪不得，唐姐正做着示范，经营平台经理昝旭东举着喇叭在教他们叫喊，边上几个身患残疾的"帮帮摊"主在学习观摩呢！

"卖帽子要戴在头上看，裤子和袜子要拉伸出来看，这样，大家觉得质量好，才会来买呀！"唐姐对他们现身说法，传授着买卖经验。

昝旭东则将喇叭塞到残疾人那苍顺手里，逼着他开口喊出来。

那苍顺先是害羞地推托着，之后被昝旭东逼不过，才对着喇叭断断续续喊出来："来——买——鞋子！"喊完后，那张古铜色的脸憋得通红。

周边人一看，都忍俊不禁，为那苍顺鼓起掌来。

有顾客心里不忍，开始挑选商品。见有人带头，围在摊边的顾客纷纷挑选起货物来。

那苍顺一时又应付不过来，有点结结巴巴地说着："各位，慢，慢——来，我算，算算账……"

"这就对啦！开始时都这样，一定要逼一逼！"许莉笑着朝我说。此时的许莉，穿着一套劳动布衣，双手沾满灰土，前前后后忙碌着，外人根本看不出她是个老板。看着许莉一头秀发散乱着，春风吹起处，露出几根白发，我心里一阵感动。

"那苍顺是剑阁县王河镇人，今年49岁，脑梗留下了后遗症。"边上县残联干部田玲玲向我介绍着。

哈哈，原来他们是这样现场培训学员的呀！

我算是见识了城镇的"帮帮摊"，那么乡镇的呢？

"那，我们就到江口镇去看看张来友吧？"田玲玲提议。

一联系，张来友这个人立马让我刮目相看。他说，欢迎我们去看他，同时希望我们顺便帮他带点货。仅凭这一点，就可以看出张来友极有商业头脑，懂得抓住机遇。

从剑阁县城到张来友所在的江口镇，需要一个多小时车程。车子一直在山里盘旋转弯。虽说已是阳春季节，深山里还是有点冷，司机开了暖气。

悬崖峭壁，盘山公路，边上是一条潺潺流水的山溪，剑阁人喜欢把它们叫成"河"。溪水边上，尽是高可摩天的古柏、松树、水杉。偶尔有一两块梯田种着油菜花，一片金黄色在车窗外闪过，使人眼睛一亮。穿过剑门关后，进入丘陵区，地势略显平缓。沿路山村里，坐落着毗邻而建的新农舍,也留存着低矮的旧木屋,显示出当下农村新旧并存、交替的状态,具有社会学意义。

张来友的"帮帮摊"摆在江口镇小商品市场里。今天是江口镇集市,场地很大,买与卖的人很多。要不是县残联统一制作的"帮帮摊"货摊,人们一下子还很难发现张来友。

终于找到张来友的"帮帮摊"位,见到了在"帮帮摊"队伍中名气蛮大的张来友。他个子不高,165厘米左右,理着平顶头。让人印象深刻的是他那两道浓黑的剑眉,还有那双茧子叠加着茧子的手。

我们首先转交了他托带的20双拖鞋、10打袜子等货物,再加上几句表扬话,说得张来友脸上笑开了花。

对于我的来意,张来友事先已从田玲玲处得知。于是,他站在摊位前,一边做着生意,一边聊起他的身世、他与"帮帮摊"结缘的经过。

张来友残疾的原因没人知道,连张来友现已78岁的老母亲也说不清楚,只知道张来友生下来,就是先天性残疾,下肢没有力气,蹲不久、站不直。张来友稍大点,父母叫他学做篾匠,而篾匠基本要一直蹲着、站着工作,张来友学着学着,被迫放弃。后来,他改为在镇上小商品市场卖农药、卖化肥,每年赚个万把元,维持全家生计。

去年4月,江口镇残联同志找上门来,说是有一种"帮帮摊"生意,残疾人也可以做,还说了一大堆政府帮扶的优惠政策。对于原本就在摆摊的张来友而言,这真是天上掉下的馅饼、山里长出的金子。他一口答应参加。

张来友记得很清晰,他第一天"帮帮摊"摆开,卖鞋子、袜子、服装、玩具,以及一些小商品,就卖出去五百多元,获利一百七八十元,远比卖化肥农药的生意好。于是,张来友把原先的农药、化肥摊转给爱人,他自己一心一意摆起"帮帮摊"来。

说完，张来友指指不远处的摊位："喏，那就是我老婆。"我们便与张来友爱人打招呼，只见她似乎有点难为情、有点茫然地点了点头。

眼前是淡季，张来友解释着。一天也就卖个三四百元的货，赚个百来元。江口镇是逢一、四、七赶集，一个月十二三个集市，也就赚个一千多元。旺季时会多一些，一年下来，大概两万元吧。现在，他家主要靠"帮帮摊"的收入生活。他儿子在成都打工，小孙子7岁，家里盖了新房，蛮好的。

张来友知道这"帮帮摊"是当地政府在牵头、杭州人在帮忙，主要目的是为他们残疾人提供经济来源。做这个生意不需要垫资。他每个月用微信或电话与运营平台联系一次要货。要什么货，他们就供应什么货。卖不出去的，可以调换，还不收损失费。这实在太好了！

"这样的优惠，别人会不会眼红？"

"会吧！但我有政府做靠山，不怕！再说，如果有谁眼红，他也可以来做呀！我还可以给他们当当师父啦！"

说到这里，张来友开心地笑起来。看得出，他的这份自信与自得，是"帮帮摊"给他带来的！

2022年8月11日晚8点45分，央视《经济半小时》隆重推出《稳增长系列调研报告："帮帮摊"帮出群众增收路》专题节目，用25分钟向全国电视观众全面介绍杭州上城区与剑阁县联手推出"帮帮摊"的缘起、做法和实效。电视画面里，人头攒动的市场、"帮帮摊"摊主的叫卖声、购物居民的笑脸，配上深刻新颖、简洁明了的画外音，给人以全新的观感，人们从东西部两个区、县的做法中生发新的思考。

2023年5月17日，中国残联和国家乡村振兴局联合在广元市召开东西部残疾人帮扶协作工作现场会。两家主办单位领导出席,东部地区8个省、市残联负责人,西部地区10个省、市、区残联负责人参加会议。

这是剑阁县及广元市的高光时刻,也是其在东西部协作历史中值得铭记的一次亮相。

绿水青山之间,大会通过实物摊位、彩板展示、典型发言、残疾人现身说法,全面扼要地呈现出杭州市上城区与广元市剑阁县联合打造的"帮帮摊"的宏观情况与实施细节。剑阁县委书记杨祖斌手举喇叭,介绍剑阁县情。周展用简洁的语言概述"帮帮摊"的起源、初衷、做法和现状。年轻的剑门关镇女镇长用充满激情的语言,向与会者介绍剑门关镇推广复制"帮帮摊"的过程。

与会者啧啧称赞,脸露喜色。大家觉得"帮帮摊"的做法可学可复制。而其根本经验是:把政府有形的手、市场无形的手、社会关爱的手、残疾人自强的手组合起来,良性互动,形成长效机制。

这是东西互助、山海协作中涌起的一朵小小的浪花,折射的是太阳的光辉,催生的是社会各界帮扶的心潮。

对东西部人力资源协作和流通,作者有七绝一首以赞:

巧借云霞天架桥,
秦南东海岂遥遥?
勤劳换得新农舍,
夜雨巴山川妹娇。

第六章
让东西部教育医疗比翼齐飞

在天愿作比翼鸟,在地愿为连理枝。

——白居易

囿于多种原因,东西部在教育、医疗方面存在一定差距。差距就是潜力,就是努力的方向。在漫长的浙江广元协作史中,教育、医疗的协作,始终被放在重要位置。两地通过搭建合作平台、实行校院结对、互派专技人员、开展业务交流等多种形式,促使东部地区优质资源向西部地区输送和辐射,逐步提高广元地区教育、医疗水平,缩小西部地区与东部地区的差距,努力实现比翼齐飞,促进更大区域内的教育公平和医疗共享,造福西部地区百姓。

——采访札记

在梳理浙江广元东西部协作发展史的过程中，我发现浙江、广元两地领导很早就把教育、医疗列入重点帮扶对象，物资、人员、精力大幅度向教育、医疗领域倾斜。后来者，承继了这一正确思路和帮扶重点，久久为功，积以时日，取得显著成效。据不完全统计，30年来，浙江援建广元地区各类学校71所、医院52家，培训教育卫生等领域的专业技术人员3.78万人次。朝天区之江初级中学和剑阁县樵店乡卫生院，是其中两个典型案例。

癸卯暮春的某天，我前赴朝天区之江初级中学采访，与校长谢万勇和老教师乔发学、汪晓慕、王武胜、程勇等聊起这所学校的昨天和今天，众人对彼时浙江援建这所学校的过程和情景记忆犹新。

之江中学前身，名叫城南中学。说起校史，已有90余年。实际上，城南中学的前身是朝天镇小学的初中班，彼时流行的叫法为"戴帽初中"，犹如小孩子头上戴着一顶大人草帽。学校条件和环境很差，操场全是黄泥地，要上体育课前，必须先安排一节劳动课，让师生们劳动劳动，把操场弄平整。全校只有一幢楼，5层，其中的18间房辟作9个教室，也就9个班级，从小学一年级到初中三年级全有。其余房间是学生宿舍、老师办公室。因为这幢楼什么杂七杂八的功能都有，老师们美其名曰"综合楼"。但这幢"综合楼"却无法把老师住处"综合"进去，全校老师都住在外边，校内校外两地跑。因为夜里没有路灯，学校给每个老师发一支手电筒，作路上照明用。众人回忆至此，都不胜唏嘘，说不清当年是怎么熬过来的。

到了1998年吧？区政府想把城南中学打造成一所区属中学，于是提出了"四个一流"的口号，其中就有"校舍设施一流"。为此，区里拨款为学校建了一幢宿舍楼和一个简易食堂。

即使这样，离"四个一流"的目标还远着呢！师生们看着眼前简陋的校舍，每每自嘲是"中学的帽子、小学的底子"。不过，区领导总是鼓励大家别泄气，也不时给学校带来一些好消息。传着传着，其中一个好消息变成了真事。说是浙江要来援建城南中学，为学校建设一幢大大的漂亮的教学楼。

那是2001年5月，城南中学易名为之江中学。听闻领导说，既然浙江援建，那就改名吧。之江，就是浙江嘛！这样，可以表达对浙江人民的感谢之情。老师们想一想也有道理嘛，极为赞成。朝天区从上到下都非常重视这个项目。区委副书记挂帅，担任该项目的总负责人。教育局办公室主任王家广被派到之江中学兼任副校长，具体负责筹建办公室工作。区领导发了话，教学楼不建成，你王家广别回局里。王家广做到了，在之江中学待了两年，直到新教学楼竣工验收后才返回教育局工作。

彼时负责后勤工作的程勇老师，见证了之江中学建设全过程。建造工程于2001年5月开始启动。整个项目总投资358万元，其中浙江省捐赠320万元，朝天区自筹38万元。工程分两期进行，一期工程投资230万元，建成2450平方米的教学综合楼1幢、1800平方米的学生公寓1幢；二期工程投资128万元，改扩建800平方米师生食堂，扩建运动场地4800平方米，购买了零星土地、房产并完成其他配套设施建设。

2001年6月7日，项目奠基仪式开幕。程勇说，奠基仪式搞得很隆重，一则，这是朝天区受援的第一个大项目，全区上上下下颇为瞩目；二则，浙江省十分重视，来的领导很多、规格很高。学校组织了鲜花队、秧歌队、彩旗队，列队欢迎，一路表演，欢庆的气氛充溢了整个朝天区。

要说这个工程，还真是方方面面努力的结果。附近老百姓一听说要建学校，都非常支持，二话没说，就把周边那些零星土地无偿让出来，做校园通道。建设中资金还有一定的缺口，校长便领着一帮人四处化缘，身上带着学校印章、收据。什么30元、50元，全收。收下现金后，给人家一张收据，戳上学校公章，然后说声谢谢。西安铁路局特别支持，给学校捐赠了一批钢材。正是这批钢材，加固了教学楼，使其至今屹立不倒。

程勇的话，说得有趣，但却是真诚的。据说，那天宣布教学楼落成使用时，不少老师流下了眼泪，拍红了手掌，感觉自己像在梦境中一般。新教学楼建成后，适逢生源高峰期，之江中学一下子扩招到36个班级，满足了全区学生入学需要，连广元市区也有学生到这里就读。最高峰时，学校学生达到3000人。2008年灾后重建，国美集团捐资5000万元港币，建设之江中学新校区，原先的之江中学教学楼就被转给了朝天镇第一小学。

我围着这幢眼下已属于第一小学的之江中学教学楼，慢慢地转了几圈，还悄悄地站在教室外仔细观察。依山傍水的环境里，这座外墙为猩红色的之江中学教学楼，显得特别亮眼。我在楼墙上看见一幅金黄色的励志标语，"每天做最优秀的自己，相信自己一定能成功"，不知出自哪位师尊之口之手。楼由两部分组成，一半是5层，一半为6层，眼下还作为朝天镇第一小学教学楼在使用。教室内，不同年龄段的学生，正聚精会神地聆听老师的讲解。站在楼道上，只听见琅琅书声从门户中穿透出来。那种清纯的、童真的、甜美的、带着书香的声音，给旁听者以音乐般的享受，也为室外的春天增添了不一样的诗意。

在浙江广元协作中，除了十分重视援建学校外，两地对乡镇卫生院建设也高度重视。车子行驶在广元山间，不时可看见由某地援建的某所卫生院从车窗外闪过。如果停车下去转一转，你必定可以在院内屋边找到记载着援建故事的标记碑。

这是广元人记住历史、记住浙江的一种特殊表达。

剑阁县樵店乡卫生院的重建，有着自己鲜明的特色和印记，樵店乡卫生院院长张海生向我做了别样的表述。

樵店乡实在有点偏僻，从县城下寺镇到这里，车子需要行驶一个多小时。

新建的卫生院坐落在高高的半山腰上，美观、小巧、精致。山脚下，就是汩汩流淌的嘉陵江。如果用外地人的眼光看，住在这所乡镇医院里，除了看病，还有点度假休闲的感觉。

院长张海生是当地人，生得胖乎乎、黑黝黝，中等个子，理着个平顶头，看上去不太像医院院长，朴实得更像个种田干活的老农民。他坦言自己说不来普通话，只好用四川话介绍情况。无碍，四川话在全国普及度比较高，我勉强能听懂。再说，还有当地人陪着，必要时可以"翻译"。

樵店乡原有1所乡卫生院和6个村卫生室，乡卫生院有固定病床4张、开放式床位10张。所谓开放式床位，是指必要时在通道、走廊上拉开的临时床位。张海生他们曾做过一个普查，樵店乡每千人中，有680人存在不同程度的健康问题，而有条件就诊的仅为230人，应该住院而未能住院的约占三成。特别是当地乡镇卫生院以前总是建在乡镇政府附近。前几年，樵店乡政府因嫌原址太偏，不利于老百姓办事，就搬了出来。乡政府一搬，老百姓纷纷跟进，逐渐搬到嘉陵江两岸居住。这样一来，乡卫生院一时好像成了"孤儿"，老百姓对于乡卫生院搬迁的呼声很高。乡党委决定，县里也同意，创造条件把乡卫生院也搬出来。

决心好下，但钱难筹。县乡干部坦率地说，樵店乡卫生院搬迁，县

乡没有这笔钱。所以，当地一开始就寄希望于东西部协作资金。

那是2020年12月，丽水市莲都区与剑阁县结对帮扶。在剑阁县挂职的雷常委赴实地做了考察，意向同意将此项目列为东西部协作资金支持对象。中间还发生过一点变故，新一轮协作开始，改由杭州市上城区与剑阁县结对，带队的是周展。前任项目一交到周展手里，他立马意识到这件事的分量。乡镇意愿那么强烈，老百姓也在热切期盼。这个项目一天也等不起，一天也拖不得。他随即赴樵店乡踏勘，在进一步听取意见后，不但立刻同意项目上马，而且增加支持力度，将投资增至400万元。周展只对樵店乡卫生院提出一个要求：快！快！更快些！

真是够快的啦！快得都超出了张海生自己的预期。7月立项上报，9月20日签订建筑合同，10月10日正式进场动工，到第二年5月31日，全部施工结束，一幢3层、1260平方米的漂亮建筑，矗立在嘉陵江畔，出现在樵店乡老百姓眼前。6月1日，国际儿童节那天，樵店乡卫生院正式开诊。施工时间不到8个月，快得有点令人意想不到。

现在回忆起来，张海生还觉得有点不真实。说实在的，他在剑阁卫生系统工作多年，从来没有听说过这么快建成一所医院的。周展也喜滋滋地告诉我，在东西部协作项目中，也极少有建设速度这样快的，算是树了一个样本。

张海生领着我一处一处察看卫生院，犹如请客人欣赏他新落成的居室一般。外面一圈透绿围墙，灰青色砖柱、黑色铁栏杆、金色箭镞、银色栏杆门、无障碍通道，再配上一大块碧绿草坪，卫生院宛若一位打扮得漂漂亮亮的新娘，正等待着众人赞誉。

一层正门边上，悬挂着一块蓝白相间的樵店乡卫生院牌子。推门进去，一层右侧是挂号室，正中是药房，边上是两间检验室，置放着两台生化仪。张海生指着说，这两台设备，11万多元，也是东西部协作资金买的。走廊两边，是几间诊室，年轻医生杨姗正在为患者看病。一问，才知道杨姗是本地人，在济南一家医学院读大专，毕业回到家乡，刚进樵店乡老卫生院时，感觉特别偏远，没有想到赶上了好时候，现在坐在新医院内，给患者看病，感觉老好嘞！

二层主要是口腔科诊室和病房。张海生在边上介绍道，全乡10480人，常住人口5247人。新院建成后，附近木马镇和昭化区青牛乡也有一些农民到他们医院看病。所以，病人数量增加不少，每天有四五十人。农村人得牙病的特别多，逢集市，常常会顺道到医院看牙齿，所以卫生院就开了两间诊室。他自己学的是牙医，平常就在这里门诊。边上是医院病床，现有10张固定病床，如果有需要，可增至18张床位，那就足够啦。即使前段新冠疫情高峰期，也没有住满呢。

说着话，我们走到一张病床前。主管护士蒲文珺正在为一位大妈打针。蒲文珺是成都医学院护理专业毕业生，已有中级职称。听说樵店乡卫生院新建的消息后，她就决定从外地调回老家医院工作。她来时，新院刚刚奠基，没有想到，那么短时间，她已在新建成的医院里工作啦。问起这方面来，她特别开心。

蒲文珺正在护理的患者，是一位50来岁的农村大妈，住本乡七一村。这几天有点感冒，咽喉炎发作。在大娃催促下，今天中午住进医院。没有想到，现在乡医院变得这么漂亮舒服，一入院这病就好了一大半。这位大妈还蛮幽默的呢！

三层是办公区和生活区。张海生和全院医生护士的办公室在右侧，左侧则是生活区。医生护士每人一间住房，房间内有洗衣、卫浴设备，外面还有一些公共设施。概而言之，医务人员生活上所需要的，基本上都齐全啦。张海生又忍不住开始"忆苦思甜"。过去，老医院在村上，没有宿舍和食堂；过去，老百姓不愿意到老医院看病，一年只有五六个住院病人，现在才半年，就看了200多号病人；过去，医务人员收入才1000多元，现在达到四五千元；过去，没有人愿意到樵店乡卫生院工作，现在争着要来。不少乡镇卫生院的人到这里参观，还羡慕嫉妒恨呢！张海生说着这些时，就像在介绍他幸福美满的家庭一般。

听了张海生这番新旧对比，我萌生了要去那所老医院看看的念头。张海生一听觉得有点为难，因为偏，路上很难走，不太安全。

但最终，他拗不过我的坚持，答应带我去见识见识。

一条狭小而破碎的水泥路，穿过弯弯曲曲的山坳，把我们引进一处逼仄的所在。十来公里的山路，车子开了30多分钟。我敢保证说，如果没有张海生的领路，我们肯定找不到此处。

打开生锈的铁锁，打开生锈的铁门，打开生锈的设备……一切，都生了锈，时空似乎被铁锈凝固在这里。

一幢建于二十世纪六十年代的两层楼房及一栋平房，早已显现出黑褐色，在山崖边上形成一个"L"形。从山岩上伸展开来的树枝藤蔓，穿透破旧的围墙，在院子边缘和屋脊上葳蕤着。院子台阶和地面上满是青苔。唯有空气中尚弥漫着的药水味，还能使人恍恍惚惚地联想起，这里曾经是一所医院。

这样的去处、这样的条件，怪不得老百姓不来看病。就是现在要来踏看一下，也得下个决心。

不过，张海生告诉我，当年莲都区的雷常委和后来的周展常委，都曾到这个旧院子来过。也许，他俩就是在这里下的决心吧？

多数房间空着，准备拍卖。破旧的门框上，还挂着"病室1""病室2"等字样。瞬间，我感觉这病室仿若垂暮老人的面庞。

在一间放着一台庞大仪器的房间内，张海生给我讲了一个让人听了啼笑皆非的故事。

接任樵店乡卫生院院长后，张海生一心想着如何搞好它。有时，也免不了把死马当活马医。一次，张海生听说县中医院要淘汰一台血液分析仪，听到这一消息后，张海生如获至宝。这台仪器，据说购买时花了400多万元，现在它要退休了，能不能到樵店乡卫生院发挥发挥余热呢？这个念头一形成，张海生仿佛着了魔，一天到晚赖在县中医院，软磨硬泡，终于把中医院领导给感动啦。

"好啦好啦，你既然那么喜欢它，那，我们就不卖给回收单位，送给你们！""真的呀？""当然真的，谁磨得过你张海生呀！"

喜出望外的张海生，让人借了车，哼哧哼哧地从县城把仪器拉回到樵店乡卫生院，装配起来。这台血液分析仪虽旧，的确还可用。但一用，张海生才惊呆啦！它启动一次检测，起码要30个血液样本。一个小小乡镇医院，哪有那么多病例呀？再说检测一次，得花很多钱，试剂、电费。在张海生印象里，这台血液检测仪来到樵店乡卫生院后，只为一个患者开了一次，那也是为证明这台仪器到底能不能用。大家忙活了一番，结果还倒贴了几百元。罢罢罢，今后，谁也不用了！结果，这台费尽九牛二虎之力讨回来的仪器，却成了摆设，一直闲置着。

今天，张海生几乎是把此事当作一个笑话或自嘲的一个段子讲给我听。我却从中听出了昔日医院的窘境与他的无奈，自然还有与今日鲜明的对比，以及由这种对比生发出来的满足感和幸福感。

没有走过夜路的人，不知道照明的重要。同样，不会对比的人，也不懂得珍惜当下。

在朝天区曾家山，我听当地人多次介绍曾家山一年四季的美，还有它作为全国十大避暑胜地的凉爽。但我在当地，听到过一则让人更为感动的故事，那就是浙江广元协作给曾家山学生们带来冬天里的温暖。

曾家山总面积586平方千米，平均海拔1400米左右。冬季零摄氏度以下的时间有两个月，而霜冻期长达五六个月。一般从9月底开始转冷，4月下雪属于常有的事。人们据此把曾家山称作"广元的小西藏"。以前每当进入冬季，曾家山人普遍靠"堆堆火"取暖，后来有了煤炭，就生煤炉。生在曾家山也在曾家山读书教书的朝天区乡村振兴局外资项目管理中心主任张玉伟回忆起来，曾家山下大雪时，雪花能把山上沟沟壑壑都填满，根本分不清哪儿是路、哪儿是沟。同学们放学回家，大家走着走着，一回头，有人就没了，原来是掉进雪沟里去了，大家七手八脚扒挖半天，才能把人捞出来。真的好可怕呀！上课时，教室内生一个火炉，煤灰满教室飘飞。坐在火炉边上的同学，上一天课下来，头发上沾满灰尘。坐得离火炉远的同学，则冻得瑟瑟发抖，连话都说不利索。

这样的场景，在我走访两河口镇小学、曾家山初级中学时，学生们一次次做了复述。初一女生罗晓语还告诉我一个细节：彼时，每天早上起来做的第一件事，便是赶到教室生煤炉。有时点不着，弄得满脸煤灰，感觉好麻烦！

2021年下半年，曾家山学校供暖问题，引起朝天区挂职常委戴灿东的关注和重视。彼时，他刚到朝天区不久，在调研中，张玉伟和一些群众向他反映这一情况。戴灿东几次上曾家山，深入曾家山中学、曾家山二小、两河口小学调研，了解情况，研究对策。朝天区委主要领导也到曾家山片区了解情况，最终朝天区下决心实施"暖冬工程"，解决高寒地区曾家山冬季学校供暖问题。经协商测算，从东西部协作资金中拿出200万元专款，对曾家山高寒区域内10所中小学及幼儿园的供暖设施设备进行改造更换。朝天区提出的方案，得到浙江方面的赞同。整个工程从2021年11月启动，2022年3月完工，2022年10月启用，惠及3000余名师生。

我去采访时，已是阳春时节。但曾家山地区气温还是极低，学校供暖工程还在发挥着明显作用。

在两河口镇小学，负责后勤管理的冯杰伟老师，脸露喜色地带着我边参观教室，边做着介绍。镇小共有667名学生，教职员工65人。以前每个班级都烧煤炉，学生自带柴火来学校，一大早起来，先要生火，把煤炉烧热。煤炉温度不恒定，忽高忽低，还有风险。你问什么风险？煤炉子是用生铁制作的，铁角很坚硬，一不小心会划破皮肤。还有一次，晚自习结束，学生忘了熄灭炉火，结果半夜三更烧了起来，把地板、黑板全烧煳啦，整个教室被熏得一片乌黑。师生们吓了一大跳，幸亏没有伤到人，现在想想都还后怕。

"现在可好啦！换上锅炉水蒸气，集中供暖，一共花了30万元。你看，每个教室两组供暖片，白色的，就是你们大城市里用的那种，漂亮吧？"冯杰伟用略带自豪的语气说明着。我细细一数，22片为一组，每个教室2组。18个教室，就是36组。每组供暖片顶端，镶嵌着一块小牌牌，写明浙江滨江。

供暖定时，全自动。学生起床前一小时，锅炉房就自动点火发动，暖气哗啦啦流进教室，等学生上课时，整个教室都暖烘烘的。放学后，自动关闭，不必再操心。还有一个优点，就是没了灰尘。以前，教室里、走廊上，到处都是煤灰。现在教室里和走廊上，干干净净，人走过，不会留下脚印。

"来，现在我们做个温度对比测试。教室内温度为19摄氏度。""好！""我们走到室外去，看看室外温度是多少。"冯杰伟像个行家一般引导着我。

走出教室，立马感觉到一阵寒意。待了一会儿，冯杰伟指着手中的温度计向我说："零度，外面是零度。内外温差19摄氏度。"他说，在

曾家山最冷的天气里，他也做过测试。当室外温度降到零下十几摄氏度时，教室内供暖温度仍能保持在18摄氏度左右。这就足够啦，同学们手脚就不会被冻僵，也不会生什么冻疮啦！

真的，学生们此刻坐在暖洋洋的教室里，安心学习着。有的小孩子的小脸蛋还被热得红彤彤的呢。

在曾家初级中学，我在校长陈开学处看到了朝天区教育局下达的关于该项目工程款的分配方案。兹录如下：两河口镇小学30万元，曾家初级中学30万元，曾家镇第一小学30万元，曾家镇第二小学11万元，曾家镇幼儿园7万元，李家镇第一小学25万元，李家镇第二小学12万元，麻柳乡小学30万元，临溪乡小学25万元。

曾家初级中学30万元，是这样使用的：教室、会议室安装空调11万余元，学生宿舍保暖床垫9万多元，全校热水供应设施9万余元。全校12个班级，也即12个教室都装上1台分体式空调，每个学生都配备了6厘米厚的保暖床垫，学生洗漱都能用上热水。

哦，原来，曾家山地区学校供暖工程不是一种模式，各校可根据实际情况，灵活改建和配置。

分体式空调司空见惯，只要空调器功率与教室面积相称即可。我比较感兴趣的是暖冬床垫怎么铺。于是，我跟随着陈开学校长，进入学生宿舍察看。

只见一张张高低床铺上，统一叠放着一条条军绿色床垫，整齐划一，颇有点军营的感觉。宿舍内墙铺设着一条条崭新线路，每个床头装有电线插座，选位相当安全。学校后勤管理人员介绍说，学生入睡前，插上电热床垫插头即可，非常方便和安全，再也不会半夜里被冻醒啰！

这，真是简便而又省钱的方式。

采访中，张玉伟真诚地说，当地老百姓对曾家山地区学校供暖工程的反馈特别好。用四川话说,政府这件事做得巴适,安逸得很啰!张玉伟说自己曾在曾家山地区学校供暖后,去过几次,感触特别深。当他在风雪之中,走进曾家山二小幼儿园教室时,感觉有一股特别温暖的气浪涌过来。小朋友们伸展开粉嘟嘟的小手迎向他、扑向他,张玉伟感觉那个场景格外暖心。因为他有今昔对比,会在一瞬间浮现出自己在这里读书教书时的场景:那冻成一团的身体,那因害怕寒冷而不敢伸开的双手。

好在这一切都过去了,都成了往昔,成了张玉伟和张玉伟们记忆中的往事。这,真的太好了!

描述完在曾家山学校发生的暖心故事后,我急于接续发生在医疗系统同样暖心的故事。

在对剑阁县卫健局的采访中,我听说浙江广元协作救了北庙乡水井村农民杨寿全一命。我立刻意识到这是一个不可多得的案例,遂邀请陈丽芬一道去看望一下。陈丽芬是来自杭州的专技人员,擅长护理。有她在,或许能帮上杨寿全一点忙呢!

那天正是春分,也就是人们常说的阳春分界线。山区的天气好得出奇。剑阁的山壑间飘荡着浓浓淡淡的晨雾,给人一种扑朔迷离之感。两边的绿树、农舍都是新色。偶尔看到一两枝怒放着的野桃花、野梨花,从山岩上突兀地伸出来,把春天的山野风韵展现得淋漓尽致。

转了几个弯,车子进入乡村公路。一畦畦油菜花镶嵌在山坳间,宛若画家任意挥洒的油彩。村口,有一排小店铺,一些老人小孩在打乒乓球或玩牌,一个个都是悠闲自得的模样。从村口到杨寿全家,还有一段路程,都是硬化水泥路,虽弯弯拐拐,但并不难走。当地乡镇同志告诉我,这条路是脱贫攻坚的成果。要是放在前几年,这里还都是狭窄的泥巴路,车子根本上不来。

车子盘到一个山顶，来到杨寿全的家。杨寿全是单身，与哥嫂搭帮住在一栋楼里。哥嫂住东边3间，他住西边3间。一间卧室，一间粮仓，一间堆放杂物。房子是20世纪90年代建的，现在半新半旧，还行。但一看杨寿全的房间，就显得有点纷乱，桌椅也是多日未擦，表面覆盖着尘土。看得出，单身加患病，对杨寿全的日常生活还是产生了影响。

我们到时，杨寿全正蹲在屋前台阶上嗑瓜子。他穿着一套旧衣衫，个子瘦小，脸上显出一种病态。见我们到来，他先是仰着脸看了我们一会儿。这时，边上的嫂子过来，提醒他给我们搬椅子，他才懒洋洋地站起身，从屋内搬出几把椅子、凳子来，让我们坐下。

很显然，杨寿全是个性格内向之人，多年的疾病，又在一定程度上影响了他的自信。所以，他的话不多，基本上是我们问一句，他答一句。而他嫂子很健谈，是农村里那种能说会道的人，说起话来，三里外的人都能听见。由于他嫂子的提示、帮助和补充，杨寿全终于把他患病、治病的过程还原出来。

杨寿全1975年出生，原是北庙乡水井村人，后来撤乡扩镇并村，现在这里叫姚家镇明兴村。其实，对于老百姓来说，叫什么村真的无所谓，身体好，有钱赚，才是最重要的。父母早已去世，杨寿全现在与两个哥哥一起生活。他16岁就外出打工，跑过深圳、杭州、温州、绍兴，做过工厂，待过酒店。那时月薪很低，也就几百元，勉强够生活。记得2003年吧，当时他在绍兴打工，突然发现记忆力不行了，经常头晕头疼，于是被迫跑到绍兴一家医院，做了个CT检查。医生先用医学术语告诉他，他得的病叫"右侧颞叶良性囊状占位"。他不懂，请医生解释。医生就明白告诉他，他得的是脑部良性肿瘤，会引发癫痫。

"能做手术吗？"

"能做呀！"

"手术大概需要多少钱？"

"几万元吧。"

几万元？哪里拿得出来？砸锅卖铁也不够呀！杨寿全只好把医院诊断书往那个脏兮兮的口袋里一塞，回了老家。

回到老家，他就靠父母种田养着他。父母去世后，他就靠着两个哥哥接济糊口。至于结婚成家，杨寿全想也不想。癫痫时不时发作，有时一天四五次。病一发作，人就倒在地上，口吐白沫、手脚痉挛，天地不知、万物不应。然后，等待自然醒来，醒来后却与常人无异。但癫痫有个特点，越发越重、越发越频繁，对人的伤害也越来越厉害。后来，他也看过医生，吃过许多药，总是不见效。渐渐地，杨寿全失望了、灰心了，他想放弃治疗。既然治不好了，还治它做啥子嘛！

直到2018年，全国性脱贫攻坚战开始。剑阁县建立起农村家庭医生服务团队，开始巡诊。他们了解到杨寿全的情况，就向县卫健局做了汇报。卫健局领导很重视，安排杨寿全到剑阁县人民医院，请主治医师李维伟为杨寿全做了全面检查。李维伟诊断后发现，杨寿全病况比较严重，就医院现有条件和自己现有技术，恐怕难以见效。李医生将情况报告给了院长戚国成。戚国成立即想到，剑阁县与丽水市莲都区结对帮扶着呢！自己医院与丽水市中心医院已建立起远程会诊系统，何不利用一下这个平台呀！

与丽水市中心医院的沟通很顺利，请求一发出，立马得到对方热情响应。于是，一场远隔千里的会诊就在杨寿全身上展开，丽水市中心医院神经外科主任医师王保平到场会诊。会诊结果当场出来。要想根治，必须给杨寿全动手术，摘除颅脑内的肿瘤病灶。

结论有了，但难题也产生了：这台手术，难度极大，剑阁县人民医院一下子还找不出能胜任的主刀医生；手术费用得十来万元，谁来出这笔钱呢？

丽水市中心医院领导从戚国成吞吞吐吐的话语中知悉了难题所在，于是明确表态，让王保平前来剑阁主刀。至于医疗费用，希望通过东西部协作资金来解决，他们可以协助做这个工作。

当戚国成小心翼翼地把这个请求向在剑阁挂职的雷常委提出时，雷常委满口答应："没问题，我们来承担！"

这样，就万事俱备啦！不远千里来到剑阁的王保平，带上剑阁县人民医院的李维伟，为杨寿全做了肿瘤切除手术。15天ICU病房观察，再加上20余天治疗护理，杨寿全如期出院。医生告诉杨寿全，手术进行了整整10个小时，王保平和李维伟，还有一大帮人，不吃不喝坚持把手术做完。手术非常成功，他脑袋里的肿瘤已被完全摘除。听完这些，杨寿全的确很是感动。那些看起来与他无关的人，却救了他的命。那么遥远的浙江，一时却近在眼前、近在身边。

"那，你现在怎么样呀？"我和陈丽芬异口同声地问杨寿全。

杨寿全嫂子在边上抢先回答："手术后，命是保住了，但癫痫好像没有完全好，现在动不动还要发作呢！所以，没法下地种田。"

杨寿全没有直接回答，只是站起来转身返回屋内，从一张旧桌子抽屉中摸索出一沓病历卡和药方，递给陈丽芬看。

陈丽芬让杨寿全把他正在服用的药物也拿出来。杨寿全很听话，进屋拿出了药物。陈丽芬一包包打开，一颗颗察看，体现出护理人员的细心细致。她告诉杨寿全，有的药已过期，没有药效了。这样不行的呀！

看来，杨寿全的治疗出现了空档期。这主要是他自己重视不够，但似乎与东西部协作变换结对单位也有关吧？现在好啦，杭州市继续帮扶。我让陈丽芬与杭州市第一医院到剑阁人民医院挂职的黄焕医师通个电话，请黄焕为杨寿全好好诊治一下。那个矮墩墩、胖乎乎的黄焕，在杭州市第一医院属于神经内科名医,杨寿全的病或许可控。我心里这么思忖着。

杨寿全默然地点点头。

陈丽芬打完电话,转身对着杨寿全和他嫂子说:"黄焕医师让你们找个时间,到剑阁县人民医院去一下,他会给杨寿全做一次全面检查,然后把药物调整调整,看看效果怎么样。但我告诉你,黄医生给配的药,一定要按时吃,不能忘了呀!"

"那,当然好呀!"他嫂子又抢先答应道。

只见杨寿全点了点头,眼睛里露出某种渴望的眼神。

后来,黄焕告诉我,他和剑阁县人民医院神经科李维伟主任去杨寿全家看望过。杨寿全得的病叫右侧颞叶占位,那个地方是癫痫好发部位。手术摘除了脑瘤,把命保住啦!但手术不可能完全切除致病灶。同时,手术也可能造成疤痕,形成新的致病灶,还会引发癫痫。所以,需要患者规律服用抗癫痫药物进行控制。这是个慢性病,需要信心和耐心。

黄焕不愧是专家,有理有据,让人信服。

再后来,黄焕告诉我,杨寿全去他们医院看病啦,病情明显好转。杨寿全让他带信,说谢谢我!

但我对杨寿全的病,始终放心不下。

金秋时节,我又赴广元补充采访,决定再去探望一下杨寿全,并又叫上陈丽芬一同前往。

刚下过秋雨,树枝上尚挂着雨滴,不时掉落下来,啪嗒啪嗒地打在车挡风玻璃上,摔成八瓣。山区云雾缭绕,已有点凉意。梯田里的水稻成熟为黄澄澄的色彩,漫山遍野的板栗树上挂满硕果,一串串老玉米挂在农家屋檐下,似在展示今年的丰收。玫瑰红色的野芦苇花犹如一片片绚丽的朝霞,引发人们对秋天的情思。

在明兴村书记李唐的引领下,我们再次来到杨寿全家门口。

出现在眼前的杨寿全，令我惊愕。这并不是指他的穿着打扮。他仍穿着一件半新两用衫，趿拉着一双拖鞋。但他的精神状态、身体状态与以前相比，似乎完全变了一个人。他把自己收拾得干干净净，看不见前次见面时那种邋里邋遢的样子，一口牙齿刷得雪白。更重要的是，他的脸上有了久违的血色，不时露出轻松的笑容，偶尔还会开一两句玩笑。

"快说说你的治病情况，老杨！"我和陈丽芬都催促着他。

于是，杨寿全有条不紊地叙说起治疗经过。

那次我们离开后，黄焕和剑阁县人民医院神经科李维伟主任到杨寿全家做了巡诊，并商定第二天，让杨寿全到剑阁县人民医院做一次全面检查。这次，杨寿全很听话，第二天坐上公交车去了县医院。黄焕和李维伟非常仔细地给他做了诊断，并详细告诉了他病情和服药要求。令杨寿全特别感动的是，考虑到杨寿全的特殊困难，李维伟和黄焕商量，将杨寿全的癫痫病纳入"特殊病种"。这样，所用医药费，杨寿全自己只负担11%即可，其余全部报销。这一下子就减轻了杨寿全的经济负担，当然，也就减轻了他的精神和心理压力。

说到这里，杨寿全拿出自己正在服用的两瓶丙戊酸钠片，然后，面带喜色地告诉我们，这两瓶药，可以服用两个月。他自己只需付5.5元，其余的，全报销啦！

"这样的话，老杨你可以负担得起吧？"我试探着问他。

"是嘛，是嘛！"杨寿全答复得很干脆。

此时，村书记李唐在边上插话说："他是村里的低保户，政府每月给他补助480元。村里还给他安排了一个公益性岗位，平时打扫环境卫生，每个月300元。"这样加起来，杨寿全一个月也有七八百元收入。

"是这样吗？"我追问一句。

杨寿全不住地点着头："是啰，是啰。"

"现在服药后效果怎么样？"陈丽芬关心服药的疗效。这也是我此行最想了解的。

"好嘛，好嘛！效果可以。"杨寿全微微一笑。

"怎么个可以法呀？"陈丽芬又追问了一句。

"以前没有服药时，癫痫发作很频繁，有时甚至一天发作两三次。现在，一般每月发作一两次，而且时间较短，恢复得快，对人的影响就小得多。"杨寿全这么解释着。

我们几个在场的人都松了一口气。

"你一定要坚持服药，不要忘记呀！"陈丽芬再三叮嘱道。

"知道，知道！"杨寿全一迭声地回应着。

告辞时，杨寿全腿脚麻利地把我们送到村路口，还连连向我们挥着手。此时，恰逢一缕秋阳从山间树丛中透射出来，映照在杨寿全身上。我猛然间觉得，这不正是东西部协作的阳光吗？它照在一个西部患者的身上，让他看到光明，感受到温暖，充满信心地迎接未来的生活！

就在第一次看望杨寿全的返程途中，我们聊起东西部协作中医疗系统的一些事。我突发异想，应该到黄焕挂职帮扶的剑阁县人民医院看一看。我立马让陈丽芬与黄焕取得联系。没有想到，黄焕办事效率那么高。更没有想到，戚国成院长答应得更干脆。那就择日不如撞日吧！

戚国成院长50多岁，快人快语，是剑阁手术"一把刀"，据说桃李满广元。他先领着我在医院转了一圈，一一指着介绍。这是可用于远程诊疗的放射诊断中心，这是广元市第一台西门子核磁共振，这是全四川最先进的全智能化血液透析中心，这是国家拨款建的，这是用东西部协作资金购买的……说着这些，戚国成如数家珍、喜形于色。听完他的介绍，你会得出一个结论：在国家政策扶持下，在东西部协作资金、人才支持下，剑阁县人民医院正在迈入全省乃至全国先进医院的行列。

之后，戚国成介绍的话题就转向东西部协作中的医疗帮扶。剑阁县人民医院实质性参与东西部协作是在2018年。他们医院与丽水市中心医院结对挂钩。彼时，剑阁县人民医院正在创建三级乙等医院，那种"组团式"帮扶好处很多。对方副院长带着十来位专家过来，他们也先后派出三拨管理干部去丽水市中心医院学习，大家感觉收获不小。

2021年结对关系转为杭州市第一医院，双方关系显得更加密切。"你肯定知道，杭州市第一医院可是名头响当当的大医院，派出来的人自然非同一般。第一拨来了两位教授：金华良，呼吸科专家，哈佛医学院博士；王雪鹏，骨科脊柱外科专家，上海交大博士。他俩在我们医院待了半年，服务态度非常好，技术水平非常高。金华良的手术可谓一绝。一般患上肺栓塞，60%没得治，但金华良基本都能救过来。他帮助我们医院申请建立了广元市首个呼吸重症医学科。帮扶期满，在他即将离开剑阁之前，来了位患者。本院医生没办法，只好把患者送到金华良那里。金华良二话没说，就上了手术台，把人给治好啦。王雪鹏每个月做十来台手术，效果都很好。原先，我们不会做颈椎和腰椎内镜手术，王雪鹏就带着大家做，做着做着，就把大家带出来啦。现在县区一级医院里，剑阁县人民医院的椎骨手术力量最强。这真的该谢谢王雪鹏博士。"

时间转到2022年4月，杭州市第一医院又给剑阁医院派来3位专家，其中有个倪海峰，广西医大博士，著名耳鼻喉科专家，担任副院长兼耳鼻喉科主任，分管教学科研，看了很多病人。

"来，请倪教授带出来的徒弟梁成先自己来说吧！"戚国成说着，一把拉过本来陪在身边的梁成先医师，推到我面前。

大概梁成先有点猝不及防吧？一开口，这位80后显得有点腼腆，慢慢说着说着，才渐渐流利起来。

从川北医学院毕业来剑阁县人民医院工作的梁成先，2022年4月开始跟着倪海峰学习。倪教授刚来，医生和病人都不太了解他。但梁成先知道，倪教授在剑阁县人民医院挂职半年，有两项开创性工作：一是论文达到SCI级别，也就是人们常说的被科学引文索引数据库（Science Citation Index）所收录；二是所在科室通过广元市临床专科，与广元市第一人民医院共同举办了面向全省的学术会议，极大提升了剑阁县人民医院的学术地位。

梁成先记得，有个9岁小女孩曾来找他看病。这小女孩病情特殊，脸部一边高一边低。假如在以前，梁成先肯定动员她转院治疗。现在有倪教授在，他就请倪教授会诊。倪教授说可以手术，并亲自主刀。在手术台上，倪教授一一讲解，手把手地教，术后效果很好，梁成先学到许多。倪教授还教导梁成先要多看书学习，要将病人视若父母，这里的老百姓很朴实。然后他告诉梁成先，他也是从江西农村出来的，对农民有一种天然情感。这些言行，对梁成先来说，似乎比那些开刀技艺本身更重要。

眼下，梁成先已经敢做一些高难度手术了，但碰到疑难杂症，梁成先还是会打电话请教自己的老师。倪教授虽早已回到杭州，但对梁成先的咨询不厌其烦，有时还会一起讨论医案。前不久，梁成先碰到一位特殊患者，眼睛水肿得厉害。梁成先一时把握不准是先消炎还是先做手术，就把电话打到倪教授那里。倪教授耐心听取病情介绍，指导梁成先先消炎控制病情，然后再手术。梁成先就按照倪教授的指点做了医案，患者手术效果很好，眼睛消了肿，视力恢复正常。患者及家属感谢梁成先，梁成先就说要感谢倪教授。患者及家属并不知倪教授是何人，但他们听梁成先这么说，也跟着说，谢谢倪教授！

梁成先这些话说得朴实感人，也把我和戚国成感动啦。戚国成不住

地在边上点着头，说东西部协作对医疗这一块，帮助实在太大了。"几乎是我们要什么，就给什么；我们要什么样的医生，杭州市第一医院就派什么样的医生过来。这不，我们医院现在独缺神经内科专家，就给我们派来了黄焕。真是雪中送炭、久旱下场及时雨呀！"戚国成一番由衷的话，倒说得在旁的黄焕不好意思起来。

东西部协作中的医疗帮扶并不局限于一县一业，而是面向全市，涉及广大群众，尤其是那些特殊群体。

在旺苍县，我了解到一个"重塑人生脊梁"的医疗帮扶行动，受到极大震动。

这个消息，最初是在旺苍县卫健局听到的，说是浙江省萧山区中医院在旺苍县开展"重塑人生脊梁"公益帮扶行动，获得良好社会反响。

"重塑人生脊梁"，这是多好的一个活动名称呀！形象、贴切、寓意深刻！一听到这个名称，我就觉得应该给起名的人点个赞！

但这个"重塑人生脊梁"公益活动，又是如何与东西部协作融合起来的呢？这，正是我想采访的原因。

在旺苍县中医院三楼会议室，具体负责此事的行政办公室负责人吴桂芳医师，给我讲述了事情的来龙去脉。

"重塑人生脊梁"，是浙江萧山区中医院开展的一个品牌公益项目。吴桂芳医师第一句话就点了题。它与东西部协作挂钩、与旺苍结缘，是因为萧山区与旺苍县结对帮扶。在这个大背景下，2021年，旺苍县中医院与萧山区中医院签订协议，开展医院结对帮扶活动。这不，因为新冠疫情嘛，双方实质性合作推迟到2022年上半年。萧山区中医院主动提出在旺苍县开展"重塑人生脊梁"活动。这是他们的品牌项目，知名度和美誉度都蛮高的嘛！旺苍县中医院自然十分赞同，指定由吴桂芳负责具体对接和协调。

对接协调工作之一,就是找县残联和县教育局。因为这个"重塑人生脊梁"的对象,主要是残疾青少年,多数在学校。由县残联和县教育局来做,方便得多,也有利得多。县中医院主要负责保障医生、场地,还有后期的康复辅导。

经过一段时间摸排,县教育局和县残联给县中医院提供了25名筛查对象。吴桂芳将这一信息反馈给萧山区中医院,对方马上决定派医生前来。不过,令吴桂芳始料未及的是,萧山区中医院一把手全仁夫院长亲自带队过来。全仁夫是浙江中医药大学博导、萧山区中医院书记兼院长,在业内名气蛮大。与全仁夫一起来的,还有院领导和专家10人,可以看出萧山区中医院对此行的重视。

2022年6月10日上午,专家团队在旺苍县中医院6楼会议室,集中进行脊柱畸形患者现场筛查。25名患者被逐一请进现场,接受专家检查。中等个儿、结实微胖、理着平顶头的全仁夫亲自披挂上阵。只见他用左手撑住被筛查者的左肩,右手在被筛查者的背部慢慢移动,不时用手指轻轻击打着脊柱部位,以了解病情。他一边做着筛查,一边向这些被筛查者讲解脊柱畸形对身体健康的危害。更让这些患者动心的是,现场还播放视频,展示患者经过矫形手术后可能达到的效果。

"真的有那么好吗?"多数被筛查者的眼神里流露出强烈的期待。

"是的,能够,也许比视频展示的更好些。"全仁夫等人鼓励着被筛查者。

"对啦,做这样的手术要多少钱呀?"一些陪同子女前来的父母亲,不无担忧地问道。

"手术费需要10万元左右。"有专家答复道。

"啊?那么贵?!"那些家长不由得咋舌。这些人家大多经济上困

难。如果手术费很高，那即使手术效果再好，也是水中月、镜里花，可望而不可即呀！于是，一些人的眼神开始黯淡下来！

"请大家放宽心！"全仁夫朗声说道，"这10万元费用，不用大家掏钱。除医疗保险可报销的费用外，其余部分，都由我们萧山区中医院来承担！大家只要负担来回交通和食宿费用就可以！"

"真的呀？那真的太好啦！"众人闻听此言，刚才有些黯淡下去的眼神，一下子变得明亮起来。

筛查结果出来，共有14名患者被列为矫形对象。

为啥子是14人？吴桂芳向我解释了一番。因为有的患者，畸形并不厉害，可做可不做，有的做矫形手术效果不明显，还有几个畸形特别厉害，已无法矫形啦！脊柱矫形手术，在行业内被叫作"骨科的珠穆朗玛峰"，手术难度极大、风险很高，稍有不慎，就会引起脊髓神经功能损伤。所以，可做可不做的，不做；没有效果的，不做。这么一对照、一筛查，就确定为14人。

吴桂芳将这14人组了个微信群，有什么信息，就在这个群里交流。轮到手术了，也在这个群里通知。平时在这个群里，还宣传介绍一些有关脊柱病的知识，让患者增加对病情的了解。

接着，这14人就被分期分批送去萧山中医院进行手术。具体事务都由吴桂芳安排，什么派救护车、购票、送机场等。

"后来什么时间开始做的第一个手术，第一个手术的是谁呀？"我有点着急地问吴桂芳。

2022年6月20日，第一个手术对象叫昝青平，一位36岁的年轻人，是残联推荐的对象。这个昝青平13岁那年，正读小学六年级，不幸患上强直性脊柱炎。之后，昝青平又坚持读了两年初中，终因疼痛难忍，被迫辍学。也因为疾病，他的身体停留在150厘米的刻度上，再也无法长高。原先挺直的脊梁渐渐弯曲变形，并伴随心脏、肺部、神经系统病变，呼吸不畅，腰背部整日剧烈疼痛，使得昝青平不堪忍受，更不用说与同龄人一样去实现自己的人生梦想。

昝青平的手术做得很成功。2022年6月23日，吴桂芳和旺苍县中医院陈院长赶到萧山区中医院，买了鲜花水果去慰问昝青平，同时也感谢了萧山区中医院的领导和医生。

昝青平后来到旺苍县中医院进行康复理疗。一段时间下来，他恢复得很好，已跟正常人无异，身体足足长高了10厘米。现在，他正在外面做生意呢！春节回来过，还专门到医院来感谢。而吴桂芳仍与他保持着联系，随时进行回访。

说着话，吴桂芳拨通了昝青平的电话，彼此用四川话交谈着。

"昝青平吧？"

"是呀，是呀。是吴主任呀！"

"你现在身体怎么样呀？"

"好着嘞！我现在在通江做生意哈。吴主任有空来耍哟！"

"要得，要得！"

"还有个何志明，是旺苍中学学生，你可以去学校采访采访他。"吴桂芳热情地给我提供线索。

到了旺苍中学，我先找到学校向书记。向书记把我带到学校操场上一棵大樟树下，然后让几个同学去找何志明。

正是上午课间操休息时间，何志明坐着轮椅，被同学们推出教室，来到操场上。坐在轮椅里的何志明，个子十分瘦小，脸色有一种久未见阳光的苍白，但脊背基本是直的。我提了一些问题，何志明慢吞吞地用轻声细语做了回复，思路清晰、表述准确。

何志明是旺苍县三江镇人，2岁时突发高烧，得了一种脊髓性肌萎缩

症。上中学后，何志明才知道这种病外文名简称SMA，是一种遗传性神经肌肉疾病，以肌无力、肌萎缩等为临床特征。通俗地说，就是手脚没有力气。但他智力没受影响，到了该上学的年龄，何志明还是在当地上了小学，只是得坐在轮椅上听课。后来嘛，何志明考上了旺苍中学。

这时，边上的向书记插言说："何志明当年考了360分，满分是400分，应该说考得蛮不错。学校就录取了他。但当时真的不知道何志明同学的身体状况。如果知道是这样的身体状况，学校未必会考虑录取。"向书记实话实说。

何志明似乎有点羞涩，低下了头。向书记见状，就转换了语气："当然，何志明同学人聪明，他也有受教育的权利。学校不但录取了他，还同意他妈妈陪读照顾他，并为他们母子找了一间小房子。但凡能做的，学校都做了。老师也好，同学也好，大家都很照顾何志明同学。只是，因为疾病，何志明同学只能佝偻着背，用手抵住下巴听课。大家看着都很同情他、关注他。这也是后来我找旺苍县中医院，代何志明报名动手术的原因。"

此刻的何志明，坐在轮椅里，不住地点着头。向书记继续着他的叙述。向书记听说萧山区中医院来旺苍县开展"重塑人生脊梁"行动后，就把何志明带到旺苍县中医院检查。萧山来的全院长给何志明做了全面检查，认为他符合矫形条件。何志明听到这个结论后，心里很高兴，但也有点担忧。高兴的是政府政策好，他有可能跟正常人一样学习工作；担忧的是杭州那么遥远，路上比较麻烦，还得妈妈陪伴着。

后来事实证明，何志明的担忧是多余的。2022年7月21日，何志明像记住重大节庆日一般，记住了这个日子。这一天，他第一次离开家乡去远方，而且是坐着飞机去的。何志明是第一次坐飞机嘛，觉得很新奇、很兴奋。吃的喝的，都是飞机上发放，不用花钱。他还第一次透过飞机舷窗看机翼下的风景，真心觉得祖国山河好宏伟，比课本上讲的、电视里看的，还要宏伟。

到萧山区中医院第二周，何志明就接受了矫形手术。他被全身麻醉，自然不知道手术进行了多久。妈妈告诉他，从早上8点，到下午5点，整整9个钟头。这9个钟头，他躺在手术台上，处于无意识状态。但有一大帮人，站在他边上，不吃不喝，忙碌了9个钟头。回想起来，真的令人感动。这件事，让这位少年深受触动。何志明平时喜欢写点文章，经历了这些事后，他觉得应该把这一切记下来，作为自己永久的记忆，也可以告诉更多的人。因此，当何志明从麻醉中醒来，一进入ICU，就在想这件事。几天后，他向护士要了纸和笔，开始追忆、记叙这次手术的全过程，重点是在ICU的感受，他写得很细、很多。

何志明在萧山区中医院住了两个多月，时间真的不短。全部医疗费用都由萧山方面负担。母子俩只负责自己的生活费。两个多月，只花了3000来元，还是蛮节省的呀！

"手术前后，何志明同学觉得有什么明显变化呢？"我关切地询问他。

"原先脊背是佝偻着的，现在可以挺直了看，一下子觉得天地高多啦！外表形象一变，自信心就增强啦！"

我相信，这是何志明同学的真切感受，也是发生在他身上的显著变化。这种变化，一定会影响他的一生。

杨寿全、昝青平、何志明等人的疗救，自然是个案。但我们似乎应该透过这样一个个个案，看到其背后发挥作用的东西部协作机制与体系，看到从东海之滨飞来的白衣天使的医术和努力。距离不再遥远，公平医疗就在眼前。

教育系统的情况与医疗系统有着某种类似。一大批浙江名校、名

师或组团或个体，来到广元市各地各校，带来新的教育理念、教学经验、教学方式、教学艺术，还有大量教学所需的设备设施、教具图书，留下了一段段教书育人的佳话。旺苍县教育局局长殷才昌将其概括为"一三四五工程"。一园：建设一个高品质幼儿园；三扶：帮扶贫困学生、残疾学生、圆梦大学生；四助：助学、助教、助困、助物；五结对：高中与高中、职高与职高、义务教育与义务教育、特教与特教、幼儿园与幼儿园结对帮扶。

在采访中，我还了解到，丽水市莲都区国家级心理咨询师张艳老师在剑阁县创建了10个张艳工作室，培训了180多名心理老师，留下了一支永远不走的心理教师队伍。杭州上城区惠兴中学罗国兰老师，在剑阁支教期间，谢绝县里安排的小车，自己掏钱买票，乘坐班车下乡，跑遍了全县乡镇中学，联合编写了《中小学生心理危机筛选手册》，竭力把剑阁县打造成学生心理健康教育示范县。龙泉市投入400多万元，在昭化区实验小学建立"剑瓷楼"，进行广元窑的开发、烧制、展示与普及……这样的事例不胜枚举。

在这里，我想重点描写一个具有创新意义的教育典型案例：台州市三门县与广元市苍溪县挂钩举办定向培养班。

"背景自然是东西部结对帮扶啦，没有这个途径，我们苍溪职中怎么可能找到远在千里之外的三门技师学院呢？"在苍溪职中采访伊始，心直口快的校招生就业办公室主任白华老师开门见山地说。

"那，具体是谁牵线搭桥的呢？"我需要深入了解。

人们告诉我，牵线搭桥人是台州市挂职苍溪县的县委常委朱德宇，一位结实踏实的中年人。他挂职期早满了，且已返回台州市工作。但苍溪人仍然记得他，知道他在苍溪工作期间，一直思考一个大问题。苍溪是农业大县，工业是其短板；台州则是机电大市，劳动力缺乏。如何使东西部扶贫协作拓展到教育领域，把教育扶贫协作与劳务协作有机融合起来，从而为政府找到精准扶贫新途径，为企业提供长远发展新人才，为学校实现教书育人终极目标，朱德宇一直在思考。最后他想到了苍溪职中，也想到了他老家三门技师学院。如果这两家牵手合作培养复合型人才，该是创新之举吧？

朱德宇的提议得到苍溪职中和三门技师学院的热烈回应。在朱德宇协调下，双方签订协议，进入具体操作阶段。

白华因此介入这项意义非凡的工程。

苍溪职中建校于1957年，原属普通中学，1982年开始招收职业高中班。在苍溪县乃至四川省内，也算得上是一所名校，被列为首批国家级重点职业学校，其农学、农联专业闻名全省。全校在校生5000余人，教职员工300多名，每年社会性培训人员在万人以上。

两地和两校领导都下了决心，白华自然要下更大的决心。首要的是挑选物色生源。两校商定，合作培养采用"2+1"模式，即在苍溪职中学习两年后，再到三门技师学院培训一年。这种培养模式，属全国首创。学生们在三门县学习期间，所有费用全免，三门县还给每个学生每月补贴600元。毕业后，由当地政府推荐安排工作，当然，也可返乡创业。招生待遇实在是优渥的，连白华都这么认为。根据双方达成的协议，对生源有个限定，就读学生家庭必须是建档立卡贫困户。彼时全国尚处在脱贫攻坚阶段，帮助老百姓脱贫，是主要目标啊。

这样，全校二年级学生成为选拔对象。在征得家长意见后，自愿报名申请。班主任先过一遍，再汇总到全校，共有200多名初筛对象。然后，学校领导再按照标准，千挑万挑，从200多名初筛对象中选定49人作为第一批培养人选。

白华担负了护送第一届学生到三门的差使。她带着学生，辗转39个钟头，才抵达三门技师学院。学校还安排戚博文老师担任班主任，跟班学习。

其间，白华代表苍溪职中去探望过三次。说实在的，虽然知道这批学生在三门技师学院学得很好，过得也很好，但白华还是有点放心不下。那种牵肠挂肚的感觉，有点像父母对子女一般。俗话说，一日为师终身为父，白华自认为就是这些学生的大家长。一次次探望，白华把三门技师学院方方面面看了个遍。

三门技师学院坐落在海滨，环境十分优美，整个校园像座花园。学校异常重视苍溪职中这个班，院长亲任班主任，又派了经验丰富的金回央老师做日常管理的班主任，加上苍溪职中去的戚博文，一个班级有了3个班主任。考虑到苍溪籍学生爱吃辣，学校专设了川菜餐厅，请了四川师傅做饭菜。学生住的房间有空调，冷热不愁。上课老师都是各项技能带头人，学的都是实用技术。仪器工具人手一份，实践工位多，能够满足每个学生上岗需求。金回央老师极善于做学生工作，每逢周末，班级都要进行总结，安排丰富多彩的活动，了解三门县的历史文化。她还带着同学们去看大海、捡海贝。同学们不小心把裤子拉破，金回央会拿起针线，给缝补上。她对学生的照顾无微不至，同学们都叫她金妈妈。

总而言之，言而总之，到三门技师学院学习，好得简直没法说。白华返校后说的这些情况，还有同学间彼此的交流，把那些没有选上的学生羡慕得不得了，也把下一届学生馋得不得了。

第一学期结束，三门技师学院由院长带队，安排长途大巴，把学生送回苍溪，还一一上门家访，征求意见。见到特别困难的家庭，前去家访的老师，就把自己随身带的钱都掏出来，塞给这些困难家庭。这种跨越千里的家访和情意，把学生家长感动啦。家长们推辞着。老师一定要送，家长坚决不收，来来回回，推推让让。白华陪同着家访，亲眼看见不少人为此流了泪。这也把白华感动了,她觉得这件事真做对啦!

一年后,第一届49名学生如期毕业。除3名学生参军服役外,其余46人都在三门当地找到了工作,而且,岗位都不错,收入也较高,人均月薪在6500元以上。这在苍溪县,算是高薪阶层啦!

因有范例在先,苍溪职中第二届、第三届机电班办起来就容易得多,学生们争先恐后报名。考虑到就业,第二届选派了54名学生,第三届是51人,三届总共154人,现已全部毕业,并找到了工作。

"白华老师,可否给我介绍一两个例子呀?"我有点得寸进尺。

"可以呀,可以呀!"白华爽快地应允着。

"那就说说蒲路明吧?"白华像熟悉自家孩子般了解这些学生的情况。蒲路明是首届机电班学生,毕业后,顺利进入台州环航船配公司工作。公司包吃包住,还有五险一金,每月收入在7000元左右。蒲路明对自己的岗位和收入很满意。他曾对白华说,如果不是进入三门技师学院机电班,现在很有可能跟着老爸到处漂泊,做一些没有什么技术含量的工作。而今,自己已有一技在身,又找到了好单位,真的非常感谢学校,感谢这个班。蒲路明还告诉白华,在单位工作半年后,他感到三门这个地方环境和待遇都不错,就想着怎么让老爸老妈和弟弟也来这里就业。春节回家时一说,全家人齐刷刷投了赞成票。令蒲路明没有想到的是,三门县政府也大力支持,不但派了一辆大巴,把他全家和其他打工者接到三门,还帮助介绍安排工作。眼下,父子仨都在台州中鸿电机公司上班,待遇也不错。过去靠老爸老妈打零工,年收入三四万元。眼下全家四口在三门工作,年收入会有三四十万元,想想犹如梦中。蒲路明现在的梦是,长期在三门工作下去,存钱买套房子,一家四口和和睦睦地生活在一起。

也许,他们仍旧会有对故乡苍溪的眷恋,但对美好生活的向往,更能激励他们一家为之努力奋斗！我边听白老师叙述，边在心里如斯感想。

"还有一个机电班同学的故事也非常精彩。陈老师爱听吗？"白华微笑着问我。

"当然，当然。"我赶紧点头。

"机电班学生中，有像蒲路明这样在当地扎根生长的，也有学成回乡的人。譬如，苍溪县五龙镇的杨龙同学。"白华用这样的开头开启故事。

杨龙是个"捡"回来的培养生。这位同学踏实努力，平时话语不多，与奶奶相依为命，家境比较困难。在苍溪职中读到二年级时，因家里经济困难，准备辍学就业。当时，三门技师学院副院长正好到苍溪开展帮扶工作，一听说这个情况，觉得这位同学如果因经济问题而辍学，实在太可惜，就提出去家访一次，看看能不能帮到这个孩子。白华陪同前往。

都知道杨龙家庭困难，白华和那位副院长心理上已做好充分准备。但当走近后，眼前的情景还是让他俩感到震惊。在一排水泥高楼中间，有一处低矮的瓦房，那就是杨龙和他奶奶生活的家，真正家徒四壁、破旧不堪。当时，他俩和另一位家访的老师，掏出身上所有的现金，塞到杨龙奶奶手中，恳请老人家让杨龙回校读书。那位副院长当场答应，把杨龙放进三门技师学院机电班中，并告诉杨龙和杨龙奶奶，在三门学习期间，苍溪去的同学能免住宿费、学杂费、保险费、交通费等，每个月还发600元生活补贴。

副院长的态度和解释，瞬间打消了杨龙和杨龙奶奶的顾虑。老人家爽快地答应让杨龙继续读书，而且是跑得远远的，到三门去读书。读好书，再回来，再来照顾奶奶。

杨龙不负众望，在三门技师学院机电班刻苦学了一年，学到了技能，顺利毕业。毕业时，学校问他的选择，他毫不犹豫地选择回家乡，回到奶奶身边。因为有了技术，再有三门技师学院的背书，杨龙顺利地找到一份收入稳定的工作。眼下的杨龙，一边安心工作，一边就近照顾着年迈的奶奶，可谓事业和家庭兼顾。他相信，只要自己足够努力，生活一定会一天天好起来！

说到现在，白华显得有点兴奋，简直眉飞色舞。原来，苍溪职中已与三门技师学院商定，在苍溪职中增挂三门技师学院分院的牌子，他们派师资力量过来授课。这样，苍溪学子既可以赴三门本院学习，也可以在苍溪职中享受优质师资，"两条腿"走路，为苍溪学子开辟另一条成才就业的通道。

而这个收获，是白华以前所没有预想到的。

现实走在生活之前，实践呼唤着创新之花。这是白华时下的深刻体会。

有感于浙江、广元两地教育医护人员的交流合作和奉献牺牲，特赋五言排律《东西吟》为记。

天生为比翼，
理应薄苍穹。
倾尽钱江水，
喷浇巴蜀枫。
健康民众事，
教育国家功。
扁鹊巡山坳，
荀卿劝学童。
杏林除旧习，

教苑树新风。
僻壤融寒气,
峰巅建医宫。
高情龙虎跃,
妙手耳鸣聪。
遥诊疑难症,
初当网络红。
人间无此例,
中国有诸公。
诗客唯斯愿,
东西南北同。

第七章 大山区可以链接星辰大海

日月之行,若出其中;星汉灿烂,若出其里。

——曹操

时代在发展，社会在进步。不同时代有不同的主题和形式，东西部协作也会呈现不同的阶段性特征。进入新时代以来，走在网络时代前列的浙江，逐渐将互联网、大数据、电商、人工智能等新事物融入广元各地、各领域、各行业。积极发展数字化产业，逐步实现数字化转型，成为浙江广元协作中新的亮点。这不仅使川北山区跟上了时代前进的步伐，而且在部分领域、部分行业甚至成为先行者。

——采访札记

当阿里巴巴科技板块派驻苍溪县的乡村振兴特派员告诉我，他的名字叫孙文时，我忍俊不禁，与他开起玩笑："你这个人胆子也忒大了些，竟敢借用伟人的名讳呀？"

孙文也被逗笑了，忙不迭地声明："这是老爸老妈给的名字，没办法，但我也不知道，当初为什么要给我取这样一个名字，有些场合还真蛮尴尬的呢！"

看上去，孙文已人到中年，身材胖乎乎的，面相和善，肤色黝黑，发沿已退守头顶阵地，戴着一副旧式眼镜，穿一件半新不旧白衬衫，与人们印象中阿里巴巴员工那种西装革履、头发油光闪亮的形象大相径庭。他用浑厚的山西普通话发言，用手势比画助力。说到激动处，他会起身站起来，两眼放光，那种慷慨激昂的神情，在同龄人中并不多见。

关于孙文来苍溪的原委，我之前已从余杭区来的挂职常委刘俊峰那里获悉。大家都知道，余杭是阿里巴巴总部所在地，也就是人们常说的大本营。大本营有着互联网大部队，藏龙卧虎，尤其是数字化人才。刘俊峰在余杭工作，与阿里巴巴多有交往，也就自然而然熟悉了一批在阿里巴巴工作的同学。确定到苍溪县挂职后，刘俊峰在一次活动中听那些同学说起，阿里巴巴在全国推行乡村振兴特派员制度多年，公司高层近期又打算新增3名特派员。说者无心，听者有意。刘俊峰一想，自己到苍溪县工作，数字化转型是必然选择。如果能有一名阿里巴巴互联网特派员协助他，将如虎添翼呀！于是，刘俊峰找到时任余杭区委书记，提出临行前向书记要个"红包"。红包？书记一时还反应不过来，这家伙要什么"红包"呢？刘俊峰这才把事情来龙去脉说了一遍，请书记出面，希望阿里巴巴将新增的3名特派员中的一人派往苍溪县。书记满口答应，而且很快与阿里巴巴领导层达成一致。

这个借用伟人名讳的孙文，就这样来到苍溪县。

从孙文口中，我才知道，阿里巴巴特派员制度形成于2019年6月，是公司高层为配合全国脱贫攻坚、乡村振兴而做的制度设计。先后派出4批27人，全国每个特困县一人，跟随党政机关干部下到基层，整合阿里巴巴的资源，围绕"育人才、赋科技、兴产业、防返贫"的目标做工作。

孙文参加这项工作，则源于自觉。他似乎很有先见之明，早早进入阿里巴巴工作，至今已16年。他先在国际事业部工作，当经理。2018年，调到菜鸟公司搞管理。16年中，他付出了很多，也得到了很多。按照时下人们的说法，孙文早已实现了"财务自由"。"自由"后，孙文就想做一些有意义有价值的事，感恩阿里巴巴、反哺社会各界。于是，在2021年，孙文主动申请到阿里巴巴公益性岗位工作。这次公司物色特派员，他又主动请缨。

当然，彼时孙文并不知道自己会来苍溪。"这，要拜刘俊峰所赐。"孙文半真半假地开着玩笑说。

苍溪县委很欢迎，孙文人还未到，县上已给孙文安排好办公室和住房。孙文对苍溪第一印象：实在漂亮；第二印象：有点闭塞。

孙文兴冲冲而来，自以为电商经验丰富，且能说会道，准备协助刘俊峰在苍溪大干一番事业。所以，一到苍溪，孙文到处宣传阿里巴巴如何做电商，如何卖东西，可以帮助苍溪人增收致富。他向全县电商发了自荐信，希望与各家电商建立联系、结成联盟。

但令人始料未及的是，孙文并没有受到苍溪老百姓的热烈欢迎。不但不热烈，有些人还把他当成"骗子"，以为孙文是在替阿里巴巴做宣

传、扩大地盘，"割韭菜""薅羊毛"。一些企业对通过电商卖猕猴桃不感兴趣，发给当地电商的消息，全部石沉大海。

这是孙文最痛苦的时期。现在回忆起来，孙文还是一脸苦闷的表情。

提起阿里巴巴与广元电商的关系，其实可以追溯到很远，而且它们之间有过很多故事。中间，绕不开一个电商女孩赵海伶。这个赵海伶，孙文在来苍溪之前，听不少人讲过，来苍溪后，又听苍溪人念叨她的名字。有人干脆说，自己之所以试着走电商之路，就是受了赵海伶的影响。

在孙文脑海中，赵海伶的电商之路是这样的：

经历过汶川特大地震的生离死别，在四川外国语大学读书的赵海伶，有了一个牢不可破的执念：陪伴家人。毕业后，她义无反顾地回到老家青川，开始在老妈的小饭店里打工。老爸不解，老妈反对，但赵海伶不为所动。一个偶然机会，赵海伶遇见了一位到青川参加援建的阿里巴巴员工，彼此聊起阿里巴巴，聊起电商。那位员工告诉赵海伶，阿里巴巴已与青川县签订协议，正在物色有意从事电商的年轻人。真的呀？一个简短的信息，使得赵海伶眼前一亮：这不正是一个机会吗？自己在寻找创业之路，而路恰恰就在网上。

说干就干，赵海伶拿着2000元人民币，开起了当地第一家卖山货的淘宝店——青川海伶山珍。创业之路自然艰难。孙文在阿里巴巴听说过许多类似故事，他完全能想象出其中的艰辛和磨难。赵海伶不易啊！做电商店，一是要有货源，二是要有市场。赵海伶踏着三轮车、坐着拖拉机，在偏僻地区甚至只能靠着步行，一家家搜集挑选货源。一年时间，她就与当地百来家农户建立了供货关系。然后，在网上售卖，将当地产的竹荪、木耳、核桃、蜂蜜等销往成都、重庆、北京等城市。2010年，青川海伶山珍电商店实现销售额200多万元，被阿里巴巴评为"年度十佳网商"。之后，全国多个城市的海伶山珍电商店陆续开业，并与京东等电商巨头签订合作协议。与青川海伶山珍建立供货关系的农户数以万计，海伶山珍年销售额一举突破6000万元。青川海伶山珍公司成为省级龙头企业，也成为阿里巴巴电商示范店。赵海伶获评为"全国十佳农民""脱贫攻坚先进个人"。在赵海伶影响带动下，青川县60余名有志青年返乡创业，电商店发展到1000余家。

为什么青川行，苍溪不行？为什么赵海伶行，他孙文不行？一段时间内，孙文在默默思考、寻找答案。明明是来帮老百姓找门路、脱贫困，却受此冷遇。他有点想不通，便找刘俊峰"诉苦"。刘俊峰只告诉孙文一句话：老百姓最讲实惠！

对呀！一语点醒梦中人。孙文猛然意识到自己的问题。是这么回事嘛！浙江人不是这样做事的。赵海伶她是用12年时间才走完电商创业之路的。孙文记得赵海伶最爱说的一句话是："要相信时间的力量，时间一定会带给你最美好的结果。"孙文想通以后，立马改变方式方法，从实事做起。

孙文的目光首先盯在防止规模性返贫上，这也是阿里巴巴派他来的初衷和主要用意。在刘俊峰的帮助协调下，孙文与苍溪县民政部门合作，很快建立起"防止返贫检测和衔接、推进乡村振兴信息系统"，用两个月时间摸排苍溪县低收入人群。通过民政系统掌握低收入人员名单，通过残联了解残疾人群体，通过应急管理部门掌握因自然灾害和交通事故造成的贫困群体，然后汇总到县乡村振兴局，纳入信息管理。接着，孙文将调研所得到的全县6900名低收入者的名单，提交给阿里巴巴健康公益部门。阿里巴巴健康公益部门向太平洋保险公司统一购买了商业保险。2021年300余万元，2022年200多万元。阿里巴巴为此投入真金白银500余万元。这个险种明确，但凡这些人产生医疗费用，除医保报销部分外，可二次报销70%，如果今后残疾或死亡，还有一笔赔偿费用。

这件事，惠及6000余人、几千个家庭，影响几万人。

还有一件事，是孙文偶然发现的。那次，孙文到百利镇走访调研，顺道走到一间简陋的出租房内。一问方知，这户人家儿子病故，媳妇改嫁，只留下一个12岁男孩。男孩患有先天性心脏病，身体瘦弱。说是12岁，但看上去仅像个六七岁小孩。爷爷常年出门打零工，工作有一搭没一搭。男孩日常生活靠奶奶照顾。全家3口人，吃喝拉撒睡都在这间狭小的出租房里。孙文见这家人生活如此困难，便动了恻隐之心。他通过"小鹿灯"项目，为患儿解决了3万元医药费，让男孩到南充一家医院动了手术。手术很成功，男孩活蹦乱跳地回了家，继续他的学业。男孩的奶奶感激地说，这3万元钱，真的救了她一家！孙文认为，这3万元救了一个人、一个家，甚至比建一个数据中心还有价值。

由这个小男孩，孙文想到了类似家庭。通过调研，孙文还发现了不少类似家庭，于是，他积极推动阿里健康"小鹿灯"项目在苍溪全面落地。孙文把那个小男孩称作"小鹿灯"。小鹿灯——"无陷未来"项目，就是帮助患有先天性疾病的少年儿童，取名为"无陷未来"，寓意没有缺陷的未来生活，救助年龄段为0岁至18岁。全县摸排出58人符合救助条件。阿里巴巴公益部门投入80余万元，给每个人报销医疗费3万元、路费1500元。后来，"小鹿灯"行动救助范围扩展到后天性疾病医治，救助年龄段也是0岁至18岁，这就有了小鹿灯——"愈见未来"项目，取名为"愈见未来"，寓意痊愈后的未来生活。第一拨已找到十多人，参照以前的做法，一个个开展医治。

这些实事好事，苍溪老百姓看在眼里、记在心里、赞在口里。社会舆情为之一转，孙文的信誉也水涨船高。有不少人主动跑上门来，向孙文讨教电商及有关事宜。

孙文觉得开展工作时机已成熟，就拉开了大干一番的架势。

阿里巴巴的优势是数字产业，擅长电商营销。虽说孙文是一个人在"前线"，但在总部、在他背后，有一两百人在支撑着他。因此，他心中有底、气壮如牛。那就从培训开始吧！通过培训，把苍溪的淘宝店队伍建立起来。

苍溪彼时只有7家淘宝店，这与一个六七十万人的人口大县严重不相称呀。孙文一了解才知道，一些企业前几年试水过电商，搞猕猴桃线上销售，但效果不佳。为啥子？实际上他们并没有入门，团队不给力。做电商，5个人的团队是最低配置，一般需要十几人，多的甚至需要百来人。孙文就先把这7家淘宝电商找出来，再通过上上下下筛选，从专业合作社、抖音用户中，物色了70多个青年农民，举办第一期电商培训班。孙文从总部请了最好的电商老师来授课，教这些人怎么在线上吆喝产品。不过，孙文坦承，一开始，这些学员还是不太相信，对着手机视频这么说上几句话，就能卖掉产品？

事实是最好的老师，培训理论与实践必须结合。孙文策划了一场网红带货直播示范课。需要花费50多万元，这没有问题，由阿里巴巴公益部门出。网红也没有问题，阿里巴巴跟那些网红关系好得很，可以说，振臂一呼、应者云集。孙文一说，总部立马从杭州挑选出十来个当下人气很旺的网红主播，这些主播也都表示愿意到苍溪来做一场公益带货直播。

问题出在产品上。一场直播带货，至少需要30种产品，那样才能支撑半小时以上。筹备时，孙文找到县里有关部门。部门同志说，这没有问题呀，苍溪光猕猴桃就有几十个品种，还有翠冠梨、挂面等。孙文一听有点哭笑不得，知道对方把产品类别与产品品种搞混了，实际上一种水果，只算一个类别。对方报了几十个产品，一归类，只有8个品种。主播团队帮着想办法、出思路，最后，总算凑到17个品种。一场直播带货，卖出50多万元。在孙文看来，50万元简直是小意思，但在苍溪电商看来，已惊讶不已。

第一期培训班很快见效。学员们通过学习，掌握了网上开店、后台管理、店铺运营等技能，苍溪一下子冒出十多家淘宝电商店。培训一批，冒出一批。到目前，孙文已在线上线下搞了66场培训，覆盖3000多人次。淘宝电商店发展到400多家。电商店多了，孙文又在刘俊峰支持下，注重提质升级，砸钱、砸资源，挑选了"魔小妖"魔芋食品店、"梁公子"红心猕猴桃食品公司的电商店作为培育重点，引导普通电商店向"钻石店""皇冠店"发展。

与此同时，在余杭工作组的努力下，苍溪县举办了"苍越杭广、溪望你来"电商节，邀约浙江、广元两地电商大咖参加，还专门出台了电商发展"黄金"10条，明确电商发展的环境、机制、政策、奖励等，营造"我负责阳光雨露、你负责在苍山溪水茁壮成长"的创业氛围。电商节期间，数字产业园开园，一楼是数字大厅，20个大小、规格、风格均不同的电商直播间惊艳亮相。孙文邀请阿里巴巴总部派人指导。总部很是给孙文面子，派了层级不低的高管前来。

有了典型，有了氛围，高端电商店发展得如火如荼。至今，苍溪已有"钻石店"45家、"皇冠店"13家、"天猫店"2家。孙文告诉我，如果电商发展成"皇冠店"，含金量就很高，每月销售额在300万元以上，那样，就可以赚很多钱。

自然，孙文还有个有利条件，就是阿里巴巴本身。阿里巴巴有20多万员工，这也是一个庞大的消费群体。孙文向阿里巴巴高管和员工宣传"以购代捐"的理念，把购买苍溪产品作为帮扶苍溪的公益活动，推介苍溪农特产品，还在阿里巴巴总部开展了多次展销活动。孙文自认为做到了千言万语、千方百计、千辛万苦、千山万水，加上千杯万盏，努力的结果令孙文比较满意。通过孙文销售的苍溪产品就有2000万元以上，超额完成苍溪县有关部门给孙文定的销售期望指标。

苍溪县电商热很快扩散到广元各县区，给原本就火热的广元电商行业又添了一桶油。

下面我将通过对两组视频的介绍，来展现广元电商行业的繁荣。

视频之一："杭州自古是鱼米之乡，如今，昭化也是名副其实的川北粮仓！今天，我要向大家推荐的是广元昭化特产——王家贡米。"视频背景是绿色生态的稻米种植基地。杭州挂职广元市昭化区委常委孟飞在杭州首届"共富共美帮帮节"——消费帮扶大型公益带货宣介活动上，为昭化特产"王家贡米"做推介。借助互联网渠道，拱墅嫁接起昭化农特优产品入杭路，助力农民有所得。据传，这款稻米因唐代女皇武则天喜食而成为贡米。实际上，王家贡米是昭化王家山陈定全先生花了一辈子心血培育出来的优质稻米，是国家地理标志产品，且入选中国农业品牌目录。其谷身材颀长，"3颗稻子1寸长"。稻谷十分清香，连天空中的鸟儿也馋涎欲滴。孟飞到昭化区帮扶后，投入80万元东西部协作资金作为科研经费，进一步优选优育，还联系中国水稻研究所，帮助建立起现代育秧舱，开展工业化育秧，进行大面积推广。"王家贡米蒸煮后口感韧滑，天然清香，而且富含多种微量元素，蛋白质含量比普通大米高1至2倍。"配着生动的镜头画面，孟飞的解说，让王家贡米的糯香似乎穿透了屏幕。

视频之二：西湖区有关单位联手，在青川县乔庄镇上开办电商直播带货技能培训班。60余位电商和有意从事电商业的青年男女，认认真真地坐在教室内，聆听来自西湖区老师的讲解，跟着那些网红主播学习。这些受训对象，大多通过微信公众号、微信小程序、抖音官方账号自愿报名参加。培训班还将带货直播现场搬到食用菌场和茶园，让菌类和茶叶的清香进入直播间，并透过视频，传递给直播终端的消费者。

另一件令孙文自豪的事，就是由刘俊峰牵头在苍溪梨仙湖畔组建起的阿里客服体验中心。

原来，为承接淘宝、天猫、菜鸟等网络公司客户类业务，做好销售和售后服务工作，阿里巴巴在余杭当地和全国建有20多个客服中心，专门回答顾客咨询和投诉。但有些地方因人力资源成本上涨，有些员工又不愿意整天在被顾客质疑、责难、责骂中工作，该项工作有点难以为继。孙文来到苍溪之后，很快发现这里人力资源成本较低、人员素质较好，具有发展电商客服的比较优势。他向刘俊峰建议，刘俊峰自然大力支持，并进一步提出组建杭广东西部协作数字产业园，将阿里巴巴客服放进去。于是，孙文向阿里巴巴总部申请，很快他获得批准，阿里巴巴同意建设全国规模第二的客服体验中心。孙文在苍溪招兵买马，因为开出的薪酬较高，应聘者不少。孙文的聪敏之处在于，对新员工上岗"洗脑"，主要教育他们怎么对待全国顾客的投诉和责骂，引导他们把接受负面信息看成锻炼提高、修身养性的机会和促进互相理解、促进社会和谐的途径，向他们灌输阿里巴巴"今天最好的表现，是明天最低的要求"的企业文化理念。这样就从心理情感上把从业基础打牢、打扎实。

你还别说，这一招真管用。苍溪开设的阿里客服体验中心，现已有170多名员工，平均月薪6000元，极少有人主动离职。孙文曾让第三方做过一个幸福指数调查，结果发现，苍溪阿里客服体验中心员工的幸福指数要大大高过阿里巴巴总部的人。如果你现在去苍溪阿里体验中心，就能听到繁忙紧凑、此起彼伏的电话铃声，还有耐心细致、和颜悦色的解答声。这是孙文最希望看到的场景。

孙文已拿定主意，要协助刘俊峰创建好杭广东西部协作数字经济产业园，把苍溪阿里客服体验中心打造成与全国同等水准的基地。产业园参照余杭"梦栖小镇"思路，打造苍溪的"梦溪小镇"、众创空间、"苍溪印象"及20个规格、风格不同的电商直播间，集"电商直播、创新创业、休闲娱乐、城市展示"于一体。眼下，产业园已入驻3个数字配套产业，推出一批数智创业项目，吸引300多名苍溪青年人回乡投入数字化转型的时代洪流。

在介绍完大体情况后，孙文用颇为自信的口吻说，事实证明，刘俊峰常委把他要到苍溪，阿里巴巴总部把他派到苍溪，是对的；他自己愿意来苍溪，也是对的。他现在的自我定位，既是阿里巴巴公益事业的一员，也是余杭区帮扶干部中的一员。两年不到，他做了许多有价值的事，得到了苍溪人的认可。他听人说，苍溪老百姓把他称作"前线信息员、需求对接员、数字经济指导员"。这是自己最感舒心的地方，自己再大的付出都值得，有时感觉比在阿里巴巴工作时还带劲呢。当然，这句话不一定写上去，否则，他们老板看到会不高兴的吧？

我将孙文所介绍的情况，粗粗地向刘俊峰做了转述。刘俊峰充分肯定阿里巴巴和孙文所做的工作后转而问我："哎，孙文没有说到'苍政钉'吗？"

"苍政钉"即苍溪县线上政务处理平台，仿照浙江"浙政钉""浙里办"打造。孙文自然提到了。但他同时坚持认为，这事主要是刘俊峰常委在操刀。

"其实，在架构'苍政钉'的过程中，阿里巴巴总部及孙文做了不少工作、帮了不少忙呢！"刘俊峰实话实说。说着，他打开自己手机里的"苍政钉"App，一一介绍起来："'苍政钉'实质上是仿照'浙政钉'样板打造的。陈老师是浙江人，肯定知道'浙政钉'的来历。"

我点点头，表示知情。浙江省为实现群众办事"最多跑一次"的目标，推进政府数字化转型工作，建设"掌上办公之省"，省大数据局与

阿里巴巴联合设计并推出了"浙政钉"。据说，登录"浙政钉"，便能与全省所有党政机关和党政干部联系上。

"是这样。广元所需、浙江所能嘛！"刘俊峰与其他浙江帮扶干部一样，重复着这句经典的话。他刚到苍溪时，收到县上的会议通知，往往就是一条短信。而在杭州，开会通知是通过OA平台"浙政钉"发出的，会议时间、地点、内容、参加人员等一目了然，有时还包括会议讨论的文件材料，非常安全、便捷、高效。他就想到开发苍溪县的"苍政钉"，而且要做到比浙江"浙政钉"更进一步，让干部办事，像老百姓在手机上购买火车票、飞机票那般简单便利。你看，它目前具备26种功能。全县所有党政机关干部、事业单位人员、国有企业负责人都在上面，只要登录了"苍政钉"，就能找到我们中的任何一人。这些人有基本概况、照片、工作地址及联系方式。在"苍政钉"上，可以直接转载文件，蛮方便。所以，县委、县政府办公室同志最欢迎"苍政钉"。还有"亲清在线"，主要便于民营企业与党政干部交往交流。眼下，各地都在搞政务公开、掌上办公等，但实现全部合成的，在四川省，苍溪还是第一家。这是因为，他有阿里巴巴的技术支撑，有孙文团队提供的渠道协助。

"对啦，'苍政钉'还延伸到了乡镇和村社。譬如，陵江镇笋子沟村，我们投入东西部协作资金350万元，建成数字乡村振兴示范村和电商农业示范样板。通过数字化赋能乡村，笋子沟村从种植业、养殖业、乡村治理、民主协商到电商直播、农文旅融合等，都实现了数字化管理。陈老师如果有兴趣，可到实地采访采访。"

那是必需的！

出苍溪县城往北约10公里处，是一片浅丘山陵区。陵江镇笋子沟村就在其中。全村300多户人家的新舍老楼，被漫山遍野的柑橘林掩映着。初夏时节，正值柑橘开花孕果之际。橘园内，烂银也似的橘花，犹如夜空中闪烁的小星星；飘飞的花蝴蝶萦绕绿枝花丛，上演着"蝶恋花"的爱情故事；成群的蜜蜂则低调地嗡鸣着，专心致志于采撷。看到它们，会极自然地联想到每日在橘园内辛勤耕耘的老农。

笋子沟村党支部书记张桂华，一位不到30岁、身材高挑的女性，此刻正在村集体的橘园内巡查。她熟练地扒开柑橘树枝，细心察看柑橘开花结果的情况，并对身边的橘农说着什么，言谈举止间，显示出这个年龄段女性少有的成熟与稳重。而那种内行与熟悉，使得边上的柑橘专家们都频频点头。

当我们走近这片橘园时，橘花香气扑鼻而来。张桂华刚好跨上田坎，在我们面前站定。她方脸盘，不胖不瘦，戴着一副近视眼镜，脑后扎着一条短辫。只见她拍了拍手上的尘土和橘叶细末，稍一握手，表示欢迎。然后，她就站在橘园边上，指着眼前的柑橘之海，介绍起笋子沟村和自己的情况。

"笋子沟村因山石形如竹笋而得名。全村341户、1023人，面积3.5平方千米，是个小山村。别看小，可蛮有特色呢！地理位置独特，属于峡谷层叠地貌；气候也独特，一年四季晨雾萦绕峡谷。你看看，这个时间段，还能看见晨雾的尾巴呢！"

我朝四周看了看，果真如此。一缕缕、一丝丝薄雾犹如慢慢散去的炊烟，带给人一种迷离的美感。这样的小环境、小气候，非常有利于柑橘生长。笋子沟村很早就有种植柑橘的传统，20世纪60年代，当时还叫生产大队，就开展了大规模柑橘种植，之后种植规模有增有减。到张桂华当上村党支部书记后，全村柑橘种植面积达到960亩，柑橘专业户300多家，柑橘产量达到800多万斤，柑橘收入占了全村收入的70%以上，人均增收万元以上。更叫人高兴的是，笋子沟村的"金凤柑橘"已成为水

果界的知名品牌。而这个品牌的打造，与电商、与张桂华有直接关系。

说到这里，张桂华咧开嘴微微一笑，露出两颗虎牙。此时，我突然觉得，这位看上去颇为文静的女干部，实质上有着川妹子的泼辣与直爽。

"能否把你当'村干部'的故事说一说呀？"我向张桂华提出采访题目。

"当然可以呀！我当村干部还与电商密切相关呢！"张桂华很爽快地点点头。她脑后那根短辫随之一翘一翘，显得有点调皮。

张桂华是本地人，2021年返乡创业。之前，她在江西科技学院读书，读的专业叫汽车原理，抽象而玄秘。思想上，张桂华积极要求进步，大学二年级时入了党。毕业后，她先在成都做了几年律师，打了几场官司，经历了不少磨炼。回到苍溪后，她能说会干，被老百姓称为"张博士"。县上很快发现了这位理论和实践能力都强的张桂华，她被列入村级后备干部名单。在笋子沟村，张桂华先干了一段时间家庭农场，如痴如狂地喜欢上了电商。当阿里巴巴科技特派员孙文在苍溪县城举办电商培训班时，张桂华是第一批报名参加的。据说，张桂华是那个培训班上起得最早、睡得最晚、学得最勤奋的人。孙文请来的阿里巴巴电商"导师"，还有那些人气超旺的网红，一下子打开了张桂华的眼界，更拓展了她的思路。她寻思着把笋子沟村的柑橘与电商连接起来。她向孙文请教，也向孙文求援。

"求援？"

"是的。"张桂华肯定地说道。参加完县城电商培训班之后，张桂华想到的第一件事，就是要赶在当年笋子沟村柑橘采摘之前，在村里举办一期电商培训班，培养一批笋子沟村的电商店、电商员。这不，就需要孙文的支持嘛！而且，仅有孙文还不够，张桂华还找了浙江来苍溪的帮扶干部刘俊峰，希望得到东西部协作项目的支持。说来让张桂华感动,刘俊峰、孙文等人,对张桂华这些"特殊"要求,居然都答应了,而且多方协调,帮她请来了阿里巴巴的电商导师和几位直播带货的网红,到笋子沟村现场讲课,在橘园里介绍,在手机屏幕前做演示。

"专门为一个村举办电商培训班,大概在阿里巴巴那里,也是史无前例的吧?"张桂华用略带自豪的语气问道。

是不是史无前例,我不知道。但专为一个村而举办,而且这么高的规格,肯定极为罕见。这除了笋子沟村的特殊、张桂华的努力外,大概与刘俊峰的介入和孙文的站台有关吧?另外一个因素,在笋子沟村,还有3位来自中央机关和省厅的年轻干部,他们来笋子沟村挂职锻炼,也帮张桂华说了不少好话。所以,从笋子沟村办电商班这件具体事情上,你就可以体会古人所说的,成事者,必天时地利人和也!

"反正,笋子沟村从来没有遇到过这好事。全村五六十个希望尝试电商的年轻人、中年人,甚至老年人都来学习,一下子培训出几十名电商员。"张桂华喜气洋洋地说。

培训班结束不久,笋子沟村进行村委会换届选举。张桂华在众人劝说下,站出来竞选。毫无悬念,她被全村老百姓选为村委会主任。然后,又顺理成章地当选村党支部书记。那年,她年仅27岁,是苍溪县最年轻的村党支部书记。

走马上任的张桂华,将全村致富的希望锁定在全村960亩柑橘上,又将推销柑橘的途径锁定在电商上。她在刘俊峰等人支持下,争取到一笔东西部协作资金,建起笋子沟村水果集散中心,形成对内收购、对外销售的中心库。

对张桂华的考验或曰检验,自然是2021年采摘柑橘之后的电商销售。

说起来,人们可能不相信,在一个千余人的小山村,张桂华组建了直播团队,居然发动起两三百人做直播带货销售。当然,这些人起点不

高，有的只能上个镜，在视频里露个脸，吆喝几句。但这样真的已经很不容易啦。你想，千百年来，大山区农民有过这样的经历与体验吗？绝对没有！是张桂华的引导让他们有了这样的勇气和技能。这是巨大的历史性跨越，仅仅这一步跨越，就值得为他们叫好！

万事开头难啊！刚开始时，视频里面空空如也，没有粉丝，没有反馈。你又不是人人皆知的网红，你只是苍溪山区一个橘农，人家谁会认识你？理睬你？听你介绍柑橘，还要出钱购买你的柑橘？张桂华自己先示范，她找到淘宝，在淘宝上开了直播间，上网络平台找粉丝。粉丝不够，就到处做宣传。她在这些直播间里，介绍她的笋子沟村，介绍笋子沟村的柑橘。说到这里，张桂华在手机上点开一个视频，让我自己看。这个视频记录的就是彼时张桂华在淘宝上直播带货的场景：

一间装饰一新的直播间，沿墙置放的百花阁内，排列着柑橘和其他土特产品。屋子中间，一张宽大的桌子，桌面铺着白色台布。桌布中间，摆着一台电脑，电脑边上，安放着一个视频摄像头。围绕着镜头，是一堆黄灿灿的柑橘，还有一幅引人注目的"金凤柑橘"商标。张桂华穿着一件漂亮的翻领风衣，一手托着一只品相不错的橘子，对着视频镜头在向顾客推荐。她那娓娓动人的女声，像山溪一般流淌着。"我们笋子沟村种植柑橘，历史悠久，规模达900多亩，今年预计产量800多万斤。主要品种有纽荷尔、长红等。我今天给亲们带来的就是这两个品种。亲们请看，这就是我们村生产的纽荷尔、长红橘子。亲们请记住，我们村出产的橘子有两个特点：第一是果型大；第二是皮薄、味道甜、品质好。吃橘子，不就是图个好味道吗？亲们，你们说，是不是呀？"张桂华说完这些，略作停顿，不失时机地跟进，"亲们下单时，记得把收货地址写清楚啰。我们接单后，就直接给亲们发货，保证不让亲们失望。让亲们吃得健康，吃出甜蜜！"

因为工作领域和生活习惯的差异，这样的直播带货，我还是头一回见识，感觉颇为新鲜有趣。张桂华告诉我，几次下来，效果渐渐显现。她的直播粉丝增至1366个，一下子卖出20多万元，成了淘宝达人。全村做得比较好的电商，有二三十户。张桂华说她比较佩服村里的"嬢嬢鲜"。"哦，对啦，我得向陈老师解释一下。'嬢嬢'是我们四川话，意思就是阿姨。这位阿姨就一个人做直播，她坚持每天与顾客聊天，两三个人聊，甚至一个人也聊，还给对方讲笑话，唱苍溪民歌老调。她把这些聊天者听歌者，作为潜在的消费者在培育。很有长远眼光吧？"聊着唱着，"嬢嬢鲜"的粉丝群越来越大。还有5组的刘小荟、李春梅，参加了村里举办的电商班，又跟着张桂华学直播，硬是把两家自产的柑橘给卖完了。根据关注度和活跃度，笋子沟村电商店在淘宝直播全国生鲜类排名榜上位列第三。更值得欣喜的是，笋子沟村自产的柑橘不仅卖光了，而且卖出了好价钱，形成了自己的品牌。现在，笋子沟村产的柑橘，统一品牌为"金凤柑橘"，通过直播带货，已销往北京、广东、浙江等地，直至远销老挝、柬埔寨等国。价格由过去线下销售的每斤两三元，到后来线上发货价6元，翻了一番还多。全村柑橘年产值达到1600万元。1600万元是个什么概念？就是全村人均15000余元哟！

这些，真是当今农村的新鲜事，见所未见、闻所未闻。"人人都是直播者"的目标，在偏远山区笋子沟村正逐步变为现实。

"要说我们村的新事，可多着嘞！"张桂华自豪地笑着，"眼下，村里正在规划实施现代田园、生态庭院、文化公园'三园'共建共融，从建筑、田园、庭院三个层面着力打造未来村庄风貌。这些，都与数字乡村建设息息相关。陈老师，有没有兴趣到我们笋子沟村数字中心去看一看呀？"

"很好，很好呀！"我真的蛮有兴趣。

笋子沟村数字中心坐落在一个平坝上。坝，是巴蜀地区常见的叫法，指的是山间小平地。

这是一套两室建筑，五六十平方米，简洁明快，颇有点时尚感。

进门去，只见正面墙壁上镶嵌着一面十几平方米的显示屏，围绕着显示屏的，是一圈介绍展示笋子沟村农特产品、农文旅项目的广告栏。靠墙根，矗立着两台处理器，猛一看，有点像个小型基站。

张桂华指着正在忙碌的一位中年人对我说："他，就是我们村党支部副书记张家安，也是这里的总指挥兼操作员。"

这倒真有点出乎我的预料。我原先以为，操作这一套现代复杂网络系统的，应该是个年轻人吧？没有想到，居然是一位老实巴交的农民大哥。他穿着一件白底小蓝花的衬衫，头发像板刷一般刚硬，掺杂着些许灰白，皮肤经长年日照后留下应有的色泽。

张桂华大概看出了我瞬间的疑惑，爽朗一笑道："我们张书记可不是一般的人，他是个奇人，也是个怪人，没有东西是他学不会的。再难再怪的机器，经他手一摆弄，乖乖，全都听话，接受他的调度指挥。"

张家安听张桂华这么介绍自己，既不承认，也不否认，只是冲着我憨厚地点点头。

我问张家安："您以前学过电脑吗？"

"学过一些。我高中毕业后，去天津、内蒙古、南宁等地打工，因工作需要，学过一些。我觉得学电脑其实并不难。"张家安这么说明自己。看得出，张家安是个智商极高，自学能力、领悟能力极强的人。

"后来为啥子回老家啦？"我用塑料四川话采访他。

"本来在外面打工好好的，谁晓得遇上了一次车祸，被撞得死去活来。后来，虽然大命保住了，但还是留下了后遗症，特别是左手不灵活，就没法继续打工啰。"说完，张家安把左手伸给我，我握住他的左手,感觉的确有点僵硬,还看到手掌心上一块块紫黑色疤痕。

不过,村里也需要像张家安这样踏实能干的人。这不,一回村,他就当上了村党支部副书记兼数字中心主任,成了远近闻名的数字化专家。张桂华毫不吝啬地夸赞着。

"哪里,哪里。"张家安似乎有点不太好意思,但脸上还是露出了笑意。

"操作这个数字指挥中心难吗?"我没有把握地询问张家安。

"其实并不难。因为主要是操作,不是研发软件什么的。说句真话,当时村里让我去学习培训。我只学了半个小时,就基本掌握了,把那些培训老师弄得一愣一愣的,还以为我原先搞过这一行。后来听说我是个地道的农民,完全无师自通,他们就说老张,你的悟性真好。"

"培训完毕后,上级就用东西部协作资金,帮笋子沟村建了这个乡村数字中心,花了一百多万元吧!说是要把我们笋子沟村搞成示范村呢!我们村这个数字中心,除了本村以外,还管了陵江镇的一些事务哩。现在,我给你演示一下。"

说话之间,张家安已熟练地打开设备。立刻,对面显示屏上呈现出各种画面。

"这是农情监测,这是苗情监测,这是灾害监测。为啥子能检测到?因为,我们在全村各个地块安装了80多个传感器,就是人们看到的那一个个摄像头。这些摄像头可以360度转动,没有死角,最远处离村有五六百米哩。这样,人坐在这里,却可实时看到全村12个地块。这样有益于防火防破坏。"

张家安边解释,边转动显示画面。一个个山头、一片片橘园、一幢幢农舍、一条条村路、三五结对的行人,还有肥水一体化灌溉系统,逐一呈现在显示屏上,其清晰程度很高。譬如,此刻,我就看到一高个子

巡山员正在山林和橘园间巡查。不一会儿，他弯下腰，顺手捡起一个行人遗留下的饮料瓶，丢进不远处的垃圾箱内。

之后，我特意让张家安将传感器镜头对准橘园为我展示一下虫情监测和墒情监测，只见显示屏上的虫情监测板块全部显示"正常"，而墒情监测板块则显示出一系列数据：土壤温度22.7℃，土壤湿度17.3%，EC值248，pH值7.4，氮19，磷21，钾……简直像实验室里一般精准。

还有令我没有想到的事，数字中心还能组织农文旅。显示屏页面上介绍着一年一度柑橘采摘节、正在打造中的"橘子红了"民宿，笋子沟村周边的红军渡、西武当山景区、苍溪梨博览园、天望山国家森林公园……页面上还有推荐、朋友、直播、放映厅、游戏、娱乐、二次元、音乐、民间故事、流行段子……几乎无所不有、无所不包啊！

张家安告诉我，这个数字中心能显示的内容，村干部和村民手机上都能搜到看到。他们唯一要做的事，就是将手机与村数字中心链接起来，真正实现多终端、远程化、自动化、智能化管理。

采访完毕，即将离开笋子沟村时，我的心情久久不能平静。我紧紧握住张桂华、张家安的双手，一再向他们表示祝贺和道喜，恭喜笋子沟村走在数字化乡村的前列。从笋子沟村，我似乎看到，数字化浪潮正漫过城市、漫过企业、漫过学校，逐渐进入乡村，改变着农村面貌、农业方式、农民生活，由此拉近了农村、农业、农民与现代世界、现代都市、现代生活的距离。毋庸讳言，当下如笋子沟村这样的典型，在川北山区，还属凤毛麟角。但我深信，星星之火，可以燎原。随着时代进步、经济发展、帮扶加强，类似笋子沟村的农村会越来越多，最后形成中国乡村数字化高潮。由亿万人掀起的那种浪潮，惊涛拍岸、势不可挡、雪花千堆、美不胜收！

数字化浪潮,也在推动着县区级执政方式的改变和执政能力的提升。而新一轮浙江广元东西部协作,则起到了穿针引线、助力孵化的作用。

请允许我较为详细地叙述昭化区推行"村能办"的故事。

2019年12月,昭化区按照四川省两项改革的部署,对全区乡镇建制进行较大规模调整,习惯上称为撤乡扩镇并村。昭化区从29个乡镇并为12个街道乡镇,乡镇平均面积达到120平方千米。从整体和长远看,"撤扩并"会带来明显的经济和社会效应。但老百姓很快有了反应。为啥子?乡镇少了,老百姓到乡镇办事半径显著增长。当然,这是一句书面话,是昭化区审批局副局长王庆的表述。用老百姓的话来说,到乡镇办事路远了,不方便啦!

有的干部不认同,说我们昭化区各村,不是有"村代办"吗?有"村代办"不假。以前都是老百姓将需要办理的事,交给村里,集中起来,由村干部跑到乡镇统一办理。但这种办理方式,也因"撤扩并"而受到挑战。一个明显现象是,镇村扩大后,干部人数没有增加,这样村里人手十分紧张,老百姓交到村里代办的事,往往会被积压一阵,一般是一个星期才跑一次,或者干脆等到乡镇开会时捎带着办理。乡镇也是如此,属下的村多人多事多,但干部编制不够。这样,免不了层层延后。时间一长,老百姓就有点不放心。有些事的确比较急,拖不起;有些事,有可能涉及隐私,老百姓怕丢失或泄露。慢慢地,老百姓的议论和意见就起来啦!

这些事,是王庆所在的审批局干部下乡调研获得的第一手材料。力主将群众意见作为第一呼声的局领导,针对"撤扩并"后的新形势新情况,于2020年3月,派出4个组到乡镇村,进行地毯式全覆盖调研。局领导带队去了昭化镇松林村、红崖镇照壁村、柏林沟镇文村、虎跳镇陈江村。这些村彼时有的还没通公路,有的虽然有公路,但路途遥远,来回得花上百来元。从这些村老百姓口中听到的事情和意见也许更真实些。

调研组回来碰头,看到的,听到的,情况都差不多。但按照现有管理体系,有些事必须到乡镇甚至区部门办理。那么,能不能在管理权限不变的前提下,将办事现场下沉到村呢?也就是浙江帮扶工作队经常宣传的那句名言:让数字多跑路,让百姓少跑腿。审批局根据这样的思路,很快形成调研报告,建议将部门、乡镇办事办件系统联通起来,办事办件场景下沉到村,实现信息与数字共享。这套做法,叫作"村能办"。

说到这里,王庆给我透露了一个"小秘密":当初,审批局领导也没有预见到后来搞得那么大、那么好,只是希望在老百姓的社会养老保险和医疗保险方面,能办成一两件事情。

区领导非常赞同审批局提出的思路和建议,并希望尽快试点推开。

在王庆他们设想的方案里,"村能办"需要创设一个辅助平台系统。为解决办事办件的现场感,必须采用"视频审批",这就需要采用"视频电话"设备;老百姓提供的资料,要上报上传,这就需要扫描仪器;区镇审批同意的证照,要打印,这就需要打印设备,而且必须是彩色打印机,否则,红章显示不出来,就是无效证件。总之,需要一大笔钱。

钱在哪里?审批局领导很快想到了东西部协作资金,想到了刚刚到任的挂职常委孟飞,一位来自杭州拱墅区的能人。

彼时,孟飞正思忖着帮扶昭化的全盘计划。一听这个"村能办"构想,觉得与自己某些想法不谋而合。孟飞当即表态,同意从东西部协作资金中抽出100万元,支持开展这项工程,并组织协调审批局主管领导和平台设计人员到拱墅区学习考察,把东部地区已有的经验和做法融入昭化"村能办"之中。

有了一大笔资金支持,王庆他们感觉自己底气更足,腰板更硬。2021年9月,"村能办"工程开始启动试点。

第一拨试点，王庆他们选择在昭化镇鸭浮村和朝阳村。经过梳理，他们将区和乡镇两级与老百姓相关的公共服务、便民事项列出80个，逐一试验。一个月后，他们又将元坝镇柳桥村、普子村纳入试点，并将便民事项细化为141项。

4个试点村，验证了王庆他们设想的方案基本可行，同时也发现了不少需要改进的事项，最终昭化区"村能办"的基本模式形成了。硬件上，给每个村配备电脑、视频镜头，再加上打印机、扫描仪等。每个试点村大概花2万元。体制上，原有的审批权限基本不变，最大限度保留部门和乡镇利益，以减少推行"村能办"的阻力。同时，将梳理出来的141项事务全部下沉到"村能办"平台，由村里出面申报，经乡镇或区部门审批，这样既合法又省力。人员上，"村能办"窗口人员由乡镇干部和村文书兼任。这项工作，技术性要求并不高，只要对能上网的人稍加培训即可。即使有些难点，经过上下"窗口"沟通，也不难解决。

区领导对这些试点非常重视，不少领导一个村一个村地了解情况，认为这个做法值得推广。同时，区领导在调研考察中，在与老百姓交谈中，发现了一个比较突出的问题，许多法律、政策、规定、程序性表述，虽然非常准确，但非常概念化，老百姓看不明白，也听不懂。区领导就对王庆说："王庆呀，'村能办'直接面对老百姓，服务于老百姓，如果老百姓不懂不会，可不行呀！你们要想想办法，做好这个转化工作嘞！"

对这个问题，王庆他们在试点中也有感觉，苦于一下子找不到办法。现在经区领导一点拨，似乎豁然开朗。对呀！要用群众看得懂、听得懂的话语，把141个事项表达出来。于是，王庆他们就与试点村干部群众一起，一个个进行商量用什么样的口语化表达。商量好一个，请来一些老百姓征求意见，听得懂吗？看得明白吗？还不行？那就再改，直到对方点头才作罢。那情景，有点像唐代诗人白居易写诗后向老婆婆征询意见一般。待到141个项目都找到通俗易懂、浅显明白的表述后，试点工作组先进行公示，进一步征求意见。然后，试点工作组制作了一份《"村能办"办事指南》，上墙、上网，甚至编写一些打油诗，对其进行推广。

试点工作完成后，昭化区便在全区12个镇、150个村全面推开"村能办"工程，开办镇村干部和"村能办"三级窗口人员培训班，做到了工作全覆盖。人人知晓、个个会办。总体上，工程实施得比较顺利，效果比较显著。

后来，昭化区使用东西部协作资金推行"村能办"的事逐渐传开。省市组织部门来昭化调研了解，肯定了昭化区的做法，并决定在全市全省推广。2022年春季，广元市在昭化区召开"村能办"现场会。2023年初，四川省政务服务局和公共交易服务中心联合发文，推广昭化区"村能办"经验。眼下，都江堰、内江、巴中、广安等地已有一些县市开展试点工作。国家乡村振兴局和农业农村部等发文，推介第四批农村公共服务典型案例，其中就有《昭化区"村能办"小改革，推动乡村大振兴》。

"还有呢。"王庆一边说，一边笑眯眯地从一沓文件中抽出一张《人民日报》，"陈老师，请看！2023年1月7日头版头条呢。"我迅速接过报纸一看。果然，这天《人民日报》头版头条中简略报道了昭化区实施"村能办"的消息。

作为昭化区"村能办"的参与者和推动者的王庆，此刻，穿着蓝花点T恤坐在我对面，明亮的目光中闪耀着一种成就感。他个子不高，人已中年。从上述介绍中，可以感知他思维缜密、记忆力极强，一串串数据、一个个事例脱口而出，由此可见他投入之深、用心之专。在开创新时代新局面中，的确需要一大批像王庆这样具有开拓创新能力的基层干部。

听完王庆的介绍，我觉得还不够。我还需要深入村里去看一看、听一听。

于是,我来到元坝镇柳桥村,找人指引着来到村便民服务站。

"村能办"就在这里办公,办公桌边坐着3个人,两女一男。几位办完事的村民从我身边走过,推开门回家。刚才还热闹着的办公室,一时安静下来。

一位胖乎乎的少妇走过来问我。当听说我是区里介绍来柳桥村采访"村能办"的,她热情地自报家门,她叫龙雪,是村文书,兼着"村能办"负责人。

"我知道,这个身份是'村能办'的标配。"

听我这么说,龙雪哈哈大笑起来。看得出,这是个开朗阳光的女人。一头浓密的黑发在脑后随意绾了个结,糙米色的皮肤显示出农村女人的健康。

龙雪拖开一把圈椅,让我坐下,然后,又从办公桌后面拿出一瓶农夫山泉,示意我随便饮用。

话题从柳桥村村名开始。村边有座桥,不知哪年哪月,有人在桥的四端种上了4棵麻柳树。麻柳树历经几代人,巍然耸立,村人们就开始叫麻柳桥,叫着叫着,就简称为柳桥了。

我知道,龙雪给我讲这个,主要是为了说明柳桥村历史悠久。之后,在这个历史悠久之地发生的一切事,都有它的历史渊源,都有它的合理性。

柳桥村比较大,有2000多人,还有个4A级景区。景区里有个寺庙,供奉着观音娘娘。寺庙前有个高大的石牌坊,据传已有100多年历史。奇巧的是,那年红军路过此地,似乎就地取材,在牌坊上刻写了一副宣传革命的对联。于是,这个牌坊的主要作用由宣传佛教变为宣传红军,人们称之为"红军牌坊",一直被保护下来,成为柳桥村一宝。

柳桥村民对大数据、智能手机的需求，大概最早缘于这座寺庙和这座"红军牌坊"。因为随着游客增多，需要有相应的服务，游客问路、找掉了的东西或者想买当地土特产品，需要有个具备各种功能的服务点。

"2021年10月，区行政审批局来了位领导，说是要把柳桥村作为'村能办'的试点，说什么'让数字多跑腿、让百姓少跑路'。这是多好的事呀，我们能不欢迎，能不高兴嘛！"龙雪嫣然一笑。

我自然知道，这句话原创在浙江，现在经过媒体宣传和浙江帮扶干部宣讲，已深入川北农村。可见，这类宣传新理念、新技术的口号，其实很容易被普通老百姓所接受。我由此想到，当年红军在广元地区留下的那些浅显易懂的革命标语，曾给老区人民多大的精神鼓励和理想盼头呀！

思路扯远了，还是回到龙雪正说着的话题上吧！

"村能办"主任一般由村文书担任，每月发2000元补贴。本来许多工作就应该由文书来做，这样一兼任，反而名正言顺啦。除龙雪外，村里还配备了两名办事员，称为AB岗。区里给"村能办"的标配是六大件：1台打印机、1部高拍机、1台电脑、1部电话、1个摄像头、1台电视机，合起来，大概2万元。据说，这些钱从东西部协作资金中出。至于怎么出的，龙雪说他们是基层，不了解。她也是听区里人说的哩！不过，这么一听说，龙雪就明了"村能办"这件事与浙江广元东西部协作的关系啦。办起事来，她心里特别有底气。

龙雪指着挂在墙上的"村能办"服务指南告诉我，指南上列的内容就是能为老百姓办理的事项。这是2022年12月版本，共141项。这个项目随时调整，可以说是动态的，她也说不清这是第几版了。不过，办理的内容全区统一，明确区、镇、村审批层级，特意用老百姓能听懂看明白的语言来表述。

我抬头粗粗一看，见上面分为41类、141项。语言极其直白通俗，不讲修辞，没有形容："我要申请残疾人补贴""我要查一查住房信息""开个困难学生证明""办老年证""办社保""我要建房子""申请工伤补助""办困难补助""我要办医保""我要开居住证"……

真的，这些表述，绝大多数老百姓一看，都能了然于胸。能把上面那么多法律法规、政策条文、办事程序用这样的语言表达出来，不能不说，这是昭化干部的创新之举。尤其难能可贵的是其中的为民情怀和服务意识。

"应该说，柳桥村村民大多数事情，都能在'村能办'里办结，只有资金、证件之类办不了，需要通过'村能办'转给上面窗口。譬如社保，从上到下有个视频系统，通过三级视频窗口沟通，就可以当场办理完毕。"龙雪这样解释道。

似乎为了帮助我理解龙雪的做法，此时，外面拥来五六个村民。还未进门，就听她们在高声叫喊："龙雪，龙雪，我们要办社保认证！"

龙雪连忙站起来，嘴里唤着阿姨大妈，让大家安静下来，说说是啥子事。

中间有位带头的中年妇女，也毫不客气，就跟龙雪掰扯开来。说她们几位姐妹，要出外，想把社保卡扫到手机里，那样出门只用带个手机就好。

"多方便呀！姐妹们，对不对呀？"

"对，对！"同来的几位妇女呼应着。

"好，请各位稍等，我们马上办！"龙雪招呼另外两位同事一起动手，把这几个人的社保卡扫描进手机里，同时，将她们的信息输入"窗口"记录，发送给上级"窗口"。

几分钟时间，事情办妥。这几位妇女兴高采烈，又一阵旋风般离开便民服务站。

这几人前脚刚走，又有一位大娘来到大厅。龙雪与她打招呼，引她坐到办公区，龙雪轻声问大娘："您老办啥子事？"

这位大娘喘了口气说："我来办农作物保险。"

龙雪将大娘交代给同事办理，然后转向我介绍说："这位大娘年近古稀，手脚不是很灵活，但脑子清楚得很。家里只有母子俩，儿子是残疾人，靠她在家维持生计。她家原先是建档立卡贫困户，脱贫后，仍是村里监测户和帮扶对象。上面规定，但凡是监测户和帮扶对象，都要参保。"

"大娘，您要参保的田地有多少呀？"我好奇地问。

"水稻1亩2分，玉米1亩7分，油菜1亩5分，小麦3分。"大娘思路清晰、数字精确地回答我。

我又问了一句："大娘呀，农作物保险有必要吗？"

"有呀，有呀！政府要我们保的。我们这个地方经常有旱灾、风灾。保了好，保了好。万一受灾了，政府赔钱呢。那就放心啦！"在老百姓心目中，保险公司也是政府。

我转头问龙雪："根据农作物保险赔偿规定，如果出现灾情，像大娘家这样的情况，能赔多少呀？"

"最高赔偿额度是每亩400元。"龙雪答道。哦，如果这样算，大娘家可以获得两三千元的赔偿费。对一个困难家庭来说，两三千元不是个小数目。

"大娘，您要交纳26块8毛保险费。"正在办理业务的工作人员对着大娘说。

此时，只见大娘摸摸索索地从老式布衫口袋里掏出一沓大大小小的钞票，先拣出两张10元钞，再拣了1张一元钞，递给办事员。她显然把26块8毛，听成了20块8毛。当办事人员告诉她钱不够时，她又从攥在手掌里的钞票中，似乎有点不舍地取出1张10元钞，缓慢地补上。

这个付钱细节，令我内心一颤。像大娘这样的老百姓，一二十元钱该有多么珍贵啊！

我问龙雪："这种保险村里也能办理呀？"

龙雪嫣然一笑："当然可以呀！粮食保险是由政府背书的，人保公司委托镇村代办。镇里办了培训班，人保公司的人给我们讲清要求和标准。我们回到村里后，开了两次村民大会，进行宣讲，把有关要点发在村民微信群里，还通过村里大喇叭进行宣传，基本做到家喻户晓、人人明白。这样，办起来就顺利多了。村里统一代办完毕，以村为单位，统一出保单。以后理赔，保险公司也是面对村里，赔付到村。中间有村一级作为护栏和桥梁，那样，老百姓可以更放心些嘛！"

"哦，这个办法倒是不错。"我由衷地赞叹。

在农村一线，直接面对老百姓，各式各样的事都会有。龙雪实事求是地叙述着。譬如社保认证，每年都要认证一次。这些事，以前都要跑到镇上去办，现在村里就可以办。有些行动不便的老人，龙雪他们就上门服务。柳桥村有个80多岁的老大爷叫何明贵，瘫痪在床，行动不便。子女都在外面打工，一时回不来，也操作不了社保认证。他家儿子打电话给龙雪，问"村能办"的人能不能上他家，帮他老父亲认证一下。这自然可以。龙雪就上门给老人家操作认证。还有，村里半夜三更有老人去世，急需出证明，联系殡仪馆火化之类。"村能办"的人，就得半夜三更起床，给死者家庭开出死亡证明，不管刮风下雨还是冰天雪地。

还有更稀奇的事呢。就在我们进来之前，有人委托"村能办"办一件挺难的事。村里有个外来老板杨棚，参与周边一条河道修筑。结果，对方拖欠了他一部分工程款。催讨几次无果后，杨棚找到"村能办"，说自己希望办理农作物保险，但身边一时没有钱，愿意将对方欠款作为购买保险的资金，要求"村能办"帮他收回欠款。类似的事，一年至少

也有几十件。

打开柳桥村"村能办"台账，看到试点3个月时间，共办理了两三百件业务。2022年，办了800多件。2023年开年到今天，办了206件。涉及最多的是社保、医保、民政类事务。开出最多的是房产证明、脱贫户证明、结婚证明。

"相信我，才找我。"这是龙雪做村干部的理念，也是"村能办"恪守的信条。也正是坚持这样做，"村能办"在村民中逐渐树立起威信，似乎成了无所不包、无所不能的机构，成为老百姓的靠山与桥梁。

区上于2022年5月，在柳桥村召开了"村能办"现场会。村里老百姓普遍赞誉，方便、省事。用当地话说嘛，省事啰，难得跑路啰！

互联网、大数据、云平台、区块链、智能技术，将偏远的川北融入现代化的时代潮流。深山不深，偏远不远，未来已来。作者以古风一首赞之。

噫吁嚱，神乎奇哉！
川北数字化，犹如澎湃浪潮呼啸来！
数之神树，神在不须栽，
数之奇术，奇在任剪裁！
人说道，蜀道难于上青天，剑阁峥嵘而崔嵬。
古时全赖五壮士，而今数据穿云霍然开。
君不见，神数仿若新春雷，春雨潇潇润玫瑰。
君不见，神数入门幸福陪，电商销出茶和莓。
君不见，神数蕴藏三尺台，深山僻壤出人才。
君不见，神数似霞染桃腮，远程微创驱悲哀。

君不见，神数办公少来回，乡村农保防大灾。

我问神数来何处，数字让我自己猜。

万事万物总有源，浙广云影共徘徊。

钱塘雨纷纷，秦巴雪皑皑。

天马行穹碧，远航立高桅。

架起天桥作传媒，派遣强将助力推。

诗客邀日月，文句入苍苔。

呼唤电脑键，高举绿蚁醅。

点赞川北数字化，仰天长歌酒一杯！

第八章
在改革开放前沿淬炼一支铁军

泥沙入手经抟埴，光色便与寻常殊。

——汪文柏

30年来，浙江省为广元市累计培训党政事业干部5.68万人次、各类专业技术人员3.78万人次。这一组组数据背后，意味着一支支数量庞大的广元干部、专技人员队伍，犹如潮水般涌向浙江，接受各种形式的学习培训和实践锻炼。从而达至更新观念、改变思维、拓宽思路、转变作风、提升效率、砥砺精神之目标，打造出一支与东部地区近似的干部铁军、技术铁军，成为广元地区改天换地、重整山河的骨干力量。事实已经证明并将继续证明，这种交流培训是最具实效、最起长远作用的形式。

——采访札记

2021年10月，当年届不惑的徐哲被任命为广元市中心医院院长时，心中还是有点"惑"的。中心医院实在大，不仅是广元市三级甲等医院，还应当说是川陕甘结合部的医疗中心，一院三区格局、11万平方米建筑规模、2200多名医护人员、300来名高级职称专家、18个一级临床科室、46个二级临床专业组、一大批高精尖医疗设备。他一天得有多少路要走，多少事要拍板呀！徐哲真心感觉自己需要充电，需要提升。

说来也真是天遂人愿，徐哲逮到了一个良机。当然，给徐哲带来良机的，并不是老天，而是缘于浙江广元协作的机遇，缘于杭州市与广元市医院的结对帮扶。准确地说，这个良机是他被派往杭州市第一人民医院挂职培训3个月，担任杭州市第一人民医院院长助理。同去的还有广元市第一人民医院副院长肖南平和广元市中医院副院长陈兵，他俩被派往杭州市另外两所医院挂职培训。

担任院长助理还是主任助理，徐哲真的不在乎。他在乎的是杭州市第一人民医院的条件和环境。杭州市第一人民医院，浙江人一般简称"市一医院"。就规模、技术、人才、学科发展而言，均处在浙江省前列。在国家级公立医院绩效考核中，排序在百名之内，由此可见实力超强。你问，广元市中心医院排在第几位？在广元市，自然是第一位。但在全国呢？不好意思，排第308位。由此可见彼此差距有多大。杭州市一医院书记黄进宇，心理学博导。院长徐骁，是中国科学院院士的学生、全国著名肝脏外科专家。能跟着这样的人学习，那该是一件多么难得又多么惬意的事！

杭州市一医院热情欢迎徐哲到来，为他无偿提供住房等生活条件。对于生活，徐哲真的没有什么要求，他重视的是学习医术和管理。那个时期，新冠疫情猖獗，医院防疫任务艰巨复杂，医院经常召开防疫抗疫会议，徐哲自然要参加，但更多的是科室业务会议。医务科、质控部、运营部、科教部、医联体，还不时参加徐骁主持的MDT小组会。什么叫MDT？MDT就是多学科诊疗模式。这是近年来兴起的一种新形式，就是对疑难杂症，打破学科之间壁垒，吸收多学科资深专家进行会诊，制订出个性化治疗方案。这样做，可以整合医疗资源，推进学科建设，提高医疗质量，降低患者费用。徐骁非常重视MDT。广元市中心医院也有几个MDT，但与杭州市一医院一比，真是小巫见大巫，彼此差距立见。

印象最深的一次，是徐骁为一位来自加拿大的患者治疗胆管癌。顺便说一下，徐骁采用MDT治疗疑难杂症，尤其是针对肝癌、胰腺癌等难度极高的病症，医治效果明显，不少国内外患者慕名而来，千方百计找到徐骁。那个加拿大患者曾在加拿大医院和国内多家医院就诊，但效果不佳。后来，他从朋友处听说了徐骁的医术，就找上门来，指名道姓地要徐骁看病。那天，徐骁召集10多位专家，进行多学科会诊，徐哲参加讨论。徐哲感觉各学科专家的分析各有独到之处，而徐骁的综合分析严谨高效。一份针对那位加拿大患者的个性化治疗方案很快形成，并迅速组织实施。治疗进展顺利，没多久，那位加拿大患者手术后逐步康复，早于徐哲离开杭州市一医院。

还有让徐哲产生对比的，是杭州市一医院的查房制度。每周会有一天是由一位副院长带班查房，这一制度雷打不动。轮值院长不管多忙，这一天必须腾出手来，参加查房。如果遇到特殊情况，以此顺延，后面补上。而广元市中心医院以前则是每月一次才由院领导带班查房。一次，徐哲跟随杭州市一医院副院长、消化内科专家张筱凤查房。徐哲发现她在现场询问得非常仔细。临床科室汇报，不说成绩，主要谈问题，提出需要院部解决什么。因为院部相关科室人员也在，所以，不少问题在现场就能分析协调，得以解决，效果很好，患者和家属都比较满意。徐哲觉得自己又学了一招。

当然，徐哲在杭州市一医院学到的何止一招两招呀！《红楼梦》中有个名联"世事洞明皆学问，人情练达即文章"，道尽人生真谛；南宋陆放翁有句名言"汝果欲学诗，工夫在诗外"，说清才能表里。世事、人情、工夫、才能，在于自省自悟，在于不经意间。

跟其他医院一样，杭州市一医院也处于快速发展期。发展标志之一，就是一个个院区的建设、启用。徐哲挂职培训期间，杭州市一医院城北院区就在建设中。

城北院区是与湖滨院区同质化管理的综合性三级甲等医院，面积10万平方米，800张床位，重点开设慢性创面诊治中心、后ICU呼吸支持病区、临终关怀、老年康复等专科，长年收治呼吸衰竭、褥疮、脑卒中、植物人、腹透、心脑血管病、慢性肺气肿、糖尿病、骨折后康复、晚期肿瘤等病人。

这是医疗事业发展到繁盛期必然的选择，徐哲也曾有过这样的梦想。虽然在广元市这样的梦想显得还比较遥远，但徐哲在他挂职培训的杭州市一医院碰到了。他把它的建设管理作为自己难得的机遇，作为日后某一天的准备。

令徐哲啧啧称奇的是，杭州市一医院的黄进宇书记，也就是那位在心理诊室中文质彬彬、循循善诱的博导医生，负责城北院区项目建设。黄进宇在这个项目中展现的形象，与诊室中是那么不同。医院基本建设，涉及多少方面的知识呀！勘探、设计、施工、招投标、消防、钢材质量、水泥标号、市场价格、项目评估、验收，还有各种诊室规格、医疗仪器采购、设备层设计……足足可以写上一本厚厚的书，恐怕比他看的心理学书更厚重。其中还有心理学教材里所没有的公关、人情、利益、风险、诱惑等。徐哲参与建设管理，更在边上观察黄进宇怎么处理问题，看他怎么与各行各业打交道。徐哲慨叹，黄进宇书记是个专家，而且是拔尖专家，在心理学领域，他是站在塔尖上的人物。但同时，他又是个多面手，可以得心应手地处理与他专业毫不相关的事务。这种综合能力，这样的复合型领导，就是他徐哲努力的目标、发展的方向。

在日常工作中，徐哲也是个有心人。他观察、揣摩、体味、研究杭州市一医院的制胜之道，努力寻觅出不为外人道的"奥秘"所在。

渐渐地，徐哲有了新发现。这个发现，发生在杭州市一医院的学科建设会上。那些会议的开法，并无什么新颖之处，也是一样的汇报、讨论、研究。让徐哲惊奇的是，各个科室发展与追赶的参照标准，不是市一级，也不是省一级，甚至也不是国家级。他们把参照物定在国际一流目标上。某个专科，世界第一是谁？学科带头人是谁，达到了什么水准？杭州市一医院在这个专科上，差距在哪里，有多大？怎么追赶，怎么比拼？没有对比就没有差距，没有比较就没有伤害。这样的分析比较，作为地市一级医院院长的徐哲，过去连想也不敢想。他自省，过去的自己，总是用地市级医院标尺来衡量自己，最多就是省级医院，他把隔层挡板当作了天花板。

每想及此，徐哲都会有点焦急，有点坐不住。他根本无暇去游览西湖，去领略那"水水山山处处明明秀秀，晴晴雨雨时时好好奇奇"的美景。他急于回到广元，回到属于他的舞台广元市中心医院。他要展开拳脚，把在杭州市一医院看到的、学到的、感受到的、领悟到的，移植进广元市中心医院。如果能够有所创新，那就更棒了！

徐哲回来啦！2022年4月，徐哲如期回到广元市中心医院，并很快

投入工作中，就像他从来没有离开过中心医院一样。或者说，就像出了一趟长时间的差一般。但是，医院同事们很快发现，徐哲改变啦，改变得那么迅速、那么明显，让同事们始料不及。大家反映，徐哲从杭州市一医院返回后，引进了先进管理理念，管理能力明显提升，而且更加踏实、敢于担当。

真的吗？徐哲也在这样问自己。徐哲是个理性的人。这是徐哲给我留下的主要印象。他穿着一件蟹青色衬衫，理了个冲顶头，有点像实验室里的实验员。脸型没有什么特征，唯有一双灵活的眼睛，透过高度近视眼镜，显示出他的聪慧和精干。采访中，徐哲没有任何夸饰，他采用的是论文式语言，总是力求准确表达。有时，他甚至翻开手机，查阅资料，找到对应的词语，好像他在做一场严谨的学术报告，而不是在接受一位作家的采访。实事求是、准确精当，是对医学的基本要求嘛。

回来后，到底做了些什么事？徐哲在采访现场理了理思绪，一字一句地回忆起来。

第一件事，徐哲抓了年度科室综合目标考核。他把全院分为内科、外科、医技科、后勤四个板块，引用国家公立医院绩效考核指标，借鉴杭州市一医院经验，设立不同目标，更多地以数据说话，使得考核更科学、更规范。第二件事，他抓了全院病床共享。过去，以科室划分病床，楚河汉界，各不来往。因各科患者不均，容易造成各科病床的爆满或闲置。杭州市一医院就打破了科室病床分隔，效果不错。徐哲采用拿来主义，把全院病床集中统筹使用，解决了病床不足的痼疾，留住了病人，也就留住了经济效益和社会效益。第三件事，加快MDT建设。一年时间里，中心医院MDT由5个飙升至20个。尤其是过去特别薄弱的妇科、儿科，也都有了MDT。第四件事，努力提升中心医院科研能力。徐哲看到杭州市一医院通过引进高端人才带动科研创新的做法，觉得颇有道理。医院以人为本，不仅体现在对病人，也要体现在对人才上。科技赋能，才能推动医院医疗水平高质量发展。在中心医院党委书记石平支持下，医院科创中心得到了进一步发展，获得省科技厅立项，这是广元市近20年来首次。之后，中心医院柔性引进了四川大学高分子材料系李建树团队。

徐哲条分缕析，仍然不紧不慢、不疾不徐、字斟句酌地做着介绍。我希望徐哲能稍微展开来讲一讲。

"那就讲一讲医联体建设吧！所谓医联体，就是医疗联合体，是指将同一区域内的医疗资源进行整合，将不同类别的医疗机构建立起一种联合体系，实现资源和信息共享，责任和风险共担的一种模式。通常是指由三级医院与二级医院、社区医院及村卫生室组成的联合体。"徐哲又查阅上了专业资料。我忍不住偷偷一笑。这个徐哲院长呀！

好在徐哲并没有发现我的笑，他依旧顺着自己的思路在叙述。徐哲在杭州市一医院挂职培训时，发现浙江许多医院都十分重视医联体建设，杭州市一医院更是如此。他们与许多社区卫生服务中心建立了密切联系，不少市一医院专家经常到社区坐诊，方便社区患者，基本做到了慢性病和常见病不出社区。回到广元后，徐哲挤出时间，到广元市的社区走了一遍，与社区工作人员和患者进行深入沟通，发现双方都很有积极性。之后，徐哲就逐步与社区探索中心医院与社区病人双向转诊的做法。由中心医院出面，在各社区服务中心安装上转诊软件，在中心医院预留出专家号源。想预约检查，可在社区挂号，再通过平台，到中心医院就诊检查。

这个做法，还在试验推广中。但徐哲告诉我，在已推行的社区，它已经获得了患者赞誉。今年3月初，广元中心医院发起、举办了川北地区医联体大会，川陕甘结合部的医院领导和科室负责人200多人参会，共

商医联体建设，各地兴趣颇浓，极有希望星火燎原。

"对了，还有一个中医药建设。这完全是意外收获，属于挂职培训带来的副产品吧！"徐哲说到中医药建设，脸上不禁露出少有的笑容。

在杭挂职期间，一个偶然机会，徐哲结识了杭州师大谢恬院长。谢恬是中国医科院学部委员、著名中西医结合医学专家，两人一见如故、相谈甚欢。徐哲盛情邀请谢恬教授来广元中心医院考察。

2022年盛夏季节，谢恬教授如约而至。徐哲陪同谢恬教授考察了中心医院，还到剑阁县看了中草药产业园。之后，双方签订协议，合作进行药物临床试验管理规范建设。徐哲提出设想，准备在中心医院引进中医药诊治模式，开展中西医旗舰医院建设。谢恬非常赞同，还介绍浙江中医院领导来广元中心医院讲课。目前，中西医旗舰医院建设已启动，期待它直挂云帆济沧海呢！

说到今后，徐哲不无感慨地说，今后有机会他还想去杭州学习。他真心觉得要学的东西很多，3个月时间远远不够。还有浙一医院、浙二医院、邵逸夫医院等，都值得自己去学习。言谈中，徐哲对此充满期待、充满希望。

与理性沉稳、单线叙事的徐哲相比，广元市第一人民医院的介绍显得多头并进、复杂丰富。

那天的采访，实际上像个小型座谈会。广元市第一人民医院党委书记边恩元、院长王天勋、副院长马刚都参加了，中间还加进来一位杨舒兰，因为她也刚从杭州市一医院培训回来。而且让人赞叹的是，杨舒兰自己回来后，又把爱人送到杭州去参加培训。这种夫妻双双参加培训的趣事，我在广元还是第一次听说，颇有点像战争年代送郎去参军的味道。

广元市第一医院对挂职培训极其重视，市里安排的培训任务一次不落。从2022年1月开始，第一拨是王天勋院长，之后是何副院长、肖副院长，眼下，母副院长正在杭州市第二医院参加挂职培训呢。身材魁梧的边恩元在谈到这件事时，显得很自豪。

广元市第一医院原是"老三线"附属医院。当年为支援"三线"建设，从北京、上海等地过来了一批专家，所以医院的医技基础比较好。但也正因如此，医院相对比较封闭，1985年划归地方后，有点涛声依旧，总以为市属医院就是医治老百姓的常见病、多发病，对医院发展、技术进步缺乏强烈紧迫感。

在边恩元看来，开展浙江广元两地医院结对，派遣医院管理人员和骨干医生去杭州挂职学习，这是东西部协作中一个重大战略，也是广元市发展的迫切需要。从先进理念、管理办法，到具体科室操作规程，全方位学习、全流程受训，对参加挂职培训人员本人来说，效果非常好。对虽没有去培训，但间接受到教育和影响的医院领导班子来说，实质上也是一次培训。第一医院有个制度，但凡院领导培训结束回来，院党委都要召开一次专题会议，专门听取其关于培训情况和体会的汇报，并结合第一医院实际，研究怎么把培训中学习到的、感受到的东西，转化为第一医院的制度、机制和做法。可以说，培训一个人，影响一大片。现在领导班子对医院发展的目标发生了大变化，思路变得更加宽广，把医院人才队伍建设作为重中之重，强化重点学科建设。第一医院心血管科、神经科、消化科等得到明显加强。同时，从杭州市一医院、杭州市二医院的经验中，广元市第一医院越来越认识到开放办院的必要，必须打破现有格局，把更多的专家人才招引进来。眼下，第一医院与全国高等医学院校多向合作格局已基本形成。他们与北大第一医院、浙大附属医院、浙江邵逸夫医院、川大华西医院、兰州大学附属医院、电子科大附属医院、重庆医大、西南医大等建立起多种形式的合作关系。

"是的，是的。"中间参与进来的杨舒兰深有体会地说。她是广元当地人，从西南医大毕业后来到第一医院，在神经内科当医生。神经内科早已开展脑血管造影术，不过，杨舒兰一直没有上过手，心里总是痒痒的。这次到杭州市一医院培训，可算找到机会啦。市一医院神经内科殷主任是脑血管造影专家，听说杨舒兰想学，就放手让她锻炼，帮助她接触大量病例，并吸收她参与治疗。半年下来，杨舒兰全面掌握脑血管造影术，还学会了诊断、介入手术治疗和术后管理。回来后，杨舒兰成了住院总医师。所有脑卒中患者，都交由她诊断，她也做到了快速准确地为患者治疗。现在说起这些，90后杨舒兰显得自信满满。

"那，你怎么会想到让你老公也去学习呢？"我抛出了心中藏着的这个问题。

"哈哈，机遇难得呀！"杨舒兰莞尔一笑。她老公侯建奇是同院肝胆外科医生，也极有上进心。见杨舒兰到杭州学习培训，内心好生羡慕。杨舒兰在杭州市一医院学习期间，了解到院长徐骁是肝胆外科专家，就萌生了让老公到杭州市一医院学习肝胆外科医技的想法。等她返回广元后，与老公一说，侯建奇一蹦三尺高，立刻向医院领导写了申请。刚巧，第一医院有一个到杭州市一医院肝胆科培训的名额，院领导破例同意。这才有了夫妻双双受培训的佳话。

等杨舒兰说完，第一拨参加挂职培训的王天勋院长开始发言。

要说机遇，王天勋也遇到了好机遇。2022年4月，王天勋去杭州市一医院挂职培训，学习3个月，也是给徐骁院长当助理，与广元市中心医院院长徐哲是前后脚。王天勋分析对比自己培训前后的变化，觉得作为一名院领导，最大的收获是学会了担当、开阔了眼界。过去不敢想的事，现在敢想了；过去不敢干的事，现在敢干了。具体说说两件事吧。

第一件事关于抗击新冠疫情。王天勋在杭州市一医院挂职培训时，正值杭州市疫情最吃紧阶段，杭州市一医院领导班子沉着冷静，整个医院秩序井然。

此事给王天勋留下极为深刻的印象。他返回广元市第一医院后，广元恰逢疫情高峰期，不少医院正在酝酿要不要关门。第一医院领导班子开会讨论，要不要采取同样措施？王天勋在医院党委会上介绍了自己在杭州市一医院看到的实际情况，认为疫情防控期间，其他病患并没有减少，且只会增多，只要医院加强管理，完全可以防疫看病两不误。他主张第一医院不要关门。院党委仔细听取王天勋的意见和建议，审慎研究了防疫管理方案，最终做出决定，为广元市患者计，第一医院不关门。如果因此出问题，由院党委承担责任。王天勋当时说，他愿意第一个站出来承担责任。

"这绝对不可能！如果有责任，我是党委书记，肯定是第一责任人！"边恩元毫不含糊地表态。

"可我是主要建议者呀！"王天勋强调着自己的理由。

这样的"争法"，让人有点小感动。

后来，市里有关部门同意了第一医院党委的方案。当然，最终没有出任何问题。第一医院成为广元市新冠疫情高峰期间唯一没有关门的市级医院。

"还有一件事，从长远看，可能比医院疫情防控期间关不关门意义更大。那就是第一医院正在打造脑心同治中国西部示范基地。"王天勋脸露喜色地说。

"这件事，让我来补充说明一下。"坐在边上的副院长马刚，一位阳光开朗的80后、心脏病专家，从专业角度提供了资料。

脑心同治，学术上的表述是脑心共患血管病临床治疗。顾名思义，就是脑和心同步治疗。过去，都是脑与心分开医治，脑病归脑病，心病归心病，治疗效果不够理想。后来，中国科学院院士、北京天坛医院赵

继宗教授提出脑心同治理念。赵继宗院士是世界级神经外科学家。他认为，动脉粥样硬化是心血管疾病（以冠心病为主）和脑血管疾病（以脑卒中为主）的病因，也是两类疾病共同的病理变化基础，所以应当开展脑心同治。

马刚的补充介绍足够专业和简练。于我而言，是一种有益的现场恶补。

王天勋听完马刚的插叙，继续说："正如马刚所说，赵继宗院士的理论帮助医学界打开了新的认知通道。如果能建立一个专门开展脑心同治的医院，进行探索、诊疗、研究、交流，那该多好！当然，当然，这个想法，也是我到杭州市一医院参加挂职培训后才形成的。要是放在以前，我连想也不敢想，更不要说去争取、去推进。"

此刻，边恩元在边上接口道："是呀！现在我们敢想敢干啦！"王天勋院长回来后，提出了这个设想，在赵继宗院士工作站基础上，筹建脑心同治中国西部示范基地。真是没有做不到，只有想不到。第一医院的设想，很快得到了赵继宗院士的回应与认可。今年4月底，赵院士亲临第一医院，为患者诊病，感动了无数人。与此同时，赵院士与院方讨论了筹建脑心同治中国西部示范基地的事，对第一医院提出的思路、规模、选址、科室设置、专业人员选配等表示认可。

"这个规划中的示范基地，占地面积约10万平方米，建造资金达10多亿元。建成后，不敢称全国第一，但在西部地区它肯定是最大的啦！广元市领导对此非常重视，也非常支持，一直督促有关部门落实。为加快筹建步子，市里协调将一家民营医院整体盘下来，改作示范基地主楼。前不久，双方已签订协议，部分购买款已由市里支付，眼下已经开始装修。也就是说，此事基本落实。后面就看我们如何落地、如何推进啦！"王天勋兴致勃勃地介绍着。

边恩元深有感触地对我说:"现在回过头来想一想,浙江等东部地区为什么发展那么快?就在于那里的干部群众勇立潮头、敢想敢干、善作善成;我们广元地区相对落后的原因,就在于因循守旧、小富即安、小进则满。"这也是几位院长到杭州学习后给他带来的最大感受和启迪。

之后,我特意让人带着,去看了看那座即将蝶变为脑心同治中国西部示范基地的广元万缘医院。

医院坐落在南嘉江之畔、廊桥脚下。正是夕阳西下之时,宽阔的江面上,金波粼粼、暮色茫茫。群峰的翠色和江水的金色映衬着十多层高的建筑,形成一个梦幻般的世界。我似乎看到,在美丽山河怀抱里,矗立起一处中国西部乃至国内外闻名的脑心同治医疗圣地。它将给无数病患带来福音、带来希望。

广元市教育系统也与医疗系统一样,有许多学校领导和骨干教师被派到浙江参加挂职培训。他们的情况又如何呢?旺苍县教育局向我推介了伍姝红。

当我在东河小学见到伍姝红时,觉得这位90后怎么看都不像一位副校长,而像一位时尚杂志上的女模特。只见她齐耳短发,俏皮地别着一枚珍珠发夹,眉清目秀的脸庞化着淡淡的春妆,一件蓝白相间的短袖T恤,使人显得更为挺拔颀长。

这是我在东河小学操场上,第一眼看到伍姝红的印象。彼时,东河小学操场上正在进行一场篮球比赛,分管学校德育工作的伍姝红在现场充当啦啦队队长。

东河小学,是旺苍县重点小学。红军在旺苍建立革命根据地时,这所小学被称作旺苍坝列宁小学。新中国建立后,它成为城关镇第一小学。现在,它又称刘瑞龙红军小学。不管怎么改名,这所小学在教育界

和人们心目中的位置始终没有变过。这，也是伍姝红心中向往的学校。虽然伍姝红到东河小学任职副校长才7个月时间，但她已深深地爱上了这所小学，就像她爱自己的一双儿女一样。

哦，原来，伍姝红已是两个小孩的妈妈？不像，真不像哎！

但，这是事实！说起一双儿女，伍姝红稍稍有点脸红，但还是爽快地承认了这个事实。人的外貌和才干，与有无儿女无关。

伍姝红毕业于四川师范大学音乐学院音乐学专业，由此就可想到她的能歌善舞。2013年毕业，她先到乡下国华中学担任音乐老师。工作4年后，她被县教育局考核选调进佰章小学，做少先队辅导员，后来又被提拔为副校长。细心的读者可能会记得，作者在前面章节里曾介绍过那所由浙江省政府援建的学校。是的，伍姝红就在那里工作。2022年10月，幸运再次降临到伍姝红身上，她被选中派往杭州市萧山区江寺小学参加挂职培训。全县教育系统选派了5个人，中小学、幼儿园的都有，70后、80后、90后齐备。5人中，伍姝红最年轻，自然有培养前途。

杭州以别样的姿态迎接这位山区女教师。

因为培训时间较长，伍姝红随身带的行李较多。伍姝红叫好车后，就在原地等待。一会儿，出租车司机如约前来。嘎的一声，车子稳稳地停在她边上。伍姝红正在想着怎么把这一大堆行李弄上车，出租车司机早已快速走过来，一边说着客气话，一边熟练地将行李小心翼翼地放进车内。待伍姝红上车后，师傅缓缓发动车子，向萧山方向驶去。遇到过路行人，车子会非常自觉地停下来礼让，先让行人通过。短时间内，伍姝红还真有点不习惯哩！她觉得自己一下子喜欢上了这座城市。

萧山江寺小学创办时间较早，师资力量雄厚，校园环境漂亮，规模不大，千人左右。在伍姝红看来，属于小而美的学校。

开始时，江寺小学领导并没有给伍姝红排课，只是先让她熟悉环境、熟悉师生，到班级听课，参加教研活动，介入学校某些管理，还让她参加大小会议。但伍姝红还是想着上课，便向学校领导提出，希望让自己任课。说来也真巧，伍姝红提出申请不久，有位音乐老师骨折要休养。学校一时找不到合适人选，就让伍姝红顶了上去。

原来上音乐课，对伍姝红来说是轻车熟路，但杭州学生与广元学生不一样，真的不一样。他们小脑袋里装的信息多，思路活跃，要求也多。

上第一节课，伍姝红开头按惯例做自我介绍。她刚说完，课堂上学生就举起小手。"老师，您来自四川，能不能给我们唱支四川民歌呀？""老师，您说旺苍有条长江支流嘉陵江，它是在长江上游吗？"小手举得像小树林一般，问题多得像雨后的蘑菇一般。伍姝红强烈意识到，老师如果知识面不够广，就无法满足学生们的求知欲，同时也会无法掌握课堂。

两地教学不同、学生不同，差异自然不止这些。在旺苍这边，音乐课不计入学生成绩。而在萧山区，音乐成绩直接计入学校考核成绩单，因而，萧山区音乐老师普遍很紧张，学生也深感压力。还有，旺苍这边比较注重学生学习演唱，强调要唱；在萧山，不太注重学生唱，而注重学生体验，强调会听，沉浸在音乐之中。伍姝红认为，应该把两者结合起来，一边学，一边听，让学生体验感受音乐之美。

对伍姝红而言，江寺小学给她带来的最大收获是教学方式的质朴和实效。学校教学完全面向孩子，从孩子自身出发，又在孩子身上落地，怎么有效怎么教，极少形式主义的花架子。

伍姝红清晰记得，有一次，学校组织消防应急演练。路线设计得很科学，校长讲得很简短，但很到位、很清晰，路线在哪儿，怎么逃生，注意什么，都讲得很明白。演练警报响起，各班学生在老师指挥下，用手帕、毛巾等捂住口鼻，弯腰、有序、快速、安全撤离至操场预定区域。之后各班核查班级人数并上报学校，确认一个不少。整个过程只用了短短两分半钟。然后，学校还辅导高年级学生怎么使用灭火器。同学们都反映自己学到了许多。

还有一次，学校组织足球运动会。伍姝红原本想，这么一个规模的运动会，得有一套程序和规定动作吧？什么节目表演啦，校领导致辞啦，花球彩旗啦。结果，她一到现场就愣住了。什么多余的仪式和程序都没有，当校长宣布开幕后，全校师生便围着足球场，共同观看了一场足球表演赛。学生喜欢，老师不累。这场足球运动会让伍姝红感触良多，这就是她心目中教育最本真的样态。

这样的学习培训，对伍姝红自然有切实帮助，再加上伍姝红本身的自觉和悟性，伍姝红感到自己的教育水平得到了提升。返回东河小学后的伍姝红，分管学校德育及对外联系工作。她会将自己在萧山看到的、学到的、体会到的东西，融入日常教学和管理工作之中。一个突出特点是，她更加注重学生的体验感受与培养学生的欣赏能力，尽量让学生自主学习、自我教育。伍姝红已认识到，这是教育的方向。既然是方向性的事物，就要坚持下去，从点点滴滴做起，慢慢地积少成多，最后，形成燎原之势。

伍姝红能明显意识到的改变，还有自己对学校管理模式的探索开始比较讲究艺术。她认为，学校要加强管理，但管得要有章法，要多一点服务意识和人文关怀。这很重要。管理的对象是人，而人有情感需求。光靠制度不够，要让制度再加上温度，那就完美啦。譬如，学期开学，伍姝红组织了一次班主任会议。她知道，班主任工作很重要，也很辛苦，可以对他们提要求，但同时也要体贴他们。不能一开会，就板起脸孔，一二三四地布置工作。于是，她把会议场地布置得很温馨，还给每位班主任准备了一个小礼物。这也是伍姝红从萧山学回来的，有点现炒现卖、活学活用。但效果不错，班主任们感觉到与以往不同。会议开得很成功，班主任们和伍姝红同样感觉心情愉悦。

采访到最后，我问伍姝红：从杭州培训回来后，你怎么适应这种转变？

伍姝红没有回避。她说在萧山期间，她去过杭州一些名校以开阔自己的眼界，学习人家的校园文化建设。她看惯了高楼林立，还喜欢上了杭州名菜白切鸡，原汁原味，与教育的本质一样。两相对比，旺苍与杭州自然有差距，无论是教育质量、生源素质，还是教学环境、教育氛围。刚回来时，心理上难免会有落差，但很快就调适过来啦。她做过5年少先队辅导员，内心具有强烈的家国情怀。这一代少年儿童，具有非常美好的未来，祖国的明天真的是他们的。虽然旺苍有的条件一时还跟不上，但在思想引导上一定要让他们向上向善向好，让他们明白，今天努力学习，长大后，可以建设旺苍，让旺苍这个地方变得越来越美好，而不是为了离开这个地方！

说完这些，伍姝红嫣然一笑，转身招呼着那些在操场上活蹦乱跳的学生，要他们注意安全。此时，你就会觉察出，伍姝红是那种老师与母亲合为一身的角色，她的笑与操场上孩子们的笑融为一体，显得特别美。

在实际工作和生活中，浙江对广元干部的培训是多元的。挂职锻炼是一种，到浙大上课是一种，考察交流是一种。还有一种，是与浙江干部共事。

这后一种，是广元市广播电视台党委书记、台长王壮"发现"的。因为在此之前，我还没有听说过，这也是一种培训形式。

"怎么不是呢？周恩来总理曾写过一副对联'与有肝胆人共事，从无字句处读书'，这您是知道的，指的就是这种情况。"王壮言之凿凿地说。

在与浙江干部相处共事中，让自己像浙江干部那样看问题、想问题、处理问题，春风润物、潜移默化，慢慢变得像浙江干部。看、想、处，包含了理念、思维、视野、胸襟、作风、效率等。王壮说这些话时，思维清晰、逻辑严密，操着一口广元当地干部少有的标准普通话，娓娓动听的语音语气中自带亲切感，让听的人颇为舒服。此时，你就会抬起头来，看看对面站着的王壮，只见他浓眉大眼、和颜悦色，身板结实得仿若剑阁蜀道上那株千年古柏，历经风雨沧桑后，仍保持着挺拔和茂盛。

王壮记忆中最早接触浙江干部，是在1997年吧？那年，王壮刚参加工作不久，世界是新的，工作是新的，一切都是新鲜的。他去参加一次会议，听一位浙江派遣干部在会上发言，介绍浙江人怎么做生意。说有的小年轻，买上一支鞋油，跑到宾馆门口，为住店客人擦鞋赚钱，根本没有什么难为情之类。王壮第一次听说这类故事，思想上大有触动。苍溪县还有一家浙江人创办的木材加工厂，非常善于利用当地政策和人脉，采购苍溪当地的间伐木材，加工成木板，然后销往全国各地。有人说，浙江人的头发是空心的，因为里面充满了经商元素，王壮深以为然。他们会把小生意做成大产业，把小商品做成大市场。温州纽扣市场是这样，义乌小商品城是这样，绍兴轻纺城也是这样。

正式深度接触浙江干部，是在昭化区。彼时的王壮从广元市委办公室被下派到县区锻炼，担任昭化县委常委、宣传部部长。因工作需要，他经常主动接触浙江派往昭化的帮扶干部。其中有个优秀的女干部廖旭青，从浙江龙泉到昭化挂职，任常委副区长。人看上去年轻稚气、质朴文静，但一说话，就让人觉得极为稳重、思路清晰、工作干练、效率很高。

昭化干部生活上有个特点，不少人将家安在广元市区，早上开车到昭化上班，傍晚下班回市区。人们因此形容昭化干部像潮水，一波来，一波去。但廖旭青带着浙江来的帮扶干部却坚持住在昭化。昭化区卫生院缺人才、缺技术，尤其是血透，没有专业人才。老百姓如果要血透，要跑到老远的市区医院，有诸多不便。王壮就试着向廖旭青提出，龙泉市可否派血透方面的专家过来，教一教昭化区人民医院的医生？廖旭青一协调，龙泉医院真的派了专家过来，进行技术上的传帮带，帮助昭化医院建立血液透析室。王壮曾专门到昭化医院去看望过这位专家，还与血透病人交流过。那些病人都十分感谢这位浙江专家，把其视作恩人。这一年春节，廖旭青和龙泉来的医生直到除夕才回家，她说她放心不下那些血透病人。王壮对她十分佩服，认为一个年轻女同志能做到这样，真心不容易。

　　王壮现在回忆起来，觉得还有一件事特有意思。那年，他应廖旭青之邀，去龙泉考察电子商务和文创产业，参观电商园区，观摩龙泉剑、龙泉瓷、竹器加工等，真的大开眼界。其中有位30来岁的青年老板，专卖福建茶叶。在买卖过程中，他加入了诸多文化元素，自己设计、包装、写上诗词，使茶叶成为文创产品。有了产品要让产品变得更好，没有产品可以制造产品。龙泉人的商业经营术，给王壮留下极深印象。他坦承后来创新搞"白叶一号"伴手礼，就是受此次龙泉考察的启迪。

　　浙江广元协作是个接续前行的过程，浙江派往广元的帮扶干部也是一茬接着一茬。就在王壮调任市广播电视台领导后，新一轮东西部协作开始，杭州市帮扶工作队队长周展来到广元。

　　毫无疑问，王壮开始并不认识这位远在千里之外的周展队长。接触后，却一见如故，相见恨晚。王壮觉得与浙江干部特别容易沟通。周展年轻肯干、思维活跃、创意极多，而且很热情、很热心。交流中，周展无意间说到，他与杭州电视台领导层比较熟稔。王壮眼前马上一亮，觉得这是个机遇。既然是机遇，就要抓住！浙江干部不是非常重视抓机遇嘛！今天，我王壮也来学一学抓机遇吧！于是，王壮提出广元广播电视台要与杭州电视台建立联系，一起合作做点事。周展很是赞同，并帮忙联系。

这一次，王壮一改以往守株待兔的做法，主动出击，不怕被人笑话、不怕失败。他跑到杭州，一一拜访，见到了杭州文广集团董事长、杭州电视台总编辑，才知道杭州电视台体量那么大，有1000多号人，几十亿资产。他们对浙江广元协作都很关心，也与王壮洽谈了一些合作意向。这使王壮感觉到，彼此能做的事很多。只是广元广播电视台能量有限，得一件件来落地。

王壮想到的第一件事，就是拍摄一部反映浙江与广元东西部协作帮扶的电视纪录片。当年，上面提倡搞乡村数字传播工程。怎么传播？传播需要内容、需要节目。那，节目在哪里？在外面？那么，广元本地的呢？浙江广元协作开展了几十年了，其间发生了那么多故事，主题、人物、情节有的是，关键在于怎么用电视形式和手段把它反映出来。王壮的思考和想法萌生后，先与周展商量。两人同频共振、一拍即合，在广元市委宣传部的支持下，决定拍一部电视纪录片，取名为《山高水长》。是啊！岁月无声、山海有情，日出日落、云蒸霞蔚，浙广手拉手、共同奔小康。之江西湖，情系广元；碧海长天，气象万千；草木蔓发，春山可望；天涯未远，山高水长。

广元广播电视台要拍纪录片《山高水长》的消息，很快不胫而走，这在广元广播电视台可是划时代的事情。自打盘古开天地、三皇五帝到如今，广元广播电视台自己拍过大型电视纪录片吗？行吗？剧本呢？经费呢？摄制组呢？人才呢？是不是有点好高骛远？在众多赞同目光中，也掺杂着不少疑惑的眼神，王壮看到了许多人脸上写着的大大的问号。

面对疑惑、困惑，还有实际存在的困难，王壮把自己从浙江干部那里学到的十八般武艺全用上了。他给大家上课,讲大道理,也讲小道理,还给大家算细账。他把拍摄《山高水长》上升到政治高度,从全市角度、生存维度去看待、去分析。他讲背水一战、置之死地而后生的典故。他还讲清怎么借助"外力""外智",也给大家交了底,计划选择本台侯伦文担纲总导演,请严肃担任总撰稿,由李兮、侯小兰两位女将任导演助理。"这些人大家知根知底吧?为人、能力、经历,都摆在那里,大家有什么不放心的呢?"总之,王壮不厌其烦、苦口婆心,把能讲的道理和依据讲了个遍,总算把大家说服啦!诚然,当初众人的服是"口服",直到纪录片成功后,众人的服才是"心服"。

对王壮而言,幸运的还在于主管部门非常支持,市委宣传部明确提出,市广播电视台要创新,要走出一条新路来。市委常委、宣传部部长袁敏自己审看脚本、参与讨论,甚至与大家一起斟酌细节的取舍。样片出来后,她又参加审定,并请专家前来指导。这一切,使得王壮信心大增、腰板挺直。

拍摄过程是艰辛的,甚至是痛苦的,毕竟是第一次吃螃蟹、第一次坐花轿、第一次打大仗。不仅对决策者是个考验,对其中的每个人都是一次检阅。脚本,连撰稿人也数不清是几易其稿。对导演来说,横跨千余里,在几十年的时间跨度中寻找,一件件都是难事。不是亲历其事、其境的人,恐怕很难体会那种艰难。

那段时间,王壮几乎每天与拍摄组保持着联系,他既关心拍摄进度和质量,还要牵挂拍摄组人员的安全和生活。有的节点,王壮甚至想自己冲上前去,赤膊上阵。但转而想想,专业的事还是要由专业的人来做。他就按捺住自己的情绪,调动台里的一切资源,确保满足拍摄组需要。

终于,电视纪录片《山高水长》拍摄完成,并取得出乎意料的成功。这种成功,不仅是获得了四川省"五个一工程"奖,并被省内外电

视台播放，还是在广元市内外掀起了一股《山高水长》热，每个县区从领导到百姓，街谈巷议，都在说《山高水长》，颇有点"天下谁人不识君"的感觉。这一点，我可以从旁佐证。在我采访过的四县三区领导层，大家都不约而同地提及《山高水长》，并给予积极评价。

还有，让王壮没有料到的是，电视纪录片《山高水长》居然赚了钱。这个钱，有协作单位付的制片费，还有省市颁发的奖金。周展跟王壮开玩笑说："王壮书记这次是名利双收呀！"

对呀！广元广播电视台就是要这个"名利双收"！从正面理解，这"名利双收"，不就是"两个效益"双丰收嘛！要继续"名利双收"下去，把广元广播电视台发展起来。如果能发展成像杭州电视台那样，该有多好啊！

嚯，广元广播电视台可以拍电视纪录片，且可以"名利双收"！这一结论很快在全台干部职工中形成共识，并流传开来。大伙儿的心气一下子爆棚，几乎要把几层高的融媒体中心建筑掀翻。人气难得、民心可用，王壮和台领导班子信心大增、情绪兴奋。王壮这人有个特点，一兴奋，激情就会涌动，激情一涌动，灵感就会喷发。激情是灵感的催化剂嘛。一催化，就会有思想的火花源源不断地跳将出来，并且闪闪烁烁、分外耀眼。

有了人气，有了队伍，要乘势而上、因势利导呀！王壮在台领导班子会议上，给大家，当然也是给自己，提出了新的课题、新的目标！市委宣传部主要领导鼓励王壮，广元广播电视台要拍摄系列电视纪录片，讲好广元故事，把广元推向全国乃至世界。

那，我们下一部拍什么呢？拍《广元石窟记》吧？石窟？嘉陵江东岸，藏着千佛崖，有大小造像7000多尊，起自南北朝，迄于明清，绘有佛传故事浮雕。还有皇泽寺，供有则天武后塑像，千余尊佛。这两处石窟,是首批全国文物保护单位。首批哩,列入时间在1961年,比王壮出生年份都早嘞!那,我们台就拍这个题材。广元广播电视台总编辑王武生是坚定支持者,首先表态赞同上这个工程,争取拍出水平,拍出档次,成为广元文化的金名片。因为有《山高水长》在前,又见王武生态度明朗,各位众口一词,表示同意。大家还希望拍得像《山高水长》一样成功。不,王壮笑着对班子成员说,我的保底目标是进入全省"五个一工程",最高目标是冲击全国"五个一工程"。然后,他悄声补充道,当然,这是内定目标。在目标实现之前,大家务必保密!呵呵,呵呵,大家心领神会地笑出声来!这个王壮书记,敢做不敢说?呵呵,呵呵……

之后,电视纪录片《广元石窟记》立项开拍,李兮参与其中,并成为骨干。李兮告诉我,台里领导下了大决心,聘请全国顶尖的文物专家当顾问。摄制组需要什么,台里支持什么,可谓一路绿灯。而摄制组则逢山开路、遇水搭桥、披荆斩棘、勇往直前。目前一切进展顺利。当然,她也很紧张,已连续一个多星期没有回家了。

这个,有点像王壮的风格。不,在王壮看来,这才有点像浙江干部干事创业的风格。

还有一件令王壮津津乐道的事,那就是创制文创产品"白叶一号"。他自以为,这是他做的事中,最接近浙江干部水平的一个小创举。

王壮后来经常到杭州交流,也被安排进浙江大学培训。他走在杭州繁华的街道上,或是徜徉在美丽的西子湖畔,看到无数文创产品受到市民和游客的喜爱。善于思考的王壮又开始给自己出题目。广播电视行业竞争日趋激烈,传播前景不容乐观。对这一点,王壮有着清醒的认识和大体准确的预判。怎么把电视纪录片《山高水长》的社会效益、经济效益进一步放大,为广播电视台找到一条新的经营渠道,由广元广播电视台自主开发出一款文创产品?王壮把目光聚焦到青川"白叶一号"茶叶上。对,这是一片有故事的叶子!安吉人的无私援助,浙江帮扶工作队的倾力支持,青川老百姓的精心呵护,使得一片茶叶浸润上政治的、经济的、文化的、情感的诸多因素。人们只要喝到青川"白叶一号",就会联想起这些因素。这不是文创产品最厚重的文化含量吗?他要把作品与产品结合起来,把"白叶一号"打造成一款有故事、有情感的茶,帮助茶农拓展市场销路。王壮一想到此,自己都激动起来。于是,他迫不及待地返回广元,与广元市茶叶发展公司董事长胥智聊,与浙江工作队队长周展聊,与青川县领导聊,与设计创意人员聊。越聊,越觉得此事可行、此品可做!

几方共商后,达成广泛共识。王壮在采访中一再强调,这是真的共识,而且是广泛的、官方的。依据之一,就是青川县同意使用"青川白茶"商标。这就像孩子出生有了准生证一般,可以放心接生。广元市茶叶发展公司也同意与市广播电视台联合制作和销售。周展一如既往地答应予以支持,牵线搭桥,帮产品进入杭州。大家力主包装简约。以简取胜,以文取胜。

经过一番筹备,广元广播电视台版的"白叶一号"悄悄登场。"悄悄",是王壮自己的形容。他没有钱做大投入,也没有计划做大广告,只是在杭州市区公交车上做了些小型广告,算是与杭州市民见个面、打个招呼。他更寄望于《山高水长》的影响力,借助青川"白叶一号"自身的品牌力量,慢慢地渗透式地进入浙江。

此后一段时间里,王壮成了广元广播电视台产品"白叶一号"第一号推销员。凡到杭州开会、学习、交流,他像浙江干部一样,不怕难为情,也不怕别人笑话,脸上是坦然的自信的笑,逢人便宣传自己台里制作的"白叶一号",讲述"白叶一号"的故事,讲广元人与浙江人的友情。讲着讲着,王壮自己会感动,泪水盈眶。对方也频频点头,答应试一试，帮王壮宣传推介"白叶一号"。

于是，这款"白叶一号"开始进入杭州市场，进入杭州市民家庭。至今，收支平衡，略有盈余。这就是一个良好开端。良好的开端是成功的一半。这话是谁说的？不知道！但王壮对此笃信不疑、充满信心。每年春天，"白叶一号"上市之际，将是他们最忙碌的时候。他在跟我介绍这些时，脸上呈现着"王壮式"的微笑。这笑，属于王壮自己，不是浙江干部的。因为这笑里，带着广元特征，带着这片土地才有的淳厚与敦实。

在赴浙江学习过的干部中，80后刘成凯百分百是个特例。所谓特例，就是与众不同、传统以外。出身不同：兽医；经历不同：从村干部到乡镇干部；挂职时间不同：长达一年半；收获不同：实践理论双丰收；结果不同：弃政从商。因此，当我采访刘成凯时，他觉得有许多话要说，有许多故事要讲。

那是刘成凯不经意的一天，幸运之神似乎忽然降临到他这位基层干部头上。剑阁县委组织部通知正在盐店镇当副镇长的刘成凯，说部长要找他谈话。人们爱开玩笑说，组织部谈话是好事，不是提拔就是表扬。刘成凯倒没有那样想，他觉得自己在盐店镇刚刚铺开摊子，干得好好的呢，并没有想着要离开。

刘成凯是个中专生，绵阳农校的兽医专业，跟牲畜打交道。毕业后待业一年多，个人开过摩的，还在一家民企养殖场干了一段时间。后来遇到个机会，被招进剑门关兽医站，搞起动物检疫。其实，刘成凯对那些牛呀、猪呀的，并没有什么兴趣，所以工作也是一般般。但毕竟人生得聪明嘛，多少还是出了些成绩，就被提拔为梁山乡兽医站站长。

彼时的刘成凯想，不管怎么说，站长好歹也是个"官"，一定要好好干。这辈子能当上兽医站站长，上不负祖宗，下不负父母，足矣。干

着干着，成绩又出来啦，他被上调到县畜牧局土鸡办公室，一下子成为全县"土鸡司令"。但"土鸡司令"的座椅还没有坐热，刘成凯又被下派到全县有名的贫困村五丰村当第一书记。

刘成凯自己也说不清楚，一当上五丰村第一书记，他似乎找到了当领头人的感觉，决心带着五丰村提前脱贫奔小康。他自掏腰包，在村里试种了30亩辣椒，并组织老百姓一起种植。他利用自己人头熟、门路清、能说会道的优势，向县上有关部门争取到电力改造、自来水安装、道路修建、种植养殖等项目。第一年，部分村民脱贫，第二年全村脱贫，比全县整整提前了3年。这一下，刘成凯成了"名人"，他被评为剑阁县优秀第一书记，其带领五丰村快速脱贫的事迹，上了报纸、电视、网络，网上也有不少文字介绍他。之后，全县从四类人员中招考公务员，刘成凯顺理成章地走进公务员队伍，并担任盐店镇副镇长。

对刘成凯的表现，组织上自然是清楚的，也是肯定的；否则，就不会选择让他去浙江挂职。在刘成凯印象里，剑阁县乡镇级领导去浙江长期挂职锻炼的，他是第一个，至今也还是唯一一个。由此可见组织上对他的另眼相看。

谈话自然是顺利的，甚至可说是愉悦的。面对组织的重视与培养，面对这样难得的机会，他刘成凯夫复何言？当然，"夫复何言"是作者的语言。用刘成凯的语言，莫得话说嘛！

谈完话，在回家路上，刘成凯急于知道，那个被叫作秀山丽水的莲都区在哪里。他上网查了一下才知道，莲都区介于北纬28°06′~28°44′和东经119°32′~120°08′之间。因其在环山之中，形如莲瓣，故有此名，被人称为"中国天然氧吧"。在刘成凯眼里，丽水市莲都区与广元市剑阁县有着某种相似之处，与他刘成凯也有着某种缘分。

就这样，刘成凯挂职莲都区农业农村局副局长，同时担任长三角地区剑阁县流动党员党委书记兼农民工工作站负责人。刘成凯用微信群把人们联络起来、组织起来。自己则处处垂范，助人为乐。2018年底，刘成凯在莲都区献出自己的AB型血，抢救了一位急需AB型血小板的垂危病人，在当地传为美谈。

说来也怪，刘成凯一到莲都区，很快融入当地，如鱼得水、似龙归渊。他觉得自己这个性格，更适宜在开放地区工作，甚至比在剑阁还要适合。一年半时间里，刘成凯处处留意浙江干部的优点与长处，如饥似渴地学习浙江干部解决实际问题的能力，因此逐步打开了视野、开阔了思路，本来就灵活的脑袋显得更加灵活。他发现，浙江干部整体素质好，规矩意识强。对领导安排的任务，从不讨价还价，总是努力当天完成。他们工作效率很高，守时信诺。活动或开会，没有人迟到早退。在发展产业上，他们追求小而精，总是由小到大，由试点到面上，成功概率大。对于项目管理，他们严格按照程序办，极少有疏漏。他们对所做的事，会适度进行思想内涵和文化价值的挖掘，然后开展宣传推介，获得了良好效果。浙江十分重视人才储备和培养，对外来挂职干部很欢迎，真诚给予帮助和指导。

让刘成凯难以忘怀的是，莲都区农业农村局老局长对他信任有加、关怀备至。干事下乡，一直带着他、教着他。但凡局里有重要工作和活动，总是让刘成凯参与，有时还以他为主导。因此，刘成凯有机会参与了浙江省农博会、上海世博会、丽水市农业现场会的筹备工作，积累了组织大规模活动的经验。有一次，老局长还交给刘成凯一个课题，让他组织几个人，对莲都和剑阁农业进行对比调查。刘成凯带着课题小组，跑遍了丽水各地，详细了解丽水发展山区农业产业的情况、做法和经验，并与剑阁农业状况进行对比，最后，写出了《浙江莲都、广元剑阁农业产业发展对比调研报告》。这份调研报告不仅有情况、有数据、有

分析，还有切实可行的建议，得到两地领导高度认可，也成为刘成凯挂职学习的"毕业论文"。

今天，当大大咧咧、嘻嘻哈哈的刘成凯回忆起这些往事时，他的眼神是兴奋的，或者可以说闪着火花。有时，他甚至会用"我们浙江干部"这样的词语来夹叙夹议。我看得出这一年半的挂职经历给他留下的印痕和带来的改变。

2019年10月，刘成凯回到了剑阁。回来之后，仍然担任副镇长，只是由盐店镇变为下寺镇。虽然同是副镇长，但下寺镇是城关镇，人们还是认为刘成凯得到了重用。刘成凯自己倒并不计较这些，安安心心、踏踏实实地在下寺镇当他的副镇长，又干了一两件被人们认为很出彩的事。

本来，刘成凯会在乡镇领导岗位上按部就班地工作、升职，也许现在已成为乡镇正职。

又是一次组织谈话，改变了刘成凯的工作和生活轨迹。而且，这次改变比较彻底，不仅跨领域，而且跨体制。

对于这次组织谈话，刘成凯今天说起来，仍恍如昨日。组织部领导告诉刘成凯，组织上想让他去新组建的剑阁县茶业发展公司当老总。这个茶叶公司由广元市茶叶集团与剑阁县联合组建。对，准确地讲，是先负责筹建，因为这个公司还在设想中，还未成形，需要刘成凯去初创。剑阁发展需要有这样一个茶文旅企业！

组织部领导实话实说，在刘成凯之前，已找了若干人，但人家都不愿意去，这才找到刘成凯。言下之意是，非你莫属，也非去不可！

这，刘成凯确实没有思想准备。但眼下经组织部领导这么一"撩"，还真的把刘成凯撩拨起来啦。刘成凯觉得自己是有经商基因的。还在读小学时，学校经常停电，他就懂得从外面小卖部买来蜡烛，然后以5分钱的差价转卖给同学。读绵阳农校时，他学会了照相，利用学习间隙，给学校拍活动照、给同学们拍留念照，居然赚到1万余元。中专毕业待业期间，他跑过摩的、卖过中草药。他在莲都挂职中看到，浙江人经商非常普遍，据说7个人中就出1位老板。现在有这么一个舞台，可以把自己在浙江学到的理念、知识、本领用出来，放开手脚去搞经营、做生意，而且是自己喜欢的农业产业。

"好呀，好呀！"刘成凯一兴奋，居然没有过多思考，一口答应下来，反而弄得那位组织部领导有点喜出望外。他本来想好了，要用一大篇大道理、一小篇小道理来说服刘成凯。没想到，刘成凯那么爽快地就应允下来。真是个好干部，听党的话！看来，那次到浙江挂职锻炼，没有白去，没有白去！

刘成凯贸然答应下来。一走出组织部大门，他头脑才冷静下来，想起应该跟老爸、老婆说一说这事。谁知老爸、老婆连同老友、老乡，几乎是异口同声，一致反对。尤其是老爸，他根本想不到，更想不通。儿子是村里最有出息的"官"，平日里，老人家与别人聊天，觉得自己脸上有光。现在刘成凯居然要把"官"辞了，去企业，那就什么都没有啦！老人家怎么向亲戚朋友、左邻右舍交代？单位里的同事也不理解，摆着好好的副镇长不当，却去做一个到处求人的企业老总。

但刘成凯已下定决心。人生未必一定要当官。同样干工作，不如选一个自己愿意干、喜欢干的行当。与行政岗位相比，企业更单纯，自主权更大，也就更容易出彩。人生不就是为了出彩，为了实现自身价值嘛！

在采访中，当我问刘成凯，对当年的选择后悔不后悔时，刘成凯简洁明了、斩钉截铁地回答，一点不后悔！也许当年不出来，他现在极有可能已是乡镇正职。按照现行政策，45岁以前的他，还随时可回到公务员队伍中，但他更喜欢在茶叶公司，更喜欢生态茶园这个舞台。如果要追根究底，的确是浙江发展为他指明了方向，浙江干部为他树立了榜

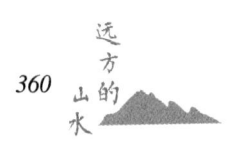

样，浙江做法为他增添了力量。而且现在，老爸、老妈、老婆也都理解了、支持了。他们看到了刘成凯的工作业绩，看到他被领导认可、媒体宣传、乡邻赞誉，觉得也蛮风光的嘛！

说到这里，浓眉大眼、皮肤黝黑的刘成凯笑了起来，显示出他原本具有的农民式的淳朴和幽默。

县上给公司的定位是"茶文旅"，要将这块属于国家5A级旅游景区剑门关的地段，打造成核心景区的延伸和补充部分，解决景区的吃住玩。

"这么简单？"

"对！就这么一句话！我们可把剑门关景区最好的黄金地块交给你刘成凯啰。至于怎么'茶法'，怎么'文法'，怎么'旅法'，对不起，没有具体思路，因为谁也没有干过。就全凭你刘成凯去想象、去拓展啦！"

"有点难！"刘成凯真心认为。

"难？是有点难！不难，我们让你刘成凯去干吗？"县领导这么回答刘成凯。"你刘成凯不是说从浙江学到不少本事吗？你现在就把学到的十八般武艺全抖搂出来吧！"县领导还不忘来个激将法。

刘成凯碰到的第一件难事就是如何用相对低廉的价格先把这个老茶园"盘下来"。"盘下来"是通俗说法，实际是土地流转。这片老茶园还是人民公社化时期附近生产队农民开发种植的，约有1700亩。农村实行家庭经营责任制后，大多数农民外出打工，生产队不复存在，村里便将这个茶园承租给一家民营企业。但因老茶叶收入不高，那位承租老板积极性也不高，平时疏于管理。老茶园几近荒废，遍地蒿草盖过茶树，乍一看，仿佛是座荒山野岭。

虽说茶园不怎么样，但那位茶园老板还是开出了一个令人咋舌的大价钱：2800万元。2800万元？刘成凯心里一算，广元茶叶集团和剑阁县一共才投入1000万元。后来争取到东西部协作资金1650万元，加起来还不够老茶园流转费呢！那，接下来还怎么开发建设？

这自然不行。那，多少钱才行呢？双方需要找到一个平衡点，进行讨价还价。刘成凯心底的目标价是600万元。他带着刚组建起来的小团队，6次上门与老茶园承租老板洽商。他充分展示了自己能说会道的强项，鼓捣着三寸不烂之舌，调动起在浙江学到的新理念、新思路、新语言，形成一套"组合拳"。晓之以理，动之以情，算之以利，辅之以友。"老板呀，这个老茶园，你已承租了那么多年，没有赚到钱，已经荒废了。如果要开发，施肥、除草，你要大量投入，可能贵公司一下子也拿不出那么多钱来。你在成都生意做得那么大，平时也没有精力来管理这茶园，真不如流转给我们。你问我们为什么要做这个项目？那是县上整体开发的需要，主要做茶文化的旅游。再说，我们有广元茶叶集团做后盾，资金实力雄厚，开发能力强。不客气地说，这些优势，是你所没有的。对吧？所以，你还是干干脆脆拿一笔钱走吧！如果错过这个机会，恐怕没有人再来接这个盘。老话说，错过这个村，就没有这个店。那样的话，你每年只有投入，没有产出，你不觉得更亏嘛！"

似乎，刘成凯这些话触动了那位老板的软肋，他开始松口："那就2000万元吧？"

"高了！老板！"刘成凯一口回绝。

"1500万元！"对方又让了一步。

"还是高啦！"刘成凯坚持不让！

"那，1000万元，这总可以了吧？"对方显得诚意满满。

"1000万元的价位还是太高，超出我们的预期。我们接盘的价格是600万元。"刘成凯干脆摊牌。

"600万元？刘总！这也太低了吧？"对方显然接受不了。

"那，你们再去商量商量吧？我们下次再谈。"刘成凯此时心中笃定,以守为攻。

对方回去商量的结果是,最终同意以600万元的"吐血价"转让老茶园。

第一个回合,刘成凯打得精彩漂亮,也让人们见识了这位从浙江"挂职毕业"回来的剑阁人,真的不一般。

接下来,刘成凯运用在浙江学到的先进理念和开阔思路,做起园区总体规划。这个项目叫什么名称?刘成凯似乎还没有想好,先干起来再说呗!生态茶园总体构想与剑门关深度融合,集示范品茗、采摘体验、观光游览、研学实践、休闲康养于一体。规划分两期实施,一期实一些、细一些,二期远一些、粗一些。刘成凯计划将对现有1700亩老茶园的改造、提升、管护作为第一个动作,尽快让茶园"露出真容",发挥效益。第二个动作是对原有老茶厂进行改造,改变功能用途,开发成有文化品位、剑阁特色的民俗区,使之成为网红打卡地。第三个动作是逐步开展茶叶研学游活动,设立专家工作站、茶叶体验室,把周边学校学生吸引过来,开展"沉浸式"旅游,提高参与人员的体验感和互动性。

项目规划思路清晰,定位也很明确,但在落地时,刘成凯还是碰到了一些问题和困难。

首先让刘成凯伤脑筋的是,一时竟找不到合适的设计团队。他们外出参观考察,也曾广发"英雄帖",邀请外地设计专家来此。刘成凯发现,大多数设计团队,做的都是城市或平原地区的民宿,而对于山区,尤其像剑阁这样风景名胜山区的茶文旅园区设计,几无成功范例。数次设计方案,都令人不够满意。怎么办?别人没有办法时,只能自己想办法。刘成凯团队在别人设计的基础上,一次次优化、一点点改进,逐步成形。在设计园区广场和步游道时,刘成凯有意识借鉴浙江人的生态理念,在泥路上直接铺设石板,留出适当缝隙,让绿植自由生长。这样,既省钱，又美观，还生态。

规划设计的另一个难题，是各方意见不容易统一。在剑门关景区建设茶文旅园区，本身就是一件新鲜事，社会各界包括各级领导对此见仁见智，实在太正常不过。譬如，园区整体风貌该怎样？民宿文化内涵和外形表达什么？是三国文化，还是蜀道文化，或是明清时期川北风格？有时，专家之间也会相互"打架"，领导之间也会有不同看法。集中到刘成凯身上，这就成为一个难题：怎么将这些不同思路、不同看法、不同要求融合起来，尽可能求同存异？刘成凯一次次改进、汇报、沟通，逐步与各方达成共识。园区要既注重挖掘三国文化、蜀道文化精神内涵，又要借鉴川北民居风格，还要采用现代建筑材料建设剑门关景区特有的建筑物。这个思路和设计，获得各方认可。刘成凯在采访中坦承，当最后方案通过时，他如释重负。

金秋的一天，刘成凯把我带到尚在建设中的剑门·蜀道茶叶生态公园。

登上最高处，我们站在一棵巨大盆型松树下，俯瞰茶叶生态公园全景。视线先朝东北方向望去，约莫一千米外，遥遥见到剑门雄关。大剑山雄峰犹如航行在碧波大海中的巨轮船头，傲然屹立。那英姿，真是气吞山河、雄视天地。稍远处，龙门山脉七十二峰梯次延伸，苍山如海，波澜涌动。一行行风电设施，犹如一队队壮士举起擎天巨臂，伸向蓝天白云。缓缓转动的风轮叶片在秋阳下，泛着耀眼银光。

我跟刘成凯说，游人若以此作背景拍照，那气势要多棒就有多棒！

"是呀，是呀！看来这个地方可以作为景区一个拍摄点。"刘成凯迅速反应过来，说出一个新设想。

视线移动90度，眼前就是刘成凯他们初步整理出来的470亩老茶园。仿佛是久藏深闺、早已蓬头垢面的美女，经一番精心梳妆打扮后，露出

原本的天姿国色一般,老茶园获得了新生。蓝天白云之下,金风鸟鸣之间,翠绿色的新芽、墨绿色的老叶,相互簇拥,形成一垄垄绿色的波浪,从山脚漫上山顶,给人一种动态的、澎湃的气韵之感。新栽种的茶树,被一层黑色的挡风网罩所覆盖。透过网罩空隙,清晰可见茶苗的茁壮身姿。茶园间路径已全部贯通,道路缝隙中长着一簇簇青草。正在修建中的观景塔,周边搭着脚手架,但已可看出塔的雏形:朴素、扎实、敦厚、稳重。刘成凯说,那塔形就像他这个人一样。言语之间,可感受到他对这里一切的喜爱。这个时候,你就会觉得刘成凯这个人其实蛮可爱。

然后,刘成凯领着我来到茶文化展览处,这里是他构想的生态茶园文化板块。

首先映入眼帘的是"浙江广元协作成果展示中心",一幢600多平方米的钢结构现代建筑。刘成凯指着橘黄色的墙壁和方木搭就的生态走廊介绍说,这个中心在老茶场羊圈基础上改建而成。展示大厅内,展览着浙江与广元协作的历史图片和实物,许多场景和人物,我在采访中都见识过或遇到过,因此觉得特别亲切。我由衷赞叹这个展示中心漂亮、简约。刘成凯指了指边上正在生长着的葡萄藤蔓,自信地回答道:"你看,这些葡萄长大后,就会爬上这些木架,形成真正的生态走廊。那时,会更加漂亮哩!"

距离展示中心几十米,是茶文化展览和手工制茶室。这些显然是为研学游学生量身定制。400多平方米的建筑内,沿墙挂满了清代种茶、制茶、贸易场景图。图中人物形神兼备、笑容可掬,体现出制茶劳动的乐趣。还有一块彩板,分别介绍了不发酵绿茶、半发酵清茶、微发酵白茶、轻发酵黄茶、全发酵红茶、后发酵黑茶的原理和制作工艺,简直就是一部茶经。大厅中间部分,置放着24口手工制茶铁锅。可以想见,手工制茶时,叶在手中揉捻,茶在铁锅中翻炒。香气四溢、童声喧哗,那该是多么有趣的情景。

是的,刘成凯接上了我的思路。他娓娓动人地介绍了今年6月底的一次试营业。剑门关实验小学一下子来了300多名学生。这些学生娃来到这里后,兴奋得不得了,大呼小叫,东跑西跳。刘成凯全程跟进,安排公司员工给师生们讲解茶叶基础知识、手工制作方式,组织他们进老茶园学习采茶,后来又让他们把自己采摘的鲜叶带进这个手工制作室,再教他们怎么炒制。炒制好后,学生们现场冲泡、当场品尝。剩下的茶叶打包回家,孝敬父母亲友。

这些做法,把那些学生娃高兴得什么似的。他们大多是第一次参与这么有趣的活动,离开时,都有点恋恋不舍,嘴上连连说着:"老师,我们下次还要来这里。好吗,好吗?"刘成凯不经意间看到,有两个学生娃将离开时,舍不得自己采摘炒制的茶叶,竟将杯中的茶水连同茶叶一起咀嚼咽下。自己劳动所得的成果,真的不一样呀!刘成凯看到这一幕,心中猛然一动,顿时眼角有点湿润,觉得十分欣慰。这个茶文旅项目初步成功了,自己所有的付出都值啦!

我只是从数万名到浙江交流挂职、学习参训的广元干部中选择了数名,做了上述速写般的描述。以一斑而窥全豹,见一木而知森林。然后,仿元人散曲《天净沙》而作《广元干部赴浙培训》一曲以状之。

  一度春雨飞鸿。
  数番淘洗心胸。
  大海航行巨艋。
  远方筑梦,
  练兵何论西东!

第九章 为了心中那份真挚的大爱

嗟尔远道之人，胡为乎来哉？

李白

这是诗仙李白在唐朝天宝初年发出的疑问或感叹，亦是作者在本次采访创作中竭力探究的问题。浙江人到广元，胡为乎来哉？浙江人援广元，胡为乎哉？采访了浙江、广元两地两百多位对象之后，作者对此问题有了答案。但凡参与东西部协作的浙江人，除了党员干部的使命感、责任感和组织纪律外，主要是他们心中具有的那份真挚的、博大的爱！正是这份大爱，让他们视异乡为故乡，将生人当亲人；视辛苦为快乐，将奉献作幸福。正是这份大爱，支撑着他们走过千山万水，度过漫长岁月，与广元人民结下深厚友谊，即使后来辞别返浙，仍情系广元、关注广元。广元人和广元事，已成为他们精神世界、情感世界的重要组成部分，再也无法剥离。这是东西部协作带来的另一份收获。

——采访札记

那是851年前一个秋末冬初的日子。剑门关天色晦暗、细雨蒙蒙，肃杀的寒气弥散于漫漫路途，陡峭如剑的石壁关隘被浓雾愁云笼罩。一位骑着毛驴的中年人，笃笃笃，笃笃笃，从远处慢悠悠地向着剑门关行来。

越走越近，越走越近，仿若借用了现代社会的电影推拉镜头，人们逐渐看清，那是赶路就任成都安抚司参议官的浙江人陆游。他身上的衣服久已未洗，路人可以看到他衣服上沾满了灰尘和酒渍，有点落拓，有点潦倒，有点"放翁"形象。

征尘太多，缘于征途太远。出生于北宋王朝风雨飘摇之际的陆游，直至南宋赵构登基三年后，才随父母回到故乡山阴。他20岁就立下"上马击狂胡，下马草军书"的抱负，但很少有人理解，更没有实现的机会。参加科考被奸臣剥夺进士名额后赋闲在家多年，朝廷才给了他一个夔州（治所在今重庆市奉节县）通判的官职。几千里之外的穷乡僻壤呀，形如鸡肋、味同嚼蜡。他去了，一待八年。乾道八年，也就是公元1172年，受四川宣抚使王炎之邀，陆游入幕参议军事。于是，他来往于南郑（今陕西省汉中市）与前线之间。雪夜横渡汉水，掠过金军阵地。这是陆游人生中最为惬意之时，也是他自认为人生最出彩、最辉煌的岁月。他后来在许多诗词中回忆描写过这段经历。但仅一年，王炎调职，陆游也改任闲官。当下，他就走在前往成都的路上。那么遥远的征途，怎能不沾满尘土呢？陆游并不嗜酒，只是偶尔孤寂难耐、哭诉无人，才买酒自醉，使得衣服上酒渍斑斑！

来到剑门关，入眼的都是冰冷的峭壁、陌生的景象，还有一夫当关，万夫莫开的险峻。一路走来，没有一处不令人黯然神伤。细雨蒙蒙，不是天朗气清，旅人的心情自然不佳。更重要的是，今天是骑着毛驴走在剑门道上，而不是期望中的铁马渡河。若能"楼船夜雪瓜洲渡，铁马秋风大散关"，那英姿该何等飒爽呀？他从小就有的雄心壮志，文人与生俱来的忧国忧民意识，现在都将随着一职闲官而烟消云散。被后人誉为"亘古男儿一放翁"的陆游，眼看报国无门、从军无路、杀敌无法，再也不用写《平戎策》，那种惆怅、伤感、无奈、悲愤，一时拥堵胸口。真是欲哭无泪呀！所以说"销魂"啊。

走着走着，陆游竟然有点恍恍惚惚、迷迷糊糊。"此身合是诗人未？"骑着毛驴，背着诗囊，自己是个诗人吗？当然是呀！许多诗人，都是骑着毛驴写诗的呢。一生写下9600余首诗作的人，还不能被称作诗人吗？时人认，后人更认。后世有诗评家说，除乾隆帝之外，陆游是古代留存下诗词最多的人，这毫无疑问。但我陆游只配做一个诗人吗？或者说，只会做一个诗人吗？不是"中原北望气如山"吗？那些雄韬大略，那些平戎之策，那些打虎武艺呢？还有用吗？看来，没有用了！那么，当初学那些东西干吗？不是说"学成文武艺，货与帝王家"嘛！他在自嘲、自我调侃、自言自语中走着，走着。

霏霏细雨下着，似乎越来越密。胯下那头毛驴，自然不知主人的心思，它仍是不疾不徐地走着，笃笃笃，笃笃笃，离剑门关越来越近。陆游深知，走进这道剑门关，他的生活将是另外一副模样，他将成为一个赋闲文人。所以，他要留下一首诗，让自己记住，也要让后人知晓。南宋孝宗乾道八年，即公元1172年，有位绍兴人在微风细雨中，骑驴经过剑门关。这首诗就叫《剑门道中遇微雨》："衣上征尘杂酒痕，远游无处不销魂。此身合是诗人未？细雨骑驴入剑门。"

彼时，到广元的浙江人陆游，就是这样一个自嘲、无奈、惆怅、悲

愤的形象。

时代使然，形势使然也！

萧瑟秋风今又是，换了人间。

换了人间后，浙江人进入剑门关，进入广元，进入四川，那就是另一种形象。

在这里，我向读者介绍两位与广元有着特殊情缘的浙江人。

第一位是浙江省政协原主席、杭州市委原书记李金明。

该从哪里入手介绍这位老领导、老前辈、老广元呢？

还是回到2004年5月16日，剑阁县剑门关高级中学之江教学楼奠基仪式的现场吧。

对的，就是那个令人难以忘怀的现场。浙江省党政代表团参加浙江援建的剑门关高级中学之江教学楼的奠基活动。时任浙江省政协主席的李金明就在其中。他面带微笑，心怀深情，用力铲起满满一镐沙土，奋力撒向奠基石。

彼时的他，还是一头黑发，意气风发。

逝者如斯夫！时间，过去了将近20年。李金明步入耄耋之年。一头黑发已变成银发，但仍精神矍铄、妙语连珠。只见他缓缓地走入镜头，走在夕阳西照、梧桐飘叶的林荫道上，自然的金秋与人生的暮年浑然地融合在一起。他脸色平和、面容慈祥，充满了这个年龄段的人才会有的睿智和宽容。

然后，我就静静地听他用浓重南阳口音叙述1971年2月的广元故事。

那年早春二月，春节刚刚过去，广元城乡还沉浸在过年的氛围之中。正值而立之年的李金明被组织上一纸调令，调到地处嘉陵江畔、腰鞍山下的一家军工厂，自此他和妻子在广元长达8年的"激情燃烧的岁月"开始了。

该厂是当年中国战略布局调整中的"大三线"军工企业,主要生产军工上急需的产品。厂区内,在用红砖砌就的墙上,刷着一条条标语:"鼓足干劲,力争上游,多快好省地建设社会主义""团结起来,争取更大胜利"……那是那个特殊年代用来鼓舞人们斗志的典型场景。

腰鞍山下的生活,显然是艰苦的,甚至可以说是清贫的。夫妻俩住在一间18平方米的干打垒平房内,厨房与卧室连在一起。采访中,李金明怕我不懂,特意解释说,所谓"干打垒",就是用泥土打的墙,遇到刮风下雨,总是让人提心吊胆。他家五口人,夫妻俩加上先后出生的两个女儿,还有老母亲,就在这种"干打垒"房间内住了8年。那种拥挤和逼仄,完全可以想象。为了生活,李金明无师自通,甚至学会了木匠活,打了书架、脸盆架、靠背椅、书桌、箱子、大立柜等,解决了家庭生活之需。做成这些家具,让李金明非常有成就感。由此,他还认识到,世上无难事,只要肯努力,没有克服不了的困难。他似乎从家具中一下子获得了精神驱动力。

原本偏远且规模不大的广元,一下子拥进几万名外地人员,粮食和副食品供应立马成了问题。每逢集日,分布在广元周边企业的员工,搭乘着各厂的大卡车进城,购买蔬菜和日用品。那哪里是采购呀?简直可说是"抢购",几乎不问价钱,见货就买,甚至几个人同时抢购一个摊主的物品。这样,势必带动价格飙升,使得原本就不多的物品,显得更为紧张。鸡蛋价格从每枚5分猛涨到2毛,还供不应求。

记得1971年冬天,李金明爱人生下大女儿,亟须补充营养。李金明先是赶到县城去买鸡蛋,谁知街上空空如也。有好心人建议,让他多跑点路,直接到乡下农民家上门收购。李金明一听觉得有道理。他找了几个同事一道去乡下,还背上一只当地人常用的背篓,翻山越岭,走村串户,打听谁家有鸡蛋可卖。一连问了几家,都被告知无蛋。偶然间,听

说有一家的老母鸡今天会下蛋，李金明喜出望外。他们几个人就坐在农家院子里"守窝待蛋"。他等候在鸡窝边，嘴里与主人有一搭没一搭地聊着天，眼睛却始终不移地盯着那个鸡窝。一等到那只老母鸡喔喔喔报喜般地走出鸡窝，他赶紧拿起那枚温热的鸡蛋回了家。

小家情况如此，工厂亦是如此。厂领导就谋划着怎么改善职工们的生活。一个比较常用而可行的方式，就是利用到外地出差的机会，多采购些物品回厂。而李金明因工作关系，平时出差较多，就曾多次领受过这样的"战斗任务"。

李金明印象最深的一次是他与厂军代表到北京出差。除了要完成出差任务外，他还得为左邻右舍搞回来一批猪肉和白糖。那次，李金明与厂军代表到达北京办完公事后，就抓紧采购。彼时，北京市场上规定，每排一次队，只能购买5斤猪肉。于是，两个人翻来覆去轮着排队，以至卖肉师傅都认识了他俩，一直用疑惑的眼光盯着这两个外地人。盯着就盯着吧，他俩才不管呢！

两人总算买齐了东西，分装成42包。天呀，这么多包包，两个人怎么把它们弄上火车呢？没有办法，只好请北京老厂的同事们帮忙，请大家提前时间，绕过车站，走近火车，七手八脚，把这些物品提前放到他俩乘坐的座位上下左右，一个狭小的空间被塞得满满当当。别的旅客上车后，自然有一大堆意见，李金明和厂军代表只得向周边旅客道歉解释。

还有下车的难题呢！列车在广元站只停5分钟。如何在这规定的5分钟内，将42个包包弄下车？李金明和厂军代表学起了"铁道游击队"。事先用电话告知厂里派上几十个人，提前到火车站接应。火车驶进车站后，说时迟，那时快，李金明便和那位厂军代表手脚并用、大呼小叫地向车窗外丢包包。等在外面的同事则跟着车厢跑步，手忙脚乱地接应包包。车厢内外，犹如一场特殊的"铁道战"。那场景，李金明现在想起来、讲出来，还觉得颇为滑稽，止不住哈哈大笑，自然也引得旁听者忍俊不禁。

物质生活的贫困并没有阻碍军工厂的生产和发展，也没有影响李金明和爱人的工作积极性。他俩都为自己能在军工厂工作而自豪，都把这份工作看成是组织对自己的信任。夫妻俩努力工作，双双成为厂先进工作者、党代会代表。

当时间过去50多年后，李金明回忆起当年往事，口吻中还是充满了怀念与感激之情。他感谢广元人民，当年在自身极度贫困的情况下，还是张开热情的怀抱接纳了那么多"三线"企业在此安家落户，并从自己的嘴巴里节省下吃的喝的，贡献给军工厂员工，没有怨言，没有牢骚。一旦厂里发生社会治安问题，当地公安部门总是第一时间配合解决，使军工厂保持正常运转。

还有，当年清廉的厂风也给李金明留下终生难忘的印象。从厂领导到普通工人，生活水准基本一样。供应标准是按人头而不是按职务。难得从外地采购来一些食物，都是人手一份，不分领导和工人。在食堂里买菜买饭，领导也与工人一样排队。每周一次大浴室洗澡，厂领导与工人也是在一个大池子里泡着，相互开着玩笑。厂里只有一辆小吉普，平时不用，领导和工人如有特殊情况，都可以派用。那种生活方式，简直就是共产主义式的革命大家庭。所以，虽然大家的物质生活非常匮乏，但精神生活却很富足。彼时，每天上下班，川流不息的人群，听着厂部播放的歌曲，走在蜿蜒曲折的小路上，跟着哼唱或说笑打趣，心情还是蛮惬意的。

大概，正是这种情怀和精神的支撑，让李金明及同辈人从艰难困苦中突围出来。然后，又因为前后对比、中外对照，让他们义无反顾地投入改革开放洪流中。

李金明从浙江省政协主席岗位上退下来已多年，但李金明是个懂得感恩的人，牢记古训"滴水之恩、涌泉相报"，对广元人民的这份情义，他永远不会忘记。只要一提起广元，他的两眼就会发光发电。他会用那口浓重的南阳语音，向你娓娓讲述他昔日在广元的生活，8年的艰苦奋斗、8年的趣事逸闻。

2021年12月初，广元市在杭州举行浙江广元合作25周年纪念活动，年届80岁的李金明应邀出席。那天，李金明对自己的衣饰和发式稍稍做了打扮，这是他退下来之后少有的情况。他要用这样的方式，表达他对第二故乡广元的思念与尊敬。

在会上，他看到了许多广元人，听到了熟悉的广元话，了解了不少广元的喜讯，似乎感觉又回到了广元，回到了腰鞍山下那个军工厂，看见了那间18平方米的干打垒平房，还有那枚刚从鸡屁股里掉下来的鸡蛋。他想起自己在任杭州市委书记时，曾鼓励在广元帮扶办厂的娃哈哈和青春宝等集团，改变过去只是给钱给物的老思路，注重把杭州企业的人才、技术、管理优势，与广元当地的资源、市场和劳动力优势结合起来，探索一条新颖的产业扶贫新路。他非常关心和支持那些在广元帮扶的杭州企业，甚至亲力亲为，为他们解决一些实际问题。想到这些，他思绪奔涌、话语滔滔，似乎根本不用准备。那些话萦绕于脑海多年，挂在嘴边多年，现在只是把它们倒出来而已。他对广元社会、经济发展取得的巨大成就表示祝贺，向勤劳奋进的广元人民致以真诚问候。在广元的8年给他留下了深刻印象，在得知广元社会、经济发展日新月异，广元人民生活水平持续提高，听到广元市第八次党代会描绘的宏伟发展蓝图，他觉得非常欣慰和振奋。他衷心希望浙江、广元双方进一步提高政治站位，更加深刻地认识浙江广元协作的重要意义，密切结合各自优势，加快推进全方位、多层次、宽领域合作，把东西部协作推向新阶段。

当李金明说到"广元是我的第二故乡,是让我日思夜想的地方"时,会场里响起雷鸣般的掌声。浙江、广元两地人在李金明的"第二故乡"中找到了强烈共鸣。

癸卯金秋,我在李金明所住的小区采访了这位耄耋老人。他的精神一如既往地好,他的笑容仍是那么亲切与平和,他那轻声细语的叙述仍充满一种深情。李金明深感遗憾的是,那次去剑门关高级中学参加奠基仪式,因为是集体活动,他没能到早年工作过的军工厂旧址去转一转、看一看。后来,一直找不到机会。现在,感觉年纪渐大,就说不准什么时候能去啦!

我问他:"您心里想去吗?"

"当然!心里愿望是有的,而且很强烈!"李金明毫不犹豫地回答。

第二位是已在广元扎根安家的浙江人王根明。他现在担任旺苍县委常委、副县长。

听说王根明的大名,还是在我做青川县采访时。我去了青川凉水镇。凉水镇上的干部告诉我,有个浙江干部王根明,曾在那里工作过一段时间,口碑不错。开头,我还以为是一位浙江来的帮扶干部。不不不,王根明是位广元干部。哦哦哦,王根明是个浙江人。

这样的介绍,引发了我对王根明的留意。

初见王根明,是在他现在任职的旺苍县,一间极其普通的办公室内。小个子,微黑,腆着个小肚子,但行动极其敏捷,一双不大的眼睛灵活地闪动着,说话语速如同山溪里流淌的水。对,有个词叫"口若悬河",用在王根明身上蛮合适。

说到自己特殊的身份和角色,王根明用两句话加以概括。"先让自己这位浙江人,变成广元人;然后,让自己这位广元干部,保留浙江干

部的工作风格。"简洁明了,抓住要点。这样的风格,我喜欢。

王根明从浙江江山老家来到西南科技大学上学,学校在四川绵阳。他学的专业有点意思,叫政治学与行政学,学校专门辅导学生考公务员。一个年级107名学生,后来居然有73人成了各地公务员。王根明毕业那年,正巧碰上汶川特大地震,王根明报考了青川县的公务员岗位。公考完毕,录取通知还未发,王根明便迫不及待地作为一名志愿者进入青川地震灾区,他这才知道了青川,知道了青川灾情的惨烈。

与王根明同来的有5位同学,都是候选公务员。他们白天一起工作,晚上到一家路边店喝啤酒解乏,然后回到临时搭建的板房睡觉,几乎每天晚上都在讨论要不要离开青川。父母亲在电话中也不赞成儿子就这样留在青川,每月拿这么一点工资。在老家江山,随便找个工作都比这里强。

一段时间下来,其他几位同学陆续选择离开青川。走,还是留?这是个哈姆雷特式的问题。王根明思想上有点斗争,但想想单位对自己那么照顾,大学刚毕业就考上公务员,这是实现自己理想和抱负的舞台呀!怎么能轻易离开呢?

巧的是,此时浙江援建青川指挥部开始进驻青川,王根明因为浙江人的身份,被安排与浙江援建指挥部对接。浙江援建指挥部来的自然都是浙江人,其中还有40多位江山老乡。老乡见老乡,两眼泪汪汪。更何况是在地震灾区,那心理距离一下子就拉近了,几乎像一家人。王根明坦言,正是浙江援建指挥部人员的到来,使他下定最后决心。

青川在浙江全力援建下浴火重生,王根明被调到青川县委办公室工作历练,他也学着逐步让自己变成广元人。王根明的适应性很强,他老家江山本身就吃辣,再加上绵阳4年"辣味"的锻炼,因而,对于吃辣他一点问题也没有。后来,他竟然进入"怕不辣"的境地。再一个是说四川话。王根明的体会是,要敢于接触当地人,敢于用方言交流。开始时，一遍不够，就说两遍。说着学着，学着说着，越说越像。现在如果不是王根明言明自己是浙江人，当地人根本听不出他的口音有什么差异。在采访中，王根明不断接听电话，用四川方言与对方交流着。他一口地道广元方言，连陪同我采访的旺苍人都惊奇他说得真溜。

3年后，王根明被下派到青川县凉水镇，先是镇长，后任书记，一待就是6年。在此期间，王根明获得四川省脱贫攻坚个人创新奖，凉水镇被评为四川省脱贫攻坚先进集体。这两张奖状，就是王根明6年工作的成绩单。

在凉水镇的6年，大概是王根明得到锻炼最大、收获最多的阶段。王根明回忆说："在工作中主要感受就是，让自己保持浙江干部的风格。""浙江干部是什么风格呢？"我有点好奇地问王根明。他没有任何犹豫和思索，脱口而出两个词：务实、担当。体现在王根明身上，就是"五千"精神。"五千"？浙江人在谈到浙商时，每每用"四千"精神来概括。王根明的"五千"精神是他自己的概括，也就是在跑尽千山万水、说尽千言万语、想尽千方百计、吃尽千辛万苦之后，再加上一个"动员千家万户"。

凉水镇总面积73平方千米，其中的胜利村余家垭社，只有13户人家，偏僻得要命。据说，前任及前前任领导都没有上去过，王根明偏要上去访贫问苦。早上9点多，他从胜利村山脚下往上爬，沿途路难走，就抓住树枝借力。上去后，他才真正了解到这里的贫困状况。村中有个叫李中涛的农户，全家6个人，5个人有病。下来后，已是傍晚时分。王根明帮着联系县康复医院，把李中涛脑瘫的孙子送去康复。后来，王根明把这个余家垭自然村列为易地扶贫搬迁点。直到2018年底，全村最后一户才搬下来，王根明总算喘了一口气。

因为下乡多，有的村90%以上的老百姓都认识王根明。王根明说到

这里，我想起农民说过的一则笑话。说看乡镇干部作风深入不深入，不用问人，只要看看村里的狗就可以。如果村里的狗见了这个干部狂吠，就说明这个干部平时很少到村里；如果村里的狗敢于走近这个干部，就说明这个干部平时到村里比较多，狗不觉得陌生。我说完这则笑话，王根明哈哈大笑："八九不离十啰！"

动员千家万户，大概是新时代基层工作的难题。任何工作都要靠群众，都要动员千家万户，脱贫攻坚是如此，城市建设、城市管理亦是如此。王根明到旺苍县工作后，分管城建。老县城拆迁，新县城拓展，都需要老百姓配合。由于历史原因，旺苍县城在拆迁中存在7处难点，共有93户老百姓不愿意搬。这主要是历史遗留问题没有解决好，有的已拖了10多年。

王根明的绝招是，一户户见面，各个击破。你是什么问题，有什么原因？好，我来给你分析。对在哪里，错在哪里，账该怎么算，算清楚了，大家再签协议。一些拆迁户开始还不太相信，王根明就大声说他是分管副县长，又是浙江人，请大家相信他！那些拆迁户见这位副县长真的说到做到，慢慢就信了他，拆迁工作进展顺利。

有个商业综合体建筑，涉及一大批居民，其中有5个退伍军人，居住条件很差。王根明就改变工作顺序，先拿出几套拆迁安置房，装修好，请这些退伍军人看现场，然后再谈搬迁。这些退伍军人很高兴，说这个小个子县长实在，说到做到。春节时，他们还邀请王根明到他们的新居吃饭。饭，当然没有吃，但王根明还真抽出时间去看了看这些老兵的新家，看到大家都满意，才放心回家过年。

办理房产证难，也是当下被老百姓诟病较多的一件事。王根明针对这一现象，从2021年8月开始，将此纳入民生工程，开展专项整治。一调查，也真把王根明吓了一跳。全县有10个小区没有办证，还有两幢烂尾楼更是遥遥无期。他带着工作专班，将10个小区走了个遍，摸清情况，面对面征求群众意见，同时，精准把握国家有关房产证的政策，结合旺苍县实际，最终出台了具体解决方案细则。到采访日止，全县2500户居民中房产证已办讫的有1800多家，剩下的，争取年内全部办完。

王根明说到这里，感慨地说，真如一位领导同志说的那样，坐在办公室里，想想都是问题；走到基层群众中去看看，到处都是办法。深入一线调研，根据实际情况做出决策，敢于拍板负责，这是浙江干部很大的优点，值得我们四川干部学习。王根明接着拿起纸笔，一边写着画着，一边讲了个小故事。

旺苍有个锦江小区，房产证一直办理不了，群众反映强烈。他也多次催促有关部门，但还是泥牛入海。奇了怪啦！问题到底出在哪里？一了解，原来涉及小区一块200多平方米道路用地的确权问题。一方说属于国家，一方说属于小区。公说公有理，婆说婆有理。

到现场看看，不就清楚属于谁了嘛！王根明手一挥，带上工作专班就到了锦江小区现场。在办公室里坐着，觉得非常复杂的问题，到现场一站一看一分析，就非常简单。这块地应当属于消防通道，而不是小区道路。这就把属于国家还是属于居民的问题厘清了，产权证确权难题也就迎刃而解。

我一边听王根明介绍，一边心下思忖：他的确保持着浙江干部的理念、思维和风格，但又能用旺苍人所能接受的方式解决难题，他做到了统一和融合。这是王根明作为广元干部浙江人的最难得之点。

眼前的王根明，就像一株广元的青冈木，找到了适宜的土壤和气候，正在茁壮生长之中。

世间形容一个人的影响力或成功时，常用一种说法，人已不在江

湖，但江湖上仍有他的传说。

王龙似乎就是这样一个人。他离开支教的剑阁已有一段时间，但我在剑阁教育系统采访时，还有许多人提及他，并向我讲述王龙的故事。剑阁县乡村振兴局局长熊丽蓉形容道，王龙给剑阁县教育界带来一股清流。剑阁县教育局党组书记李锦忠说，王龙搅动了剑阁教育的一泓春水。人人都喜欢他。剑门关高级中学党支部书记邓思勇，说起曾经任职副校长的王龙，扳起手指说了一二三四。

一个故事，前面必然有许多铺垫。

王龙也不例外。

说起这个铺垫，可就太早太多啦！

王龙是个农村孩子，且这个农村不在杭嘉湖平原上，而是在跟剑阁差不多的大山深处，就是那个出产宝剑和青瓷的龙泉，海拔1100米。因此，王龙从小就定位自己为"山里的娃"，他觉得自己与剑阁师生的心相通、情相连。

后来，他姐姐嫁到更偏远的山区庆元县，他跟着姐姐到庆元县读小学。树高石头多，出门就爬坡，是庆元人挂在嘴边的顺口溜。山区有诸多不便，但却有一个好处，锻炼了王龙的腿劲。所以，后来他到剑阁支教，爬高山如履平地，比剑阁人还剑阁人。这也算是一种遥远的铺垫？姐姐对这位弟弟要求颇为严格，其中之一就是"逼"着王龙练字，每天15分钟，少一秒也不行。本来就是迫于姐姐的压力，王龙也没有什么目标，但没有想到，王龙竟然在学校组织的学生书法比赛中，得了个特等奖。这一下，引发了王龙的兴趣，他在书法上花的时间就更多了。

到中学时，王龙的字已写得相当漂亮啦。当然，他其他科学习成绩也不错，还担任了班长、学生会宣传部长。因家庭经济困难，原本可以读高中、上大学的王龙，报考了丽水师专松阳班，因为师范生有生活补贴、不缴学费。

大学的门暂时关上了，但生活却对王龙打开了另一扇门。松阳师范校园的书法氛围很浓，教书法的老师现在是西泠印社社长，您说有点牛吧？这位老师严谨得不可思议。有一回，学校组织书法展览，王龙有一幅作品被选上。这也许出乎这位书法老师的意料吧？他有点不太相信，特意把王龙叫到办公室，让王龙当着他的面再写一幅字。这才认定确是王龙的"真迹"。此后，他便对王龙刮目相看，经常给王龙"开小灶"、耳提面命。王龙书法技艺进步明显，中师毕业后，王龙举办了个人书法展。这在中专生中极为罕见，此举让王龙有了点小名气。毕业分配时，因是省级优秀毕业生，王龙被选中进入杭州天长小学。后来，他又调任为杭州六中副校长，并被评为上城区教育界唯一的书法学科带头人。

以上这些，可能就是王龙到剑阁支教能在书法教学上弄出那么大动静的铺垫。

当然，还有思想上的铺垫。王龙记得特别深刻的一次是他的共产党员转正会议。那是1999年12月22日，王龙把这一天当作他政治生命的重要日子。那一天，松阳师范学生王龙正式成为一名中国共产党党员。学校党支部讨论王龙的入党转正一事，真是严肃极啦。会议从晚上6点开始，一直开到凌晨。党员们的发言，客观、细致、尖锐，让他面红耳赤、心跳加速。在后来的日子里，王龙总会想起这次会议，想起那种神圣的、掏心掏肺般的感觉。在采访中，王龙坦承，他在剑阁的所有言行，均与那次党员转正会议相关。

就像一首通俗歌曲里唱的那样："多少岁月，凝聚成这一刻。""一生只为这一天。"王龙终于等到了这一天、这一刻。他听说上城区教育系统要派人去剑阁帮扶支教，就毫不犹豫地报了名，又毫无悬念地被批准，似乎王龙天生就是支教的料，似乎王龙这一生铁定要到剑阁走一遭。

2021年6月30日，王龙奔赴"一夫当关，万夫莫开"的剑阁。有趣的是，他真的被分配到一所名叫"剑门关"的高级中学担任副校长，给邓思勇校长当助手。后来，为便于王龙开展工作，他又兼任了剑阁教育局副局长。这个副局长不发文，是"口头粮票"，但大家都认、都叫。

　　来到异地，一般都有陌生感，但王龙没有。在剑阁，王龙觉得就像回到自己从小生活的老家。山区的景色、农民的田园、农家的子弟，与自己蛮合得来。王龙说自己的基因里就有"农"的元素。所以，他融入得很快，就像盐遇到了水，顷刻之间化为无，但渗进了咸味。

　　因为经历的事情多，又在几所学校当过领导，王龙具有一种"顶层设计"意识。他把自己支教的一年半时间，分成三期。第一学期调研、谋划，第二学期重点拓展突破，第三学期守成收尾。他要创造一个新的高度，但又要善始善终，不给后来者出难题、留尾巴。他找了一张小纸条，写上三句话"重谋划、抓落实、求实效"，然后贴在电脑上，作为座右铭，每日三省。他还用自己漂亮的书法，书写了一幅"以爱育人"的条幅，挂在办公室里，作为自己的言行准则。

　　当这一切布置妥帖，王龙就一个猛子扎下去，开始地毯式调研。他下决心要在一个学期内，把剑阁县84所中小学基本跑遍。王龙找来一张剑阁县行政区划图、一张剑阁县学校区位图，走完一所，画上一个红圈。一个学期下来，王龙跑了76所中小学，有的学校去了八九次。

　　第一次跑的学校在剑阁县最南端，叫苏维小学，不知跟革命史上的"苏维埃"有没有关联。这所小学共有小学生和幼儿76名。全校只有4个老师，都是90后、00后，拿着每月2600元工资，一天24小时待在学校里，真的很不容易。王龙代表县教育局慰问了这4个老师，与他们合影留念，还把自己带去的32只橘子分给他们，每人8只。4名年轻教师很感动，王龙也说了一番动情的话。他想起了自己老家龙泉，想起了在大山里当小学老师的姐姐。

第二次，王龙去长岭小学调研。学校并不大，140多人，却涌现出两名全国优秀教师，教师中争先创优的氛围颇为浓厚，被剑阁教育界誉为"长岭现象"。这所学校还具有红色基因，在附近曾爆发过农民起义，建立过革命根据地。王龙帮助他们总结挖掘长岭教育的精神文化，并将其与县内同样具有红色基因的剑门关小学、羊岭小学、秀钟小学等联合起来，组建起剑阁县红色国防教育共同体。后来，他还动用自己在杭州上城区的所有关系，为该校搞了两次捐赠，送去一体机、校服、课桌椅等，帮助改善办学条件。

第三所给王龙留下深刻印痕的是木马小学。王龙故意选在晚上7点左右去学校，提前一刻钟才告诉学校校长，为的是看到真实情况。校长对王龙的傍晚调研有点惊讶，但还是坦然地让王龙随便看。王龙看到教室、学生寝室非常整洁，甚至可用"一尘不染"来形容。这在山区学校殊为不易，王龙就知道了这所学校的管理水平。他走进幼儿园，与孩子们打招呼，问他们："你们开心吗？你们想不想爸爸妈妈呀？"孩子们没有马上回答，而是迟疑了，过了一会儿才有孩子开口说："我有爸爸。"第二个孩子接着说："我有妈妈。"第三个孩子带着兴奋说："我有爸爸妈妈！"3个孩子3种不同的回答，道出了不同家庭的不同境况，也反映出孩子们不同的心理。在孩子们心里，能不能见到爸爸妈妈还是第二位、第三位的事，首要的是爸爸妈妈俱在。王龙内心一下子被触动，他体会到了孩子们的辛酸，感受到了作为一名教师的责任。采访中，王龙说到此处，停住了话题，用双手揩了一下双眼。我看出，他的眼内有泪水在滚动。

这些深入现场的调研，让王龙逐渐领悟到，想从根本上提高剑阁县的教育质量，关键在于师资，尤其是校长，还要培养一支会思考、能做事、懂教育、会管理的教师队伍。按照王龙的说法，是站起来能说、坐下去会写、躺下来能反思、走出去能协调。为此，王龙专门组织了一个课题，叫作《东西部协作背景下中小学校长学习发展共同体剑阁样式的构建与实践》。题目有点长，但内容很好，后来，这个课题被提格为四川省级课题。

仅有课题显然不够，王龙又想了些点子来具体化。当下被剑阁教育界津津乐道的"雄关论教"，就是王龙一手打造的一个活动载体。王龙看到，以前对剑阁县校长或骨干教师的培训比较传统，总是领导讲话大报告，学员听讲做笔记，听完就走人，往往不走心。王龙积极倡导"沉浸式"培训。专家、学员相互交叉讲，随时提问，可以讨论商榷。中间还穿插一些类似"击鼓传花"的游戏。轮到谁，就谁讲。逼着讲，不讲不行，讲得不太对，当场有人指出。这种做法，能调动学员的积极性和兴奋点，吸引与会者的注意力和创造力，让大家觉得既有压力，又有兴趣。轮到发言的人，会感觉自己得到了锻炼；没有发言的人，虽有遗憾，但也觉得自己做了准备，有所收获。

当然，王龙有"后台"或曰"后盾"，这就是杭州上城区教育局。在东西部协作中，教育是个极重要的领域，上城区教育局将此视作己事，对王龙的工作大力支持、全面配合。区教育局每年派出多名资深老师到剑阁支教，还集中一批优秀中小学校长和名师到剑阁，用3天时间，开设各类专题讲座，上观摩课，帮助剑阁县同行开阔眼界、提高技巧。王龙将此称为"东西部协作周"，并将"雄关论教"活动与其结合，获得了最佳效果。3个学期，王龙共组织了8期"雄关论教"，逐渐打出了品牌。剑阁县教育局领导告诉我，"雄关论教"现已成为剑阁教育界的保留节目，相信会越办越好。

没有比较，就看不出差异，而王龙是一个经常比较，又善于琢磨的人。王龙到剑阁后一个突出感受是，农村学生课外活动极少。他认为，这是个大问题，涉及城乡教育公平性，更涉及学生全面发展。让学生多尝试，才会有更多人生选择。王龙进一步深究，学生活动少的主因是教师懂活动的少，不会教。要让学生动起来，先要让老师懂起来。王龙人生经历中的少年宫工作，此时发挥出针对性作用。他策划设计了4月"读书节"、5月"艺术节"、下半年"科技节""体育节"等多项活动。

名堂有了，但人呢？尤其是懂科技、懂艺术的教师严重缺乏，王龙谓之"结构性缺失"。为弥补这个缺失，王龙异想天开地提出"全县统筹、集中施教"原则，向县教育局领导一汇报，局领导居然大为赞赏，责成王龙具体落实。王龙有了"尚方宝剑"，就在县教育局教研室下成立了音乐、书法、美术、体育、科技、心理6个专门委员会，把剑阁教育界有专长的教师集中起来，让他们成为王龙所期望的"播种机""插秧机"，逐步将全县中小学带动起来。王龙形容自己像一条不安分的鲇鱼，把剑阁教育界原本平静的湖面搅动起来了。王龙的这个自我感觉和评价，与剑阁人的观感高度吻合。

如果说王龙有什么与众不同之处，那就是他在剑阁的影响力已超出了教育界，用网络语言形容，就是"破圈"。

在剑阁，王龙成为县文联、美协、书协的常客，结交了一批文友、书友。王龙刚到剑阁时，有人听说他书法不错，便想着见识见识。据说，剑阁有位书法名家，很少有人能入得了他的法眼。那天，他拿着一幅其弟子的书法作品，"客客气气"地请王龙评点。王龙自然知道人家的醉翁之意，表面客气中暗藏着掂量。面对这样的特殊考试，王龙并不怯场，从书法理论、作品架构、名家传承、用笔技法等做了精准分析，并提出了中肯建议。一席话说得对方心服口服，颇有相见恨晚之慨。之后，两人遂成为书法好友，经常切磋书艺、互赠新作。

王龙在剑阁书法界如鱼得水。他策划组织了多年来少有的"向阳花艺术节",征集到几千幅书法作品,最后又遴选出百多幅,举办书法展,出版书法集。他还把获奖作品陈列在县教育局大厅走廊上,营造书法无限风光的氛围,获得众人赞誉。王龙却淡淡地笑笑,他深知自己做的事,必须是"连续版",后来人可以继续做下去,但同时必须是"绝版":后来人无法重复。

时间过得真快呀!古人云"光阴似箭""日月如梭",这些词语都不足以形容王龙对这500来天的感觉。"桃花潭水深千尺""剑阁柏树高百丈",这些诗句都无法表达王龙对剑阁的这份情义。即将离开剑阁前夕,王龙的独特性格又一次得到淋漓尽致的展示。他搜集了一大批有关教育的警句格言,加上自己平时思考和感悟的语言,创作出40幅书法作品,办了个小小书法展。然后,王龙将这些书法作品,连同他对剑阁教育的深情厚谊一起留下来,留在这个昔时"一夫当关,万夫莫开"、而今"大道通衢连天下"的剑阁。

那天的仪式,感动了不少人。有的人是因为欣赏作品,有的人则是因为王龙这个人。

这是一个颇具创新意味的告别仪式,也是一年半支教工作的圆满收尾。

也许,这种具有王龙标识度的告别式,只有王龙才想得出来,也只有王龙才做得出来。因为,在想和做之前,王龙已经为此做了许许多多的铺垫,犹如一束束烟花,经过千锤百炼和精心雕琢。所以当它们在夜空璀璨绽放时,众人才会仰望欣赏,盛赞它们的美丽多姿。

美丽多姿的,不仅是人工精心制作的烟花和自然界自由开放的花朵,生活本身亦是如此。在帮扶广元工作队中,也有美丽多姿的组合。

来自浙江龙泉市的张伟和爱人梁慷及女儿朵朵，就以其完美的家庭组合形式参与帮扶，被广元人传为佳话。

当然，这个故事开头，还是张伟一人先出场的。但张伟很聪明，在出场时，就为后来故事的发展埋下了伏笔。

组织上征求张伟赴广元参加东西部扶贫协作工作意见时，张伟正在龙泉市科技局当副局长呢。需要补充的是，结实、朴实的张伟并不是龙泉本地人，他老家在湖北随州，后进入南京林业大学木材科学与技术专业学习，读到研究生毕业。因考公务员，七兜八转，不承想最后考入青瓷、宝剑的老家龙泉市质检局，还当上了专业干部。

龙泉出产宝剑、青瓷，在国内外名气很大。但论地方，实在有点偏僻。张伟幸运的是，碰上了一位好局长。老局长把这位研究生干部当作宝贝疙瘩，逢人就夸。每天下乡下厂都带着他，手把手地教。更有趣的是，为留住这个凤毛麟角的研究生，在全局干部职工吃年夜饭的餐桌上，老局长居然宣布把解决外地人张伟的对象问题，列为全局工作之一。这种事，恐怕全天下也少有吧？这让青年张伟的自尊心得到极大满足。他觉得龙泉人待他真好，便决定留下来，开始在专业上下功夫，建立起全省第一个青瓷及日用陶瓷产品检测中心。当然，留下来的主因是，通过朋友介绍，张伟遇到了他的恋人，后来成为他爱人的梁慷。他对清秀、文弱、有点文艺范儿的梁慷一见钟情。

张伟的运气似乎一直蛮好。2013年，龙泉市科技局双推双考，选拔副局长，28岁的张伟以第一名入选。他和局领导班子一起，创造了龙泉市科技局一段称得上"辉煌"的历史，张伟在其间觉得找到了自身的位置与价值。如果没有后来的改变，张伟在科技局还可以干许多事。

改变就在此时发生。组织挑选张伟去广元挂职扶贫。他第一反应是得听听梁慷的意思。当时他女儿才4岁，离开3年，的确有点困难。

没有想到，在龙泉市第四中学担任音乐课教师的梁慷居然爽快地表示同意，而且还跟张伟开了个玩笑，反正你在这边也是一天到晚不着家，到广元离你老家随州还近一些呢！

这时，聪明的张伟对着女儿朵朵铺垫下一句话，到时候，朵朵要到广元来看爸爸呀！稚气的朵朵懂事地点着头。据说，最后促成梁慷下决心到昭化支教一年的，就是因为女儿朵朵的一句话。

离开龙泉那天，梁慷带女儿外出游玩尚未回家。也许，这是梁慷特意的安排，她不想让女儿哭着与老爸分开。张伟告诉我，离开龙泉时，他和几位挂职干部一路上唱着激情奔放的歌，用来掩饰自己对家的不舍之情。

到了昭化，张伟发现，昭化与龙泉极其相似，都是丘陵地带，生态气候差不多，历史文化也很深厚。不同的是经济状况和产业结构。昭化年轻人大多外出打工，留在家里的，基本上是老弱病残。张伟和不久前到来的廖旭青副市长考虑，把龙泉的优势产品香菇引种到昭化。昭化多青冈木，这是栽培食用菌的极好原材料。至于销路嘛，不用愁，龙泉有着全国最大的食用菌市场，甚至可以兜底收购。

原本，张伟认为这是一个极其理想的方案，应该受到当地老百姓的欢迎，但没想到一调研，却实实在在地碰了一鼻子灰。

张伟团队走访的第一站是王家镇新华村，他们找来一些建档立卡贫困户，询问他们愿不愿意种植香菇。不说还好，一说人群就炸开了锅。一些老百姓直截了当地对着张伟团队说，你们不要再来骗我们种什么香菇臭菇了，我们上当受骗够啦！其中有个叫张涛的贫困户，更是高声大嗓，意见最大。

这是怎么回事呀？老百姓这些话，把张伟说得一愣一愣的。团队随后到老百姓家里一问一看才知道，前几年，有个香菇老板来这里，忽悠村民种植香菇。村民们信以为真，就纷纷跟进。张涛也跟大家一样，种了2万袋香菇，辛苦一年不说，还倒赔进去2万多元。真是屋漏偏逢连夜雨，弄得贫困家庭更加贫困。眼下，家中两位老人长年卧病在床，她张涛哪有心思哪有钱，再来种植香菇呢？

事情原来如此。一朝被蛇咬，十年怕井绳。怪不得全村老百姓对种植食用菌失去信心。张伟考虑，针对这种情况，团队需要调整思路和方案。

当地老百姓心有余悸，那就让龙泉市香菇老板带着大家种，这，总该可以了吧？

于是，张伟与廖旭青副市长商量，通过龙泉市食用菌协会，邀请龙泉市几个老板来昭化考察，看看谁能投资。

几天跑下来，龙泉市香菇老板肖水根和灵芝老板季小和都表态愿意到昭化投资，建设香菇和灵芝基地。

照常理说，有老板带头投资，负责种苗和销售，老百姓参与的积极性会很高吧？张伟团队的人几乎都这么期待着。但事实上，发动了几天，当地老百姓还是没有人愿意参与。深入一打听，老百姓说了实话，没有人相信种食用菌能赚钱！

不能赚钱？那就让事实来证明，食用菌到底能不能赚钱。张伟知道，老百姓讲实际，光靠耍嘴皮子没得用！他就与村两委商量，既然老百姓怕担风险，那就由村集体参与投资，给老百姓做出样子。

肖水根老板与新华村村委会合作，租用建档立卡贫困户的土地，建起一个50万棒食用菌基地。协议一签，肖水根当即向出租土地的贫困户支付土地流转金，先让他们看见花花绿绿的钞票，然后又聘用村里贫困户到食用菌基地打工，按劳计酬，每天结算。为调动这些打工者积极性，张伟团队还与肖水根商量制定出一个激励政策，以每袋食用菌2.5斤为基数，每超出1两，奖励1毛钱，上不封顶。

这几招很灵，把当地老百姓管护食用菌的积极性呼啦啦调动起来啦！你想想，不用投资，不要管种苗，更不用管销路，只要按照基地要求管护好流转土地的，就能拿到一大笔钱。打工的就能拿到工资，还有奖励。每袋2.5斤是低标准，一般都产3斤以上。那就是明摆着政府在帮扶他们哩！对这一点，老百姓心里明镜似的。

当年，食用菌获得丰收，并卖出了比龙泉还高的价格。肖水根老板自然获益，当地老百姓也开始眼馋。慢慢地，有一些农户偷偷模仿着、跟随着，种起食用菌。

那些跟随种菌的农户，大多自家有点资金实力。那些没有资金，甚至还欠着债务的贫困户该怎么办？张伟团队商量出一个扶贫车间的方案：由东西部协作资金垫资，建起一个10万袋食用菌的"扶贫车间"，鼓励建档立卡贫困户代种代管，利益分成。

这种不用投资、没有风险的种植模式，受到那些贫困户欢迎。张涛就在此时加入这个行列中，代种代管2万袋，再次走上种植香菇的道路。而这一次，因为有"扶贫车间"保驾护航，张涛的创业之路走得比较顺畅。2019年，她前期务工、中期管理、后期分红，所有收入加在一起，一下子超过4万元。2020年，她更有了信心，种了4万袋，全部收入超过8万元。

贫困户张涛终于依靠种植食用菌变成小康之家。回想起当初的态度，张涛有点不好意思面对张伟，觉得当时自己错把张伟的好心当成了驴肝肺，而张伟哈哈一笑了之。事实胜于雄辩嘛！

很快，昭化区种植食用菌达到150万袋，产值3500万元，帮助391家贫困户实现脱贫。

种植推广食用菌获得成功后，在廖旭青副市长带领下，张伟与扶贫团队先后开设来料加工扶贫车间、策划留守妇女"归雁工程"、放养中华蜂、组织电商飞地培训、复原广元窑制作工艺、规划残疾人公益性岗位、开展重症慢性病患者"组团式"医疗服务等，构建起"空中飞蜂、林下跑鸡、坡上种药、地里长菌、稻田养鱼、园区共建、全网电商"的立体产业扶贫格局。从产业致富到健康扶贫，从教育帮扶到文化协作，张伟及其团队做了许多让昭化老百姓看得见、摸得着、享受得到的好事和实事。帮扶昭化脱贫的龙泉团队，几次在上级考核中获得好评。

忙碌之余，尤其是在夜晚，张伟喜欢用那双浓眉大眼巡睃与龙泉相似的昭化山峰，独自仰望漫天星空，他特别思念远方的爱人梁慷和女儿朵朵。是呀，转眼快一年了，见女儿的次数真的少之又少。几次因事回龙泉，也都是行色匆匆。回家时，朵朵已入睡；早上出门时，女儿尚未醒来。以至有几次梁慷告诉女儿，爸爸回过家，朵朵都不信。她打电话问张伟到底回来过没有。张伟一时答不上来。他问爱人梁慷，能不能考虑来昭化呀？梁慷就故意激张伟："过去做什么？"其实，梁慷心里也有此意，只是感觉实在太麻烦啦，所以有点举棋不定。

记得那天是父亲节。梁慷让朵朵与远方的张伟视频。朵朵很听话，在视频中奶声奶气地说想念老爸。张伟趁势说："朵朵说过要来看老爸的，想不想来这里陪老爸呀？"朵朵一迭声地说："我愿意，我愿意，我愿意！爸爸在哪儿，家就在哪儿！"

这句话，把在旁的梁慷感动了。女儿说得在理呀！只要可能，一家人就应该在一起！不管怎么说，自己过去后，总可以搭把手，这对张伟和女儿是有利的。既然如此，那就去呗！

于是，梁慷向教育局申请到昭化支教半年。龙泉本来每年需要派出一批教育医疗的专技人员参与昭化帮扶工作，因此，梁慷的申请很快获得批准，并被安排到元坝镇小学做音乐老师。

这一来，聚少离多的一家人团聚在昭化，张伟自然高兴不已。有人

烧饭洗衣、照顾女儿，他有更多精力可以投入帮扶工作。吃完饭，抬腿就走；衣服脏了，脱下就换。

梁慷可就忙得够呛。在元坝镇小学，因缺少音乐老师，梁慷担负起五个年级的音乐课程，这就需要分别备课。在这里两个星期的备课量，相当于原先一个学期的工作量。早晚她还要到幼儿园接送朵朵，来回各一个钟头。但梁慷任劳任怨、无怨无悔，完全是个贤妻良母的角色。

待着待着，梁慷也慢慢融入当地，越来越安心。她跟随元坝镇小学的老师，翻山越岭，送教下乡。一天，她遇到一位年近八旬的老太太，照顾着两个残障孙儿，生活极其艰难。梁慷见下乡的同事非常耐心地教那两个小孩读书认字，一直教到俩孩子能简单说话和写字。梁慷内心深受震撼。返回后，她为这些心中有爱的同事编发了一组微信照片。随后，她也加入了送教下乡的队伍，在学校开设了"快乐音乐课堂"，还结对帮扶了一个父母离异的小孩，收获了一段难得的人生经历。

有明显变化的，还有女儿朵朵。这个原本有点内向的小女孩，一到昭化，变得活泼开朗。她很快学会了四川方言。在幼儿班内，朵朵主动接触当地小朋友，与一个叫张灵犀的小女孩成为好朋友，两人的友谊保持至今。

当然，朵朵毕竟年纪还小，有时还不能理解父母的忙。其间，梁慷回老家龙泉办理工作交接，把朵朵留给张伟接送。恰恰那个星期，是张伟最忙的阶段。他每天早出晚归，实在没有办法，只好委托一位同事代为接送朵朵。

等到第五天，那位同事按时去幼儿园接朵朵，但朵朵却拉住教室大门，死活不肯离开，嘴里还叫喊着，一定要让爸爸来接她！同事用电话把这消息告诉张伟。彼时，张伟正在乡下处理事情呢，哪里离得开？一直等到一个多小时后，张伟才匆匆赶到幼儿园。只见朵朵哭泣着，扑向张伟怀里。她一边用肉鼓鼓的小手捶打着张伟的胸口，一边哭着喊着："爸爸，你说话不算数，你说话不算数！"那个时刻，张伟内心那块最柔软的地方似乎被女儿的小手击中，一时眼眶内滚动起泪花。

朵朵见此，止住了哭声，惊讶地问："老爸，你怎么也哭啦？"

张伟赶紧用手背擦去泪花，瞬间转为笑脸："没有呀！老爸看见朵朵高兴呢！"

张伟举家来昭化帮扶的事迹被广泛传开，赢得当地干部群众的赞誉。那年底，昭化区委宣传部开展推选"感动昭化十大人物"，张伟一家入选其中。

表彰大会上，张伟、梁慷和朵朵，上台接受荣誉。他们还用生动的语言，演绎了一家人的帮扶故事《我们在昭化》。那一个个真实感人的小故事，一句句声情并茂的演说词，再次感动了会场上的观众。最后，梁慷面对广大观众表态说，她准备改变原先支教半年的计划，继续留在昭化支教。说完，她与张伟一起转身问朵朵："你愿意留在昭化吗？"朵朵用她稚嫩但清晰的声音回答："我愿意！"

哗哗哗……观众席上响起经久不息的掌声。

梁慷说到做到，真的留下来，又做了半年支教老师。

大概让张伟和梁慷都没有想到的是，小朵朵第一次登台表演，却让她萌生了这辈子要当一个出色主持人的人生目标。

童言无忌、童心可嘉。更何况，朵朵在踏踏实实地走向自设的目标。这不，最近朵朵获得丽水市幼儿朗诵表演一等奖。

这个好消息，是我赶赴龙泉市采访张伟一家时获悉的。梁慷在昭化支教一年后，又回到龙泉四中任教。采访前一天，她刚刚陪着已读小学四年级的朵朵从丽水市领完奖回来。张伟回到龙泉市后，被派到西街街道，先任主任，后任党工委书记。因其在昭化帮扶工作出色，他被评为

"浙江省最美公务员";因其在西街街道工作出彩,他被评为"浙江省敢于担当好干部",获得这个荣誉称号的干部,全省仅99人。

见到小家庭三口人,其情浓浓、其乐融融,真令人羡慕。

采访中,令我感觉惊喜的是,龙泉与昭化的特殊关系并没有因张伟团队的返回而中断。3年时间的帮扶和交流,已在两地人民内心深处留下了难以磨灭的痕迹,让彼此结下了深厚友谊。这种痕迹与友谊,在寻常生活中,也许不显山不露水,犹如溪涧流水,平平淡淡、似断似续,而一旦遇到一些特殊事件或节点,它就会凸显出来。

2022年6月20日,龙泉岩樟溪突发有气象记录以来从未见过的特大洪灾,咆哮的泥石流冲塌了市区内几个山坡,西街街道一些居民房屋被洪峰冲走。张伟将受灾视频发在朋友圈里,本意是想提醒本地干部予以重视。谁知,这个视频被远在千里之外的昭化人获悉。那些种香菇的、养蜂的、扶贫车间的昭化人,自发地发起捐款。30元,50元,100元,200元,甚至是一个村一个村地捐,一共捐了2万多元。捐款后面,还有言辞恳切的留言,说是龙泉援助我们昭化3年,现在龙泉遭了灾,我们昭化人也要帮助龙泉人。

这件事,让张伟和龙泉人深深感动。张伟把昭化人的捐款集中起来,帮助西街街道一个村修建了一座桥,并把它命名为"龙昭连心桥",表达龙泉和昭化人民心连心之意,让世世代代的龙泉人记住两地人民的深情厚谊。

两地的互帮互助仍在接续。因为,在寻常岁月里,总会有一些特殊事情发生,为人们表达心意而提供契机,为人们抒发情感而打开闸门。

癸卯高考刚一结束,昭化知识分子联谊会会长、浙江人张安,就把一条喜忧参半的微信发给正忙于城市更新中的张伟。他告知张伟一个好消息:今年昭化高考成绩特别好,一大批学子将跨入大学校门;一个不太好的消息：有个高考成绩不错的贫困生，可能因家里拿不出钱而上不了学。张伟与张安一致认为，不能因贫困影响这位学生的前途，必须筹钱供他上学。怎么筹？张伟想到了与他一起同时援川的龙泉人。他们有个微信群，31人组成，彼此经常在这个群里交流信息，回忆昭化的人和事。

张伟试着在群里发了这个贫困生的情况，表明自己捐500元，并提议大家捐点钱，帮助这位贫困学生上大学。张伟的微信甫一发出，令张伟感动的一幕出现在手机上，微信群里很快出现了长长的"接龙"：

——赞同，我捐500元！

——我也捐500元！

——我能不能多捐点？

——不行，要细水长流。

——那，就500元吧！

……

一个晚上，31名援川人员，无一例外地都捐了500元，还有一家企业捐了1万元，捐款总额共计25500元。

采访中说起这些时，穿着休闲服、一直笑眯眯的张伟重复着"蛮有意思""蛮有意思"。结对帮扶，经济和产业发展仅仅是其中一个方面，两地人民之间的文化交流、情感沟通和友谊交往，也是重要方面。这种帮扶对于帮扶干部自身成长更是大有益处。张伟坦言，他现在在龙泉市西街街道工作中取得的一些业绩，与他在昭化工作和生活的3年密不可分。他个人和整个家庭都因昭化而改变。蛮有意思，蛮有意思！

张伟在采访最后如斯说道。

在实际生活中，援广干部会遇到不少困难和问题，一般人想象或体味不到。譬如，吃饭、住宿、寂寞，还有家庭杂事不能处理。

初春一个周末,当地干部都回了家,单位食堂不再供应晚餐,吃饭就成了一个问题。正在剑阁县挂职帮扶的潘汉军约我到陈杰、陈丽芬处蹭饭吃。这两位本家弟弟妹妹,也在剑阁支教、支医,见面多次,我觉得他们人都挺好。我也想借此机会近距离观察一下援广干部的日常生活。再说,我到剑阁采访已一月有余,看见大红大辣大油的川菜,心里实在有点发怵,听说陈杰炒得一手好菜,就允诺下来。

说好是6点半可以开饭,我和潘汉军于6点10分从办公楼出发。谁知刚坐上车,潘汉军就接到陈杰打来的电话。电话里的声音很焦急很响亮,只听陈杰在电话那头连声在喊,没有想到,没有想到,他们住的楼层今天刚巧停电。说好6点送电,但到现在电还未到,没有电,无法做晚饭,弄得他焦头烂额、手足无措。

潘汉军问我怎么办,那,还能怎么办呢?实在不行,就在街头小店里吃一点呗。潘汉军也点头说好。

正在我俩寻觅小吃店时,陈杰的电话跟了过来。他告知我俩,电到了,可以烧饭,请我们过去。天呀,我一看手机上的时间,已过了6点半,烧饭做菜,至少得一个多小时吧?去,还是不去?这是个问题。想想陈杰的热心,还有他报出来的几道杭州菜,实在有点馋人,最后我们还是决定去吃。

陈杰和陈丽芬等人住在剑阁县人才公寓,潘汉军很熟稔,所以不打招呼就上了楼。谁知,陈杰和陈丽芬并不在厨房。一打电话才知道,他俩下楼去接我俩,恰巧在两部电梯上下时错开了,谁也没见到谁。

走到厨房门口,我却发现了"情况",只听见里面水声哗哗响。推门一看,水龙头开着,洗菜槽已被水灌满,水正溢出四溅,厨房里 派"水漫金山"的景象。想必是陈杰急着接我俩,忘记关上水龙头啦。潘汉军赶紧蹚水讲去,关上水龙头。待陈杰他俩上来后,厨房里的水才慢慢退去。

厨房很小，高高大大的陈杰一进去，似乎就把整个空间都塞满了，再也容不下别人。陈杰坚持说，食材已准备完毕，让他一个人烧炒即可，陈丽芬便提议我们3人到她宿舍坐坐。

陈丽芬与陈杰相邻而居，房间同样大小。两室一厅，属于早年的房屋格局，一间作卧室，一间挂放衣物。最不理想的是卫生及洗澡间，也就两平方米，极其逼仄。所谓洗澡，只有一个花洒，悬挂在墙壁上。陈丽芬指着卫生蹲坑说，这个蹲坑地砖倾斜得厉害，稍不留心，就会滑倒。她和陈杰都滑倒过。陈杰为此专门买了块木板，覆盖在上面。

我仔细一看才发现，装修者似乎为了让洗澡水能自然流进蹲坑，把蹲坑四周砌成了斜坡，人一站上去，只要稍不注意，就有可能滑倒。这设计人员肯定是个没有实际生活经验的人，我心下暗忖。转身我跟潘汉军交代，记得找人改一改，否则，还会滑倒。潘汉军点点头。

粗略看完，我们便坐在陈杰房间里闲聊。

我一眼瞄见陈杰房内沙发茶几的玻璃板下，压着一张大照片，照片上，是与陈杰一般个儿的两个半大小伙子。一看相貌神情，立马可以判定，这是陈杰的两个宝贝儿子。一问陈丽芬，果真是。也许，这两个茁壮成长中的儿子，是现今陈杰工作与奋斗的动力源之一？

聊着聊着，话题转到陈丽芬这里。

陈丽芬是杭州市上城区某社区医院的主管护师，40多岁，身材丰满而白皙、和善且健谈。她说自己曾去贵州挂职过7个月，医疗系统有个规定，外出挂职两年以上，就可晋升到上一级技术职称。所以，从某个角度看，支医也是个机会。这次来广元剑阁帮扶，是她主动报的名。儿子已大学毕业，家里没有后顾之忧。再说，这边也的确需要像她这样的医务骨干。她现在在剑阁县第一人民医院当院长助理，帮助医院进行制度建设。我说这边条件比较艰苦,作为一个女性尤为不易。陈丽芬显得很坚强,笑一笑说,她已适应了这里的工作和生活。

就在东一搭西一搭的闲聊中,潘汉军9岁的女儿打来电话,潘汉军连忙站起来,走到另一个房间内接听。但小女孩的童声很响,传得很远,我俩仍听得一清二楚,而且能听出女儿对老爸的高度不满。过了很长时间,潘汉军才挂断电话,走过来说,女儿正在做作业,他爱人在单位加班,家中只有丈母娘在。女儿与外婆发生了一点小矛盾,就把电话打到剑阁,找老爸评理。潘汉军说女儿学习成绩不错,但个性很要强,家中偶尔会爆发"家庭小战",女儿就会找他这个远在千里之外的老爸,逼他"站队""表态",每每弄得潘汉军两头为难。

真的是,家家都有一本难念的经,人人都有几桩难说的事。这世界原本如此。挂职干部亦非神仙佛祖,岂能例外?只是他们遇到这些事时,能正确对待公与私、先与后、大我与小我而已。

过了个把钟头,只听到陈杰在走廊那边朗声叫道:"吃饭啦!"

一听可以开吃,大家立马快步奔了过去。

哇!陈杰还真有一手好厨艺。七八盘菜肴像模像样,色香味形俱全。葱油黑鲤鱼片、杭产鱼干、糖醋排骨、油氽花生米、火腿片烧豌豆、肉丝蒜苗、肉丸菠菜汤……

大家的肚子早已咕噜咕噜了半天,见到这么可口的杭帮菜,也就毫不客气。眼睛放光、筷子如箭,没多少时间,就把陈杰的劳动果实尽数装入腹中。

对于挂职干部而言,个人工作的艰苦和生活的不适其实还在其次,比较牵挂或曰亏欠的是对子女的教育和陪伴。

一谈及这个内容,杭州市滨江区挂职朝天区委常委的戴灿东就有太多的话想说，仿若他原先工作的滨江区边上的钱塘江水一样，忽而汩汩流淌，忽而浪花飞溅。

戴灿东外表精瘦、俊朗，言谈举止显示出浙江干部特有的那种机敏与干练。他鼻梁上架着一副薄片眼镜，眼镜后的目光锐利异常，似乎能看透人的五脏六腑，这可能与他的工作经历有关。戴灿东是个资深的组工干部，在区委组织部干了足足18年，由"组织部新来的年轻人"变为"组织部有个中年人"，可谓把自己的青春年华都献给了党的组织工作。外界的人一般不太了解组织部，觉得那是个比较清闲却掌控着干部升降奖惩的权力部门。其实，组织部真的很忙，忙到天天加点、夜夜加班。一个人精力毕竟有限，管工作多了，管家里必然就少。戴灿东管儿子的时间更少。刚读初一的儿子，个儿长得很高，但进入叛逆期，熬夜玩游戏，居然不想上学。爱人觉得这小孩快要废掉了，担忧得很。

就在这个辰光，滨江区物色赴广元挂职帮扶的干部。戴灿东此时已任滨江区民政局局长，挂职条件自然符合。要不要报名？戴灿东有过思想斗争。他想通过到外地工作，增加自己的工作和生活阅历，但又顾忌儿子的状况。最后，还是通情达理的爱人理解他，鼓励他说，你想去就去吧！这才让戴灿东下定决心，毅然决然报了名。

审核，体检，一切就绪。戴灿东成为杭州市赴广元帮扶工作队的一员，被派到朝天区担任常委、副区长。戴灿东在采访中坦承，他原先都不知朝天区在哪里。听说被派往朝天区后，他找来地图一看，哦，原来朝天区在这里呀！

既来之，则安之；既安之，则干之。戴灿东连一天也没有耽搁，马不停蹄地进行调研，在极短时间内，跑遍了全区各乡镇。这一跑，戴灿东看到了朝天区与滨江区的差距，也感受到了自己作为桥梁纽带的责任。2022年，朝天区GDP70多亿元，约为滨江区GDP的1/30。基础设施

薄弱，民生工程缺钱，在朝天区是个较为普遍的现象。戴灿东手中握有每年3900万元帮扶资金，乡镇和区属单位领导的目光都盯着戴灿东，希望从中分一杯羹。

3900万元，看起来数量不少，但放到一个县区，尤其是一个百业待举的县区，真是杯水车薪。虽然只有一杯水，但戴灿东要把这杯水分给那些最干旱的苗、最饥渴的人。

经过调研，戴灿东认定"最干旱的苗"是朝天区的产业。他要通过这一杯有限的水，助力朝天区产业发展，立足长远"造血"。朝天区有家海螺水泥企业，是远近闻名的大企业。在戴灿东看来，这家企业不仅是纳税大户，也是产业延伸发展的孵化器。如果能围绕水泥，发展上下游产业，形成完整产业链，将为朝天区创造源源不断的税源和就业岗位。

有了这个想法，便会留意相关信息。2021年下半年，戴灿东带着区经济合作局同志去广安邻水招商，发现邻水有一家做新型建材的企业，发展得不错。结果一了解，这家叫"杭加"的企业是富春集团的子公司。富春集团？不就在杭州富阳吗？这不是在戴灿东的家门口嘛！这一信息，把戴灿东高兴得一蹦三尺高。

此后，戴灿东连续几次跑到富春公司总部，向公司老总李克宽推介朝天区。戴灿东动起那张三寸不烂之舌，把朝天区方方面面说了个够、说了个透。朝天区地理位置的确不错，四大城市中心点，销售半径可覆盖4省；矿产资源丰富，又有大企业海螺水泥在先；营商环境好，比"店小二"还"店小二"。一番话直把那个李克宽说得频频点头。后来，广元到杭州举行浙江广元协作25年大会，戴灿东积极推荐，让李克宽在会上代表浙商发言。

李克宽的确被戴灿东感动了。他自己带着人不远千里到朝天区考察，区长亲自出面接待。李克宽开诚布公地提出许多问题。戴灿东一一记录下来，整理出来，把它交给区领导。第二天上午，区长召集有关部门开会，逐一研究，做出答复。

这一下，让李克宽大为震动。他回到杭加公司总部后，做了进一步论证，决定在朝天区设立杭加绿色建筑材料生产基地，占地132亩，总投资7亿元，拟建成年产60万立方米加气混凝土板材生产线、装配式建筑部品部件生产线、年产30万吨氧化钙烧制生产线，并配套建设办公楼、研发中心、展示中心、人才培训中心和矿山开采加工中心。双方于2021年12月3日签约，第二年初开工建设。目前，办公楼和宿舍楼已建成，主体厂房也已开建，计划于2024年8月建成投产。投产后该项目可实现年产值15亿元以上、年纳税1亿元以上，带动就业500人以上。

采访中，戴灿东脸露喜色地告诉我，这是朝天区近年来引进的标志性项目，即使放到广元市范围看，也算是规模较大的项目啦，因而，他真的有点开心。说完这些，戴灿东整理了一下身上的西装，顺手捋了捋头发，以便让自己显得更整洁、更精神。看得出，这是一个比较注重生活细节的人。

戴灿东后来发现，"最渴的人"是学校师生。他来自发达地区滨江，看惯了好学校。来到朝天区后，一些场景让戴灿东深为着急。囿于地方财力，朝天区一些学校基础条件差、运动场地严重落后。戴灿东下决心要推动这种局面的改观。他与区领导沟通、协商，从东西部协作资金中安排出600万元来改善朝天镇一小、朝天镇二小、羊木镇中学等学校的运动环境，最终共扩建或改善学校运动场28000平方米，为3700余名师生提供了设施齐全、标准规范、安全美观的运动健身场地，有的学校改善后甚至达到发达地区学校水准。

这些学校运动场改建提质后，戴灿东都去看过，真的蛮漂亮。他特别喜欢看那些小学生在绿茵茵的操场草坪上打滚、嬉戏。刹那间，他恍若看见的是自己的儿子。

还有一件属于真正雪中送炭的事,就是解决曾家山高寒地区学校冬季供暖工程。这个工程,我曾几次去现场察看,并采访过多人,的确广受好评。我把采访到的情况向戴灿东做了反馈和描述。戴灿东又给我介绍了一些细节,使我对这件事的背景和戴灿东的坚持有了进一步了解。

戴灿东到朝天区后,广泛征求大家意见,找出那些老百姓急需办、获得感又比较明显的民心工程。

区乡村振兴局张玉伟就提出了曾家山学校冬季供暖问题。戴灿东一听,二话没说,第二天就带着张玉伟上了曾家山。一所所学校踏看,一个个师生征询,心中很快就有了底。雪中送炭、寒里供暖,这是个大问题,小事大民生啊!而且这也是能够解决的问题,所需的钱不算多,但效果会比较好,师生们的感受会很强烈。戴灿东心中便有了解决的主意。

说来也巧,这时上面发文,提出解决高寒山区机关的取暖问题。戴灿东心想,机关供暖问题都明确要求解决,那,学校供暖问题就更没有理由搁置呀!

但是,朝天区财政困难,要干的事情、要上的项目很多。能否把曾家山学校供暖工程列入项目,当时的确还是个未知数。获悉这一消息后,戴灿东第一时间找到区上主要领导,态度明朗地陈述自己对这一问题的态度。他动情地说,自己自然希望曾家山地区学校与机关供暖问题同时得以解决。但如果因资金问题,必须二选一的话,他倾向于先解决学校、学生。相信谁都不愿意看到,冬日里,机关干部用上了暖气,而学校师生还在"靠抖取暖"吧?先把暖气送给这些祖国的花朵吧!区领导被戴灿东一番话感动了,二话没说,拍板同意了戴灿东提出的方案。

这才有了后来曾家山地区学校供暖工程,也才有了我前面章节中描写的场景。

自然，戴灿东做的事远不止这些。他以亚运会为主题，组织开展朝天区与滨江区之间的文化交流，把亚运会文化带进大山，把朝天区麻柳刺绣带入亚运博物馆，带到新加坡亚奥理事会。他还组织小学生到西昌卫星发射现场，让孩子们的视线，随着快速升腾的火箭而冉冉上升。

　　说起来有点玄幻。戴灿东在做这一切时，似乎有个虚拟场景：他的儿子，那个高高大大、帅气而淘气的儿子参与其中。他把他的父爱、父慈、父望，转移到这些孩子身上。

　　儿子还是那么阳光、那么活泼，但学习上总是不够上心。这让身在遥远朝天区的戴灿东操碎了心。眼看儿子面临中考，戴灿东因忙于工作而无法回家耳提面命，便给儿子写了一封情深意长、言辞恳切的信。

亲爱的儿子：

　　这个星期，老爸到外地学习培训了。其间，参观了李白出生地（四川省江油市青莲镇，所以李白号"青莲居士"）。你知道吗？李白最大的抱负不是写诗，而是"济苍生、安社稷"，就是当宰相，辅佐皇帝治理国家。可惜的是，他的政治抱负最终没能实现。然而，李白作为伟大的浪漫主义诗人，他的作品却成了中华文化中璀璨的瑰宝。

　　每个人都有自己的梦想，尽管不是每个梦想都能变成现实，但努力付出很要紧。李白之所以成为"诗仙"，是因为他5岁就开始发奋读书。

　　任何目标的达成，都是努力付出得来的。《西游记》中，唐僧师徒四人历经九九八十一难，方修成正果；毛毛虫经过痛苦挣扎和不懈努力才破茧成蝶。人生没有白来的幸福。再过一个多月就要中考了。与其说这是你人生中的第一次大考，不如说是一次有意义的经历，好好珍惜吧！

爸妈知道，你自己也清楚，你的文化课基础不够好。尽管爸妈经常为此而闹心，但爸妈永远不会对你失去信心。你也要有自信：别人能做到的，你也一定能做到。你的体育考试不也满分了嘛！当然，你也要明白，任何自信不仅仅来自天赋，更在于今天的努力，努力付出才会有回报！

所以，忘记之前所有的不好，就像刚刚站在起跑线上一样。努力冲刺一个多月时间，看看会发生什么。爸妈还想告诉你的是，相对于结果，我们更看重过程。只要你真正努力了，刻苦了，付出了，我们就欣慰了！

加油，少年！

永远爱你的爸爸妈妈
2023年4月26日

中考结束后，我曾用微信询问过结果。

陈：戴常委近好！您儿子中考结果如何呀？盼告。

戴：主席好！儿子中考不是太好，499分（满分600）。没上第一批投档线511分。只能去读民办高中啦！

陈：哦，有点遗憾！这，也是您赴广元帮扶的付出之一吧？

戴：确实。陪伴少了。没能好好陪他成长。作为父亲我是不够称职的，至少不够优秀。

陈：您爱人对儿子中考怎么看？您又是怎么劝导她的呢？

戴：我和我爱人对小孩子的学习有个基本评估，但中考成绩出来后还是有些失落感。我跟她说，咱们儿子人品好，这是第一位的。学习上基础是弱一些，但高中重新开始，还是有希望的，相信他只要努力了，就会有一个好的结果。

陈：嗐，这样想就对啦！

可怜天下父母心。哪一个父母不期望自己的子女成才成功呀？读着戴灿东给儿子的信及他的微信，谁都能感觉出他的良苦用心和殷殷之情，也能体会到他的某种失落和无奈。我之所以写出这些，是衷心希望人们，能够体会和理解大批帮扶干部精神世界的另一层面，能够体会和理解那些平时不太容易被人们看到和认识的心理疆域。其实，他们的付出和失去，远比人们表面看到的要多得多。

在采访即将结束时，戴灿东兴致勃勃地向我描述了在曾家山区望远山观看日出的景象与感悟。

那是一次为制订朝天区曾家山农文旅规划而安排的"浪漫活动"，到望远山上看日出。

望远山是曾家山区的主峰，海拔1998米。置身巅峰，自然会产生"一览众山小"的感觉。望远山更是人们观赏日出日落、星辰云海的极佳之处。杭州市帮扶工作队队长周展和戴灿东都认为，要将这些自然禀赋、造物主的恩赐，纳入朝天区整体农文旅规划之中，利用东西部协作平台与资源，发展康养旅游产业胜地，打造民俗村落，闯出一条绿色崛起、后发赶超之路。为此，戴灿东特意邀请周展和杭州帮扶工作队同志及旅游方面专家一起观赏日出、共同感受。

众人终于拂晓之前，登上望远山，面向东方。

大山一片静谧，天地一分为二。此刻的山与地仍被黑色包裹着，天空则呈现出隐隐的亮色。渐渐地，天与地之间，蓦然画出一道橘红色丝带，慢慢勾勒出曾家山的山脊轮廓。接着，橘红色丝带迅速扩展为细长

的光带，再扩展为金色的扇面，光彩强烈起来。苍穹中的飞云，宛若一只只翻飞舞动的鸥鸟，预告着即将呈现的日出景观。

人们屏住呼吸，睁大眼睛，静静等候那壮观的一刻。只见从对面山峰上，恍若浮现出一只巨大的金翅鸟。鸟的头部就是那轮喷薄而出的朝阳，携带着巨大的光和热，升腾起来、升腾起来，逐渐以太阳为中心，形成金色的大圆、橙色的大圆、红色的大圆，将无限的光芒、清新和希望，投射给天地和人间、群山和游客。群山醒来了，云层沸腾了，一时云蒸霞蔚，壮丽无比。

站在望远山巅的杭州帮扶工作队同志，都被眼前的壮观与绚丽所震撼，大家情不自禁地欢呼起来，拥抱日出。

大家曾从书本上读过德国诗人海涅从布罗肯高峰看日出、俄国作家屠格涅夫从俄罗斯原野看日出、中国作家刘白羽从飞机上看日出的文字，看过剧作家曹禺具有象征意义的话剧《日出》，当然，还有日常生活中一次次日出日落。但大家觉得，这次望远山日出，是最雄伟、最壮观、最博大的日出。这是与他们的理想和事业融合在一起的日出，是激荡起他们热血和激情的日出，更是给他们提供能量和创意的日出。

戴灿东告诉我，那天观赏日出时，大家想得很多，很远。如果站在故乡浙江看广元、看曾家山，广元和曾家山是远方的山水；而此刻站在广元曾家山上望浙江，浙江则成为远方的山水。其实，浙江也好，广元也罢，都是祖国的山水，都是人类的家园。"远方"是个相对的空间概念。鲁迅就曾说过："无穷的远方，无数的人们，都和我有关。"国家大力倡导人类命运共同体意识、实现全国人民共同富裕的现代化。而东西部协作，也就是人家眼前正在做的事，不正是在体现这种先进理念和宏伟目标吗？

瞬间，大家感觉自己似乎提升到了一个新的高度和境界，责任感和紧迫感增强了。多少事，从来急；天地转，光阴迫。一万年太久，只争朝夕啊！

是的，按照规定，这支浙江工作队在广元帮扶时间已不到一年，眼前还有很多工作要做！产业协作、数字经济、现代农业、文旅康养、和美乡村……还要为下一任帮扶工作者打好基础、做好铺垫、构造对接。铁打的营盘，流水的兵；百年的大事，分秒必争。

我们期待着，浙江帮扶工作铁军在远方山水的下半场演出，更为精彩、更加惊艳！

最后，笔者有五绝一首作结：

情深不计功，
但愿浙川通。
可入春秋笔，
谁堪太史公？！

思考及感谢
——权作后记

因为一个承诺，癸卯年整个春天，我穿行于秦巴山区、古蜀道上，走笔于乡村农舍、田间地头，考察采访、拾遗捡漏。从源头上找寻，在实物前考证这项始于二十世纪九十年代的浙江广元东西部协作伟业。我跑遍了广元4县3区，接触走访当地干部百姓，到浙江有关单位，寻找当事人和参与者，共计采访251人，获得大量第一手材料，同时翻阅上百万字的档案资料、地方志、回忆录等，从而构成《远方的山水——中国式现代化的浙江广元东西协作实践》一书的基本内容。

采访是一种挖掘和发现，创作是一种梳理和升华，其间自然少不了理性思考：浙江广元东西部协作的由来、意义、价值、地位、作用、成就、效应、经验、不足、前景、未来。

对上述诸问题，我曾在采访中与广元市县区领导和浙江有关方面人士做过深入交流和反复探讨。

当写完正文最后一个字时，我非常愿意把我对这些关键词的认识、思考或建议写出来，就教于有关方面。

第一，对全国东西部协作这项事业的普遍价值与意义，怎么评价都不为过。而且，我深信，它会随着时间的推移而越发显示出其历史意义和世界意义。当全世界都面临"南北"差距、"东西"对立时，东西部协作提供的哲学理念、实现途径、基本规则，对全人类具有参考和借鉴意义。这是中国共产党人首倡并践行、具有中国特色社会主义特征、建立在中华优秀传统文化基础上、符合中国人传统美德的宏伟事业，是现代文明形态的重要组成部分和体现形式，是中国共产党人和中国人民对人类文明的独特贡献。

第二，东西部协作始于30年前，广元是东西部协作模式的发源地和先行者。当今人站在新时代舞台上，用党的二十大精神和中国式现代化这个标尺观照历史、回望来路时，会蓦然发现，过去几十年及几代人的东西往返、跋山涉水，点点滴滴、一事一物，瞬间在思想光芒的烛照下，被加倍放大，被纳入一个民族奋力前行的广阔背景里，或成为一个国家宏大叙事的重要组成部分。那就是：探索中国式现代化道路。根据中国东西部地区发展不平衡、西部地区尤其发展不充分的现实，采用东西部协作之法，走共同发展、共同富裕之道，营造不同场景，是实现中国式现代化的必由之路，舍此别无他途。

第三，一个地区的脱贫、致富、发展，乃至实现现代化，主要依靠当地人民自力更生、奋发图强。这从哲学上讲，就是内因与外因、主观与客观的关系。一位伟人曾风趣地举过例子，温度能使鸡蛋变为小鸡，但不能使石头变成小鸡。先自强，然后才能为人所强。"外援""外助"是需要的，也是有效应的。它是一个地区崛起的助推器，是骏马奔驰途中的粮草，是夜行人前行时的指路牌，也是孤勇者奋进中旁边那一声呐喊。

第四，纵观30年东西部协作历史，物质援助、项目引进、资金支持等，都取得显著成效。经过30年协作和合作、输血和造血，西部地区的基础设施、生产力水平、教育卫生条件、城乡人民生活水平都发生了明显变化。但客观分析，30年东西部协作取得的最主要成果是，东部地区给西部地区输入了时代气息、先进理念、精神气质和工作作风。西部干部队伍的视野思路、精神状态、管理水准发生了显著变化，变得越来越像东部干部。整个社会文明程度和现代意识得以提升。东西部协作，还自然增进了地区之间的文化认同和人群之间的心理沟通。这些是人们习焉不察，但却实实在在、时时处处起着作用的因素，而且是长远的基础性因素。

第五，东西部协作是个常态、动态、自然的过程。但在某个特定阶段，或某个特殊事件中，又可以是特别的、倾斜的、集中的。譬如，汶川特大地震后的援助重建，可以举一省之力、一时之力，集中援助有特殊灾难的地区或人群。这既是社会主义制度优势的体现，又是东西部协作机制灵活性、机动性、普适性的表现。正因如此，东西部协作机制的适应性和覆盖面很广，易为干部群众所理解和接纳。

第六，东西部协作机制要持续发力并获得成功，必须由"一方"变成"双方"，由"单向"变成"双向"，由"单动"变成"双动"，由"单赢"变成"双赢"，切实改变东部地区的"压力感"和"负担感"，逐步解决西部地区的"不满足感"和"无助感"。着眼双方经济社会发展的互补性，立足双方自然禀赋和生产要素的多样性，既发挥中国特色社会主义制度的政治优势，更自觉按照市场经济规则，在更广阔空间、更高端层次、更多样领域，重新进行各类要素最佳组合、融合和互补，使东西部之间形成一种自主、内生、互利的协作或合作关系。这才是东西部协作的最高境界、最优形式和长久之计。

第七，东西部对口协作关系要长期稳定，不要轻易变更。如果用更高标尺衡量以往工作，结对关系频繁变动是其不足，客观上会造成一个地区一种做法、一个领导一个思路的现象，影响对口协作成效。笔者认为，在可预见的将来，至少在我国基本实现现代化之前，东西部协作仍是必需的、必然的。可以借鉴农村家庭经营承包等方式，明确对口协作关系一定几十年不变。这样有利于结对地区双方都有一个长远观点，都来制订战略发展规划。一张蓝图绘到底，一茬接着一茬干。持之以恒、久久为功。

第八，东西部协作是浙江建设共同富裕示范区题中应有之义。所谓省域范围的共同富裕，除浙江本境之内实现均衡发展、共同富裕外，其实包含着用浙江资源要素（资金、产业、人才、经验、思路、场景模式等）与对口协作的西部省、市、县、区、乡镇实现互惠互利、多赢发展、共同发展。只有将浙江和对口协作地区都发展起来，才是更高意义、更广领域、更深层次的共同富裕示范区，也才能真正体现出中国特色社会主义的本质特征和浙江样板的示范意义。从这个角度看，要提升浙江干部的政治站位、全局意识和历史使命感，视远方为当地，视他乡作故乡，视协作为己事。

第九，国家层面要从宏观和长远战略上重新审视看待东西部问题，规划布局东西部。要从当前国内外形势及走向、国家经济格局及安全、国内国际两个大循环、国家长治久安等方向着眼，系统谋划东西部均衡、协调、安全发展问题。充分发挥执政党的政治优势和市场经济的效能，汲取建设"大三线"的经验，对东西部经济格局、产业结构、产品结构进行国家引导，推进东部经济的梯度转移。把适合西部发展的产业、产品、重点工程、国家储备基地等有意识地安排到西部地区，把部分央企上下游产业链扩散或延伸到西部，从而以更大力度带动西部经济发展和人才资源孕育。

第十，需要加强东西部协作的宣传教育。人生活在这个世界上，本就不是一个人自己的事。要有博大的襟怀和普遍的悲悯意识，倡导天下情怀和世界眼光。关心我们的周围和周围的人们，进而关心我们的远方和远方的人们。因为，中国是个命运共同体，人类也是个命运共同体。中国人一向追求天下大同之佳境，共产党人本来就以天下为己任。如果有了这样的理念与认识，东西部协作，乃至推进东西部协调发展、人民共同富裕的中国式现代化,就会顺畅得多,快速得多。

以上,可否谓之"东西部协作十论"?

自然,这是书生之论、一孔之见,但它确实是我在考察、学习、采访、创作中形成的真实看法,是作家社会责任感驱使我写下上述文字。

原本以为,浙江、广元合作30年,犹如一条大河,只要我从中捧起一掬水,就足以尽情挥洒。但当我真正开始诉诸笔端时才发现,要让这一掬水成为奔腾主流的组成部分,且能呈现自然阳光和时代色斑,并不是一件易事。

癸卯杭州,佳节年华。三秋桂子,十里荷花,湖光山色,如诗如画。再加上亚运会气氛的烘托,整个杭城一时间游人如织、闹猛喧哗。笔者却躲在陋室里,一遍遍翻阅采访笔记,一次次构思篇章结构。金灿灿的秋阳洒下来,馥郁郁的桂香漫过来。窗外就是那条举世闻名的京杭大运河。因为城市扩容,它已由过去的绕城而过,变成现在的穿城而隐。只见一江清流,缓缓东逝,舟楫联袂,南来北往,似乎在向世人展示她的古老和年轻、生机和活力。在这样的环境里,极易产生一种时空恍惚:不知身在何处,不知今夕何夕。偶尔亦会灵感倏至、诗思喷涌。秦巴山脉恍若与杭嘉湖平原在时空中互动,川北嘉陵江水似乎与杭州古运河水融汇在一起。《远方的山水——中国式现代化的浙江广元东西协作实践》就在这样诗意的想象中形成。

采访创作此书,完全出于偶然的一次老友聚会。正在广元地区挂职的周展先生,非常兴奋地向友人们介绍他在川北的工作和生活,热情推介他们近期拍摄完成的反映浙江广元协作题材的电视纪录片《山高水长》。席间,老友洛城闲鹤即撺掇我抓住这个题材,一时获得众人"首肯"。自然,最终鉴于这个题材的独特性和社会价值,我允诺下来。

在成稿之时,想到彼时的承诺终于兑现,心理上略感释然。同时衷心致谢许多帮助我完成采访、创作的人和事。

广元市委常委、宣传部部长袁敏同志高度重视此事，多次过问、反复沟通、悉心指点。市委宣传部曾专门发文，做出精心安排，为我的采访创作提供了极好的环境与条件。广元市几位老同志母继福、李文元、莫异矩等，不顾年高身疾，接受采访、回忆往事，使我获得珍贵史料。广元市所属各县区主要领导、宣传部领导在百忙中拨冗介绍情况、畅谈体会，使我获益匪浅。广元市广播电视台做了大量组织管理工作，使采访创作计划得以顺利推进。

本次采访涉及面之广、人数之多，的确超乎常规，充斥着大量琐碎的事务性工作。在采访过程中，剑阁县政府办公室潘汉军和石金佶、青川县委宣传部王旭、苍溪县作协周立新、旺苍县宣传部杜琳和作协向仕新、朝天区宣传部马兴成、昭化区作协罗倩、广元市广播电视台王勇等同志，不辞辛劳，不怕麻烦，上下联络，左右协调。他们的敬业精神和工作作风，给我留下深刻印象。

必须补上一笔的是，在各县区采访时，各位司机师傅每天行驶在"天津麻花般"的乡村公路上，不仅安全及时地把我送抵目的地，而且凭仗他们对乡村的熟悉，为我介绍当地风土人情，让我获得不少生活细节。

最后，要感谢我的好友中国文联原副主席、中国作协原副主席、著名书法家廖奔先生题写书名，为拙作增光添彩。

陈崎嵘

癸卯暮秋初稿于杭州古运河畔

甲辰初夏改定于北京